»Eliza Alicia Lynch hatte Irland im Alter von zehn Jahren verlassen; mit fünfzehn heiratete sie einen französischen Offizier; mit neunzehn, geschieden und mit einem gutaussehenden, aber mittellosen russischen Grafen liiert, mußte sie noch einmal neu loslegen.«

1854 in Paris: Ella lernt Francisco Solano López kennen, einen steinreichen und draufgängerischen Südamerikaner. Ohne Zögern begleitet sie ihn in seine Heimat Paraguay. Als Nachfolge seines Vaters wird Francisco Diktator des Landes – Ella seine offizielle Mätresse und Mutter seiner fünf Söhne. Im Palast in Asunción führen sie ein Leben in Saus und Braus. Als Francisco jedoch 1864 einen Krieg gegen die mächtigen Nachbarn Brasilien und Argentinien vom Zaun bricht, steht alles auf dem Spiel ...

Die französische Geliebte ist ein schillernder Roman voller farbenprächtiger Bilder, der auf realen Figuren beruht.

Lily Tuck, geboren 1938 als Tochter deutscher Emigranten in Paris, verbrachte ihre Kindheit in Peru, Uruguay und New York, wo sie heute mit ihrer Familie lebt. 1991 erschien ihr erster Roman *Interviewing Matisse*, weitere Romane folgten. Für *Die französische Geliebte* erhielt sie den National Book Award. Ihr aktueller Roman *Das Glück mit dir* ist ebenfalls 2012 im Insel Verlag erschienen.

insel taschenbuch 4170

Lily Tuck

Die französische Geliebte

Lily Tuck
Die französische Geliebte
Eine Geschichte aus Paraguay

Roman

Aus dem Amerikanischen von
Katharina Förs und Thomas Wollermann

Insel Verlag

Die Originalausgabe erschien 2004 unter dem Titel *The News from Paraguay* bei HarperCollins Publishers, New York.

Erste Auflage 2012
insel taschenbuch 4170
Insel Verlag Berlin 2012

Vertrieb durch den Suhrkamp Taschenbuch Verlag
Umschlag: bürosüd, München
Karte: Nick Springer
Druck: CPI – Ebner & Spiegel, Ulm
Printed in Germany
ISBN 978-3-458-35870-1

Die französische Geliebte

Meiner Familie

Wenn man mich fragt, Paraguay ist das interessanteste, liebenswerteste und angenehmste Land der Welt.

– aus einem Brief, 1852
C. B. MANSFIELD

Als Fremde und Besucherin hielt sie die Neuigkeiten aus Irland in ihrem Tagebuch fest. Als Fremde und Besucherin lernte sie, mit den Dingen zu leben.

William Trevor

»Paraguay«, sagt Muratori, »bedeutet soviel wie ›Federnfluß‹, was sich von der Vielfalt und Schönheit der dortigen Vögel herleitet.«

»Paraguay«, erklärt P. Charlevoix, »heißt ›fleuve couronné‹ nach Pará, Fluß, und gua, Kreis oder Krone, in der Sprache der Menschen, die rund um den Xarayes-See leben, der die Form einer Krone hat.«

»Paraguay«, sagt Mr. Davie (1805), »bedeutet ›Farbenpracht‹ – eine Anspielung auf die Blumen und Vögel. Pará heißt eigentlich ›gefleckt‹, weshalb man beispielsweise den gefleckten Tabak, den alle Paraguay-Reisenden kennen, Petun Pará nennt.« Mr. Wilcocke (1807), der sich ohne Quellenangabe freimütig bei Davie und anderen Autoren bedient, übernimmt das Wort »Farbenpracht«.

»Paraguay«, schreibt D. Pedro de Angelis (1810), »heißt soviel wie Fluß, der aus dem Xarayes-See entspringt, welcher für seinen Wildreis berühmt ist.«

»Paraguay«, was in alten Manuskripten manchmal Paraquay geschrieben wird, meint Rengger, »bedeutet nichts weiter als ›Meerwasserloch‹, von Pará, Meer, und qua-y, Wasserloch.«

»Paraguay«, heißt es im Volksmund, »bedeutet einfach Wasser der (hoch geachteten) Payaguá- bzw. Kanu-Indianer, was von den ersten spanischen Siedlern zu Paragua verballhornt worden ist.«

»Paraguay«, meint Lieutenant-Colonel George Thompson, »bedeutet wörtlich ›Fluß, der zum Meer gehört‹ (Pará, das Meer, guay, gehören, und y – ü gesprochen – für Fluß oder Wasser).«

Eine achte Herleitung, für die ich keine Quelle anführen kann, behauptet, es heiße »Wasser des Penelope-Vogels« (Ortalida Parraqua, immer noch häufig am Ufer des Flusses anzutreffen).

Ohne den Versuch zu wagen, eine derart umstrittene Frage zu entscheiden..., möchte ich nur anmerken, daß noch im Jahr 1837 der Anführer eines Guaraní-Stamms Paragua genannt wurde; ... und daß sowohl im portugiesischen wie im spanischen Teil Südamerikas die Eroberer geographische Gegebenheiten häufig nach den Kaziken benannten, die sie bekriegten und niedermetzelten. Daher könnte Paraguay sehr gut der Fluß des (Stammesfürsten) »Paragua« heißen.

Captain Richard F. Burton,
Mitglied der Royal Geographical Society

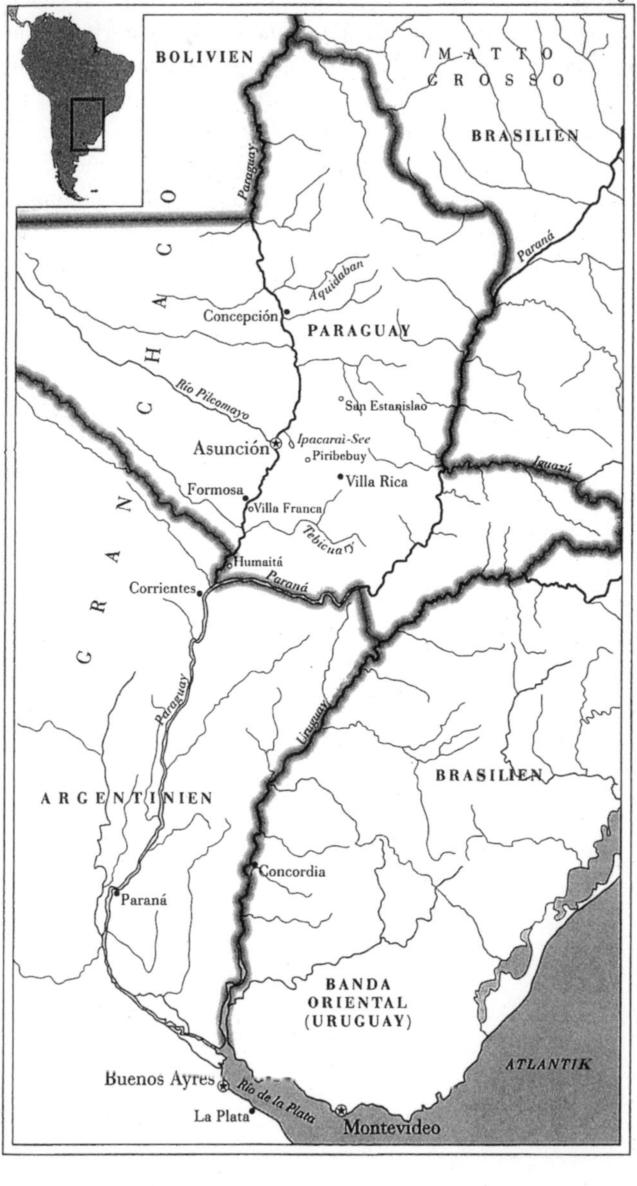
BOLIVIEN
MATTO GROSSO
BRASILIEN
GRAN CHACO
Paraguay
Paraná
Aquidaban
Concepción
PARAGUAY
Río Pilcomayo
San Estanislao
Asunción
Ipacaraì-See
Piribebuy
Iguazú
Villa Rica
Formosa
Villa Franca
Tebicuary
Humaitá
Corrientes
Paraná
Paraguay
Uruguay
BRASILIEN
ARGENTINIEN
Concordia
Paraná
BANDA ORIENTAL (URUGUAY)
ATLANTIK
Buenos Ayres
Río de la Plata
La Plata
Montevideo

1
Paris

Alles begann mit einer Feder. Einer leuchtend blauen Papageienfeder, die sich eines Nachmittags bei einem Ausritt im Bois de Boulogne von Ella Lynchs Hut löste. Ella, blond, hellhäutig, irisch, war eine gute Reiterin – sie ritt ohne jede Anstrengung, mit dem Hintern, nicht mit den Beinen –, und sie saß im Herrensitz auf dem Pferd, einer temperamentvollen, kleinen, grauen Vollblutstute. Dicht hinter Ella und ihrem Begleiter folgte Francisco Solano López im Kanter, auch er ein guter Reiter – wenn auch von einem ganz anderen Kaliber. Er ritt mit Kraft, der Kraft seiner Arme, seiner Schenkel. Außerdem bevorzugte er große Pferde, Pferde, die mehr als sechzehn, siebzehn Handbreit maßen; zu Hause ritt er häufig ein großes, trittsicheres und dickköpfiges braunes Maultier. Franco – wie Francisco Solano López genannt wurde – zügelte sein Pferd, stieg mit klirrenden Silbersporen ab und hob die Feder auf; flüchtig kam ihm in den Sinn, daß Inocencia, seine fette Schwester, sicher gewußt hätte, von welchem Papagei die Feder stammte, hielt sie doch Hunderte in ihrer Voliere in Asunción, doch es war Ella, nicht die Feder, die Francos Aufmerksamkeit erregt hatte.

Man schrieb das Jahr 1854, und die fünfundsechzig Kilometer Reitwege und Kutschstraßen waren voller eleganter Kaleschen, Daumonts, Phaetons; an jedem Nachmittag, an dem es das Wetter erlaubte, konnte man Kaiserin Eugénie mit ihrem Stallmeister ausreiten sehen. Und jeden Nachmittag zeigte sich Kaiserin Eugénie dem modenärrischen Paris in einem neuen Kleid von stets anderer Farbe: *krim*grün, *sewastopol*blau, *bismarck*braun. Erst vor kurzem hatte man den verwahrlosten Bois de Boulogne in einen eleganten englischen Park verwandelt.

Der sechsundzwanzigjährige Franco, der von seinem Vater als bevollmächtigter Botschafter nach Europa geschickt worden war, trug die Uniform eines Feldmarschalls, die der Napoléons nachempfunden war, nur daß seine Jacke grün war – *paraguay*grün. Er war klein und kräftig – allerdings noch nicht untersetzt, auch machten ihm seine Backenzähne noch nicht zu schaffen –, und seine dichten Augenbrauen trafen sich in der Mitte wie ein schwarzer Strich, aber er wirkte nicht häßlich. Er war selbstsicher, unbefangen, ehrgeizig, voller Elan, verwöhnt – niemals, mit einer einzigen Ausnahme, war ihm etwas abgeschlagen worden –, und er war unermeßlich reich. Franco steckte die Feder ein und stieg wieder auf sein Pferd. Rasch hatte er Ella eingeholt und folgte ihr nach Hause.

Eliza Alicia Lynch hatte Irland im Alter von zehn Jahren verlassen; mit fünfzehn heiratete sie einen französischen Offizier; mit neunzehn, geschieden und mit einem gutaussehenden, aber mittellosen russischen Grafen liiert, mußte sie noch einmal neu loslegen.

14. März 1854

Ein wunderschöner Nachmittag! Ich bin wieder mit Dimitri auf der kleinen Stute im Bois ausgeritten *[schrieb Ella am Abend in ihr Tagebuch]*. Sie wächst mir Tag für Tag mehr ans Herz – ihr Maul ist seidenweich, und sie reagiert auf die kleinste Bewegung der Zügel. Im Kanter habe ich das Gefühl, in einem Schaukelstuhl zu sitzen!

Aber wie sollte ich mir ein Pferd leisten können? Wo ich doch schon jetzt John Worth ein Vermögen schulde! Oh, wie ich diese ständigen Geldsorgen hasse! Geld und Diener! Als ich nach Hause kam, um mich umzukleiden, mußte ich mir schon wieder Maries Klagen über Pierre anhören, der angeblich meinen Wein trinkt und wer weiß was sonst noch stiehlt – Diener sind eben intrigant und eifersüchtig! Beinahe hätte ich mich über Maries Geschnatter auch noch verspätet – ausgerechnet heute, wo der Salon eröffnet wurde! Es traf sich aber, daß ich Glück hatte. Gleich als erstes stieß ich auf den Vorsitzenden der Jury höchstselbst, den Duc de Morny, der mich beim Arm nahm und mir erzählte, am Vortag sei sein Halbbruder, der Kaiser, ohne einmal anzuhalten und ohne den geringsten Blick für irgendein Bild, durch sämtliche Säle geeilt, bis er beim letzten ankam – dem unbedeutendsten Saal von allen, in dem nur absolut zweitklassige Bilder ausgestellt sind. Hier erst sei der Kaiser, aus Pflichtgefühl, wie der Duc vermutet, vor einer häßlichen Alpenansicht stehengeblieben – die Alpen sehen darauf aus wie aufgeschichtete Brotlaibe! –, und nachdem er diese gute fünf Minuten lang gemustert, habe sich der Kaiser an den armen Duc gewandt und erklärt: »Der Maler hätte die Gipfelhöhen angeben sollen.« Ich schüttete mich fast aus vor Lachen, die Tränen liefen mir über die Wangen! Als ich die Ausstellung verließ, um zu einer Abendgesellschaft zu gehen, regnete es, und erst da bemerkte ich, daß ich in der Eile keinen Schirm mitgenommen hatte, aber wieder hatte ich Glück, ein Herr mit einer stinkenden Zigarre stand in der Tür und bot mir seinen an.

Franco hatte kistenweise Orangen und Tabak aus Paraguay mitgebracht. Die Apfelsinen hatten unterwegs zu faulen begonnen, die Matrosen hatten sie ausgepreßt und den Saft getrunken; der Tabak überstand den Transport besser. In Paraguay läßt man die Blätter länger am Stengel reifen, weshalb sie einen höheren Nikotingehalt aufweisen, der Tabak schlug auf der Pariser Weltausstellung den kubanischen Beitrag und wurde mit einer Goldmedaille ausgezeichnet; in der Urkunde hieß es: *Sehr schöne Auswahl von Blättern, besonders geeignet für Zigarren.* Außer dem Tabak hatte Franco noch Dutzende Ponchos mitgebracht, die als Geschenke gedacht waren; die Ponchos waren aus einer pflanzlich erzeugten Seide namens *samahu* hergestellt, deren Weichheit allgemeine Bewunderung fand. Nachdem er Ella bis nach Hause gefolgt war, hatte er einen dieser Ponchos zusammen mit seiner Karte in ihrer Wohnung in der Rue du Bac abgeben lassen.

Pierre, Ellas Kammerdiener, legte Francisco Solano López' Karte zu den anderen auf das Silbertablett auf dem Tisch im Vestibül des Hauses in der Rue du Bac; das Paket mit dem Poncho reichte er an das Dienstmädchen Marie weiter. Der Poncho war lieblos in braunes Papier eingeschlagen, und da Marie neugierig war, wickelte sie ihn aus. Das Paket roch seltsam. Wie Tee. Zwar war der Poncho, der die Farbe von rotem Lehm hatte, weich und wahrscheinlich auch warm, er sah aber ganz anders aus als die Kleider, die Ella sonst trug – ihre Pelzstola, ihre samtenen Umhänge, ihre Kaschmirschals mit Paisleymuster. Marie hielt den Poncho vor sich. Ihr fröstelte, und als sie aus dem Fenster schaute, bemerkte sie, daß Regen eingesetzt hatte, ein feiner Nieselregen. *Ach Gott, sie wird ihn nicht entbehren, und außerdem schuldet sie mir einen Monatslohn*, sagte sich Marie, zog kurz entschlossen den Poncho über und ging hinaus, ihre Besorgungen machen.

Wo immer er sich auch zeigte – bei den Schwestern Errazu, reichen Südamerikanerinnen, oder bei der Gräfin Walewska, einer mit einem Polen verheirateten Italienerin, bei der Duchesse de Persigny, der Frau des Innenministers von Napoléon III., bei der Duchesse de Malakoff, bei der Marquise de Chasseloup-Laubat, einer Kreolin, deren Hautfarbe noch dunkler war als seine, oder bei der Maréchale Canrobert, die einen ungeheuren Kropf hatte –, überall erschien Franco mit Dienerschaft und mit seiner paraguayischen Kapelle. Unvermeidlich hieß Franco, den Mund voll Champagner und klebriger Petits fours, sie bei jedem Empfang aufspielen, und ebenso unvermeidlich brauchten die Gäste jedesmal eine Weile, ehe sie begriffen, daß die Melodie, die die unseligen paraguayischen Musiker auf ihren hölzernen Harfen spielten, die »Marseillaise« war.

Franco versetzte die französische Gesellschaft nicht nur in Erstauenen, er beeindruckte sie auch mit seinem Intellekt. Er hatte Jean-Jacques Rousseaus *Gesellschaftsvertrag* gelesen und verstand es, über den Unterschied zwischen »wahren« und »tatsächlichen« Gesetzen zu diskutieren; er war in Monsieur Nadars riesigem Ballon aufgestiegen, der ein komplettes Entwicklungslabor mit sich führte, und konnte beim Thema Photographie mitreden; zu all dem war er auch ein perfekter und eleganter Tänzer. *Un, deux, trois*, walzte er mit den Schwestern Errazu durch den Ballsaal, *un, deux, trois*, schwang er die Gräfin Walewska in einer Mazurka herum, um anschließend mit der Maréchale de Chasseloup-Laubat eine schwungvolle Polka aufs Parkett zu legen.

Messi, messi bjäng, messi bjäng – das waren die einzigen französischen Worte, die Justo José, einer von Francos Musikern, gelernt hatte, und die er ständig wiederholte. Er haßte Frankreich. Immer kalt, das Essen ungenießbar, die Leute bleich und unfreundlich. Am schlimmsten war, daß es keinen *mate* gab. Zu Hause trank er fünfzehn bis zwanzig Becher am Tag, der silberne Trinkhalm war stets in Reichweite. Als er einmal das französische Getränk probierte, diese dunkelrote Flüssigkeit, die aussah wie Blut, wurde ihm übel, und noch am nächsten Tag war ihm schlecht – schlechter als damals, als der alte, auf einem Auge blinde Esel des Nachbarn dem Jungen gegen den Kopf getreten hatte. Auch mit den Frauen kam Justo José nicht zurecht. Einmal war er mit einer mitgegangen, einer kleinen Blonden – er war noch nie mit einer Frau zusammengewesen, die Haare hatte wie ein gelber Sittich –, er konnte ihren Namen nicht aussprechen, sooft sie ihn auch aufforderte, ihn zu wiederholen – Ihjonn. Sie hatte ihn etliche Treppen hoch bis ins oberste Stockwerk des Gebäudes mitgeschleppt; ihre Zimmereinrichtung bestand aus einem Stuhl, einem Bett und einer Waschschüssel, und als erstes hatte sie verlangt, daß er sein Glied in der Schüssel wusch, dann hatte sie sich in allen Kleidern mit gespreizten Beinen aufs Bett gelegt, und während des gesamten Akts hatte sie sich nicht gerührt und keinen Laut von sich gegeben. Hinterher hatte sie zehn Franc verlangt – doppelt soviel wie vereinbart, er hatte die Finger einer Hand hochgehalten. Als er gehen wollte, hatte sie sich vor die Tür gestellt und angefangen zu schreien, und Justo José hatte zurückgeschrien: *Puta, puta*, ihr aber am Ende doch noch fünf Franc gegeben.

Bei der Abendgesellschaft im Hause von Princesse Mathilde Bonaparte in der Rue de Courcelles trank Ella zuviel Champagner und aß zu viele Austern. Der Saal war voller Russen, Polen, Italiener, erfüllt vom Geklapper des Silberbestecks auf Porzellan, dem Geräusch von Gläsern, die aneinanderstießen oder neu gefüllt wurden, von lauter und in den verschiedensten Sprachen geführter Konversation. Auch war der Saal mit seinen Samtdraperien, seinem schweren Kristallüster und den süß duftenden Lilienbouquets stickig und zu warm. Neben Ella verbreitete Jules de Goncourt den neuesten Pariser Klatsch, doch Ella lauschte nur mit halbem Ohr den Namen, die ihr um den Kopf schwirrten – Contessa di Castiglione, Conte di Cavour, Monsieur Viollet-le-Duc, Duchesse d'Alba, Monsieur Balzac, Monsieur Mérimée. Ihr gegenüber saß Adolphe de Custine und erzählte ihr noch einmal, was der Kaiser zum Duc de Morny beim Anblick des Alpengemäldes gesagt hatte. Stets war Adolphe de Custine liebenswürdig und charmant, und Ella ertappte sich bei dem Gedanken, es sei schade, daß er Knaben bevorzugte. Beinahe während des ganzen Essens behielt Ella die Tür des Speisesaals im Auge. Dimitri hatte geschworen, ihr bei dem Essen Gesellschaft zu leisten, aber er kam nicht. Als Ella schließlich nach Hause gehen wollte, hatte sie Kopf- und Magenschmerzen.

»*Ma chère*, fühlen Sie sich nicht wohl?« hatte Princesse Mathilde gefragt, als sie Ella zum Abschied einen Kuß gab.

Sein unerschöpfliches Bankguthaben erlaubte Franco, zu kaufen, worauf immer er Lust hatte – Schnupftabakdosen, vergoldete Uhren und silberne Kandelaber, teure Kleider und seidene Pantoffeln, Vollblutpferde, Kutschen, vor allem aber Waffen und Munition (in England hatte er bereits einen langfristigen Vertrag mit den Brüdern Blyth, Londons führenden Waffenhändlern, zur Errichtung eines Arsenals in Asunción geschlossen). Außerdem bestach Franco Beamte, Ladenbesitzer und Theaterdiener. Als Franco nach einer Woche noch nichts von Ella gehört hatte, ging er nochmals zu ihrem Haus in der Rue du Bac. Diesmal gab er Pierre, dem Kammerdiener, zehn Franc, damit Ella die Karte auch wirklich erhielt.

19. März 1854

Gestern abend hat mir Dimitri mitgeteilt, daß er in wenigen Tagen an die Krimfront zum Fürsten Menschikow abreisen wird, angeblich sein Vetter (wenn man Dimitri zuhört, hat man den Eindruck, er sei mit dem gesamten russischen Adel verwandt, den Zar und die Zarin eingeschlossen!) *[schrieb Ella]*. Ich kann es nicht glauben. Warum? Oh, warum bloß, fragte ich ihn. Ich versuchte mit ihm zu reden, aber es war sinnlos. Ich fiel sogar vor ihm auf die Knie, bettelte und bat, er solle bleiben. Alles ohne Erfolg. Nichts, was ich vorbrachte oder tat, konnte ihn von seiner Entscheidung abbringen. Dimitri ist fest entschlossen. Es sei eine Ehrensache, für sein Land zu kämpfen. In Wirklichkeit, glaube ich, langweilt sich Dimitri in Paris. Und ich langweile ihn auch. Ich kenne ihn gut. Dimitri gehört zu jenen Männern, die immer neue Herausforderungen und Abenteuer brauchen. Wenn man den jüngsten Kriegsberichten Glauben schenken darf, wird er beides auf der Krim schnell finden. Wieviel Tote, sagte Princesse Mathilde, hat es dort schon gegeben? Fünfzehntausend? Sie muß es wissen, sie steht in ständigem Kontakt mit ihrem Vetter, dem Zaren. Aber Zahlen sagen mir nichts. Als Dimitri mich in die Arme nehmen wollte, um mich zu trösten, sogar versuchte, mich zu küssen, ließ ich ihn nicht. Statt dessen habe ich ihm vor Wut das Gesicht zerkratzt. Das schöne Gesicht meines Liebsten! Er blutete ein wenig, worauf er bleich wurde und mich von sich stieß. Dann – oh, wie weh tut mir die Erinnerung an diese schrecklichen Worte Dimitris! – schimpfte er mich eine gemeine Hure und verließ ohne ein weiteres Wort oder einen Blick das Zimmer. Ich lief ihm nach, ich sagte, es tue mir sehr leid, ich sagte, ich sei ganz außer mir vor Kummer und hätte ihm nicht weh tun wollen, aber es war zu spät. Ich hörte, wie die Tür ins Schloß fiel. Was habe ich bloß getan? Verflucht seien Dimitris kaltes Herz und sein heißes Blut. Ich liebe ihn.

Eine Frau stand an der Ecke Rue du Bac und Boulevard Raspail – ihr fehlte das halbe Gesicht. Marie wechselte die Straßenseite, um ihr nicht zu begegnen. Aber die Frau hatte sie gesehen. *»Vieille conne!«* rief sie. Marie bekreuzigte sich, um den bösen Blick abzuwenden. Etwas weiter blieb sie vor einem Obststand stehen. Sie kannte den Obsthändler, einen dicken, gutmütigen Mann.

»Aha«, neckte er Marie, »was darf ich Mademoiselle denn heute anbieten? Erdbeeren vielleicht?« Der Obsthändler hielt ein Körbchen voller duftender kleiner *fraises de bois* hoch, für die in Paris noch gar nicht Saison war.

Marie schüttelte den Kopf, beugte sich aber trotzdem hinunter, um an den Erdbeeren zu schnuppern. »Woher kommen die? Aus Amerika?«

»Wieviel?« fragte sie außerdem.

»Zuviel«, erklärte sie, noch bevor der Händler antworten konnte.

Er lachte und bot das Körbchen einem anderen Kunden an. Als er ihr den Rücken zuwandte, um die *fraises de bois* abzuwiegen, ließ sie eine Orange unter ihren Poncho gleiten und ging rasch davon.

Der Obsthändler hatte es Marie angetan. Er schien ihr ein solider und großzügiger Mann zu sein. Der würde nicht zu jenen Ehemännern zählen, bei denen man über jeden Sou und jede Minute des Tages Rechenschaft ablegen mußte. Sie konnte sich auch vorstellen, in seinen starken Armen im Bett zu liegen, bestimmt roch er nach Pflaumen oder Pfirsichen oder Birnen – je nach Jahreszeit. Marie mußte lächeln, diesem Mann, ihr Entschluß stand fest, würde sie in den kommenden Monaten nachstellen.

Als der Obsthändler sich umwandte, sah er sofort, daß eine der ordentlich aufgeschichteten Orangen fehlte, und er wußte natürlich, wo sie geblieben war. Auch er lächelte und beschloß, daß Marie ihm das nächste Mal die Frucht bezahlen würde. Mit einem Kuß, vielleicht mit mehr.

Als Franco Ella wiedersah, trug sie ein blaues Seidenkleid, passend zur Farbe ihrer Augen. Das Kleid war tief ausgeschnitten und zeigte viel von ihrer beinahe durchscheinend weißen Haut. Sie hing am Arm eines jungen Mannes inmitten eines lachenden und schwatzenden Grüppchens. Jedesmal, wenn Ella etwas gesagt hatte, fuhr sie sich mit ihrer spitzen kleinen Zunge über die Lippen. Diese Begegnung ergab sich bei einem Empfang in den Tuilerien, und Franco war so gebannt von Ellas Anblick, daß er beinahe seine langersehnte und einzige Chance verpaßt hätte, Napoléon III. kennenzulernen.

Obwohl es schon fast Frühling war, schneite es, als Franco die Tuilerien verließ und zu seinem Domizil zurückging; die Straßen der Stadt verschwanden unter einer schimmernden weißen Decke. Schnee war Franco gänzlich unbekannt, und er wußte auch nicht, daß er zu dieser Jahreszeit selten fiel. Er warf den Kopf in den Nacken, streckte die Zunge heraus und ließ die Schneeflocken darauf schmelzen.

22. März 1854

Bilde ich es mir nur ein oder verfolgt mich dieser Mann tatsächlich? Ich sehe ihn überall – im Louvre, im Bois de Boulogne, gestern in den Tuilerien. Wenn er versucht, Französisch zu sprechen, versteht ihn niemand. Noch schlimmer ist es, wenn er Englisch spricht. Er kleidet sich höchst fremdländisch – und er stolziert in seltsamen Stiefeln mit hohen Absätzen umher, als wäre er es nicht gewohnt, Schuhe zu tragen. Aber er hat auch etwas Interessantes an sich, er scheint keine Notiz davon zu nehmen, was die Leute von ihm denken, ja er merkt nicht einmal, daß sie sich über ihn lustig machen. Vielleicht ist es ihm egal. Princesse Mathilde meint, er sei Amerikaner, und Amerika, behauptet sie, stecke voller Gold. Man brauche nur ein wenig zu graben. Gold und Silber. Wenn ich nur auch ein wenig davon abbekommen könnte! Schon zum dritten Mal mußte ich Marie mit dem Versprechen vertrösten, sie in der nächsten Woche ganz bestimmt zu bezahlen. (Bloß womit?) Heute morgen, als sie mir das Haar bürstete, tat sie dies so grob, daß ich dachte, sie wolle es mir ausreißen. Viel, viel schlimmer – hundertmal, tausendmal schlimmer –, morgen reist Dimitri ab. Ich weine schon jetzt um ihn. Mein schöner, treuloser Dimitri! Bitte, bitte, ich tue alles, Dimitri, bleib –

»Ella, meine Liebste, mach auf.«

Am Tag seiner Abreise zur Krimfront klopfte Dimitri wiederholt an Ellas Schlafzimmertür.

»Ella, mein Schatz, ich fahre. Ich möchte mich verabschieden«, fuhr er fort und klopfte lauter, fester. »Bitte, Ella, ein kleiner Abschiedskuß. Ein kleiner Kuß, als Glücksbringer«, fügte er hinzu.

Zu stolz zu betteln und zu eitel, sich ihm mit ihren roten, verschwollenen Augen zu zeigen, lag Ella auf dem Bett, ein Kissen über dem Kopf, und konnte Dimitris Flehen kaum hören.

Schließlich war Dimitri gegangen; Pierre, der Kammerdiener, hatte ihm mit ausdruckslosem Gesicht die Haustür aufgehalten.

Ella schloß sich drei Tage lang heulend in ihrem Schlafzimmer ein. Wenn Marie, das Zimmermädchen, klopfte, schrie sie nur, sie solle verschwinden. Wenn Marie vor ihrer Tür ein Tablett abstellte, kippte Ella das Essen auf den Fußboden. Als Ella schließlich herauskam, hatte sie zwei Kilo abgenommen und war fest entschlossen, nie mehr ihr Herz und nie mehr einen Mann zu verlieren.

Aber Ella war eine Spielernatur. Als Kind in Irland hatte sie Spiele geliebt. Ihr Lieblingsspiel hieß ›Wanderer in der Wildnis‹, ein Brettspiel, das aus einer Karte exotischer Länder bestand, auf der Wege mit Zahlen eingezeichnet waren. Jeder Spieler setzte seinen Stein entsprechend einer gewürfelten Zahl, und jedes Feld bedeutete einen Schauplatz. Ella konnte sich noch gut erinnern, wie aufregend es den Spielbrettbeschreibungen zufolge in Südamerika zuging:

Feld 10 – Schau das große Tier dort im Fluß! Das ist eine Wasserschlange, sie ist mindestens 12 Meter lang.
Feld 17 – Was war das für ein Schrei? Es klang wie ein Mensch. Oh! Es ist ein Opossum, das einen Krebs aus dem Wasser geschleudert hat. Der wehrt sich und kneift es in den Schwanz.

Feld 22 – Horch, die schrecklichen Laute, die aus dem Wald kommen! Es ist der Todesschrei eines Jaguars, der von einer riesigen Boa Constrictor zerquetscht wird.

Auf Feld 66 ging es noch gefährlicher zu:

Ich sehe die Spuren eines KAIMANS *im Schlamm. Ah! Dort ist er. Er hat einen unglücklichen Neger zwischen seinen Kiefern und taucht mit ihm im Strom unter. Sein Opfer schlägt um sich, aber seine Schreie werden von den Wellen erstickt.*

In Paris waren Spiele gerade groß in Mode; bei Festen mußte Ella oft eine Maske tragen. Ihr Lieblingsspiel war derzeit eines, bei dem alle ein Blatt Papier erhalten, auf dem die Hälfte eines Sprichworts geschrieben steht: *L'amour est l'histoire de la vie des femmes,* und das Ziel des Spieles darin besteht, die Person mit der zugehörigen Ergänzung zu finden: *C'est un épisode dans celle des hommes*.

Und so lernte sie schließlich Franco kennen.

Mit einem großen Rosenstrauß unterwegs zu Ellas Wohnung, erblickte Franco in der Rue du Bac eine junge Frau, die den Poncho aus *samahu* trug, den er Ella geschickt hatte.

»Aber Mademoiselle ...« Franco streckte die Hand mit dem Rosenstrauß nach ihr aus, um sie anzuhalten, und die junge Frau nahm ihm die Blumen ab. Franco wollte protestieren – der jungen Frau sagen, daß weder der Poncho noch die Rosen für sie gedacht seien –, doch dann mußte er lachen – er wußte, daß Ella mehr wert war.

Die junge Frau wandte sich um und rannte davon.

C'est un fou!

Als Ella das nächste Mal im Bois de Boulogne ausreiten wollte, war ihre gewohnte graue Stute nicht da. Wütend drohte sie dem Stallburschen mit der Reitpeitsche.

»Du weißt genau, daß ich sie immer reite«, schrie sie ihn an. »Ich habe sie für die ganze Saison gemietet, und nur weil ich ein paar Tage unpäßlich war, meinst du, du kannst mich übers Ohr hauen.«

»Es tut mir leid, Madame, aber Madame hat nicht bezahlt, und so –«, versuchte der Stallbursche zu erklären.

»Du bekommst dein Geld schon!« Ellas Stimme überschlug sich. »Aber bis dahin will ich nicht, daß irgendein anderer sie reitet – verstanden? Sie ist ein zartbesaitetes junges Pferd, ein schlechter Reiter könnte sie verderben.« Ella war den Tränen nahe. »An wen hast du sie herausgegeben?«

Der Stallbursche zuckte mit den Achseln. »An einen ausländischen Gentleman.«

»Ein ausländischer Gentleman! Du Schwachkopf! Wahrscheinlich an einen Amerikaner, der sonst nur in der Wüste reitet und hinter Rindern herjagt und keine Ahnung hat, wie man ein Vollblut behandelt. Oh, wie dumm, wie gemein, wie, wie ...«

Ella kamen die Tränen.

Franco hatte die graue Stute gemietet. Er hatte den Stallburschen bestochen. Er trabte zum Stall zurück, leicht vorgebeugt, die Zügel locker in der Hand; diesmal trug er nicht seine schweren Silbersporen. Die Stute schien ganz ruhig; sie schwitzte nicht und warf auch nicht unruhig den Kopf. »Was für ein schönes Pferd«, sagte Franco beim Absteigen. »Ich glaube, ich kaufe es.«

»Mein Pferd –«, versuchte Ella zu sagen.

»Ah, Ihr Pferd.« Mit einem Lächeln wandte sich Franco

an den Stallburschen. »Geh und frag deinen Herrn, wieviel er für das Tier haben möchte.«

Der Stallbesitzer war umgehend zur Stelle und nannte einen Preis, einen Preis, der über dem tatsächlichen Wert der Stute lag, doch ohne ein Wort zählte ihm Franco das Geld hin. Dann nahm er dem Stallburschen die Zügel aus der Hand und übergab sie Ella.

Nackt sah Franco besser aus als in Kleidern. Seine gewölbte, behaarte Brust und seine kurzen Arme und Beine waren kräftig und stark; ansonsten war seine Haut dunkel und weich. Außerdem schien er sich so wohler zu fühlen. Seine Bewegungen waren elegant, und er war unbefangen; ohne daß Ella sich viel bewegen oder ihn berühren mußte, war er erregt. Es war auch offensichtlich, daß sich Franco keine allzu großen Gedanken über seine Frauenaffären machte. Frauen waren für ihn etwas Normales, sie bedeuteten Franco nicht mehr als Brot und Wasser. Nichts Besonderes, eine Notwendigkeit eben. Dieser Gedanke war aus Gründen, denen sie gar nicht weiter nachgehen wollte, eine Erleichterung für Ella. Es machte alles einfacher.

Danach warf sich Ella nicht mehr im Bett herum vor Sorgen, wie sie die Miete, die Diener und ihre Kleider bezahlen sollte; sie schlief so gut wie seit Monaten nicht mehr. Als sie am Morgen erwachte, lag Franco neben ihr. Er schnarchte leicht; seine Hand lag auf einer von Ellas Brüsten, als sei sie sein Eigentum. Es war Sonntag, und von draußen vernahm Ella fremdartige Laute. Eine Art Musik. Noch im Halbschlaf hörte sie eine Weile zu, dann schob sie vorsichtig, damit er nicht aufwachte, Francos Hand weg und stand auf. Vor dem Haus hatte sich eine kleine Menschenmenge versammelt; sie lauschte Francos paraguayischen Musikanten. Diesmal spielten sie auf ihren hölzernen Harfen eine Melodie ihrer Heimat, die schrill und süß zugleich klang. Einer von ihnen sang dazu.

Ella stand am Fenster und hörte zu.

Später, als Marie das Bett machte, fand sie lauter schwarze Haare zwischen den Laken. Hätte sie es nicht besser gewußt, Marie hätte gesagt, ein Hund oder ein anderes pelziges Tier hätte in Ellas Bett genächtigt. Aber Marie hielt den Mund; sie hatte endlich ihr Geld bekommen.

So reizvoll wie in diesem Frühjahr war ihr Paris noch nicht vorgekommen; die Kastanienbäume, die die Boulevards und Avenuen säumten, standen in voller Blüte; die Blumenstände entlang den Ufern der Seine erfüllten die Luft mit dem Duft von Flieder und Maiglöckchen. In den Parks spazierten elegante Damen, unter den Röcken ausladende Krinolinen – die neueste Mode –, Arm in Arm mit hübschen jungen Männern. Von Dimitri hatte Ella nichts mehr gehört, aber ausnahmsweise machte sie sich keine Sorgen. Sie war bereit für einen Neuanfang. »›Die europäische Vergreisung schreitet voran; hier bleibt alles beim alten, alles wiederholt sich‹«, sagte Ella zu ihrer Freundin, der Princesse Mathilde – um Eindruck zu machen, zitierte sie Lord Byron. »›Dort sind die Menschen so neu wie ihre Neue Welt und so ungezügelt wie ihre Erdbeben.‹«

Selbst wenn ihr Musiklehrer eine neue Sonate auf dem Klavier vorspielte, fingerte Ella an den goldenen Ohrringen herum, die Franco ihr geschenkt hatte, und unterdrückte ein Gähnen.

Obwohl er es auch in seinen wildesten Träumen nie aussprechen würde – und Justo José träumte oft seltsame Dinge, etwa daß er im Ozean schwimme, wo doch Justo José sein Lebtag nie einen Fuß in Wasser gesetzt hatte, das ihm bis über die Knie reichte, nicht einmal in einer Badewanne –, es kaum zu denken wagte, denn es war nicht ausgeschlossen, daß Ella Lynch genau wie die Frau in seinem Dorf, die als Hexe galt, seine Gedanken lesen konnte, erinnerte ihn die Frau mit den blonden, sittichgelben Haaren trotzdem an jene andere, deren Namen er nicht richtig aussprechen konnte – Ihjonn –, jene, der er zehn Franc gegeben hatte.

Schlimmer war, daß die Frau verlangte, die Musiker sollten ausländische Melodien einüben: Melodien, von deren Komponisten Justo José noch nie etwas gehört hatte und deren Namen er ebenfalls nie würde richtig aussprechen lernen: Stross, Bissä und Waltuhfil.

Immer wieder erzählte Franco, daß er Paraguay nach seiner Rückkehr in ein Land wie Frankreich verwandeln wolle. »Ich werde eine Oper bauen, eine Bibliothek, ein Theater, breite, gepflasterte Avenuen anlegen und Parks mit hohen Bäumen. Und außerdem«, sagte er, »werde ich aus Paraguay das bedeutendste und mächtigste Land von ganz Südamerika machen.«

»Eines Tages, du wirst schon sehen, meine Liebe«, fuhr Franco fort, »werde ich, Francisco Solano López, so bekannt, so beliebt und so berühmt sein, daß ich alles tun kann, was ich will.«

»Alles?« Ella lachte. Sie erinnerte sich daran, wie Jules de Goncourt den gleichen, nur etwas präziser gefaßten Wunsch Monsieur Balzacs geschildert hatte.

»Du glaubst mir nicht!« rief Franco mit gerunzelter Stirn.

Monsieur Balzac hatte gesagt, er wolle so bekannt, so beliebt und so berühmt sein, daß er es sich erlauben könne, in einer Gesellschaft einen Furz zu lassen, und jedermann dies für die natürlichste Sache von der Welt halten würde.

Ella, immer noch lachend, gab Franco einen Kuß.

»Natürlich glaube ich dir, *chéri.*«

26. SEPTEMBER 1854

Und wenn ich dort nicht glücklich bin, kann ich immer noch nach Paris zurückkehren. Ich sage nicht »Adieu für immer«, sondern nur *»au revoir«*!

2
Tacuari

An einem verregeneten Novembertag nahm Ella mit Franco Kurs auf Buenos Ayres, und zwar auf der *Tacuari*, seinem Fünfhundert-Tonnen-Dampfer. Die übrigen Passagiere waren Francos Gefolge, seine Bediensteten und seine Privatkapelle; die Fracht bestand aus all den Dingen, die Franco erworben hatte, sowie aus Ellas Besitztümern: ihrem Pleyel-Klavier, ihren Möbeln, ihren Gemälden, ihren Teppichen, mehreren Limoges- und Sèvres-Services, ihrem Silberbesteck, ihrer leinenen Bett- und Tischwäsche sowie Dutzenden Schrankkoffern mit Kleidung. Auch die graue Stute – Francos Geschenk –, deren weiches Maul und angenehme Gangart Ella bewundert hatte, befand sich in einer Box im Laderaum des Schiffes. Zusätzlich zu ihrem Dienstmädchen Marie hatte Ella noch eine weitere Frau engagiert, die ihr unterwegs Spanischunterricht geben sollte.

Doña Inés Ordoñez kam aus Toledo. Nachdem ihr Vater, Kavallerieoffizier und Mitglied des Partido Progresista, in der Schlacht von Vicalváro bei dem Versuch, Oberst Garrigo das Leben zu retten, gefallen war – ein Faktum, das sie bei jeder Gelegenheit zur Sprache brachte –, hatten sie und ihre Mutter aus Spanien nach Frankreich fliehen müssen. Doña Inés sprach *español* mit dem klassischen kastilischen Zungenschlag. Sie hatte große, dunkle Augen, einen eleganten, langen Hals und hinkte merklich – Folge eines Unfalls als Kind –, obgleich sie einen unförmigen schwarzen Schuh mit zehn Zentimeter dicker Holzsohle trug. Als ein Matrose Doña Inés behilflich sein wollte, die steile Laufplanke zu erklimmen – sie schleppte einen schweren Koffer –, ignorierte sie die dargebotene Hand und ging ohne Unterstützung hinüber.

Bei der Anstellung hatte Ella Doña Inés nach ihrem Alter gefragt.

»Ich bin achtundzwanzig Jahre alt«, hatte Doña Inés geantwortet.

Damals hätte Ella Doña Inés älter geschätzt.

»Waren Sie mal verheiratet?« Die Antwort auf diese Frage kannte Ella, bevor sie sie gestellt hatte.

Die Überquerung des Atlantik sollte etwa drei Wochen in Anspruch nehmen.

In der ersten Woche blies der Wind stetig von Nordost, die See blieb einförmig grau; die meisten Tage regnete es, und das Schiffsdeck war schlüpfrig und naß. Nachts war es kälter, der Regen ging in Graupel über. Außer den Matrosen wagte sich niemand nach draußen. Zudem roch es schlecht an Deck – nach einer Mischung aus Kohle, Bilgewasser und Kochdünsten aus der Kombüse; wenn die Vordeckluke offen stand, kam der Trangestank der Vordecklampe hinzu.

3. November 1854

Seit ich an Bord dieses stinkenden Schiffes gegangen bin, fühle ich mich krank *[schrieb Ella zu Beginn der Reise in ihr Tagebuch]*. Und das laute Vorlesen mit Doña Inés, zwei nicht enden wollende Stunden lang, macht die Sache auch nicht besser. Den Eimer habe ich immer in Reichweite. Ach, ich wünschte, sie hätte ein Buch wie *Don Quijote de la Mancha* zum Lesen ausgesucht anstatt der langweiligen Schwarten über Religion und Mystik, die sie immer anschleppt – obwohl ich ihr wiederholt erklärt habe, ich sei trotz meiner irischen Abstammung nicht unbedingt gläubig. Wahrscheinlich sprudelt die Hoffnung, mich bekehren zu können, beständig in ihrer Brust – sofern sie eine hat, die arme Frau! Um alles noch schlimmer zu machen, lächelt oder lacht Doña Inés niemals, ganz im Gegensatz zu Marie. Und wenn ich noch einmal ein Wort über ihren Vater höre, werde ich sie eigenhändig ins Meer werfen! Was gehen mich die Progresistas und die Moderados an! Na, trotzdem, es könnte alles noch viel schlimmer sein. An Paris habe ich noch kaum einen Gedanken verschwendet, und die Bälle, Empfänge und Festessen vermisse ich nicht im geringsten – im Gegenteil, es ist eine Erleichterung, mal etwas anderes zu erleben (obwohl der Ausgang vollkommen ungewiß ist!) –, und Franco ist äußerst aufmerksam, fast schon zu aufmerksam für meinen Geschmack! (Ich erlaube ihm nicht, in meiner Kabine seine gräßlichen Zigarren zu rauchen).

Unterhalb der Schiffskombüse waren ein Dutzend blökender Schafe, ein Stall voller Schweine und mehrere Verschläge mit Hühnern untergebracht. Morgens saß Gonzalo, der Koch, ein stämmiger Mann von grobschlächtigem Aussehen, der stets eine rote Strickmütze trug, in der Kombüsentür und schnippelte Gemüse oder nahm Hühner aus. Unabhängig vom Wetter bereitete er für Franco opulente Mahlzeiten zu, zum Beispiel Brathuhn, gekochtes Schweinefleisch, Hammel und Käse kombiniert mit Kartoffeln und Rüben. Franco spülte alles mit Wein, Sherry, Madeira und Bier herunter, während Ella nur in ihrem Teller stocherte und ein wenig Wasser mit darin aufgelöstem Pfeilwurzelmehl trank. Abends saß Gonzalo dann, immer noch mit seiner roten Wollmütze auf dem Kopf, die fettigen Hemdsärmel bis zu den Ellbogen hochgerollt, an der Kombüsentür und rauchte seine Pfeife. Er betrachtete alles und jeden – das Meer, den Himmel, die Sterne, die Frauen – mit dem gleichen verdrießlichen Argwohn.

»*Hola*«, rief er Marie zu. »*Hola, chica!*«

Franco war kein guter Seemann. Um die Wahrheit zu sagen, er hatte Angst vor Wasser, und schwimmen konnte er auch nicht. Die Strömung des Río Paraguay in seiner Heimat war stark, und es wimmelte dort von Krokodilen. Trotzdem und ungeachtet der schlechten Gerüche und des Regens, fühlte er sich auf dem offenen Deck wohler als in seiner stickigen Kabine. In seinen Umhang gewikkelt, lief Franco vom Heck zum Bug und wieder zurück, um sich warm zu halten und das Rumoren in seinen Eingeweiden zu vergessen. Zudem quälte ihn Schlaflosigkeit, auch das verdarb ihm die Laune. Er brüllte seinen Bediensteten vollkommen widersprüchliche Kommandos zu. Dem Jungen, der ihm die Stiefel putzen mußte, schlug er die Nase blutig, einen Tischdiener ohrfeigte er wegen ein wenig verschütteter Soße, und Justo Josés hölzerne Harfe warf er über Bord. Nur in Ellas Kabine gelang es Franco, länger als ein paar Minuten stillzusitzen.

Wenn Franco an Ellas Tür klopfte, machten sich das Dienstmädchen und die Spanierin mit dem verkrüppelten Bein augenblicklich davon. Die Spanierin murmelte unaufhörlich vor sich hin: *Nuestras vidas son los ríos, que van a dar en la mar, que es el morir.*

Marie und Doña Inés teilten sich eine Kabine, doch war diese so klein, daß immer nur eine von beiden stehen und sich anziehen konnte. Wegen Doña Inés' Bein schlief Marie in der oberen Koje, und jedesmal wenn das Schiff stampfte oder schlingerte, befürchtete sie herunterzufallen. Außerdem mochte Marie Doña Inés nicht. Ihre Allüren; die ölige Lotion, die sie sich ins Haar rieb; ihr schwerer Koffer, der viel zu viel Platz beanspruchte; ihre endlose Knieerei und Beterei. Kaum war sie einmal allein in der Kabine, durchstöberte Marie Doña Inés' Koffer. Was sie suchte, wußte sie selbst nicht. Marie fand Bücher, Bücher, deren Titel sie nicht lesen konnte: *La perfecta casada, Los nombres de Cristo, Camino de perfección, Libro de las fundaciónes, Moradas del castillo interior, Obras espirituales que encaminan a un alma a la perfecta unión con Dios.*

»Sag mal ehrlich, bist du noch Jungfrau?« fragte Marie Doña Inés einmal, obgleich sie, wie schon Ella, die Antwort kannte.

Vom Deck der *Tacuari* aus beobachtete Ella, wie der Pico del Teide auf Teneriffa, einer Fata Morgana gleich, langsam am Horizont auftauchte, während sich zum ersten Mal, seit sie in See gestochen waren, die Sonne zeigte. Das Schiff pflügte stetig durch die Wellen, und ab und an spritzte Ella ein wenig Gischt ins Gesicht, die sie ableckte, anstatt sie fortzuwischen. Sie schmeckte das Salz gern, und es beruhigte ihren Magen. An die Reling gelehnt, beobachtete sie einen Schwarm Fliegender Fische; die Fische schienen dem Schiff zu folgen. Ihre Flügel glänzten silbrig im Sonnenlicht, und gedankenlos streckte Ella die Hand aus, um einen von ihnen zu berühren. In diesem Augenblick ließ schlagartig der Wind nach, und einer der Fliegenden Fische, der seinen Kurs nicht rechtzeitig hatte ändern können, flog an Deck. Betäubt lag der Fisch da, die

Silberflügel ausgebreitet wie transparente Segel. Bevor Ella irgend etwas hätte sagen oder tun können, stand Gonzalo, der Koch, bereits neben ihr, ein Messer in der Hand. Mit einer einzigen schnellen, geübten Bewegung trennte Gonzalo dem Fisch den Kopf ab.

»Das bringt Unglück«, sagte Marie, die zugesehen hatte, »wie wenn ein Vogel ins Haus fliegt. Es bedeutet, daß jemand sterben wird.«

»Du bist ja schlimmer als Doña Inés mit deinem ewigen Gerede über den Tod«, gab Ella zurück.

Gonzalo blinzelte Marie zu. »Den koch ich zum Abendessen.« Und schon hatte er begonnen, den Fliegenden Fisch zu filetieren.

9. NOVEMBER 1854

Was für eine Wohltat, wieder festen Boden unter den Füßen zu haben. Ich hatte gehofft, Mathilde – ich habe die Stute nach Princesse Mathilde benannt – mit an Land nehmen zu können, um ihr ein wenig Auslauf zu verschaffen, aber die Matrosen konnten Mathilde nicht dazu bewegen, die steile Laufplanke hinunterzugehen. Je mehr sie sich bemühten, desto aufgeregter wurde Mathilde, sie bäumte sich auf und bockte vor Angst, so daß ich schon befürchtete, sie könnte sich ein Bein brechen. Statt dessen gelang es ihr, einem der Matrosen einen Tritt gegen den Kopf zu versetzen. Und zu allem Überfluß wurde Doña Inés, die sich zu diesem Zeitpunkt zufällig an Deck befand, von einem hysterischen Anfall ergriffen. Die arme Frau fürchtet sich vor allem und jedem – vor Männern, vor Pferden, wahrscheinlich auch vor ihrem eigenen Schatten. Anschließend bestand ich darauf, Mathilde eigenhändig ein paar Minuten an Deck auf und ab zu führen, damit sie sich beruhigen konnte, ehe sie wieder in ihre Box gebracht wurde. Arme Mathilde, sie hat eine häßliche wunde Stelle an der Schulter, weil sie sich immer an der Boxentür scheuert.

Als wir endlich an Land waren, besuchten wir die schönen Gärten des Marquis de Sonzal. Ich sagte Franco, daß ich noch nie so viele Blumen auf einmal gesehen hätte – Vanilleblumen, Kamelien, Hortensien, Fuchsien, Amaryllis, Jasmin, Rosen, alle durcheinander und im Überfluß –, und Franco sagte darauf: »Warte nur, bis du die Blumen in Paraguay siehst!« Später, als ich eine über dreißig Meter hohe Palme entdeckte und darüber eine Bemerkung zu Franco machte, sagte er wieder: »Warte nur!«

Den Tee nahmen wir im Haus des französischen Konsuls. Anschließend bestand der Konsul darauf, Franco die Fahnen zu zeigen, die Lord Nelson in der Schlacht von Santa Cruz eingebüßt hatte – sie seien, so erklärte er, in einer nahe gelegenen Kirche aufbewahrt. Ich sagte, ich zöge es vor, im Haus zu bleiben und mich auszuruhen, und das tat ich dann auch. Bei seiner Rückkehr war Franco in Hochstimmung. »Schade, daß du nicht dabei warst«, sagte er, »wir haben nicht nur Lord Nelsons Fahnen gesehen, sondern auch Lord Nelsons Arm!«

Als die *Tacuari* den Wendekreis des Krebses passierte, erstarb der Wind, es wurde heiß, und kein Lufthauch regte sich. Die See lag ganz still, keine kleinste Welle kräuselte die spiegelglatte Oberfläche.

»Die Roßbreiten«, erklärte der Kapitän Franco. »Man hat sie so genannt, weil in alten Zeiten, als man Pferde auf die Westindischen Inseln zu transportieren pflegte, die Schiffe manchmal so lange nicht vom Fleck kamen, daß man die Pferde über Bord werfen mußte.«

Als Franco Ella erzählte, was Kapitän Ribera gesagt hatte, entgegnete sie: »Wenn sie Mathilde über Bord werfen, springe ich hinterher!«

Franco legte den Arm um Ella. »Das würde ich nicht zulassen.«

Gelegentlich masturbierte Franco, bevor er Ella in ihrer Kabine besuchte. Das gab ihm mehr Zeit mit ihr. Dann konnte er mit übereinandergeschlagenen Beinen neben Ella auf dem kleinen, mit Kissen überladenen Sofa sitzen und reden. Er und Ella unterhielten sich auf französisch, in einer Sprache also, die für beide nicht die Muttersprache war. Manchmal, wenn er sich spontaner oder genauer ausdrücken wollte, sprach Franco Spanisch, und Ella antwortete auf englisch, doch egal in welcher Sprache sie miteinander redeten, es gelang ihnen immer, sich einander verständlich zu machen.

Franco beschrieb Ella seine Familie. Als erstes seinen Vater, Carlos Antonio López.

»Mein Vater war mir nie sehr nah, aber ich habe Respekt vor ihm. Er ist ein sehr gelehrter Mann, ein Jurist. Als Kind habe ich ihn kaum zu Gesicht bekommen, er schloß sich immer in seinem Arbeitszimmer ein und las, Tag und Nacht las er. Als der Diktator Francia starb, wurde mein Vater einer von zwei Konsuln, die das Land regierten, und anschließend wählte man ihn für eine zehnjährige Amtszeit zum Präsidenten; danach ist er wiedergewählt worden. Niemand in Paraguay arbeitet härter als mein Vater.« Franco hielt inne. »Er hat das Land geöffnet, hat Ausländer hereingeholt, den Handel in Schwung gebracht, die Beziehungen mit Rom wiederaufgenommen ...« Franco zuckte die Achseln. »Und vor allem hat er in Paraguay die Sklaverei abgeschafft.«

»Und deine Mutter?« wollte Ella wissen.

»Meine Mutter, Doña Juana, ist sehr ehrgeizig. Sie ist spanischer Abstammung und betrachtet ihre Familie als der meines Vaters weit überlegen. Womit sie auch recht hat. Ihre Familie ist außerdem viel reicher. Was meine Schwestern betrifft«, fuhr Franco fort, »die sind fett und faul, besonders Rafaela. Inocencia interessiert sich wenigstens noch für ein paar andere Dinge außer dem Essen, das sie sich in den Mund schiebt. Sie sammelt Papageien, Papageien aus allen Teilen Amerikas. Es müssen Hunderte sein. Sie hält sie in einer Voliere in ihrem Haus in Asunción.«

»Deine Schwestern werden mich nicht mögen«, prophezeite Ella.

Ohne darauf einzugehen, fuhr Franco fort: »Meine Brüder Venancio und Benigno sind jünger. Venancio führt sich auf wie ein Dandy. Benigno, der Liebling meiner Mutter, ist ein unverbesserlicher Spieler, aber er ist der klügere. Ich traue ihnen beiden nicht über den Weg. Aber jetzt genug von meiner Familie.« Franco erhob sich von dem Sofa mit den vielen Kissen, streifte seine Stiefel ab und begann sich zu entkleiden. Er konnte Ella nie lange widerstehen. Und was noch besser war, er wurde ihrer nicht müde. Im Bett hatte Ella etwas Unbeugsames, etwas Abweisendes, was Franco herausforderte. Eine Herausforderung, die *ihm* gefiel. Außerdem bekam Ella die Seeluft. Sie hatte niemals besser ausgesehen; ihre irische Haut war nie makelloser gewesen.

Mittags fand Marie keinen Schatten. Die Sonne stand direkt über ihr, und egal wo an Deck sie stand, da war nichts. Ein Gefühl der Schwerelosigkeit überkam sie. Versuchsweise faßte sie ihren Rock an zwei Zipfeln und wagte ein paar Tanzschritte; eine Polkamelodie ging ihr durch den Kopf und ließ sie nicht mehr los. In der Kombüsentür sah sie das Weiße in Gonzalos Augen glänzen, die sie beobachteten; es war ihr egal. Die Melodie wurde immer lauter, lebhafter. Die Arme in die Luft werfend, sprang Marie höher und weiter zu der schrillen Musik in ihrem Kopf und wirbelte schnell aus Gonzalos Blickfeld davon.

Jeden Samstagabend spielte in Sens, ihrem Dorf, die Kapelle auf dem großen Platz; Marie und ihre Schwester tanzten zusammen, mit den Männern tanzten sie nie. Die Männer waren grob und rochen nach Wein, und wenn einer von ihnen versuchte, Marie um die Taille zu packen und sie zum Tanz mit ihm zu bewegen, sagte Marie: »nein«. Marie war eine gute Tänzerin, und sie hatte keine Angst, nein zu sagen. Doch als Ella Marie gebeten hatte, mit ihr in dieses neue Land zu kommen, hatte Marie ja gesagt, und jetzt hatte sie Angst.

Die hölzerne Harfe kümmerte ihn nicht – die kostbare Harfe aus Zedernholz mit den sechsunddreißig Saiten, auf deren Erwerb er lange hingearbeitet hatte. Zum Glück hatte Franco nur die Harfe ins Meer geworfen und nicht ihn selbst. Als Fischfutter – Gott behüte –, er hatte so einiges an seltsamen Fischen gesehen, riesige Wale und Meeresschildkröten, die ihre häßlichen Köpfe aus dem Wasser streckten. Justo José bekreuzigte sich erneut. Wenn er die Heimat je wiedersah, würde Justo José, das schwor er – beim Haupte seiner verstorbenen Mutter, Gott hab sie selig – tausend, nein, fünftausend, zehntausend – was spielte das schon für eine Rolle, solange er heil und wohlbehalten ankam? – Ave Marias sprechen, und zwar genau so, wie die guten Missionare es seinen Vorfahren beigebracht hatten, und er würde nicht nur die Ave Marias beten, gelobte Justo José, sondern er würde auch alle Stationen des Kreuzwegs ablaufen. Und zwar auf Knien.

Als sie über den Äquator fuhren, plazierte Kapitän Ribera, wie es seine Gewohnheit war, ein Haar über der Linse des Fernrohrs. Franco ließ sich nicht täuschen; schließlich überquerte er den Äquator ja nicht zum erstenmal. Auch Ella durchschaute das Manöver.

»Das ist ein Trick«, sagte sie. »Der Äquator als Kreis existiert nur in der Vorstellung.«

Doña Inés saß an Deck und las ein Buch; Kapitän Ribera ging zu ihr hinüber und fragte, ob auch sie einen Blick durch das Fernrohr werfen wolle.

Als sie mit zusammengekniffenen Augen durch das Glas starrte, rief Doña Inés plötzlich: »Ich sehe Ihn!«

»Wen?« Der Kapitän runzelte die Stirn. Alle an Deck Versammelten sahen nichts als Wasser. »*Jesù*«, flüsterte Doña Inés noch, ehe sie ohnmächtig wurde, stürzte und mit dem Kopf hart auf den hölzernen Planken aufschlug.

Später verdunkelte sich der Himmel. Kapitän Ribera ordnete an, Luken und Oberlichter zu schließen und zu sichern, um gegen Böen gewappnet zu sein. Außer Focksegel und Klüver wurden alle Segel niedergeholt. Da die Maschinen liefen, herrschte unten in den stickigen Kabinen große Hitze – schlimmer als in einem Backofen, klagte Ella –, die die Passagiere wieder an Deck zwang. Schließlich begann es zu regnen, erste schwere Tropfen warmen Regens, dann kam Wind auf, und das Schiff begann zu schlingern.

»Eine Warnung, ich weiß es«, sagte Doña Inés mit teigigem Gesicht.

Marie antwortete nicht. Sie erbrach sich gegen den Wind, der ihr den Mageninhalt zurück auf das Kleid blies.

Die See war schwarz, die großen, marmorierten Wellenbuckel trugen Schaumkronen. Die Masten schwankten, die Spieren knarrten, das Schiff schob sich durch die schwere See: erst landete es wuchtig in einem Wellental, als wolle es sich einen Augenblick lang ausruhen, ehe eine nächste Welle über seinem Bug zusammenschlug, wirbelnd dahinschießendes Wasser auf das Deck spülte und die Passagiere wieder nach unten trieb; dann stampfte es weiter.

Franco saß mit dem Steuermann im Deckhaus. Die Beine gegen eine Konsole aus Mahagoniholz gestemmt, ritt er das schlingernde Schiff wie ein störrisches Pferd. Er kaute an einer Zigarre, die im Wind erloschen war. Das Unwetter machte ihm weniger angst als das Meer. Ein Blitz erhellte den Himmel, und Franco rief dem Steuermann in Erwartung des nachfolgenden Donnerschlags zu: »Ich weiß, daß der Blitz in Paraguay tatsächlich zehnmal öfter einschlägt als in jedem anderen Land.« Das Gewitter machte ihn mitteilsam, denn Franco liebte Lärm – Kanonendonner, das Krachen von Musketen, den Klang von Metall auf Metall. »Als kleiner Junge«, fuhr Franco fort, doch der Steuermann, der vollauf damit beschäftigt war, das Schiff auf Kurs zu halten, hörte ihm nicht zu, »hat mir mein Kindermädchen, eine alte Indianerin, erzählt, daß Donner wie ein herrenloser Hund ist, der am Himmel knurrend einen Platz zum Schlafen sucht.«

Als der Sturm sich gelegt hatte, verließ Franco das Deckhaus und ging hinunter, um Ella zu suchen. Ihre Kabine war leer. »Ella!« rief er. Jetzt hatte Franco wirklich Angst. »Ella!«

Mathilde in ihrer Box wieherte nervös; jedesmal, wenn das Schiff schlingerte, wurde sie gegen eine Wand geworfen. Ella öffnete die Tür des Verschlags und ging hinein. Sie zwängte sich in die Krippe, um einen Halt zu haben, nahm die Stute am Halfter, streichelte sie und sprach mit sanfter, beruhigender Stimme auf sie ein: *Mathilde, meine Liebste, warte nur, bis du die grünen Felder siehst, auf denen wir galoppieren werden. Mathilde, mein Schatz, Felder so grün und gewaltig, wie du sie dir gar nicht vorstellen kannst, Felder so grün und groß, wie es sie nicht einmal in deinen wildesten Pferdeträumen gibt.* Ella glaubte von Paraguay zu sprechen, doch sie dachte an Irland.

Franco blickte niemals zurück. Er blickte nicht zurück auf die Frauen, die er kurze Zeit geliebt, oder auf die Frauen, mit denen er geschlafen hatte – und ebensowenig wandte er den Blick jemals zurück zu der einzigen Frau, mit der zu schlafen ihm nicht gelungen war, Carmencita Cordal. Bereits bei ihrer ersten Begegnung hatte er die hellhäutige, anmutige Carmencita begehrt, doch Carmencita hatte sich Franco verweigert; schlimmer noch, sie hatte ihn ein »Indioschwein« genannt. Doch Franco hatte seine Rache bekommen – wenn auch eine bittere Rache. Folgendes hatte sich abgespielt: Carmencita stand kurz davor, den gutaussehenden Carlos Decoud zu heiraten – die Familie Decoud zählte wie die Familie Cordal zu den alten, aristokratischen spanischen Familien und damit zu der privilegierten spanischen Aristokratie, der auch Francos Mutter angehörte und von der Franco sich ausgeschlossen fühlte. Carlos' Bruder Juan Decoud war von Francos Vater, dem Präsidenten, nach Buenos Ayres geschickt worden, um dort eine gewisse Summe zur späteren Verwendung zu deponieren; unglücklicherweise verspielte Juan auf dem Weg einen Großteil des Geldes und floh mit dem Rest nach Europa, weil er zu feige war, seine Verfehlung einzugestehen. Wütend und rachdurstig befahl Don Carlos Antonio López seinem Sohn Franco, Carlos, Juans Bruder, festzunehmen. Als Franco dem Befehl nachkam, feierten Carlos Decoud und Carmencita Cordal gerade ihre Verlobung auf einem Ball. Sie tanzten miteinander. Carmencita strahlte vor Glück und sah hübscher aus denn je, und Franco machte erneut einen Annäherungsversuch, verbunden mit der Andeutung, er werde ihren Verlobten gnädig behandeln, wenn sie ihm zu Willen sei, doch Carmencita erteilte Franco erneut eine Abfuhr. Dieses Mal nannte sie ihn sogar *»fettes Indioschwein!«* Franco nahm Carlos Decoud nicht nur fest, er ließ ihn auch gleich erschießen. Die blutige Leiche ließ er vor das Haus der Cordals werfen, damit Carmencita sie sah. Beim Anblick des toten Carlos riß sich Carmencita die langen Haare aus, zerkratzte sich das Gesicht und hörte auf zu essen. Selbst wenn Franco Carmencita danach hätte haben können, er hätte sie nicht mehr gewollt.

Marie hatte einen Alptraum – einen Traum, der gar nicht so schlecht begann, dann aber bedrohliche Züge annahm. In dem Traum war Marie in Paris und spazierte die Rue du Bac entlang; vor ihr ging der Obsthändler – sie erkannte ihn an seinem breiten Rücken und der Art, wie er den Kopf hielt –, und obgleich Marie immer schneller ging, konnte sie den Obsthändler, der ebenfalls seine Schritte beschleunigte, nicht einholen. Nach einer Weile, entmutigt, rief Marie ihn in dem Traum beim Namen – einem Namen, an den sie sich nicht erinnern konnte, von dem sie aber sicher wußte, daß es sein Name war –, und als der Obsthändler sich endlich umwandte, war es gar nicht der Obsthändler, sondern die Bettlerin mit dem halben Gesicht, und Marie erwachte. In der Kabine war es heiß, und sie schwitzte; da hörte sie einen seltsamen Laut. Reglos lag Marie in ihrer Koje und lauschte. Das Geräusch kam von unten – eine Art ersticktes Stöhnen. Als sich ihre Augen an die Dunkelheit gewöhnt hatten, spähte Marie über den Rand ihrer Koje hinunter. Doña Inés lag auf dem Rücken, nackt, und hatte die Hand zwischen den Beinen.

22. NOVEMBER 1854

Ich schwöre bei Gott, daß keine Nonne Doña Inés das Wasser reichen kann! Wie sie sich ständig bekreuzigt, als hätte sie einen Tick. Und wie sie mich ein ums andere Mal wiederholen läßt: »*Sin arrimo y con arrimo*«, bis ich mein R richtig rolle – arrrrrimo! (Franco, das habe ich bemerkt, rollt das R nicht, und als ich Doña Inés darauf ansprach, sagte sie, er spreche kein Hochspanisch!) Zwecklos, ihr zu erklären, daß ich Alltagssätze lernen muß: »Ich freue mich, in Ihrem schönen Land zu sein.« »Was für ein hübsches Kleid Sie da tragen!« »Nein, danke, ich habe jetzt genug Orangen gegessen.« Als ich es Marie gegenüber erwähnte, hat sie nur die Achseln gezuckt und sich mit dem Finger an die Stirn getippt. Aber jetzt genug von Doña Inés. Kapitän Ribera hat mir versichert, daß in spätestens zwei Tagen die Küste von Südamerika in Sicht kommen wird. Was für eine Erleichterung, und mit der Zeit werde ich vielleicht auch mal wieder eine richtige Mahlzeit zu mir nehmen und sie normal verdauen können. Franco ist so ungeduldig, er steht den ganzen Tag an Deck und sucht den Horizont ab und raucht seine Zigarren. Ich schwöre, er hat bis heute bestimmt schon hundert Zigarren geraucht. Auch ich bin gespannt darauf, dieses neue Land zu sehen, von dem ich so viel gehört habe und wo ich, wie Franco mir verspricht, glücklich sein werde (und wo er, das hat er ebenfalls versprochen, mir einen Palast bauen wird – einen Palast aus rosa Marmor, gefüllt mit Gold!)

In der letzten Nacht an Bord der *Tacuari* beschloß Marie, in einer Hängematte an Deck zu schlafen. In der Kabine, so erklärte sie Doña Inés, sei es zu heiß, außerdem blicke sie gern zu den Sternen empor – dem Kreuz des Südens. Die paraguayische Kapelle kam hoch und spielte leise – Justo José, ohne seine hölzerne Harfe, summte die Melodie mit –, und Marie schaukelte in ihrer Hängematte zum Takt der Musik. Wie immer saß Gonzalo in der Kombüsentür; heute abend flickte er ein Hemd; seine dicken Finger führten die Nadel unbeholfen durch den Stoff. Marie sah Gonzalo eine Weile zu und bedeutete ihm dann mit einer Geste, sie werde die Näharbeit für ihn zu Ende führen.

Franco und Ella beobachteten, wie der schwache rötliche Streifen am Horizont breiter wurde; sie beobachteten, wie die Farbe des Meeres von Dunkelblau in Grün überging. Sie sahen ein Dutzend Kapsturmvögel wie aus dem Nichts auf das Schiff zufliegen und über den Wellen dahingleiten, scheinbar ohne die Flügel zu rühren. »Land in Sicht«, verkündete ein Matrose hoch oben im Krähennest; wenige Minuten später sahen Franco und Ella vor sich die Lichter der Hafenstadt Montevideo schimmern. Franco warf seine Zigarre ins Wasser und legte den Arm um Ella. Er flüsterte ihr etwas ins Ohr, doch wegen des Windes und des Maschinenlärms konnte Ella ihn nicht verstehen – ein Versprechen? eine Liebeserklärung? in welcher Sprache? Sie lächelte, sie nickte, als habe sie verstanden, nahm Franco bei der Hand und führte ihn hinunter in ihre Kabine. Wahrscheinlich, so vermutete sie, hatte Franco eher gesagt, sie sollte seinen *pene* in den Mund nehmen und lutschen.

Ab Montevideo mußte Kapitän Ribera den schriftlichen Anweisungen des Flußlotsen, eines Mannes namens Nuñez, folgen. (Nuñez, so wurde gemunkelt, hatte sich auf einem der Immigrantenschiffe Typhus zugezogen und war zu krank und zu ansteckend, um an Bord der *Tacuari* zu kommen.) Die Anweisungen waren handgeschrieben und voller Rechtschreibfehler – einige Worte ganz und gar unlesbar –, und oft mußte Kapitän Ribera entweder raten oder sich auf seinen Instinkt verlassen, um das Schiff auf der Nordseite der Chico-Bank des Río de la Plata durchzumanövrieren.

1. Nach Verlasen Montevideo mit die Kompas S.W. steuern [unleserliches Wort] und faren ungefer 30 Meilen.
2. Nach 30 Meilen endern Kurs auf W.S.W. und faren Richtung Punta Indio.
3. Wenn Punta Indio haben, peilen S.S.W. an 8 oder 9 Meilen weit.
4. Punta Indio peilen S.S.W. bei der [unleserliches Wort] steuern mit die Kompas N.W. und faren Richtung Ortiz-Bank.

Kaum ein Jahr war es her, daß Kapitän Rodriguez, Kapitän Riberas angeheirateter Cousin ersten Grades, an der Ortiz-Bank auf Grund gelaufen war. Das Schiff war gesunken, und alle an Bord waren ertrunken.

5. Wenn an Ortiz-Bank vorbei peilen mit die Kompas W. bis erreichen die Punta Santiago und Punta Lara.
6. Wenn 6 oder 7 Meilen hinter Punta Lara steuern W./N.W. und sehen [zwei unleserliche Worte] Quilmes oder Bäume auf die Hügel; folgen gleichen Kurs werden sehen Kirchtürme von Buenos Ayres, und dann die Schiffe im Vorhafen, und können ohne Gefahr darauf zufaren.

»So, so, ohne Gefahr«, seufzte Kapitän Ribera, während er die Anweisungen überflog, »schön wär's.«

Sie wußte es natürlich. Marie kümmerte sich um die Wäsche – sie wusch Ellas Nachthemden, ihre Unterröcke, ihre Unterwäsche. Und obwohl es Ella noch nicht anzusehen war – einzig ihre Taille war nicht mehr ganz so schmal –, so war ihre Periode doch bereits zum dritten Mal ausgeblieben.

3
Buenos Ayres

10. Dezember 1854

Das Hôtel de la Paix ist sehr günstig an der Calle Cangallo gelegen, direkt gegenüber dem Teatro Nacional. Nach dem Abendessen brauche ich mich nur umzukleiden, die Straße zu überqueren und mir einen Platz zu ergattern, um jeden Abend eine andere Vorstellung zu genießen. Das Hotel hat 100 Suiten, alle luftig und geräumig. Meine besteht aus einem Schlafzimmer, einem Ankleidezimmer, einem Salon und einer Schlafkammer für Marie; dazu haben wir eine prächtige Aussicht über den Hafen. Doña Inés bewohnt ein ordentlich großes Zimmer im ersten Stock des Hotels, allerdings ohne Hafenblick. Monsieur Maréchal, der französische Besitzer, hat sich viel Mühe gegeben, damit wir uns hier wohl fühlen. Das Essen lasse ich mir fast immer aufs Zimmer bringen; es ist ausgezeichnet. Meist gibt es Rindfleisch, was für meinem Zustand gut sein soll. Im Hotel spricht man Spanisch, Französisch und Englisch, und der Bursche in dem Mietstall, wo ich Mathilde untergebracht habe, ist ein Ire! Gott segne ihn!

Außer der Lage bot das Hôtel de la Paix noch den Vorteil eines ermäßigten Preises für längere Aufenthalte; Ella wollte sechs Monate bleiben, so lange, bis sie das Kind zur Welt gebracht hätte.

Nachdem sich die *Tacuari* auf dem Weg nach Paraguay den La Plata hinaufgekämpft und die Inseln Martin García und Los Dos Hermanos passiert hatte, erreichte sie mit Franco, seinem Gefolge, seinen Dienern und seiner Kapelle an Bord die ruhigeren Wasser des Río Paraná. Erst seit der Absetzung von Manuel de Rosas, dem Diktator von Buenos Ayres, war der Río Paraná wieder für den Schiffsverkehr offen. Nun drängten sich die Schiffe auf dem Fluß, als gälte es, die verlorene Zeit wettzumachen. Der Strom war zwar breit, aber flach, und die Route mußte den sich ständig verändernden Fahrrinnen angepaßt werden, um Sandbänken und schwimmenden Inseln aus Lianen und Gestrüpp auszuweichen. Bei Windstille blieb nur übrig, die Schiffe flußaufwärts zu staken oder an einem Baum zu sichern und von Männern am Ufer ziehen zu lassen.

Fast drei Jahre war es her, daß Franco Asunción verlassen hatte, und er fieberte der Heimkehr ungeduldig entgegen. In Hemdsärmeln wanderte er an Deck umher und trieb die Matrosen an, fluchte über Kapitän Ribera, weil die *Tacuari* zweimal auf Grund lief und sie erst mit dem Einsetzen der Flut wieder flott wurden. Er zeigte weder Interesse für die flache Waldlandschaft am einen Ufer, noch für die andere Seite, wo sich der Chaco erstreckte, in dem Kannibalenstämme hausten und der noch immer ein weißer Fleck auf der Landkarte war; ebensowenig Aufmerksamkeit schenkte er der vielfältigen Tierwelt: den Pumas und Tapiren, die in der Abenddämmerung zur Tränke an den Fluß kamen; den Krokodilen, die wie Baumstämme im Schlamm dösten; den kolossalen Reihern, die unvermittelt mit lautem Flügelschlag aufstoben; den Schwärmen von Papageien – nicht selten mehrere hundert Vögel auf einmal –, die mit lautem Kreischen bisweilen kaum einen Meter über seinen Kopf hinwegschwirrten. An einem besonders heißen und schwülen Nachmittag gerieten sie in einen Heuschreckenschwarm – braun geflügelte Insekten, fünf bis acht Zentimeter lang. Abertausende ließen sich auf dem Deck nieder; einige landeten auf Francos weißem Leinenhemd und fraßen Löcher hinein, doch er achtete kaum darauf.

Neben dem Teatro Nacional hatte Buenos Ayres noch eine Reihe weiterer Theater aufzuweisen, dazu ein Opernhaus, ein Museum für Naturgeschichte, eine öffentliche Bibliothek und mehrere Clubs. Der beliebte Club del Progreso bot seinen Mitgliedern einen Lesesaal, einen Billardsaal, einen Gesellschaftssaal, in dem die Börsennotierungen des Tages auf einer Schiefertafel angeschrieben wurden, und, was Ella am meisten schätzte, monatlich stattfindende Bälle, die als die elegantesten von ganz Südamerika galten. Die schachbrettartig angelegte Stadt besaß zahlreiche Parks und öffentliche Plätze; auf dem größten und beliebtesten, der Plaza Victoria, erinnerte eine Säule mit einer Statue und der Aufschrift *25 Mayo 1810* an die Revolution und die Unabhängigkeitserklärung. Jeden Nachmittag spazierte Ella mit Doña Inés das kurze Stück vom Hôtel de la Paix zur Plaza Victoria hinüber; sie ließen sich im Schatten eines ausladenden Acetuno, eines Baums mit olivenartigen Früchten, nieder, lauschten der Musikkapelle und setzten den Spanischunterricht im Freien fort.

Wenn der Wind allerdings aus ungünstiger Richtung wehte, strafte Buenos Ayres seinen Namen Lügen. Innerhalb der Stadtgrenzen lagen zwei Schlachthöfe, in denen täglich Hunderte von Rindern getötet wurden – nicht ihres Fleisches, sondern allein ihrer Häute wegen. Die Kadaver ließ man einfach liegen, bis sie verfault oder von Geiern und streunenden Hunden aufgefressen worden waren.

Wer an solchen Tagen durch die Straßen ritt, hielt sich ein parfümiertes Taschentuch vor das Gesicht.

Marie, stets schon vor Sonnenaufgang auf den Beinen, brauchte nicht lange, um die Märkte zu erkunden: den Recoba Vieja an der Ecke Calle Potosi und Calle Peru und den italienischen Markt, den Mercado del Plata, an der Ecke Calle Artes und Calle Cuyo, wo sie Gemüse kaufte. Bald wußte sie auch, daß die besten Tomaten aus Baradero kamen; die besten Pfirsiche aus Santiago del Estero; die beste Butter von englischen Kühen und aus den Schweizer Kolonien in Entre Rios und Santa Fe; und die frischeste Milch boten die baskischen *lecheros* an, die jeden Morgen aus Quilmes, Lomas de Zamora und Moron in die Stadt geritten kamen.

Eines Morgens schenkte ein junger *lechero* Marie ein Gefäß mit Rahm – *crème fraîche*.

»Wer hat dir gesagt, er sei Jesus Christus?« fragte Padre Gaspar Alvarez, der Beichtvater von Doña Inés.

»Er selbst«, antwortete Doña Inés und bekreuzigte sich.

Mathilde war im Mietstall Allinson & Malcolm an der Plaza de Mayo Nr. 25 untergebracht, unweit der Plaza Victoria. Die Stute hatte bei der Atlantiküberquerung an Gewicht verloren, ihr graues Fell hatte seinen Glanz eingebüßt; voller Unruhe warf sie ständig den Kopf. »Machen Sie sich keine Sorgen«, sagte Patrick MacBride, der Stallbursche, der Mathilde versorgte, zu Ella. »Bei mir ist sie in den besten Händen. Sie werden sehen, bald ist sie wieder putzmunter.« Patrick, der als Jockey früher Hindernisrennen gemeistert hatte, versprach, Mathilde jeden Tag für Ella auszureiten, jetzt, wo Dr. Henry Kennedy, der junge

Arzt aus Nordamerika, es ihr verboten hatte. Patrick stammte wie Ella aus dem County Cork – aus Schull, um genau zu sein. Er war 1847 aus Irland weggegangen, auf dem Höhepunkt der Hungersnot. »Nicht nur in Schull, auch in Goleen und bis nach Drimoleague hinauf sind die kleinen Kinder gestorben – fünfundzwanzig am Tag«, sagte Patrick zu Ella.

Ella hatte Irland verlassen, als sie zehn Jahre alt war. Eines Abends hatte der Vater einfach zusammengesucht, soviel er tragen konnte, und sein Haus samt allem übrigen Besitz zurückgelassen, um mit seiner Familie zu Verwandten nach Frankreich zu ziehen. Als Arzt hatte ihr Vater genug zu sehen bekommen – nicht nur die Hungersnot, sondern auch Fieber und Ruhr im Gefolge. Sämtliche Bediensteten hatten sich bereits abgesetzt, und es gab im ganzen Haus nichts mehr zu essen. Adelaide, Ellas Mutter, bereitete Suppe aus Wurzeln, die sie eigenhändig im Garten ausgrub. So lange sie lebe, sagte Ella, werde sie nie dieses Gefühl der Leere vergessen – sie war so hungrig gewesen, daß sie eines Tages Seetang aß, worauf ihr prompt schlecht wurde – und auch nicht das Schwindelgefühl, wenn man nichts im Bauch hat und glaubt, vor Hunger zu sterben.

5. Februar 1855

Ich fühle mich erstaunlich wohl und habe wieder Appetit, und alles entwickelt sich gut, sagt Dr. Kennedy, ich solle mir keine Gedanken machen. Ich sagte zu ihm, ich fürchtete, das Baby werde ein Zirkusakrobat, so wie es in meinem Bauch herumturne, doch das schien Dr. Kennedy nicht zu amüsieren. Er nimmt sich offenbar sehr wichtig. Noch etwas ist mir an Dr. Kennedy aufgefallen, er hat sehr kleine Hände, fast kleiner als meine eigenen,

scheint mir, aber das ist wahrscheinlich von Vorteil, weil er doch Chirurg ist und schwierige Operationen durchführen muß. Trotzdem finde ich, daß er etwas Seltsames an sich hat, aber »*no importa*«, wie die Leute hier gern sagen, solange er nur das Baby gesund zur Welt bringt. (»*Quién sabe?*« hört man auch oft – ich finde, die Menschen in Buenos Ayres sind sehr freundlich, aber auch sehr träge. Das mag am heißen Klima liegen.)
Natürlich fehlt mir Franco, aber wahrscheinlich ist es gut, daß er schon vorausgereist ist. In meinem gegenwärtigen Zustand wäre ich ihm keine sehr unterhaltsame Begleiterin. Außerdem kann Franco so in Ruhe die nötigen Vorbereitungen für meine Ankunft in Paraguay treffen!

Eine sehr elegante Frau, bemerkte Monsieur Maréchal, der Besitzer des Hôtel de la Paix, zu seiner Gattin, Madame Maréchal. Nicht nur elegant, sondern auch charmant und wohlerzogen, selbst jetzt, wo sie doch *enceinte* ist. Monsieur Maréchal hielt sich für einen Menschenkenner – schließlich war das sozusagen sein Beruf, und hier, in Buenos Ayres, bekam er Menschen jeden Schlags zu Gesicht – reiche Grundbesitzer, Ingenieure, Naturforscher, auch viele Glücksritter. Schon wenn jemand das Hotel betrete, behauptete Monsieur Maréchal, könne er – er wisse selbst nicht wie, wohl durch eine Art Instinkt – zweifelsfrei erkennen, ob die betreffende Person Ärger machen oder sich über das Essen oder die Bedienung beschweren werde. Vor allem aber wußte Monsieur Maréchal immer sofort, ob die betreffende Person pünktlich ihre Rechnung begleichen würde. Außerdem besaß Madame Lynch ein liebenswürdiges Lächeln, und wenn sie mit ihm sprach – nicht unbedingt, um ihm etwas von Wichtigkeit mitzuteilen –, einfach, um ihn zu begrüßen, oder zu bemerken: »War heute nicht ein schöner Tag?«, dann war Monsieur Maréchal stets bezaubert von ihrer honigsüßen Stimme und ihrem lieblichen Augenaufschlag. Und wie begabt die junge Frau war! Neulich hatte sie nach dem Abendessen auf ihre wiederholten Bitten hin ein wunderschönes Stück von Franz Liszt gespielt, ihrem Freund und Lehrer, wie sie sagte, und alle, auch Madame Maréchal, waren sich einig, daß Madame Lynch virtuos spielte, wie ein Konzertpianist. Ja, Monsieur Maréchal zweifelte nicht einen Augenblick, Madame Lynch war eine Dame!

8. FEBRUAR 1855

Heute habe ich endlich einen Brief von Franco erhalten. Er behauptet, seit seiner Ankunft in Asuncíon keine Zeit gefunden zu haben, mir zu schreiben. Die Schiffsreise schildert er als langwierig, heiß und beschwerlich. Von mindestens tausend verschiedenen Insekten sei er gestochen worden, und mehr denn je hätte ich ihm gefehlt, da niemand dagewesen sei, der seine Stiche hätte kratzen können. Ha ha! Ich werde ihm schreiben, daß ich hoffe, seine Zuneigung zu mir gründe nicht bloß auf meinem Geschick, Mückenstiche zu kratzen! Weiter schreibt Franco, sein Vater, Don Carlos, sei ungeheuer dick geworden – so dick, daß Franco ihn im ersten Moment beinahe nicht wiedererkannt hätte. Wie ein Mastodon sehe er aus, schreibt Franco. Offenbar kann der alte Herr sich nur mit Hilfe von mindestens zwei Männern aus seinem Sessel erheben und muß überallhin getragen werden. Franco hat nicht erwähnt, ob er seiner Familie von mir und dem Kind erzählt hat – ich vermute, er hat es nicht getan. Offen gestanden überrascht mich das nicht, nach meiner Erfahrung erweisen sich selbst die

mutigsten Männer als Feiglinge, wenn es gilt, über Herzensangelegenheiten zu reden.
A propos Herzensangelegenheiten – was wohl aus Dimitri geworden sein mag? Ich hatte mir fest vorgenommen, nicht an ihn zu denken, aber es gelingt mir nicht, vor allem, da ich mich allein fühle ...
Ich versuche mich, so gut es geht, zu beschäftigen, nachmittags gehe ich entweder zur Plaza Victoria oder ich besichtige in Begleitung von Doña Inés die Sehenswürdigkeiten. Was für eine seltsame Frau! Ich könnte schwören, daß wir bereits in sämtlichen Kirchen von Buenos Ayres Kerzen für das Baby angezündet haben! Inzwischen habe ich hier auch viele Familien kennengelernt, die mich sehr herzlich und gastfreundlich aufgenommen haben und bei denen ich schon etliche angenehme Abende verbringen durfte – ich muß aber doch sagen, daß mir noch nie in meinem Leben Leute begegnet sind, die soviel Fleisch essen, Frauen und Kinder nicht ausgenommen. Jeder scheint hier täglich mehrere Kilo Rindfleisch zu verzehren!
Für morgen habe ich mir vorgenommen, an Princesse Mathilde zu schreiben und sie zu fragen, was es Neues gibt.

Außer der hinkenden Doña Inés ging in Buenos Ayres kein Mensch zu Fuß. Jeder hatte ein Pferd oder fuhr in einer Kutsche, selbst die Bettler, die *pordioseros* – so genannt, weil sie beim Betteln ständig riefen: *por el amor de Dios*. Täglich ging Doña Inés vom Hôtel de la Paix zur Kirche Nuestra Señora de Monserrat und zurück. Manchmal unternahm sie den Marsch auch zweimal am Tag und murmelte dabei vor sich hin:

Del Verbo divino
la Virgen preñada
viene de camino:
si le dais posada!

Das Leben von Dr. Henry Kennedy, genau genommen Mr. Henry Kennedy, stand unter einem Unglücksstern. Ein paar Jahre zuvor, in Philadelphia, der Stadt der brüderlichen Liebe, seiner damaligen Heimat, hatte eine Krankenschwester Dr. Kennedy mit einem Patienten im Bett erwischt – einem zwölfjährigen Knaben, dessen ätherische blonde Schönheit und rosige Wangen sich einer Tuberkulose im Endstadium verdankten –, und die Schwester hatte sofort das gesamte Personal des Krankenhauses alarmiert.

Chère Yvonne. Marie diktierte Doña Inés einen Brief. *Wir sind gut in Buenos Ayres angekommen*. Marie hielt inne. Sie war es nicht gewohnt, Briefe zu schreiben oder zu diktieren.

»Ja? Was willst du deiner Schwester sonst noch mitteilen?« Doña Inés runzelte die Stirn, ihre dunklen Augenbrauen berührten sich in der Mitte.

»Warten Sie. Lassen Sie mich nachdenken«, antwortete Marie.

»Willst du ihr beschreiben, wie das Klima hier ist?«

Marie schüttelte den Kopf.

»Die Landschaft vielleicht?«

Wieder veneinte Marie kopfschüttelnd. »Nein.«

»Was dann?« drängte Doña Inés und klopfte mit der Feder auf den Tisch.

»Ich weiß es nicht.«

Hätte Marie selbst schreiben können, so hätte sie ihrer

Schwester mitgeteilt, wie sie sich an den Abenden, die Ella im Theater verbrachte und an denen sie frei hatte, mit dem hübschen Gaucho traf, dem *lechero*, der Stiefel aus Pferdeleder trug, mit einem Loch für seine großen Zehen, und daß sie mit ihm in eine *pulpería* ging und *caña* trank, einen feurigen süßen Rum, und sie hätte ihr auch geschrieben, wie der *lechero* ihr ein Glücksspiel namens *taba* beibrachte, das mit einem Knochen aus einem Rinderknie gespielt wurde, und wie der *lechero* andauernd versuchte, sie zu küssen, und daß sie es ihm vielleicht demnächst einmal erlauben würde. Statt dessen sagte Marie: »Schreiben Sie, daß sie mir fehlt.«

»Ist das alles?«

»Ja. Das ist alles.«

Hinterher fiel Marie ein, daß Yvonne nicht lesen und schreiben konnte, genausowenig wie sie.

Jeden Tag ritt Patrick MacBride, der Stallbursche, der einst Hindernisrennen bewältigt hatte, frühmorgens Ellas graue Stute Mathilde aus und ließ sie galoppieren. Er brach auf, wenn die Gauchos von den *estancias* mit Milch, Fleisch, Eiern und Gemüse in die Stadt kamen. Bald erkannte Patrick einige der Gauchos wieder und grüßte sie, wenn sie aneinander vorbeiritten. Die Gauchos, da war sich Patrick sicher, bewunderten Mathilde – er sah es ihren Blicken an. Weil er diese bewundernden Blicke genoß, gab er Mathilde manchmal einen kleinen Kick mit den Sporen oder versetzte ihr einen leichten Schlag mit der Gerte, so daß sie ihr Tempo beschleunigte und sich in ihrer ganzen Kraft und Eleganz zeigte.

Eines Morgens kehrte Mathilde reiterlos zu den Mietställen von Allinson & Malcolm an der Plaza de Mayo Nr. 25 zurück; ihr graues Fell zeigte schwarze Schweißflekke, ihre Nüstern waren gebläht und gerötet. Der Sattel war ihr unter den Bauch gerutscht; einer der metallenen Steigbügel fehlte, der andere schleifte funkenschlagend über den Boden. Ein Stallbursche hatte ziemliche Mühe, bis er sie an einem Ende des zerrissenen Zügels zu fassen bekam, und mußte sie dann viele Runden im Kreis herumführen, ehe sie sich beruhigte.

20. Mai 1855

Gestern abend war ich auf einem Ball im Club del Progreso, und wenn man den Damen dort Glauben schenken darf, sieht man mir nicht an, daß ich im achten Monat schwanger bin. Natürlich habe ich nicht getanzt; ich blieb sitzen, schaute zu und übte mein Spanisch. Außerdem habe ich einen sehr charmanten Engländer kennengelernt, James White mit Namen. Es heißt, Mr. White sei einer der größten Grundbesitzer in der Provinz Río Plata. Er war außerordentlich aufmerksam, wich den ganzen Abend nicht von meiner Seite, versorgte mich mit Essen und Wein, und ich gestehe, daß ich ihn nicht entmutigte.

Marie ist ganz sicher, daß Patrick von den Gauchos überfallen worden ist. Die Gauchos sind eine gesetzlose, brutale Bande, schreckliche Geschichten kursieren über sie – zum Beispiel diese, die ich von Marie habe (sie schwört, sie sei wahr, sie selbst habe sie von einem Gaucho gehört), nach der ein Gaucho einen Mann getötet haben soll, bloß weil er *geträumt* hatte, der hätte mit seiner Frau geschlafen. Man stelle sich vor! Dieses Mal habe *ich* Doña Inés sogar selbst gebeten, eine Kerze anzuzünden, aber ich fürchte, alle Kerzen der Welt werden Patrick nicht zurückbringen. Der arme Kerl, er wird mir fehlen. Er hat mich so an zu Hause erinnert! Wie selt-

sam, daß ich nie an die Rue du Bac oder überhaupt Paris, dafür aber an Irland denke! Ich habe Sehnsucht nach der sanften und grünen Landschaft. Hier wirkt alles so grell. Vielleicht macht mich ja mein Zustand so sentimental, aber häufig ist mir morgens, bevor ich vollständig erwacht bin, als wäre ich wieder in meinem alten Zimmer in unserem Haus in Cork, als läge ich dort auf dem Bett und bräuchte nur den Kopf zu heben, um aus dem Fenster in den Garten und zu der hohen Fuchsienhecke an der Straße zu sehen, und als wäre es Zeit, aufzustehen, um nicht zu spät zur Schule zu kommen, und schon will ich Corinna rufen, die mit mir das Zimmer teilt, doch dann fällt mir ein, daß ich in Buenos Ayres bin. Lauter dummes Zeug, leider.
Das Baby hat sich gesenkt. Ob ich Dr. Kennedy benachrichtigen sollte? Auch Marie hat es bemerkt. Der Form des Bauches nach zu schließen wird es bestimmt ein Junge, meint sie. Oh, das habe ich beinahe vergessen – später am Abend lud mich Mr. White für nächsten Sonntag auf seine *estancia* in Belgrano ein, wo mir zu Ehren ein *asado* veranstaltet werden soll. Er hat auch versprochen, mir eine Kutsche zu schicken.

Doña Inés aß in ihrem Zimmer im Hôtel de la Paix, jenem ohne Hafenaussicht, einen Granatapfel. Hätte jemand geklopft oder die Tür geöffnet, sie hätte die Frucht versteckt. Die *granada* war ein Luxus, etwas, das sie sich von Zeit zu Zeit gönnte. Es war nicht unbedingt eine Sünde, nur daß sie das Vergnügen, das sie beim Verzehr der Frucht empfand, Padre Gaspar Alvarez nicht beichtete. Sie saß an einem Tisch und saugte jeden einzelnen Kern aus, die Samen spuckte sie auf einen Teller. Granatäpfel erinnerten Doña Inés an Spanien, und wenn sie einen aß, dann schloß sie die Augen und stellte sich vor, zu Hause zu sein – zu jener Zeit, als ihr Vater noch lebte und sie selbst, dreizehn Jahre alt, mit einem Freund draußen im Garten saß. Sie aßen Granatäpfel und veranstalteten einen Spuckwettbewerb – wer konnte die Granatapfelsamen am weitesten in den Garten spucken? –, und in solchen Momenten vergaß sie ihr verkrüppeltes Bein, und auch ihr Freund vergaß es. Natürlich spuckte der Freund weiter als sie und gewann, und zur Belohnung verlangte er einen Kuß. Als sie danach ins Haus zurückkehrte, hatte Doña Inés gespürt, daß es zwischen ihren Beinen feucht wurde – ihre erste Periode –, und geglaubt, das käme von dem Kuß. Von da an assoziierte Doña Inés Blut und den Kuß mit einem Granatapfel – dem klebrigen roten Innern der Frucht und den dunklen Samen.

»Ein Opernhaus.«

Als Franco in Asunción seinem Vater nach seiner Rückkehr aus Europa den ersten offiziellen Besuch abstattete, erzählte er ihm von seinen Plänen.

»Wie La Scala, in Italien.«

Carlos Antonio runzelte die Stirn und schüttelte seinen massigen Kopf; er hatte keine Ahnung, wovon Franco überhaupt sprach.

»Ein Theater, in dem die Menschen singen«, versuchte Franco zu erklären.

»Singen? Was sollen sie denn da singen? Hier in Paraguay reicht es den Leuten voll und ganz, zu Hause oder auf der Staße zu singen.« Carlos Antonio stemmte sich schwerfällig hoch.

»Rafaela und Inocencia finden die Idee gut.« Franco versuchte seinen Vater zu besänftigen, bevor er das Thema wechselte. »Wir müssen Waffenarsenale, Werften, Festungen bauen, wir müssen die Armee verstärken, um unser Land gegen unsere Feinde zu verteidigen.«

»Welche Feinde?«

Marie hielt Ella ein parfümiertes Taschentuch vor die Nase. Sie fuhren an einem der städtischen Schlachthöfe vorbei. Hunderte Kadaver geschlachteter Rinder und Pferde faulten am Straßenrand vor sich hin; in großen Schlaglöchern schwappten ihre Gedärme. Hunderte lebender Tiere waren hier eingepfercht, sie schnaubten und muhten, drückten sich aneinander und gegen die Umzäunung, die aus den Knochen und Hörnern toter Tiere errichtet war. Erst als sie die Barracas-Brücke überquert hatten, die Stadt hinter ihnen lag und die unbefestigte Straße in eine weite, grüne Landschaft führte, holte Marie tief Luft und nahm das parfümierte Taschentuch von Ellas Nase. Marie faltete es sorgfältig zusammen, steckte es ein, rief dem Kutscher *»Parar, por favor!«* zu, stieg aus und übergab sich ins hohe Gras.

Auf der *estancia* von Mr. James White hatte man hölzerne Stühle und Tische für die Gäste in einem Orangenwäldchen aufgestellt; nur wenige Meter entfernt wurde in einer Grube ein ganzes Lamm an einem Spieß geröstet. Bei dem Geruch fürchtete Marie, ihr würde wieder schlecht werden. Ella hingegen fühlte sich ausgesprochen wohl. Sie trank mehrere Gläser französischen Wein, aß zwei große Portionen fettiges Lamm und hörte aufmerksam Mr. White zu, der ihr das Scheitern von Rivadavias Landreform erklärte; wie der erste im Jahr 1844 errichtete Zaun die gesamte Viehzucht in Argentinien verändert hätte; und schließlich (da Ella sich so interessiert zeigte) auch noch, wie er den ersten Durham-Bullen aus England eingeführt hatte. Der Name des Bullen war Tarquin; und Tarquin, so erklärte Mr. White Ella, würde die Viehzucht in ganz Südamerika verändern – den Wert der Häute, des Talgs, des Fetts, des Fleischs. Stolz fügte Mr. White hinzu, schon jetzt seien die Nachkommen von Tarquin – halb Criollo, halb englisches Shorthorn – im ganzen Land als *tarquinos* bekannt.

»*Tarquinos?*« wiederholte Ella. Unwillkürlich legte sie die Hand auf ihren Bauch.

Mr. White wurde verlegen und wechselte rasch das Thema. Schafzucht in Buenos Ayres sei sehr viel einfacher, sagte er.

Es war später Nachmittag, als sie nach Buenos Ayres zurückkehrten. Unterwegs sah Ella viele Vögel: Wildenten, Schnepfen, Rebhühner, schwarze Stare, die genau wie die Stare zu Hause aussahen; einmal flog auch eine kleine Eule fast unter den Hufen des Pferdes auf, und hoch oben am Abendhimmel zogen mehrere Falken ihre Kreise. Außerdem zeigten sich Tiere, die sie noch nie gesehen hatte: Sie sahen halb wie Kaninchen, halb wie Dachse aus, und als die Kutsche an ihnen vorbeifuhr, erhoben sie sich auf die Hinterpfoten und starrten sie an, ehe sie in Erdlöcher davonstoben. Ella fragte den Kutscher, wie diese Tiere hießen. Das seien *vizcacha*, erklärte er.

»*Vizcacha*«, wiederholte Ella sinnend.

Und dann, gerade als sie die Barracas-Brücke überquerten, platzte Ellas Fruchtblase.

4
Villa Franca

Während der heißesten Stunden des Tages blieb José de Carmen Gómez, der schmucke Kommandant von Villa Franca, im Haus und liebte ein Dorfmädchen mit prallem Arsch – ein Mädchen, das er für mehrere Wochen bezahlt hatte. Das Mädchen kauerte auf allen vieren auf dem Boden und José de Carmen Gómez war soeben in sie eingedrungen, als jemand an die Tür klopfte und rief, Francisco Solana López' Geliebte – López' *querida* – sei eingetroffen und müsse in die Hauptstadt begleitet werden. Mit den Gedanken woanders, verstand José de Carmen Gómez nur das Wort »*querida*«, rief zurück: »*Momentito*« und machte weiter. Es klopfte erneut, mehr Rufe waren zu hören, doch da stieß José de Carmen Gómez das Mädchen bereits rhythmisch und war kurz vor dem Orgasmus, und das Mädchen hatte José de Carmen Gómez' Hand genommen und zwischen seine Beine geschoben und stöhnte und brachte sich selbst zum Höhepunkt, so daß beide nicht hörten, wie die Tür aufging.

Einige Kilometer nördlich der Stelle, an der der Río Paraná in den Río Paraguay mündet, bekam der sechs Wochen alte Juan Francisco Paraguay zum erstenmal zu sehen. Juan Francisco war ein gesundes, lebhaftes Baby, dunkelhaarig und dunkelhäutig wie sein Vater. Da er ständig Hunger hatte, mußte seine Amme, eine Guaraní-Indianerin namens Rosaria, ihm zu jeder Tages- und Nachtzeit die Brust geben. Nur dann war er ruhig; die Augen halb geschlossen, die Lippen saugend und seine kleine Hand auf Rosarias großem Busen.

Wenn sie nicht gerade stillte oder sich sonst um Juan Francisco kümmerte, klöppelte Rosaria Spitzen – eine von den Jesuiten gelehrte Fertigkeit, die in ihrer Familie von Generation zu Generation weitergegeben worden war. Die Spitzen waren hauchzart, das Muster filigran wie ein Spinnennetz.

Sobald sie sich dazu in der Lage fühlte, hatte Ella einen amerikanischen Dampfer nach Asunción bestiegen. An Bord befand sich auch Mrs. Charles Washburn, die Frau des amerikanischen Gesandten in Paraguay, die ihren Mann dort zum erstenmal aufsuchte. Bei schönem Wetter ließ sich die blonde, zerbrechlich wirkende Mrs. Washburn einen Stuhl hinaufbringen und saß dann lesend an Deck; sie las *Der letzte Mohikaner.* Von daheim hatte sie einen kleinen Hund mitgebracht, einen Terrier. Sein Name war Bumppo – sie habe ihn, so sagte sie, nach dem Helden in den *Lederstrumpf-Erzählungen* benannt. Zu seiner eigenen Sicherheit war Bumppos Leine neben Mrs. Washburns Stuhl an die Reling angebunden, und dort saß er dann und bellte. Mrs. Washburn schien davon keine Notiz zu nehmen, doch das Gekläff störte die anderen Passagiere, und wenn sie gerade nicht hinsah, machten die Matrosen alles noch schlimmer, indem sie Bumppo neckten – Essen vor seiner Nase baumeln ließen oder so taten, als wollten sie ihm einen Ball hinwerfen.

»Wie alt ist er denn?« Ella hatte versucht, Konversation zu machen. »Ich liebe Hunde, Pferde, Tiere überhaupt – ich bin auf dem Land aufgewachsen.«

»Er ist noch ein Welpe.« Mrs. Washburn zeigte sich weniger gesprächig. Sie hatte Gerüchte über Ella gehört.

Wau, wau, wau – selbst unten, in ihrer Kabine, konnte Ella Bumppo noch hören. Das Gebell ging ihr auf die Nerven.

Für die Reise von Buenos Ayres bis zum Grenzposten Itapirú brauchte das Schiff eine Woche, für die Strecke von Itapirú bis zum nur einhundertundzwölf Kilometer entfernten Villa Franca eine weitere. Ella kam es vor wie ein ganzes Jahr. Nervös und ungeduldig lief sie auf dem Deck des Schiffs auf und ab. Ohne jeden Grund tadelte sie Marie scharf, sie konnte sich nicht auf ihre Spanischstunden mit Doña Inés konzentrieren, ja nicht einmal das Baby vermochte ihre Aufmerksamkeit lange zu fesseln. Je näher sie ihrem Ziel kamen, desto aufgeregter wurde Ella. Auch Bumppos Bellen wurde lauter und beharrlicher, je weiter sich der Dampfer den Fluß hinaufarbeitete. Ella lag in ihrer Kabine in der Koje und bedeckte die Ohren mit den Händen, während an Deck Mrs. Washburn in ihrem Stuhl seelenruhig in ihrer Lektüre des *Letzten Mohikaners* fortfuhr. Als sie schließlich in Villa Franca eintrafen, konnte Ella es nicht länger ertragen. Sie beschloß, das Schiff zu verlassen und den restlichen Weg nach Asunción zu Pferde zurückzulegen. Das ginge schneller, sagte sie. Und außerdem müßte sie sich nicht von morgens bis abends Hundegebell anhören.

Von Villa Franca aus ritten sie zunächst durch einen Wald mit *rebora-hacho* und *algarrobo*, einer Akazienart, und Dornenbüschen, die ihnen die Stiefel zerkratzten und ihre Kleider zerrissen. Schließlich machten die Dornensträucher Wasserläufen und Wasserpflanzen Platz, und sie gerieten in eine von riesigen Fächerpalmen durchsetzte Sumpflandschaft, in der den Pferden das Wasser bis zu den Knien reichte. Marie war noch nie zuvor geritten, und so führte einer von Kommandant Gómez' Soldaten ihr Pferd an einem Strick. Der Soldat wies Marie auf dies und jenes hin – Bäume, Vögel, Pflanzen; insbesondere auf ein stachliges Gewächs mit blaßblauer, in der Mitte hellgelber Blüte – doch Marie, die unbequem im Sattel schaukelte, fühlte sich so unwohl, daß sie kaum auf die Worte des Soldaten achtete. Ein paar Schritte vor ihr ritt Ella auf Mathilde. Kerzengerade und groß, in einem Reitkostüm aus Paris, trabte sie neben Kommandant Gómez dahin; ihren Stimmen nach zu schließen führten die beiden ein angeregtes Gespräch.

»*Merde!*« fluchte Marie leise und schlug nach einem Moskito.

Am Nachmittag überquerten sie einen Fluß; die Pferde ließ man schwimmen, wobei die Soldaten von Kanus aus ihre Köpfe hielten. Maries Pferd versuchte kehrtzumachen, und der Soldat spritzte ihm Wasser ins Gesicht, um es abzulenken und damit es weiter in die richtige Richtung schwamm. Als Marie wieder in den Sattel stieg, war das Pferd nicht mehr so gefügig; es hatte die Ohren angelegt. Es ließ sich nicht mehr führen, warf den Kopf zurück und stieg; Marie schrie, und das Pferd stieg erneut; als es merkte, daß es frei war – der Soldat hatte den Strick losgelassen –, machte das Pferd einen Satz nach vorn, und Marie fiel herunter und brach sich den Arm.

Als Doña Inés den Mann an Bord des Schiffes klettern sah, wäre sie beinahe in Ohnmacht gefallen, und Mrs. Washburns Terrier Bumppo begann zu kläffen. Der Mann war ein Payaguá-Indianer, und er war nackt; von seiner Unterlippe baumelte ein langes Stück Holz, an seinem durchstochenen Ohrläppchen flatterte ein schwarzer Vogelflügel. In der Hand hielt er einen Brief an den Kapitän, unterschrieben von dem Kommandanten José de Carmen Gómez, in dem es hieß, Dr. Henry Kennedy solle sofort mit dem Indianer kommen. Rosaria sprach mit dem Payaguá in Guaraní, verstand aber nur ein paar Brocken: *Canaza hanauaki* – Schlimmes ist geschehen. Wem? Ella etwa? Der Payaguá schüttelte den Kopf, wodurch der schwarze Vogelflügel heftig in Bewegung geriet. Er konnte es nicht sagen.

Doña Inés stand an der Reling und beobachtete, wie Dr. Henry Kennedy mit dem Payaguá in den Einbaum stieg; in der einen Hand trug Dr. Kennedy seinen Lederkoffer mit den medizinischen Utensilien, in der anderen seinen leinenen Sonnenhut. Er vergaß, daß man bei einem Einbaum in die Mitte treten muß, ein Ende des Boots schnellte aus dem Wasser und er verlor seinen Sonnenhut. Als er einen Satz machte, um ihn zu retten, brachte Dr. Henry Kennedy den Einbaum ins Schwanken, und während er um sein Gleichgewicht kämpfte und nach einem Halt tastete, entglitt ihm der Lederkoffer mit den Instrumenten. Doña Inés sah, wie der Sonnenhut von der Strömung an die Oberfläche getrieben wurde und den Fluß hinab verschwand, und sie sah auch, wie sich der Payaguá über den Rand des Einbaums beugte und den Lederkoffer gerade noch packte, ehe er im Wasser versank.

Sobald sie sah, daß der Einbaum das Ufer erreicht hatte, bekreuzigte sich Doña Inés und fiel auf die Knie. Sie begann zu beten: *Oh, Maria, voll der Gnade, unser aller Mutter, gebenedeite Jungfrau, ich flehe Dich an, errette meine geliebte Herrin aus allem Übel, das sie befallen haben mag ...*

Wau, wau, wau – kläffte Bumppo ohne Unterlaß.

Der Knochen stach durch die Haut heraus, Maries Arm sah aus, als sei das Innere nach außen gekehrt – es war ein offener Bruch. Irgend jemand schnallte ihren Arm in einer behelfsmäßigen Schlinge zwischen zwei Brettern fest, und dann wurde sie wieder auf das Pferd gehievt. Links und rechts von ihr ging ein Soldat, langsam, damit sie nicht so durchgerüttelt wurde, und bald hatten sie Ella und die anderen Vorausreitenden aus den Augen verloren. Die Soldaten gaben Marie *caña* aus einer Flasche zu trinken, und an den Rest des Ritts zur nächsten Poststation konnte sich Marie nicht mehr erinnern. Sie wußte nur noch, daß sie später in einer Hängematte erwachte und Dr. Henry Kennedys bleiches Gesicht sich über ihr hin und her bewegte. Dann mußte sie wieder ohnmächtig geworden sein. Als sie das nächste Mal erwachte, hatte sie fürchterliche Schmerzen, nicht bloß im Arm, sondern im ganzen Körper.

Seine Knochensäge Modell *Bigg and Milliken* in der einen und ein Handbuch mit dem Titel *Der Amputationsfall* in der anderen Hand, stand Dr. Henry Kennedy vor Marie und las sich selber laut daraus vor:

1. Wenn ein Glied ganz oder fast ganz abgetrennt und nur ein zerfranster Stumpf zurückgeblieben ist, bei Verletzung des Gewebes und Hervorstehen des Knochens.
2. Wenn die Gewebeteile eines Gliedes beträchtlich verletzt oder gequetscht, die Hauptarterien und Nervenstränge zerstört sind und der Knochen freiliegt oder gebrochen ist.
3. Wenn ähnliche Bedingungen vorliegen, der Knochen aber weder gebrochen ist noch freiliegt.
4. Wenn ein offener Bruch oder ein Splitterbruch vorliegt, insbesondere wenn ein Gelenk betroffen ist.

Die Worte verschwammen vor ihm auf dem Papier. Über seinem Kopf schrie ein Vogel – oder war es die Frau?

Er blinzelte und übersprang ein paar Zeilen:

7. Durch einen Schuß hervorgerufene offene Brüche im mittleren und unteren Bereich des Oberschenkels erfordern die Amputation. Bei ähnlichen Verletzungen im oberen Drittel des Oberschenkels ist die Mortalitätsrate nach Amputationen so hoch, daß Feldchirurgen in solchen Fällen inzwischen von einer Operation absehen.
8. Vor der Operation ist sorgfältig zu prüfen, ob ein Patient nicht bereits anderweitig tödlich verwundet ist.

Dr. Henry Kennedy hatte noch nie zuvor eine Amputation durchgeführt. Während der Prozedur hatte er mehrmals das Gefühl, gleich selbst in Ohnmacht zu fallen. Außerdem war ihm noch nie im Leben so heiß gewesen, und er vermißte seinen Hut. Jedesmal wenn er den Kopf senkte, rannen ihm Bäche von Schweiß in die Augen, und das Salz brannte so, daß er nicht richtig sehen konnte, was er da tat. Zu allem Überfluß war auch die Säge nicht sonderlich scharf. Die Frau war nicht völlig bewußtlos; sie schrie und schlug um sich; und dann war da noch all das Blut. Hellrotes Blut aus der verletzten Arterie, das einen ganzen Schwarm Fliegen anzog – Dr. Henry Kennedy hatte noch nie so viele gesehen: große, schmutzige, schwarzblaue Fliegen ließen sich auf dem Armstumpf nieder und infizierten ihn.

Gaspar und Fulgencio, die beiden Soldaten, die Maries Pferd geführt hatten, waren Brüder. Am folgenden Morgen machten sie sich barfuß und nur im Hemd zusammen auf den Weg zum Fluß. Sie gingen angeln. Mehrere Stunden lang standen sie am Ufer des Río Paraguay und warfen ihre Bambusruten aus. Sie sprachen kaum – das war auch nicht nötig; seit ihrer Kindheit konnte einer des anderen Gedanken lesen. Diesmal drehten sich diese Gedanken meist darum, wie sie tags zuvor die arme ausländische Frau hatten niederdrücken und ihre Beine und ihren gesunden Arm festhalten müssen, wie ihr ganzer Körper sich aufgebäumt und gesträubt hatte und die Kraft der Verzweiflung sie überrascht und erschreckt hatte (einmal hatte Marie es geschafft, sich aufzusetzen und Gaspar anzublicken. *»Voleurs! Voleurs!«*, hatte sie geschrien). Am Ende hatten beide Brüder all ihre Kräfte aufbieten müssen – Fulgencio hatte rittlings auf ihr gesessen, als wäre die schreiende Ausländerin seine Frau, und hatte mit den Knien festen Druck auf ihre weichen Hüften ausgeübt –, während der ausländische Doktor ihr den Arm absägte.

Im Río Paraguay wimmelte es von Goldmakrelen, *manguruzu*, einer Welsart, *pacu*, einer Art Steinbutt, Hechten, Lachsen und Piranhas. An diesem Morgen aber wollten die Fische nicht anbeißen, und nach mehreren Stunden legte Gaspar seine Rute gelangweilt beiseite und setzte sich. Nachdem er seine Zehen inspiziert hatte, zog er ein Taschenmesser hervor und begann Sandflöhe herauszuschneiden. In diese Tätigkeit vertieft, hörte er Fulgencios Schrei nicht sofort. Fulgencios Angelschnur straffte sich unter dem Gewicht eines Fisches. Gaspar ließ das Messer fallen und rannte seinem Bruder zur Hilfe. Abwechselnd zogen sie den großen Fisch, bis sie ihn an Land hatten. Sie brauchten zwei Stunden dazu.

Der *manguruzu* war gut neunzig Zentimeter lang – länger als Fulgencios ausgestreckter Arm – und wog mindestens hundert Pfund. Erschöpft – der Kampf mit dem riesigen Fisch hatte sowohl Gaspar als auch Fulgencio an den

Kampf mit der ausländischen Frau erinnert, auch wenn keiner von beiden es aussprach – zerrten sie den Fisch endlich an Land. Mit einem Stein, den er vom Strand aufgehoben hatte, zerschmetterte Gaspar den häßlichen Kopf mit den Barteln und tötete damit den *manguruzu* auf der Stelle. Dann ergriff er das Taschenmesser, mit dem er sich zuvor die Sandflöhe aus den Zehen geschnitten hatte, und schlitzte dem *manguruzu* den Bauch vom Kopf bis zum Schwanz auf. Im Magen des Fisches fanden Gaspar und Fulgencio einen ganzen, noch unverdauten Affen – mit Fell, Schwanz und weit geöffneten, blaßblauen Augen.

23. Juli 1855

Ach, wie furchtbar. Arme Marie. Wäre ich bloß auf dem Schiff geblieben; jedenfalls hätte ich nicht verlangen sollen, daß Marie mich begleitet. Sie hat so viel Blut verloren, und die Infektion hat auf andere Teile ihres Körpers übergegriffen. Ich bin nicht sicher, ob sie mich immer erkennt; als ich versucht habe, ihr das Gesicht zu waschen und ihr Haar zu ordnen, hat sie geschrien und meine Hand weggestoßen. Außerdem beginnt die Wunde bei jeder Bewegung erneut zu bluten. Ich habe gesehen, wie das Blut durch den Verband gesickert ist und die Laken durchtränkt hat. Arme Marie! So bleich und elend, ich ertrage es kaum, sie in einem solchen Zustand zu sehen. Wenn ich daran denke, wie fröhlich und gutgelaunt sie war, immer hatte sie Klatschgeschichten auf Lager und erzählte mir Witze, sie war so lebenslustig. Ach, ich wünschte, ich hätte sie nicht gefragt, ob sie mich nach Amerika begleiten will! Bitte, bitte, lieber Gott, laß ein Wunder geschehen! Dr. Kennedy jedenfalls meint, hier kann nur noch ein Wunder helfen.

Oh, Marie!

Kommandant Gómez war nicht unsensibel, er war einfach nur bequem. Er konnte es kaum erwarten, nach Villa Franca zurückzukehren, und er verbrachte einen Großteil des Tages damit, in seiner Hängematte zu schaukeln, *mate* aus seiner Silbergurde zu trinken und an das Dorfmädchen mit dem prallen Hintern zu denken, an die verschiedenen Stellungen, in denen er sie noch nehmen wollte. Gelegentlich, wenn sein Blick auf Ella fiel, dachte José de Carmen Gómez auch darüber nach, wie es wohl mit ihr sein mochte.

Wenn er erst einmal in Asunción angekommen war, würde er nach Buenos Ayres zurückkehren, hatte Dr. Henry Kennedy beschlossen, und von dort aus zurück in die Vereinigten Staaten gehen – nicht nach Philadelphia, sondern nach Baltimore oder vielleicht nach Washington – und wieder eine Praxis eröffnen. Inzwischen wollte er sich keine Sorgen machen; er hatte für die arme Frau getan, was er konnte. Wie jeder wußte und wie er dem Kommandanten Gómez zu erklären versucht hatte, als dieser die Hosen heruntergelassen und ihm den Schanker an seinem Penis gezeigt hatte, verbreiteten sich Infektionen in heißem, feuchtem Klima besonders schnell.

Immer noch in ihr Pariser Reitkostüm gekleidet – der Rock war inzwischen zerrissen und verdreckt –, blieb Ella stets in der Nähe. Es gebe hier Giftschlangen, menschenfressende Jaguare und wilde Eber, hatte der Kommandant sie gewarnt, während er in seiner Hängematte schaukelnd *mate* trank, und die Wälder seien voll von dornigem Mimosengestrüpp, das ein Durchkommen erschwere; außerdem waren die dicken, wasserfesten Stiefel, die Ella trug, unbequem und viel zu warm. Einmal kam sie bis zu einer mit hohen Binsen bewachsenen Sumpfwiese und beobachtete einen Schwarm Wildenten bei der Landung – Krickenten, vermutete sie; ein anderes Mal scheuchte sie eine Familie wilder Truthähne auf, deren plötzliches Kollern sie zusammenzucken ließ. Auf dem Rückweg ging Ella bei den Pferden vorbei, die Fußfesseln trugen und angebunden waren. Sie schlang die Arme um die graue Stute und verbarg ihr Gesicht an ihrem schlanken Hals.

Oh, Mathilde.

Im Traum badete Rosaria das Baby im Fluß. Das Baby planschte im Wasser, gluckste und lachte. Rosaria lachte ebenfalls, während sie dem Baby die kleinen Arme und Beine und den vollen kleinen Bauch wusch, die Vorhaut zurückschob, um den kleinen Penis zu waschen, und schließlich Rücken und Hintern des Kleinen säuberte. Doch langsam, langsam, beinahe unmerklich wurde die Strömung des Flusses stärker, und Rosaria hatte immer mehr Mühe, das eingeseifte, schlüpfrige Baby zu halten; auch das Baby lachte nicht mehr, es weinte, und plötzlich mußte Rosaria alle Kraft aufbieten, um das Baby nicht an die Strömung zu verlieren. In ihrem Traum hatte sich die Strömung in einen Menschen verwandelt, in einen bösartigen Menschen mit übermenschlichen Kräften, der ihr das Baby zu entwinden suchte, und Rosaria war diesem Menschen nicht gewachsen und mußte das Baby loslassen. Als sie erwachte, war sie klatschnaß und brauchte ein paar Minuten, ehe sie begriff, daß das nicht von dem Bad im Fluß kam, sondern von ihrem eigenen Schweiß.

»Haben Sie schon einmal *mate* probiert?« Kommandant Gómez reichte Ella seine Silbergurde. Dann sagte er: »Sobald ich wieder in Villa Franca bin, heirate ich meine Liebste.« Diesen Entschluß hatte er ganz plötzlich gefaßt.

Die Flüssigkeit war überraschend bitter, und Ella fühlte sich versucht, sie auszuspucken, doch da der Kommandant sie beobachtete, schluckte sie sie herunter.

»Sie heißt Maria Oliva«, erzählte Kommandant Gómez.

Erneut reichte er ihr die Gurde. Jetzt war Ella auf den bitteren Geschmack vorbereitet. Sie nahm einen weiteren, vorsichtigen kleinen Schluck.

»Maria Oliva stammt aus meinem Dorf«, berichtete Kommandant Gómez Ella.

Beim vierten und fünften Schluck begann sich Ella an den *mate* zu gewöhnen, und sie fand es angenehm, den Trinkhalm, die kühle, silberne *bombilla*, zwischen den Lippen zu spüren.

»Maria Oliva ist ein gutes Mädchen, sie ist noch Jungfrau«, sagte Kommandant Gómez.

Yerba mate wirkte sanft anregend, und Ella hoffte, es würde vielleicht ihre Muskeln entspannen – sie war das Schlafen in der Hängematte, die der Kommandant für sie aufgespannt hatte, noch nicht gewöhnt. Doch der Schlaf wollte nicht kommen. Jedesmal wenn Ella die Augen schloß, hörte sie Maries Schreie.

Ella blieb fünf Tage bei der Poststation. Die meiste Zeit über saß sie an Maries Seite. Sie drückte Marie ein kaltes Tuch an die heiße Stirn, sie benetzte Maries Lippen mit Wasser, sie verjagte den Fliegenschwarm, der sich hartnäkkig auf Maries verbundenem Armstumpf niederließ. Sie versuchte Marie davon abzuhalten, sich zu bewegen oder aufzusetzen, damit die Blutungen nicht wieder einsetzten.

Im Delirium rief Marie aus: *»Yvonne! Yvonne!«*

»Iwan? Wer ist Iwan?« Ella beugte sich über Marie, um sie besser zu hören. »Ist Iwan Russe?« Ella dachte an Dimitri, doch Marie antwortete nicht.

Am vierten Tag war Marie bereits sehr geschwächt, sie erkannte weder Ella noch jemanden sonst.

»Schau mal, Marie«, sagte Ella zu ihr. »Iwan ist da. Das hier ist Iwans Hand«, flüsterte sie und ließ Marie ihre eigene Hand halten.

Als sie schließlich nach Villa Franca heimkehrten, in ihre hübschen, strohgedeckten Häuschen am Ufer des Río Paraguay, erzählten Gaspar und Fulgencio – ohne sich abgesprochen zu haben – ihren Frauen, die ebenfalls Geschwister waren, kein Wort von der Ausländerin, die sie hatten niederhalten müssen, während ihr der Arm amputiert wurde, und die später gestorben war; ebensowenig erwähnten Gaspar und Fulgencio den großen *manguruzu* mit dem haarigen, langschwänzigen, blauäugigen Affen darin, den sie am nächsten Tag gefangen hatten.

Als Kommandant Gómez zurückkehrte, suchte er das Mädchen mit dem prallen Hintern vergeblich. Maria Oliva, so erklärte man ihm, habe Villa Franca verlassen, um sich eine Arbeit zu suchen – das zumindest habe sie gesagt. Sie war nach Asunción gegangen, in die Hauptstadt.

5
Asunción

Asunción
4. Dezember 1855

Ma chère Princesse,
kaum vermag ich die Freude auszudrücken, die mir Ihr Brief bereitet hat, und so möchte ich Ihnen jetzt nur rasch versichern, daß ich nach einer recht beschwerlichen Reise endlich hier in der Hauptstadt angekommen bin (die näheren Einzelheiten erspare ich Ihnen) und daß ich gar nicht weiß, wo ich anfangen oder wie ich Ihnen meine neue Heimat beschreiben soll. Vielleicht beginne ich einfach damit, Ihre Fragen zu beantworten, da Sie ein so herzliches Interesse zeigen, obschon die von Ihnen angesprochenen Dinge auch mir selber noch sehr neu sind. Wie Sie zurecht annehmen, war meine erste Überraschung das Wetter, das zu dieser Jahreszeit angenehm und warm ist (es herrscht hier Sommer), so daß mir abends, wenn ich ausgehe, mein leichtester Kaschmirschal genügt. Die zweite freudige Überraschung, und was mich vom ersten Augenblick an beeindruckte, ist die idyllische, friedliche Natur des Landstrichs. (Um ehrlich zu sein, ich hatte etwas ganz anderes erwartet, so etwas wie die unkartierte, unberührte Region jenseits des Flusses, die als Gran Chaco bekannt ist und die hauptsächlich aus unpassierbaren Sümpfen besteht.) Statt dessen sind wir von sanft gewellten Hügeln umgeben, von Wiesen mit Orangen- und Mimosenbäumen, die nun in Blüte stehen, die Luft mit ihrem Duft erfüllen und uns willkommenen Schatten spenden. Das bestellte Land ist durch ordentlich gesetzte Zäune in einzelne Felder unter-

teilt, auf denen Mais, Maniok und Zuckerrohr gedeihen. Alles wächst schnell, und es gibt Blumen von einzigartiger Form und Farbe im Überfluß. Ich wünschte, ich könnte Ihnen ein Bild malen – heißt es nicht in einem chinesischen Sprichwort, daß ein Bild mehr sagt als tausend Worte?

Franco und ich reiten jeden Nachmittag aus (eines meiner größten Vergnügen ist, wie Sie wissen, das Reiten), über endlose, grasbewachsene Wege, die kilometerweit schnurgerade verlaufen – wie sehr wünschte ich doch, Ihnen zeigen zu können, wie grün und wunderschön diese Wege sind! Es ist fast so, als würde man in einem englischen Park ausreiten! Und alle, denen wir unterwegs begegnen, lüften höflich den Hut und verneigen sich, und zwar – das wird Sie amüsieren! – weil unter Diktator Francia, dem Vorgänger von Francos Vater, jedermann unter Androhung der Todesstrafe den Hut vor Höhergestellten ziehen mußte, so daß selbst der ärmste Landjunge, der keine Kleider hatte und nackt umherlief, gezwungen war, einen Hut zu tragen, nur, um ihn abnehmen zu können! Bislang macht die paraguayische Bevölkerung einen recht freundlichen Eindruck auf mich, obwohl sie mir bisweilen in ihren Gewohnheiten und Vergnügungen ein wenig kindisch erscheint. Die Männer sind es zufrieden, den ganzen Tag über (und am Abend dazu) in ihrer Hängematte zu schaukeln und Tee zu trinken. Die Frauen sind fleißiger und durchaus kein häßlicher Anblick; sie sind schlank und schneiden ihr dunkles Haar kurz. Sie tragen weiße Baumwollkleider, tupois *genannt, die Unterröcke werden mit vielen Metern Spitze aufgebauscht – diese Spitzen stellen sie selbst her (sie sind von ganz anderer Art als Valenciennes oder Chantilly, aber sehr fein gearbeitet) – und das Ganze wird durch eine rote, um die Taille geschlungene Schärpe vervollständigt. Übrigens, habe ich es schon er-*

wähnt? – die Frauen rauchen Zigarren! Die Sprache des Volkes ist Guaraní (die Amme von Juan Francisco spricht nur Guaraní), sehr schwer zu verstehen und voller Wörter mit vielen Silben, beispielsweise: »che oroipotáité cheribéricora«, was soviel heißt wie: »Ich möchte dich heiraten!« Dank meiner Lehrerin entwickelt sich mein Spanisch aber prächtig, und Sie wären sehr zufrieden mit meiner Aussprache und damit, wie gut ich schon das ›R‹ rollen kann.

Um auf Ihre Fragen zurückzukommen – yerba mate (auch bekannt als Paraguaytee) ist der Hauptexportartikel, und es mag Sie überraschen, daß auch ich ihn inzwischen sehr gerne trinke, trotz seines bitteren Geschmacks. Hier trinkt jeder mindestens fünf oder sechs Gurden pro Tag. An zweiter Stelle steht, glaube ich, der Tabak, und dann – ich werde wohl Franco fragen müssen. Ich glaube allerdings, er sagte, gewisse Pflanzenfasern, die man zum Färben verwendet, wie beispielsweise Indigo, würden ebenfalls ins Ausland verschickt. Bis zu meinem nächsten Brief, das verspreche ich, habe ich mich besser informiert.

Franco hat inzwischen viele Pläne für die Modernisierung des Landes und die Verschönerung der Hauptstadt. Er hat bereits mit dem Bau einer Eisenbahn und einer Telegraphenleitung begonnen – der ersten in ganz Südamerika –, außerdem mit einer neuen Kathedrale, einer Zollstation, einer Bibliothek, einer Post, einem Opernhaus nach dem Vorbild der Mailänder Scala – ich kann es kaum abwarten, daß dort die erste Oper gespielt wird – und errichtet überdies einen wunderhübschen Palast für mich!

Ich versuche regelmäßig Klavier zu üben, aber die Tage sind so ausgefüllt, und es bleibt mir wenig Zeit. Das Baby, Juan Francisco, gedeiht prächtig; der Kleine hat zu krabbeln angefangen, und die Amme meint, daß er schon sehr bald laufen wird.

Ich hoffe, dieser Brief erreicht Sie bei guter Gesundheit, und seien Sie so freundlich und richten Sie Monsieur le Comte meine besten Grüße aus.

Ihre Ihnen von Herzen zugetane Freundin

Ella

*PS: Zusammen mit der Spitze, meinem Weihnachtsgeschenk (oder, realistischer, meinem Neujahrsgeschenk), sende ich Ihnen, die Sie so gern Tiere mögen, ein Papageienpärchen. Dr. Eberhardt, ein Naturforscher, der schon viele Jahre in Paraguay lebt, meint, diese Papageien (*Psittacus passerinus *ist ihr lateinischer Name) gehörten zu den kleinsten und seltensten Arten. Mr. Bernard, der Kapitän der* Flambard, *die nächste Woche von Asunción aus in See stechen soll, hat mir versprochen, daß er sein Bestes tun will, damit die Papageien wohlbehalten ankommen (und wenn er sie dazu mit in seine Kabine nehmen müßte, versprach er mir). Zuletzt erbitte ich noch einen Gefallen von Ihnen – ich habe es schon in einem früheren Brief erwähnt – haben Sie Nachricht von Dimitri? Oder hat vielleicht Ihr Vetter, der Zar, Nachricht von ihm – Sie erinnern sich an meinen Freund, den hübschen jungen Grafen, der auf die Krim gegangen ist?*

Bei ihrer ersten Begegnung sprachen Inocencia und Rafaela, Francos fette Schwestern, kein Wort mit Ella. Sie drehten ihr ihre breiten Rücken zu und verweigerten ihr die Hand.

»*Puta*«, murmelte Inocencia, laut genug, daß Ella es hörte; Rafaela kicherte.

Das hinderte die beiden Schwestern nicht daran, genauestens zu registrieren, was Ella trug.

»Ein lavendelblaues Seidenkleid mit einem soo tiefen

Ausschnitt.« Hinterher, beim Mittagessen – Inocencia und Rafaela wohnten nebeneinander und nahmen die Mahlzeiten meist gemeinsam ein –, deutete Inocencia auf ihren eigenen schweren Busen und fügte hinzu: »Mit schwarzem Satinbesatz an den Ärmeln und am Saum. In dem Aufzug kann doch nur so eine herumlaufen.« Inocencia nahm sich noch eine Portion *puchero* – geschmortes Rindfleisch mit Reis.

»Hast du ihre Schuhe gesehen? Wie spitz die sind? Und die hohen Absätze?« fragte Rafaela und löffelte sich *sopa paraguaya* – Manioksuppe, dick wie Pudding – in den Mund. »Wie kann die Frau darin bloß gehen?«

»Und was für ein häßlicher Hut – diese bunten Flatterbänder. Wie ein Kanarienvogel sieht sie aus.« Inocencia grinste. Sie war mit dem Schmorfleisch fertig und griff quer über den Tisch nach dem *dulce*, in Zuckersirup getränkten Guaven.

Asunción lag auf einem steilen Hügel, der sich über dem Río Paraguay erhob. Von weitem sah die Stadt mit ihren roten Ziegeldächern, den braunen und violetten, mit Pilastern und Kolonnaden verzierten Häusern und den von Orangenbäumen gesäumten Straßen beinahe hübsch aus. Doch von vielen dieser Pilaster und Kolonnaden bröckelte der Putz, die Straßen waren ungepflasterte Sandstreifen, und im Winter, wenn es regnete, verwandelten sie sich in unpassierbare Hohlwege, durch die reißende Fluten strömten. Die meisten Einwohner der Stadt lebten in armseligen Lehmhütten. Es gab zwei große Plätze, an dem einen baute Franco seinen Palast, auf dem anderen, der Plaza de Gobierno, wurden an Weihnachten und Feiertagen Zirkusvorstellungen, Feuerwerk und Stierkämpfe geboten; ganz in der Nähe lag auch das Rathaus, in dem sich von Zeit zu Zeit das Parlament versammelte. Dieses Rathaus, eines der wenigen zweigeschossigen Gebäude der Stadt, zeigte an der Fassade zwei Reliefmedaillons: auf dem einen stand *República de Paraguay*, darunter waren gekreuzte Zweige von *yerba* und Tabak zu sehen; auf dem anderen Medaillon stand *Paz* und *Justizia*. Außerdem war im Rathaus der Kerker untergebracht. Der große und einzige Marktplatz von Asunción lag auf Sumpfland und stand die meiste Zeit des Jahres unter Wasser; die Frauen, die vom Land hereinkamen, um ihre Waren zu verkaufen, mußten ihre *tupois* raffen, wenn sie sauber und trocken bleiben sollten.

Als der Diktator Don José Gaspar Rodríguez de Francia im Alter von vierundachtzig Jahren starb, wurde dies, so erzählte Franco Ella, vor dem Volk ganze drei Tage lang geheimgehalten, um sicherzugehen, daß es sich nicht bloß um eine List handelte.

»Wie meinst du das, was für eine List denn?« fragte Ella. »Ein Streich?«

»Die Nachricht von seinem Tod hätte auch eine Finte sein können, um festzustellen, wer sich darüber freut und wer Trauer zeigt«, antwortete Franco. »Francia war von der Vorstellung besessen, daß ihm alle nach dem Leben trachteten, ihn ermorden wollten. Er aß nichts, was nicht vorgekostet worden war; wenn er durch die Straßen ritt, mußten die Leute in ihren Häusern bleiben und die Fenster geschlossen halten, andernfalls gab es Prügel. Niemand durfte ihn ansehen, niemand durfte ihn berühren. Bis heute scheuen sich die Leute, auch nur seinen Namen zu nennen; sie sprechen von ihm nur als *El Difunto*.«

»Der Verblichene«, sagte Ella.

»Die Gefängnisse steckten voller Unschuldiger; er ließ

Leute ohne Grund verhaften und foltern, aus reiner Willkür. Francia hat Paraguay isoliert. Niemand durfte das Land verlassen, niemand einreisen. Da war zum Beispiel Monsieur Aimé Bopland, der berühmte französische Naturforscher, der in Corrientes lebte. Francia zerstörte Boplands gesamte Pflanzensammlung und seine Versuchsgärtnereien, er tötete Boplands Diener und hielt Bopland mehrere Jahre gefangen, ehe er ihm dann doch erlaubte, nach Frankreich zurückzukehren. Seltsamerweise wollte Bopland aber gar nicht nach Frankreich zurück.«

»Er wird Paraguay geliebt haben«, mutmaßte Ella.

»Im Grunde genommen war Paraguays Isolation gar nicht so schlecht. Sie hat Paraguay autark gemacht. Ganz allein mußte Paraguay genügend Nahrung für seine Bevölkerung produzieren, genügend Häuser bauen, genügend Kleider herstellen. Darüber hinaus hat sie verhindert, daß Paraguay in Kriege verwickelt wurde, sowohl mit den Nachbarstaaten als auch intern. Sie hat Paraguay stark gemacht.«

4. Juni 1856

Jeden Tag lerne ich ein bißchen mehr über dieses Land. Neulich habe ich gelesen, einer der ersten Gouverneure Paraguays sei ein Mann namens Carlos Morphi gewesen, was sich von Murphy herleitet – ein Ire also! Das Land ist voller Überraschungen und ebenso unberechenbar wie Franco! Den einen Tag ist Franco fügsam wie ein Kind, am nächsten gebärdet er sich so unvernünftig wie ein wildes Tier. Aber ich habe gelernt, bedachtsam mit ihm umzugehen und ihm nicht zu zeigen, wenn ich Angst habe. Er haßt schüchterne und furchtsame Menschen, »kriecherische Köter« nennt er sie; er hat keinerlei Respekt vor ihnen. Und er mag Leute nicht, die sich beklagen. Ich habe mir jedenfalls fest vorgenommen, mich niemals zu beklagen – nicht über seine ignoranten Schwestern, seine arroganten Brüder, seine dummen Diener, die unter Wasser stehenden, schmutzigen Straßen, die Maniokeintöpfe, die Guavenpuddings (die ich mittlerweile sogar mag!), die Hitze, die Fliegen – *nada*. Egal, wie es mir geht, für ihn bin ich immer ...

Ella hielt inne, die Feder in der Hand. Sie hob den Kopf von ihrem Tagebuch und betrachtete sich selbst im Spiegel des Ankleidezimmers. Sie lächelte ihr Spiegelbild an. Sie war jetzt einundzwanzig.

»Ella!« Franco wartete auf sie. »Komm ins Bett.«

Franco küßte Ellas Mund, ihren Hals, er streifte die Ärmel des Nachthemds von ihren Schultern.

»Was für eine schöne Haut«, sagte er.

Franco liebte Frauen, und er war ihnen gern zu Gefallen. Wenn er nicht zuviel Brandy getrunken hatte, war er ein zuvorkommender Liebhaber. Zuvorkommender als Dimitri, der russische Graf, mußte Ella zugeben.

Wenn das Baby Juan Francisco schlief, saß seine Amme Rosaria mit ihrem Klöppelkissen und einer dicken Zigarre im Mund daneben. Obwohl sie sehr grob aussah, war die Zigarre des Typs *pety-hobi* mild, und das prall mit Stroh gefüllte Klöppelkissen war gespickt mit Nadeln und knöchernen Klöppeln. Um die Klöppel war ein Leinenfaden gewunden, so blaß und fein, daß man ihn fast nicht sah; von Zeit zu Zeit riß er. Außer in solchen Augenblicken – Rosaria mußte dann innehalten, einen Laufknoten in den Klöppelfaden machen, diesen über eine Nadel hängen und den neuen Faden zu dem gerissenen führen, um die beiden schließlich mit einem Halbstich zu verknüpfen – waren

Rosarias Hände in ständiger Bewegung. Sie wanderten von einem Spulenpaar zum nächsten: rechts, links und wieder rechts, während die auf das Kissen gesteckte Spitzenborte länger und länger wurde und ordentlich in einen kleinen Tuchbeutel fiel, der in Kniehöhe an Rosarias Kleid geheftet war. Die ganze Zeit über, in der Rosaria klöppelte, paffte sie an ihrer Zigarre.

Bischof Basilio López, der Bruder von Präsident Carlos Antonio López, weigerte sich, Juan Francisco in der Catedral de la Encarnación in Asunción, ja überhaupt in irgendeiner Kirche zu taufen. Überdies drohte Bischof Basilio jeden Priester zu exkommunizieren, der es wagen sollte, das Kind zu taufen. Franco wandte sich an seinen Vater, aber Carlos Antonio war Ella gleichgültig, und er hatte keine Lust, sich in die Angelegenheiten seines Sohnes hineinziehen zu lassen; außerdem stand er unter dem Einfluß seiner Frau und seiner Töchter, die nicht wollten, daß Francos Bastard offiziell anerkannt würde, und stellte sich auf die Seite von Bischof Basilia, seinem Bruder. Franco erinnerte sich an einen ehemaligen Schulkameraden, Padre Fidel Maiz, doch Padre Fidel Maiz war der Beichtvater von Inocencia und Rafaela. Er hatte schon zuviel über Ella gehört.

Vater, vergib mir, ich habe gesündigt, gestand Inocencia auf Knien, *ich habe gewünscht, ein Tiger würde sie in Stücke reißen.*

Vater, vergib mir, ich habe gesündigt, sagte Rafaela mit gesenktem Kopf, *ich habe gebetet, daß ein Krokodil sie verschlingen möge.*

Ella zuliebe ordnete Franco anstelle der Taufe einen Salut von 101 Schüssen zu Ehren seines Sohnes an. Die Druckwellen waren so stark, daß etliche in Asunción im Bau befindliche Gebäude einstürzten; außerdem war eine der importierten englischen Feldhaubitzen nicht gereinigt worden, und der Schuß ging nach hinten los. Das Geschütz landete auf dem Krankenhaus und tötete oder verletzte zahlreiche Patienten in ihren Betten.

Ella war keineswegs zufrieden und schwor Inocencia und Rafaela Rache: *Den Hals sollen sie sich brechen!*

Nach dem Tod von Marie fiel Doña Inés das Beten immer schwerer. Die Schwierigkeit schien körperlich – etwas stimmte nicht mit ihrem Mund, mit ihrer Zunge. Auf den Knien begann Doña Inés wie gewöhnlich, *Heilige Jungfrau Maria, voll der Gnaden*, aber statt dessen sagte sie: *Höllische Jungfrau Maria, voll der Maden.*

In der Tasche ihres Kleides trug sie einen Brief an Marie mit sich herum, geschrieben von jemandem, der für Maries Schwester, Yvonne, geantwortet hatte. In dem Brief sagte Yvonne, daß sie ihre Schwester beneide: die einmaligen Gelegenheiten, die Abenteuer, die interessanten Menschen, die sie sicherlich treffen werde. In einem Nachsatz bat Yvonne Marie, im nächsten Brief doch bitte unbedingt den Geschmack all der Früchte zu beschreiben, die sie in Paraguay gekostet habe. Doña Inés brachte es nicht übers Herz, Yvonne zu antworten. Es fehlte ihr der Mut.

Euer Heiligkeit –

Als sein Bruder starb, schrieb Präsident Carlos Antonio López, ein gerissener Rechtsanwalt, der Paraguay fest im Griff hatte und normalerweise seinen Willen bekam, an Papst Pius IX. in Rom mit der Bitte, einen ganz und gar unterwürfigen und unfähigen Priester namens Juan Gregorio Urbieta zum Nachfolger Basilios zu ernennen. Papst Pius IX. weigerte sich und war über dieses Ansinnen derart empört, daß er Carlos Antonio Vorhaltungen machte, er bezahle der Kirche nicht den ihr zustehenden Zehnten. Dieser Vorwurf entsprach den Tatsachen, der Zehnte war seit fünfzig Jahren nicht bezahlt worden! Weiter teilte Papst Pius Carlos Antonio mit, der neue Bischof werde nicht aus Paraguay kommen, sondern von ihm entsandt. Sollten seine Forderungen nicht erfüllt werden, drohte Papst Pius IX. in seinem Brief, werde er die gesamte Bevölkerung von Paraguay exkommunizieren.

Euer Heiligkeit [Carlos Antonio erneut an Papst Pius IX.],

Ich bin zuversichtlich, daß Euer Heiligkeit es nicht für notwendig befinden, Euren ergebenen und gottesfürchtigen Christenkindern jenseits des Meeres die Himmelspforten zu verschließen. Sollte Ihr Euch jedoch trotzdem dazu gezwungen sehen, so bin ich ebenso zuversichtlich, daß unser Herr in seiner Güte und Weisheit Mittel und Wege finden wird, seinen ergebenen und gottesfürchtigen Christenkindern jenseits des Meeres einen Platz im Himmelreich freizuhalten.

Vor seiner Abreise aus Frankreich hatte Franco eine Gruppe Landwirte eingeladen, sich im Gran Chaco, dem großen, noch unkartierten und von keiner Straße erschlossenen Gebiet aus Wäldern, Ebenen und Sümpfen westlich des Río Paraguay, anzusiedeln und dort Wein anzubauen. Die Gruppe bestand aus einigen wenigen Agronomen, einer Handvoll Weinbauern und ansonsten hauptsächlich aus vertriebenen Bauern und beschäftigungslosen Tagelöhnern. Laut Abmachung hatte Franco jedem der Kolonisten ein Haus versprochen, soviel Land wie er bestellen konnte, dazu die nötigen Lebensmittel für die ersten acht Monate im Chaco.

Als die zweihundert Kolonisten und ihre Familien nach einer besonders rauhen Überfahrt schließlich in Asunción eintrafen, wurden sie mit großem Tamtam empfangen. Bälle und Empfänge wurden zu ihren Ehren abgehalten; Ella lud zur Feier der offiziellen Gründung von Nuevo Burdeos das gesamte diplomatische Corps – darunter natürlich auch den französischen Gesandten, Monsieur Cochelet samt Gattin – zu einer *fête champêtre* am Ufer des Río Paraguay ein. Das war die letzte anständige Mahlzeit, die die Kolonisten bekommen sollten.

Als sie in dem als Nuevo Burdeos bezeichneten Gebiet ankamen, war es vollständig überflutet. Die Kolonisten und ihre Familien sahen sich gezwungen, die ersten drei Monate auf den Bäumen zu verbringen. Später, als das Wasser des Río Pilcomayo – es war salzhaltig, außerdem faulig aufgrund der wacholderähnlichen Büsche, die an seinem Ufer wuchsen – und seiner Nebenflüsse zurückgegangen war und Tag für Tag die Sonne gnadenlos herunterbrannte, war dann gar kein Wasser mehr da – kein einziger Tropfen, nicht einmal genug für einen Vogel, wie einer der Kolonisten klagte. Erschwerend hinzu kam, daß sich ganze Armeen von Ameisen, Stechmücken und Fliegen einstellten; es gab Giftschlangen, Krokodile, Wildschweine, Tiger sowie eine ganze Reihe anderer Tiere, von denen noch nie jemand gehört oder auch nur eine Vorstellung gehabt hatte; und dann waren da noch, weitaus gefährlicher, die menschlichen Bewohner des Chaco, die Guaycurú-Indianer, wilde Kannibalen.

In weniger als den ursprünglich veranschlagten acht Monaten waren die meisten Kolonisten an Erschöpfung und Hunger gestorben. Die widerstandsfähigeren Überlebenden erwartete ein noch schlimmeres Schicksal, die wilden Guaycurú machten sich über sie her. Viel zu spät erfuhr Monsieur Cochelet, der französische Gesandte, von ihrem grausamen Ende und sandte Protestnoten im Namen seiner Regierung und im Namen Napoléons III.; Franco nahm diese Briefe nicht zur Kenntnis.

9. Oktober 1856

Ich habe Franco fast die ganze Woche nicht gesehen, wenn ich nach ihm fragte, sagte man mir, er hätte die Zeit bei seinem Vater auf der *quinta* verbracht. Ich kenne Franco mittlerweile gut genug, um zu wissen, daß noch etwas anderes im Spiel ist als nur sein Vater, obschon Gerüchte im Umlauf sind, Präsident López sei krank. Außer den Familienangehörigen empfängt Präsident López niemanden und zeigt sich auch nicht in der Gesellschaft. Trotzdem hat er das Land immer noch fest in der Hand, er allein ist oberster Richter über jedes Verbrechen und Fehlverhalten, und sei es noch so unbedeutend. Das zeigte sich erst vor wenigen Tagen auf erschreckende Weise, als ein Herr, den ich kenne, um einen Paß für eine Reise nach Buenos Ayres nachsuchte und, da ihm irgend etwas im Zusammenhang mit der Stempelgebühr mißfiel, in einem Wutanfall den Paß zerriß; der arme Mann wurde auf Befehl von Präsident López umgehend verhaftet und ohne jeden Prozeß oder auch nur eine Anhörung erschossen! Und als Franco und ich gestern beim Abendessen saßen und ich ihm das schreckliche Schicksal des Mannes schilderte, schien er nicht im mindesten interessiert. »*Chéri*, ist dir denn die Gerechtigkeit völlig gleichgültig«, fragte ich ihn, so sanft ich konnte. Statt einer Antwort brüllte Franco: »Gerechtigkeit! Was weißt du schon von Gerechtigkeit? Und warum machst du dir überhaupt Gedanken um diesen Mann? War er dein Galan?« Ohne seine Mahlzeit zu beenden, ist Franco von der Tafel aufgesprungen und einfach gegangen. Am Fenster hörte ich, wie er seinen Diener anschrie, dann sein Pferd, und schließlich davongaloppierte. Doch als ich heute früh aufwachte, stand zu meiner großen Überraschung Franco neben meinem Bett. Ohne sich zu entschuldigen, ja ohne überhaupt ein Wort zu sagen, überreichte er mir eine Schatulle, in der eine Aquamarin-Halskette lag – die Steine waren so groß wie die Rotkehlcheneier, und die Farbe sei die meiner Augen, behauptete er! (Ich habe nicht widersprochen, aber ich meine nach wie vor, daß meine Augen grau sind und nicht blau.) »Wie komme ich dazu«, fragte ich. Franco zuckte nur mit den Schultern und lächelte. »Ich habe nicht Geburtstag«, sagte ich ihm. »Leg sie um«, erwiderte er. Die Halskette nährt meinen Verdacht, daß Franco eine Geliebte hat. Eine Mätresse, die er sich in einem Haus in Asunción hält. Aber die Halskette ist schön, und ich werde sie gern tragen!

Franco schaute nun öfter bei seinem Sohn Pancho vorbei und spielte viele Stunden mit ihm. Ihr Lieblingsspiel bestand darin, daß Franco auf Hände und Knie ging und Pancho auf seinen Rücken kletterte und ritt. Dabei schlang Pancho seine speckigen kleinen Beine um Franco und stieß seinem Vater mit den Fersen in die Rippen, damit er schneller umherkroch. Manchmal nahm Pancho auch eine kleine Peitsche, mit der er Franco schlug, der dann den Kopf schüttelte und schnaubte und sich kniend aufrichtete, als würde er sich aufbäumen, worauf Pancho sich am Hals seines Vaters festklammerte und in halb gespielter, halb echter Angst schrie. Wenn Ella diesen Tumult hörte, kam sie ins Zimmer und versuchte Franco zur Vorsicht zu ermahnen. »Nicht so wild, *chéri*«, oder »Vorsicht, *chéri*, du tust ihm noch weh«, doch Franco schickte Ella immer mit einer Handbewegung hinaus und umrundete lachend weiterhin auf Händen und Knien das Zimmer, wobei sein kleiner Sohn sich wie ein Affe an seinem Rücken festklammerte.

»*Profesor*, möchten Sie etwas trinken?« Inocencia gab sich Mühe, aufmerksam zu sein. Inocencia nannte Dr. Eberhardt *Profesor*.

Inocencia mußte schreien: »Tee? Etwas Tee, *Profesor?*«

Dr. Eberhardt war alt und schwerhörig, außerdem war Dr. Eberhardt geistesabwesend. Wenn sie nicht wäre, behauptete Inocencia immer, er würde die Teestunde ganz vergessen.

»Vielleicht kann ich Ihnen ein wenig *dulce* bringen, *Profesor?*« Inocencia mußte brüllen.

Dr. Eberhardt war vor etlichen Jahren nach Paraguay gekommen – vor wie vielen Jahren genau, hatte er vergessen –, um mit Monsieur Aimé Bonpland in Corrientes zu arbeiten. Doch die beiden Naturforscher hatten sich zerstritten. In dem Streit ging es um eine Pflanze – Dr. Eberhardt wußte noch genau, wie die Pflanze aussah, sie hatte zwei Blattansätze mit je drei Blättern, kleine Dornen am Stamm und eine rosafarbene Blüte – Monsieur Bonpland behauptete steif und fest, sie stamme aus der Familie der Mimosen, während Dr. Eberhardt überzeugt war, es handle sich um einen Klee. Jung und hitzköpfig, waren sie über der Bestimmung handgreiflich geworden, und Dr. Eberhardt reiste mit einer aufgeplatzten Lippe aus Corrientes ab. Kurz darauf hatte sich sein Interesse von Pflanzen auf Vögel verlagert. Nun verbrachte er zwei Nachmittage pro Woche in Inocencias Voliere. Er saß an einem kleinen Tisch, Papageien in den verschiedensten Farben und Größen – grüne, rote, blaue, gelbe – umflatterten ihn. Die Papageien waren zahm und zeigten keine Scheu – abgesehen davon waren ihre Flügel gestutzt, fliegen konnten sie nicht. Mehrere Papageien saßen auf Dr. Eberhardts Schultern; ein Papagei – ein frecher kleiner grüner, stets derselbe – flatterte direkt auf seinen kahlen Schädel und ließ sich dort nieder. Ein anderer Papagei, bei weitem der größte in der Voliere und Dr. Eberhardts Liebling, ein Hyazinthara, dessen glänzende blaue Federn ihn stets aufs neue begeisterten und entzückten, setzte sich auf seine Stuhllehne und sprach mit ihm: *kráa! kráa!*, während ein anderer Papagei seine Herrin nachahmte und von Zeit zu Zeit rief: *Tee? Etwas Tee, Profesor?* Den ganzen Nachmittag über saß Dr. Eberhardt still da; sorgfältig und geduldig untersuchte und klassifizierte er Inocencias gesamten Vogelbestand und füllte in sauberer Schrift Seite um Seite in seinem Notizbuch:

Psittacus passerinus – grün; Männchen blaue Schwanzdeckfedern; blauer Flügelfleck, zwölf Zentimeter lang; blaue Unterfedern; kurzer Schwanz.

Psittacus virescens – grün; gelber Flügelfleck; länglicher Schwanz.

Psittacus mitratus – grün; orangerot auf Kopf und Stirn; Flügelunterseite blau, Schwanzspitze blau; kurzer Schwanz. Beim Weibchen kein Rot am Kopf.

Psittacus cotoro – grün; Stirn und Brust schmutzgrau; bläuliche Schwungfedern; langer Schwanz, an der Spitze bläulich.

Psittacus aureus – grün; schwarzer Kopf; schwarzblauer Flügelfleck und schwarzblaue Schwungfederspitzen; langer Schwanz, Unterseite schwarz, Oberseite bläulich; Beine scharlachfarben, Brust bläulich.

Als Inocencia ihm den Teller mit *dulce* brachte und neben seinem Arm abstellte, war er so versunken in seine Arbeit, daß er sie gar nicht bemerkte. Unter Gekrächze und Flügelschlagen kämpften mehrere Papageien miteinander – auch der freche, der dazu zeitweilig seinen Sitz auf Dr. Eberhardts Schädel verließ —, schnappten sich das *dulce* vom Teller und fraßen es auf.

Psittacus menstruus – grün; Kopf mit dunklen, tintenblauen Flecken gesprenkelt; Ränder der Federn gleichfalls so gemustert; Brust tintenblau; Unterseite der Schwanzfedern leuchtend karmesinrot.

Psittacus militaris – grün; Stirn mit orangeroten Flekken; Kopf tintenbläulichgrün, ins Grüne changierend; stumpfroter Fleck auf dem Bauch, Schwungfedern und Schwanzdeckfedern blau; unterer Teil des Schnabels sehr tiefsitzend.

Oft ritt Ella allein mit Mathilde aus. Auf den leisesten Druck von Ellas Knien ging die Stute in Kanter über; wenn Ella den Druck ein wenig erhöhte, fiel sie in vollen Galopp. Ebenso wechselte die Stute auf einen sanften Zug der Zügel so rasch die Richtung oder blieb stehen, daß Ella aus dem Sattel gefallen wäre, hätte sie nicht einen so sicheren Sitz gehabt. Ella hatte keine Angst: die Bauern auf dem Land kannten sie. Wenn Ella irgend etwas brauchte, mußte sie nur an einem Haus haltmachen und rufen: »*Ave Maria*«, und sogleich rief jemand aus dem Haus zurück: »*Sin pecado*«, worauf Ella antwortete: »*Para siempre*«, und schon bat man sie, einzutreten: »*Adelante, Señora.*« Stets bot man ihr ein Glas Orangensaft und eine Zigarre an; Ella trank den Orangensaft und nahm aus Höflichkeit auch die Zigarre, rauchte sie aber nicht. Wieder zu Pferd, warf sie die Zigarre entweder in die Büsche oder sie steckte sie ein, um sie später Rosaria zu geben. Wenn sie im Trab losgeritten war, drängte Ella Mathilde: »Auf geht's, Liebling.« Schneller und schneller galoppierten sie über die Felder, die sich so grün und endlos dehnten, daß alle Träumereien von Irland überflüssig wurden.

Franco war nicht nur ein guter Tänzer, er war auch musikalisch und hatte ein gutes Gehör. Er sprach fließend Spanisch, Französisch, Englisch und Guaraní. Ella sprach fließend Französisch und Englisch, Spanisch beinahe fließend; Guaraní lernte sie noch. Aber Guaraní war eine komplizierte Sprache, und Ellas Zunge verhaspelte sich an den fremd klingenden Silben und Vokalen. Sie lernte, in einfachen Worten mit Rosaria und ihren Dienern zu sprechen, doch mit komplizierteren Sätzen kam sie nicht zurecht. Als Franco eines Nachts im Bett voller Leidenschaft zu ihr sagte: »*Nde pûgwéûghpe capüpécha, ndepópe rosa potricha*«, verlangte Ella, es noch einmal zu hören – langsamer. Der Augenblick war vorüber, und Franco wiederholte es nur ungern. »*Nde pûgwéûghpe capüpécha, ndepópe rosa potricha*«. Trotzdem verstand Ella nicht, was Franco gesagt hatte: »Ich liege dir zu Füßen wie das Gras und bin in deiner Hand wie eine Rose.«

6
Obispo Cue

Ellas zweites Kind, Corinna Adelaida, das Ella nach ihrer Schwester und ihrer Mutter benannt hatte, starb fünf Monate nach der Geburt. Rosaria fand sie auf dem Bauch liegend in ihrer Wiege, in genau der gleichen Position, in der sie abends zuvor eingeschlafen war. Corinna Adelaida war ein gesundes, lebhaftes Baby gewesen, nichts hatte auf Krankheit oder sonstige Probleme hingedeutet, die erklärt hätten, warum sie so plötzlich aufgehört hatte zu atmen. Ella, die vor Trauer unter Schock stand, wiegte Corinna Adelaida in ihren Armen und versuchte vergeblich, sie wieder zum Leben zu erwecken.

»Mein süßes Mädchen. Meine kleine Schöne«, wiederholte Ella unter Tränen, während sie das Köpfchen des Babys streichelte. Corinna Adelaida hatte bereits dichte schwarze Locken.

Als Franco Ella zu trösten versuchte, indem er sie in die Arme nahm und ihr ein weiteres Kind versprach, schüttelte Ella ihn ab und drückte das Baby noch fester an ihre Brust. Erst als es dunkel geworden war und die Leichenstarre eingesetzt hatte, erklärte sich Ella schließlich bereit, das tote Baby herzugeben.

Mit einem Spitzenhäubchen auf dem Kopf und angetan mit einem langen, weißen Gewand, an das Ella Spitzenflügel heftete – Haube und Flügel hatte Rosaria angefertigt –, wurde Corinna Adelaida auf dem Friedhof von La Recoleta beerdigt. In ihren Grabstein waren einige Verse aus einem Gedicht von Coleridge gemeißelt – dabei wurde eine Zeile falsch zitiert; der Steinmetz, der kaum Englisch konnte, meißelte *made it beossom* anstelle von *bade it blossom* ein:

Ere sin could blight or sorrow fade
Death came with friendly care
The lovely bird to Heaven conveyed
And made it beossom there.

Obispo Cue, Ellas nach eigenen Entwürfen errichteter rosafarbener Palast, war – neben dem Rathaus – eines der wenigen zweistöckigen Gebäude in Paraguay und das allererste, das aus Marmor und nicht aus den üblichen Lehmziegeln erbaut war. Baumeister war Alonzo Taylor, ein englischer Steinmetz aus Chelsea. Während der gesamten Bauzeit, die länger dauerte als vorgesehen, lobte Alonzo Taylor Ella stets in den höchsten Tönen – Ella, so erklärte er, sei gütig und kultiviert. Selbst wenn die Arbeit an dem rosafarbenen Palast nur langsam voranschritt und sich aufgrund des Wetters oder, noch häufiger, aufgrund der Unfähigkeit der Arbeiter endlos hinzuziehen schien, verlor sie ihm gegenüber nie die Geduld. Sie sprach stets höflich mit ihm und leitete ihre Sätze mit den Worten »Mr. Taylor, wenn Sie so gut sein wollten ...« ein.

Alonzo Taylor hatte sich verpflichtet, drei Jahre lang für Franco zu arbeiten und die Paraguayer in seinem Handwerk zu unterrichten. Er war ein großgewachsener, leutseliger Mensch und schätzte sich glücklich, in Paraguay zu sein: die Bezahlung war gut und die Arbeit nicht allzu anspruchsvoll. Er hatte sich bereits ein Haus gebaut, mit Feuerstelle und offenem Kamin, und plante, seine Frau und seine zwei Töchter aus England nachkommen zu lassen, sobald er fertig eingerichtet war. Vorerst traf er sich jeden Abend mit seinen Landsleuten – eine große Zahl von Ausländern stand in Francos Diensten: Ingenieure, Ärzte, Kartographen, Soldaten, Chemiker, Werftarbeiter und Steinmetze wie Alonzo –, um *caña*, den landesüblichen Schnaps, zu trinken und mit den Mädchen zu tanzen, zu singen und zu flirten. Die junge Frau, die es Alonzo besonders angetan hatte, hieß Dolores. Dolores war ein Halbblut – Spanisch und Guaraní; sie war fast so groß wie Alonzo, und sie war lebenslustig und sang ihm Lieder in beiden Sprachen vor.

Doch das Beste war in Alonzos Augen die Tatsache, daß Dolores nicht mit angeekeltem Ausdruck die Augen zusammenkniff – wie Alonzos englische Ehefrau –, wenn Alonzo ihn ihr in den Mund schob.

26. Januar 1858

Ich habe einen Heißhunger auf Orangen. Mindestens ein halbes Dutzend esse ich jeden Tag! Die Orangen hier in Paraguay ähneln am ehesten denen aus Sevilla, sie sind klein und leicht säuerlich, sättigen nicht allzu sehr und greifen den Zahnschmelz nicht an – Dinge, die bei diesem Klima und in meinem Zustand sehr von Vorteil sind! (Dr. Kennedy meint, der Saft sei gut für die Galle und wirke zudem antiseptisch und blutstillend – sag ich doch immer, lauter hervorragende Eigenschaften!) Ich sollte mit dem Gärtner besprechen, ob man nicht im Umkreis von Obispo Cue welche anbauen könnte – hat nicht der neue Chemiker, Dr. Mora, Franco erzählt, daß Orangenbäume mit widrigen Bedingungen wie Trockenheit oder übermäßiger Feuchtigkeit bemerkenswert gut zurechtkommen und daß sie auf den unterschiedlichsten Böden gedeihen? Bisher habe ich Franco nicht erzählt, daß ich wieder schwanger bin, und bemerkt hat er es auch noch nicht. Ich gehe immer noch täglich reiten, obwohl Dr. Kennedy davon abrät. Mein Hauptproblem ist ganz anderer Natur – es fehlt mir an weiblicher Gesellschaft. Madame Cochelet, Mrs. Washburn und die übrigen Diplomatengattinnen halten sich für etwas Besseres und fertigen mich kurz ab. Arrogante Ziegen! Was Inocencia und Rafaela betrifft – diese beiden fetten, ignoranten Weiber sind keiner Erwähnung wert! Vorige Nacht habe ich geträumt, daß meine kleine Corinna Adelaida, so hübsch in ihrer Spitzenhaube und dem weißen Kleid, ihre Ärmchen nach mir ausgestreckt hat, doch als ich mich hinabbeugte, um sie hochzunehmen, war sie verschwunden. Mein kleiner Engel! Und die arme Marie – auch an sie muß ich immer wieder denken. Gott sei Dank gibt es wenigstens den Oberst!

Oberst Enrique von Wisner de Morgenstern, ein ungarischer Ingenieur, war Carlos Antonio López' militärischer Berater. Er gab sich für fünfzig aus, war in Wirklichkeit aber älter (Haare, Bart und Schnauzbart färbte er hellbraun). Kein Geheimnis machte er aus der Tatsache, daß er wegen eines Skandals den Budapester Hof fluchtartig hatte verlassen müssen, und obgleich dieser Skandal, auf den er anspielte, aus der Todesdrohung eines rachedurstigen gehörnten Ehemannes bestand, zog Oberst von Wisner, wie jeder wußte, junge Männer vor. Der Oberst kleidete sich elegant und war klug und gebildet; er focht, er tanzte, er spielte Schach; und er stellte für Franco keine Bedrohung dar. Er freundete sich mit Ella an.

»Haben Sie Geduld, Madame«, riet ihr Oberst von Wisner, als sie darüber sprachen, daß sie keine Freundinnen hatte.

»Können Sie mir das Fechten beibringen«, entgegnete Ella.

»Sein Haus am Marktplatz wirkt ziemlich geräumig und ist, nach der herrschenden Mode, gelb gestrichen. Die Einrichtung des Salons würde auch in Paris als vollendet gelten. López besitzt vergoldete Möbel, seidene Vorhänge, mit Elfenbein eingelegte Chiffonnieren und Vitrinen aus den besten Schreinerwerkstätten, Spiegel in Florentiner Rahmen, ausgesucht schöne Gemälde, seltene Bronze- und Porzellanstücke. Hier wohnt ein weitgereister Mensch mit einem Faible für das gute Leben ...« – so beschrieb Héctor Varela, ein Journalist aus Buenos Ayres, der die paraguayische Zeitung *El Semanario* häufig mit Artikeln belieferte, Francos Domizil. Das Haus – das war Varela vermutlich entgangen – war mit Obispo Cue durch eine eigens gebaute Straße direkt verbunden; im Galopp konnte Franco in zwanzig Minuten bei Ella sein.

Doch solange sein Vater das Land regierte, verhielt sich Franco diskret. Er vermied Familienklatsch und Skandale. Seinen Brüdern Venancio und Benigno gegenüber gab er sich neutral und geschäftsmäßig; mit Inocencia und Rafaela, seinen Schwestern, ging er distanziert, aber höflich um. Sonntags aß er regelmäßig mit seinen Eltern in deren *quinta* zu Abend; Gesprächsthemen waren die *yerba-* und Tabakernte sowie die Rinderzucht. Franco trug zwar modische europäische Kleidung, bestickte Leinenhemden, handgearbeitete Lederstiefel mit schweren Silbersporen, gab sich gleichzeitig aber große Mühe – er sprang vom Pferd, um den Leuten die Hände zu schütteln oder Witze zu machen –, zu zeigen, daß er ein Mann aus dem Volk war. Aus dem Volk der Guaraní, nicht aus dem reichen, überheblichen Volk der Spanier; und Ellas Name fiel niemals.

In aller Munde waren in diesem Jahr in Asunción hingegen die Namen von Carlos und Fernando Saguier, zwei ebenso reichen wie gutaussehenden Brüdern spanischer Abstammung, die der schmalen aristokratischen Schicht in Paraguay angehörten, welche der López-Familie natürlich vertraut war, obschon sie ihr nicht angehörte – Carlos, der ältere Bruder, war mit Franco nach Frankreich gegangen. Auch Rafaela und Inocencia wurden nicht müde, über sie zu sprechen.

»Carlos und Fernando haben ihre Millionen nach Argentinien geschafft«, sagte Inocencia. Die Schwestern waren wieder einmal beim Essen.

»Auf eine Bank in Buenos Ayres«, fügte Rafaela hinzu und schöpfte eine weitere Portion *sopa paraguaya*.

Tatsächlich verfügten Carlos und Fernando über große Geldeinlagen bei einer Bank in Buenos Ayres – so wollten sie das beträchtliche Vermögen sichern, das ihnen der lizensierte Export von *yerba* und anderen heimischen Gütern eingebracht hatte; außerdem hatte die Brazilian Navigation Company, die die Dampfschifflinie zwischen Montevideo und Matto Grosso betrieb, Carlos und Fernando angeboten, die Versorgung der Schiffe, die in Asunción Kohle bunkern mußten, zu übernehmen, und die Brüder hatten bei Präsident López um die Genehmigung nachgesucht und diese auch erhalten (Bürger von Paraguay konnten ohne Zustimmung der Regierung keine Verträge mit Ausländern abschließen); dann gingen die Brüder noch einen Schritt weiter. In geheimen Verhandlungen mit einem Engländer namens William Atherton verkauften sie diesem ihre Firmenaktiva in Paraguay; ohne Zeit zu verlieren, beantragten sie anschließend Pässe und verließen das Land.

»Carlos und Fernando haben behauptet, sie wollten

nach Buenos Ayres fahren, um dort Karneval zu feiern. Lügner! Verräter!« Inocencia spie mit vollem Mund aus.

Sobald Carlos und Fernando abgereist waren, hatte William Atherton sich als der neue Eigentümer ihres Besitzes zu erkennen gegeben. Auf Anweisung seines Vaters ließ Franco ihn unverzüglich verhaften und ins Gefängnis stecken. William Atherton wandte sich an das britische Konsulat; die in Paraguay ansässigen Ausländer beschwerten sich entrüstet bei Präsident López persönlich. Der Präsident war gesundheitlich nicht auf der Höhe und wollte nicht von intrigierenden Geschäftsleuten gestört werden, und sein Sohn Franco war nur allzu gern bereit, den überheblichen Spaniern eine Lektion zu erteilen. »Es ist mir scheißegal, wenn dieser Idiot William Atherton im Gefängnis vermodert«, soll Franco einem Adjutanten entgegengeschleudert haben. »Und was Carlos und Fernando betrifft, wenn Sie es jemals wieder wagen sollten, ihre arroganten Gesichter in diesem Land zu zeigen...«

»Der Tod wäre für die Brüder Saguier zu gnädig«, pflichtete Rafaela ihrer Schwester bei. Trotz ihrer zur Schau getragenen Wut waren die beiden Schwestern entzückt. Sie fanden die Handlungsweise ihres Bruders berechtigt – Ausländern konnte man einfach nicht trauen. William Atherton hatte bekommen, was er verdiente.

Im August gebar Ella ihren zweiten Sohn, Enrique Venancio – benannt nach ihrem neuen Freund, dem Oberst. Die Geburt war schwer und langwierig, und Dr. Henry Kennedy, der nicht dabei war, weil er (so behauptete er zumindest) einen kranken Bauern auf dem Land betreuen mußte, traf erst ein, nachdem Rosaria das Baby bereits entbunden hatte. Im letzten Moment hatte Rosaria die Hand in Ellas Gebärmutter geschoben und das Baby umgedreht. Dr. Kennedy kam gerade rechtzeitig, um Doña Inés, die vor Ellas Schlafzimmer auf den Knien lag, seine Hand – die, wie er bemerkte, wieder zitterte – zu reichen und ihr auf die wackeligen Beine zu helfen.

2. August 1858

Alle behaupten, man würde die Geburtsschmerzen wieder vergessen, aber ich schwöre beim Haupt meines kleinen Enrique, daß das bei mir nicht der Fall sein wird. Am ehesten kann ich es so beschreiben: Ich fühlte mich, als würden zwei riesige Pferde mit ihrem gesamten Gewicht auf meinen Bauch drücken und mich in Stücke reißen ...

Diese wenigen Zeilen schrieb die erschöpfte Ella an jenem Abend in ihr Tagebuch.

Draußen regnete es in Strömen, und die Straße von Obispo Cue nach Asunción würde sich bald in einen schlüpfrigen, schlammigen Bach verwandeln. Alle paar Sekunden erhellte ein Blitz den Himmel, und das begleitende Donnerrollen riß gar nicht mehr ab. Ellas Schlafzimmer war feucht und muffig, und Ozongeruch lag in der Luft; Ella schloß die Augen und versuchte zu schlafen.

»Fechten«, erklärte Oberst von Wisner Ella, »ist wie Schachspielen mit Muskeleinsatz. Wie beim Schach gibt es beim Fechten eine begrenzte Anzahl von Zügen und eine beinahe unendliche Anzahl von Kombinationen.«

»Florett, Degen oder Säbel?« hatte der Oberst zu Anfang der Unterrichtsstunde gefragt.

»Säbel.«

Bei Florett und Degen hätte Ella nur mit der Spitze Treffer erzielen können; da der Säbel außer der Spitze noch zwei scharfe Schneiden besaß (die gesamte Länge der Klinge auf der einen Seite, ein Drittel der Klingenlänge auf der anderen) konnte Ella in diesem Fall nicht nur durch Stoß punkten, sondern auch durch Hieb.

»Sie stehen in der Grundstellung, die Fersen zusammen, die rechte Fußspitze zeigt in Richtung des Gegners.« Der Oberst machte es Ella vor. »Aus der Grundstellung bewegen Sie sich einen halben Meter zurück und beugen leicht die Knie. Das Gewicht sollte gleichmäßig auf beide Füße verteilt sein – stellen Sie sich vor, Sie würden auf einem Hocker sitzen. Dann heben Sie beide Arme – die Fechthand sollte sich etwa in Brusthöhe befinden, die andere Hand etwas höher, die Ellbogen zeigen nach unten ...« Der Oberst korrigierte Ellas Ellbogenhaltung ein wenig. »Die Waffenhand ist flach, der Daumen zeigt nach oben, das Handgelenk halten Sie so. Jetzt befinden Sie sich in der sogenannten zweiten Position: der Sixt. Wenn Sie nun Ihre Waffenhand auf Ellbogenhöhe senken, ist das die Oktav.«

Ella mit ihrer schlanken Statur, ihrem guten Koordinationsvermögen und ihren vom Reiten kräftigen Schenkeln erlernte die Grundzüge des Fechtens schnell. Fünfzigmal am Tag übte sie mit hinter dem Rücken verschränkten Armen das Annähern, das Zurückweichen, den Wechsel zurück in die Ausgangsposition, den Kreuzschritt, den Ausfall, die Parade und den Appell – eine vorgetäuschte Angriffsbewegung, die den Gegner zu einer Reaktion provozieren soll.

Nur eines irritierte Oberst von Wisner: Ella focht mit der linken Hand.

Asunción
12. Juni 1859

Ma chère Princesse,
endlich ist mein schönes neues Haus fertig, und ich fühle mich sehr wohl darin. Ich wünschte, Sie könnten die Früchte meiner Arbeit sehen: die Spiegel, die Wandbehänge, die Möbel, die Stoffe, die Wanduhren; ich habe mich um jedes Detail selbst gekümmert, und einige der Schwierigkeiten, mit denen ich dabei kämpfte, können Sie sich gar nicht vorstellen. Die Arbeiter – einige von ihnen fast noch Kinder! – waren weder erfahren noch begabt, haben sich aber trotzdem bemüht, meine Anweisungen auszuführen (ein einschlägiges Beispiel ist mein Schlafzimmer, das dreimal neu gestrichen werden mußte, ehe sie den Farbton – das zarteste vorstellbare Rosa – trafen!). Ach, liebste Freundin, ich wünschte, Sie wären nicht so weit fort, und wir könnten uns über Dekorierung, Anstrich und Gartengestaltung austauschen (ein Bekannter von mir, Dr. Mora aus Chile, hilft mir mit dem Garten), denn so würde ich wie nebenbei von Ihrem guten Geschmack profitieren. A propos – könnten Sie mir vielleicht ein Bild von Saint Gratien schicken?

Franco ist in letzter Zeit viel mit Staatsangelegenheiten beschäftigt, da sein Vater gesundheitlich nicht auf der Höhe ist und ein großer Teil der Regierungslast nun auf Francos Schultern ruht. Außerdem ist es Franco gelungen, in Argentinien durch Vermittlung einen Friedensschluß zwischen den sich bekämpfenden Fraktionen von General Mitre und General Urquiza – Namen, die Ihnen vermutlich nicht geläufig sind – zustande zu bringen. Das hat ihm in der Öffentlichkeit viel Anerkennung eingetragen. Nach dem Friedensschluß wurde in Buenos Ayres Franco zu Eh-

ren ein Te Deum zelebriert, Bankette wurden abgehalten, und ein Militärmarsch wurde nach ihm umbenannt. Daneben ist Franco mit vielen wichtigen eigenen Projekten befaßt: dem Bau einer Eisenbahn, dem Aufbau eines Telegraphensystems, mehreren Neubauten in der Stadt; bei einem Projekt, das für Sie von Interesse sein könnte, geht es um die Kolonisierung des Gran Chaco, des Gebiets jenseits des Río Paraguay. Obgleich reich an Bodenschätzen, ist diese Region bisher weder bewohnt noch hinreichend urbar gemacht, und Franco hat sich zum Ziel gesetzt, französische Bauern zu ermutigen, dort zu siedeln und Weingärten anzulegen. Dann können wir sogar unseren eigenen Wein herstellen.

Die Schilderung des Maskenballs der Duchesse d'Alba, zu dem Sie im Kostüm einer Nubierin gingen, hat mich sehr amüsiert. Die aufgemalte blaue Tätowierung auf Ihrer Stirn hätte ich zu gern gesehen! Kein Wunder, liebe Freundin, daß Sie Aufsehen erregten, und was Ihre Authentizität betrifft, wäre ich mit M. Mérimée sicher einer Meinung gewesen! Auch hier in Asunción gehen die Damen gern auf Bälle. (Manche dauern mehrere Tage!) Der letzte Ball, den ich besucht habe, fand auf der quinta *von Doña Eusebia Fernandez statt, einer paraguayischen Dame, und zwar zu Ehren ihrer Nichte. Die Tanzerei, die bei Sonnenuntergang begann, zog sich weit bis in den nächsten Tag hinein, unterbrochen nur einmal gegen Mitternacht, als Essen und Erfrischungen serviert wurden. Das Orchester bestand aus einem halben Dutzend Musikern mit Harfen und Gitarren, die hauptsächlich beliebte spanische Tänze spielten – den* montenero, *den* media caña *und einen wirklich sehr alten Tanz namens* pishèshèshè, *bei dem der Tänzer den rechten Fuß über den Boden schleifen läßt und dadurch das Geräusch hervorbringt, das dem Tanz seinen Namen gibt.*

Entsprechend der Landessitte – das wird Sie amüsieren! – tanzt jedermann barfuß.

Ich reite immer noch jeden Tag und habe außerdem angefangen, Fechtunterricht zu nehmen, um auch körperlich in Übung zu bleiben; mein Lehrer ist ein äußerst distinguierter und charmanter ungarischer Oberst, der Militärberater von Francos Vater. Die diplomatischen Kreise hier sind weitverzweigt und vielfältig, und zu meinen Bekannten zählen die Ehefrau des französischen Gesandten, Madame Cochelet, sowie die Ehefrau des amerikanischen Gesandten, Mrs. Washburn; wir treffen uns häufig zum Gedankenaustausch über Literatur und Kunst. Mit Freude sehen wir der Eröffnung unseres der Mailänder Scala nachempfundenen Teatro Nacional – der Bau ist fast fertiggestellt – und dem Auftritt der bekannten argentinischen Künstler Señor Bermejo und Doña Pura entgegen. Ich verspreche, Ihnen den Abend in allen Einzelheiten zu schildern!

Meinen Kindern Pancho und Enrique geht es übrigens ausgezeichnet, und ich erwarte ein weiteres Kind (hoffentlich wird es ein Mädchen!) Anfang nächsten Jahres.

Ganz herzliche Grüße von Ihrer ergebenen Freundin
Ella

P.S. Als ich eben Ihre Briefe noch einmal überflog, fiel mir auf, daß ich versäumt habe, zu schreiben, wie leid es mir tut, daß einer der kleinen Papageien die Reise nicht überlebt hat. Sobald ich kann, schicke ich Ihnen für den anderen einen neuen Gefährten – allerdings haben Sie nicht erwähnt, ob das Männchen oder das Weibchen gestorben ist. Papageien leben angeblich ebenso lang wie wir Menschen!

Ella hatte recht, Franco hatte in einem Haus in Asunción noch eine weitere Frau. Mehr noch, er hatte eine ganze Reihe von Frauen, Frauen mit Namen wie Juanita und Carmelita, Namen, die Franco sofort wieder vergaß. War Carmelita nun die Großgewachsene, die sich auf sein Gesicht setzte, und Juanita diejenige, die zwischen seinen Beinen auf dem Boden gekniet hatte? Die Frauen schienen es ihm nicht übel zu nehmen, wenn er sie bei falschen Namen nannte; sie kicherten bloß. Wenn man Franco nach dem Grund für diese Liebschaften gefragt hätte, wäre die Antwort gewesen, daß Ella ständig schwanger war, oder doch sehr häufig. Ein anderer, eher zutreffender Grund war, daß Frauen für ihn ein körperliches Bedürfnis darstellten wie Essen und Trinken und der Gang zur Toilette – dieser geschmacklose Vergleich war Franco allerdings nur nach mehreren Gläsern Brandy zu entlocken. Frauen wie Juanita und Carmelita spielten für ihn keine Rolle. Kaum jemals richtete er das Wort an sie, derartige Konversation war für ihn uninteressant. Wenn eine dieser Frauen versuchte, Franco etwas über sich oder ihr Leben zu erzählen – Carmelita beispielsweise, daß ihr kleiner Bruder krank sei, oder Juanita, daß sie einen Zwillingsbruder gehabt habe, der aber unglücklicherweise ... –, schnitt Franco ihr sofort das Wort ab und befahl ihr, zu schweigen oder zu gehen. Außerdem bezahlte er die Frauen, für ihn war das alles nur ein geschäftlicher Vorgang.

Federico Noel kam 1860 zur Welt, Carlos Honorio ein Jahr später, und Rosaria hatte alle Hände voll zu tun. Und sie hatte nicht genug Milch. Um sie zu entlasten, stellte Ella ein Mädchen namens Maria Oliva aus Villa Franca ein.

»Bist du verheiratet«, fragte Ella. Irgend etwas an dem

Mädchen kam ihr bekannt vor, doch Ella kam nicht darauf, was es war.

»Ja«, log Maria Oliva.

»Hast du auch Kinder?«

»Ja.« Diesmal sagte Maria Oliva die Wahrheit, mindestens teilweise.

»Bist du verheiratet?« Auch Rosaria hatte Maria Oliva diese Frage gestellt.

»Hast du Kinder?« Bloß hatte Rosaria in einem anderen Ton gefragt.

»Am Abend der Eröffnung des Teatro Nacional versammelten sich die besseren Kreise von Asunción. In der Ehrenloge saß der breitgesichtige, korpulente Diktator mit seiner Frau und den beiden Töchtern. In der Nachbarloge saßen General Francisco López und Oberst Venancio López, die beiden Söhne des Diktators.« Auch zu dieser Gelegenheit war der argentinische Journalist Héctor Varela gekommen, um zu berichten. »Madame Lynch hatte in der mittleren Loge Platz genommen, angetan mit einem hinreißenden Kleid und reichem Schmuck. Die Herren beobachteten sie mit ausgesprochen respektvoller Bewunderung. Von den Damen erntete sie feindselige Blicke, deren Hintergrund auf der Hand liegt.«

Varela fuhr fort:

> Präsident López ist eine wahrlich imposante Gestalt. Kaum jemals bietet sich der eindrucksvolle Anblick eines solchen Fleischbergs. Während der gesamten Vorstellung trug der Präsident einen gigantischen Hut, der sehr gut zu ihm paßte und in einem Kuriositätenkabinett ebensoviel Aufsehen erregen würde wie auf dem Karneval in Buenos Ayres.

Während des Abends, der ewig zu dauern schien, lauerte ich auf irgendein Anzeichen dafür, daß dieser erste Theaterbesuch seines Lebens Eindruck auf López machte. Ebensogut hätte ich einen Felsen in der Landschaft beobachten können. Er ist ein Meister in der Kunst, Gefühle zu verbergen. Am Ende der ermüdenden Veranstaltung warf der alte Dschungelmonarch, ohne jede positive oder negative Reaktion, einen Seitenblick auf Madame Lynch, um sich dann sehr mühsam zu erheben und schwerfällig zu gehen, gefolgt von seiner Frau, seinen Töchtern und den Soldaten der Prätorianergarde. Die ganze Vorstellung läßt sich in einem Satz zusammenfassen. Sie war so lächerlich wie López' Hut.

Am gleichen Abend schrieb Ella, ganz im Einklang mit Héctor Varela, in ihr Tagebuch:

Das Theaterstück war lächerlich und vulgär, und es ist kein Wunder, daß es Inocencia und Rafaela so gut gefallen hat. Ehrlich gesagt, mußte ich mich sehr beherrschen, um nicht laut herauszulachen. Etwas so Albernes wie Doña Pura in der Rolle der Maid, die sich in ein Löwenjunges verliebt (das von keinem Geringerem als ihrem Ehemann Señor Bermejo gespielt wurde!), habe ich mein Lebtag noch nicht zu Gesicht bekommen. Ich habe gesehen, daß Mr. Varela, der gutaussehende argentinische Journalist, sich eifrig Notizen gemacht hat. Darüber, was er da geschrieben hat, brauche ich nicht zu spekulieren – gleich wird er zum Abendessen hier sein.

Beim Abendessen begann Franco, statt über das Stück zu sprechen, eine Diskussion über die Lage der Argentinischen Konföderation: darüber, wie er wenige Jahre zuvor durch seine Intervention den Bürgerkrieg zu einem Ende gebracht hatte; darüber, wie er Justo José de Urquiza überredet hatte, als Präsident zurückzutreten und Bartolomé Mitre in Buenos Ayres an die Macht zu lassen.

»Sie haben der Region Stabilität und Frieden gebracht«, sagte Héctor Varela, der nicht nur Journalist war, sondern auch Diplomat sein konnte, zu Franco.

»Doña Pura in ihrer Rolle als paraguayische Maid könnte getrost ein bißchen abspecken«, versuchte Ella das Thema zu wechseln.

»Ein bedeutender politischer Sieg«, sagte Héctor Varela außerdem.

»Doña Pura sollte nicht nur ein wenig abnehmen, sie könnte auch Schauspielunterricht vertragen«, sagte Ella.

Später konnte Héctor Varela seine Bewunderung für Ella nicht verhehlen. »Sie war großgewachsen«, schrieb er in sein Tagebuch, »von biegsamer, zarter Gestalt, mit schönen, verführerischen Kurven. Ihre Haut schimmerte wie Alabaster.« Vielleicht hatte er sich sogar ein wenig in Ella verliebt, jedenfalls konnte er es nicht lassen, ein bißchen zu übertreiben: »Ihre Augen waren von einem Blau, das dem Himmel entlehnt schien, und hatten einen so unbeschreiblich süßen Ausdruck, daß Amor daneben verblaßt wäre. Ihre schönen, von ungeheurer Sinnlichkeit zeugenden Lippen schimmerten feucht, als habe Gott sie mit himmlischem Tau überzogen, um das Feuer in ihr zu zügeln – dieser Mund war wie ein Kelch der Wonne beim Bankett flammender Leidenschaft.« Nicht das kleinste Detail an Ella war seiner Aufmerksamkeit entgangen: »Ihre Hände waren klein, mit langen Fingern und vollendet geformten, fein polierten Nägeln.«

Lügen, das wußte Doña Inés, war eine Todsünde; trotzdem schrieb sie:

Liebe Yvonne,
mach Dir keine Sorgen um mich, ich bin glücklich, und es geht mir gut. Seit meinem letzten Brief an Dich habe ich einen ranchero *geheiratet, er heißt …*

Die Feder in der Hand, hielt Doña Inés inne. Sie war nicht gut im Erfinden von Namen. Dann fiel ihr der Priester ein, Padre Fidel Maiz.

… Fidel. Wir haben ein sehr schönes Haus mit Garten, und ich züchte Gemüse und Blumen. Im Sommer schlafen wir nicht im Bett, sondern in einer Hängematte, weil das kühler ist. Fidel ist sehr stark und sieht gut aus; abends, wenn er mit der Arbeit fertig ist, geht er mit mir reiten. Ich sitze vor ihm im Sattel, und er hält mich fest, damit ich keine Angst habe, wenn wir über die Felder galoppieren, um nach den Herden zu sehen. Jeden Abend essen wir Rindfleisch und Mais und ein Brot namens chipa, *das ich selbst backe; danach sitzen wir an schönen Abenden im Freien und sehen zu den Sternen hoch, während Fidel mir auf seiner Harfe etwas vorspielt. Wenn wir ein Kind bekommen und es ein Mädchen ist, werde ich es nach Dir Yvonne nennen.*

Deine Dich liebende Schwester,
Marie.

P.S. Du hast mich gebeten, etwas über die Früchte in Paraguay zu schreiben. Die Orangen und Granatäpfel mag ich am liebsten!

Am 10. September 1862 hielt Dr. William Stewart, Leibarzt von Carlos López, das Handgelenk des Präsidenten und verfolgte den Sekundenzeiger seiner Taschenuhr, während der Präsident, ein Koloß aus Fleisch, auf seinem Bett lag und seine letzten rasselnden Atemzüge tat. Seine Augen waren geschlossen, das Gesicht aschgrau, und sein Lieblingssohn Benigno stützte seinen Kopf. Seine Frau Doña Juana Carillo López, die neben seinem Bett saß, schluchzte haltlos, während Venancio, Carlos López' mittlerer Sohn, hinter ihrem Stuhl stand und nervös von einem Fuß auf den anderen trat. Auf der Straße erklang Hundegebell, und der Priester, Padre Fidel Maiz, rückte näher ans Fußende des Bettes und betete lauter; Inocencia und Rafaela, Carlos López' Töchter, wandten den Blick nicht von ihm und flüsterten die Antworten. Der Hund bellte wütend weiter, bis man jemanden rufen hörte: »*Zorra!*«, und anschließend warf dieser Jemand wohl einen Stein oder trat nach dem Hund, denn nun hörte man ihn jaulen. Franco traf als letzter ein; er betrat den Raum genau in dem Augenblick, als sein Vater starb.

In ihrem rosaroten Palast Obispo Cue in ihrem im zartesten vorstellbaren Rosaton gestrichenen Zimmer lag auch Ella im Bett; sie gebar ihren fünften Sohn, Leopoldo Antonio. Dieses Mal war der Tag strahlend schön, und die Geburt ging schnell vonstatten. Zwischen den Wehen hörte Ella die Glocken läuten.

7
Am Ufer des Ipacaraì

1. Januar 1863

General,
ich bin sehr berührt von Ihrem persönlichen Brief und den wohlwollenden Erinnerungen, die Sie an Ihren Besuch an Meinem Kaiserlichen Hof hegen. Seien Sie versichert, daß auch ich gerne daran zurückdenke. Ich habe bei dieser Gelegenheit Ihren edlen Charakter kennen- und schätzengelernt, und ich beglückwünsche Ihr Land, daß es sein Schicksal in Ihre Hände gelegt hat.

Es hat mich mit großer Freude und Bewunderung erfüllt, zu beobachten, welche Fortschritte Paraguay unter der Herrschaft Ihres erlauchten Vaters, Gott habe ihn selig, gemacht hat, und ich hege keinerlei Zweifel, daß Ihr Land unter Ihrer weisen und patriotischen Führung weiter auf dem Pfad der Zivilisation voranschreiten wird.

Nehmen Sie den herzlichen Ausdruck meiner besten Wünsche für Ihr persönliches Glück und für die Würde Ihres Amtes als Zeichen meiner Wertschätzung entgegen. Ich bete zum Allmächtigen Gott, daß er Sie segnen und behüten möge.

Von eigener Hand im Palace des Tuileries,
Ihr treuer Freund,
Napoléon

Franco wurde von den zweiundneunzig Abgeordneten, die viel zu viel Angst gehabt hätten, sich gegen ihn auszusprechen oder gegen ihn zu stimmen, einstimmig zum Jefe Supremo y General de los Exercitos de la República del Paraguay gewählt. Seine erste Amtshandlung bestand darin, seinen jüngeren Bruder Don Benigno López zusammen mit Padre Fidel Maiz und dem Präsidenten des obersten Gerichtshofs, Pedro Lescano, wegen Verschwörung gegen seine Person vor Gericht zu stellen. Padre Maiz wurde ins Gefängnis geworfen; Gerichtspräsident Lescano wurde zu Tode gefoltert; am besten kam noch Benigno davon, er wurde auf seine *estancia* im Norden verbannt.

Benignos Mutter, Doña Juana, versuchte sich als Fürsprecherin. »Ich beknie dich«, bat sie Franco. »Bitte, zeig doch ein wenig Mitgefühl mit deinem eigen Fleisch und Blut.« Sie begann zu weinen. »Benigno ist nicht so robust wie du. Er war immer schon von schwacher Gesundheit. Seine Lungen sind sehr anfällig. Das feuchte Klima im Norden wird ihm sicher...«

»Genug«, sagte Franco zu seiner Mutter.

»Warte, Franco, bitte.« Doña Juaña rang flehentlich die Hände. »Als ihr klein wart, hat Benigno immer zu dir aufgesehen – nicht nur, weil du der Ältere warst. Erinnerst du dich nicht mehr, wie du und Benigno einmal im Fluß geschwommen seid und die Strömung so stark war, und wenn du nicht hinter dem armen Benigno hergeschwommen wärst, er wäre bestimmt...«

»Bah, hör auf mit diesen Lügen! Du weißt genau, daß ich nicht schwimmen kann«, sagte Franco und ließ seine Mutter stehen.

»Franco, ich wünschte, du mögest...«, rief Doña Juana, aber sie sprach es dann doch nicht aus. Ihren Ältesten zu verfluchen, das brachte sie nicht über sich.

Unterwegs ins Exil zu seiner *estancia* in San Pedro holperte Benigno über unbefestigte Straßen, und auf denen die mit all seinen Habseligkeiten beladene Kutsche so viel Staub aufwirbelte, daß Benigno sich die Lungen aus dem Leib zu husten glaubte. Die Schuld daran gab Benigno Ella.

5. JANUAR 1863

Wie glücklich kann ich mich schätzen, drei Kammerfrauen zu haben! Señora Juliana Echegaray de Martinez, Doña Dolores Carisimo de Jovellanos und Doña Isidora Diaz. Am liebsten ist mir Señora Juliana, die hübscheste und liebenswürdigste von allen; jeden Morgen, wenn sie in mein Zimmer tritt, sagt sie mir etwas Nettes: »Señora, hören Sie, wie schön heute morgen die Vögel singen? Der Gesang gilt nur Ihnen!« Oder: »Sehen Sie die schönen Blumen im Garten? Sie blühen nur Ihnen zu Gefallen!« Sie ist auch bei weitem die offenherzigste – sie hat keine Scheu, sich über gewisse Leute lustig zu machen, etwa über die beiden Ignorantinnen Inocencia und Rafaela. Außerdem erinnert mich ihre Art zu lachen ein wenig an Marie. Arme Marie! Wenn sie doch bloß noch bei mir wäre! Doña Dolores ist faul und zu dick, und Doña Isidora ist lieb, aber oft nicht recht bei der Sache. Heute morgen hat Doña Isidora nach dem Bad vergessen, meine Schuhe bereitzustellen, und als ich sie darauf hinwies, wurde sie rot und rannte hinaus; als sie wiederkam, brachte sie zwei, die nicht zusammenpaßten: In der einen Hand hatte sie einen grünen, in der anderen einen blauen! Aber genug von meinen Schuhen. Franco ist so glücklich wie nie zuvor. Sein Traum, das Land zu regieren, ist wahr geworden. (Ich muß ihn allerdings dazu bewegen, abzunehmen. Und weniger zu trinken!)

Zur Feier des Tages war die Tafel in Obispo Cue mit blendend weißem, stickereiverziertem belgischem Leinen und schimmerndem Silber gedeckt; edle französische Weine wurden in Baccarat-Gläsern ausgeschenkt und ein zehngängiges Menü auf Ellas Limoges-Service aufgetragen; große Sträuße von blühenden Orangenzweigen schmückten den Saal und erfüllten die Luft mit ihrem süßen Duft. Ella saß der Tafel vor, ganz in weißen Satin gekleidet – die Taille ihres Kleides saß stramm (es war erst wenige Monate her, daß sie Leopoldo Antonio zur Welt gebracht hatte), und an ihrem Hals funkelte die Kette aus Aquamarinen. Zu ihrer Rechten machte Franco im Abendanzug mit der Trikoloreschärpe des Präsidenten über der Brust eine elegante Figur, auch ihm saß die Kleidung eng am Leib; links neben Ella hatte Francos Bruder Venancio Platz genommen.

Vincente Barrios, Inocencias großmäuliger Ehemann, und der gierige und opportunistische Saturnino Bedoya, Rafaelas Ehemann, waren gleichfalls anwesend; außerdem der Vizepräsident, der bereits altersschwache Señor Sanchez; der arrogante Antonio Estigarribia, bei weitem der attraktivste Mann im Saal; Wenceslao Robles, Mariano Gonzales und der wohlmeinende, aber einfältige Gumesmindo Benítez, Herausgeber von *El Semanario*; außerdem waren eine Reihe Ausländer eingeladen, darunter: Oberst von Wisner, der seine ungarische Husarenuniform angelegt hatte; Mr. Frederick Masterman, ein Engländer, der erst kürzlich von Franco als Generalapotheker der paraguayischen Armee in Dienst genommen worden war, sowie der britische Gesandte Edward Thornton (bei Engländern weiß man nie, warnte Ella Franco, sie sind stets höflich, stets ein wenig herablassend); Monsieur Cochelet, der französische Gesandte, und seine Gattin; ein neu eingetroffener Ingenieur, Oberstleutnant George Thompson – er war vor noch nicht einmal einem Monat in Asunción angekommen, und schon erzählte man sich, daß er sich über die Hitze, das Essen und die schmutzigen Straßen beklage; neben Oberstleutnant Thompson saß der Amerikaner Charles Washburn, den Ella nicht mochte, mit seiner Frau; und schließlich war da noch, am anderen Ende der Tafel, Baron von Fischer-Truenfeld, ein Preuße mit einer langen Duellnarbe auf einer Wange und so blondem Haar, daß es beinahe weiß wirkte, der von Franco gerade erst zum Direktor des Telegraphen- und Fernmeldewesens ernannt worden war.

»*Votre robe est très belle, Madame*«, lobte Ella Madame Cochelet.

»London kommt für mich gleich nach Asunción«, sagte sie zu Mr. Thornton.

»*Los articulos publicados en su periodico por el Señor Varela me parecen muy interesantes*«, meinte Ella zu Gumesmindo Benítez.

»Ich lese gerade *Der letzte Mohikaner*, ein äußerst erbauliches Buch über Ihr Land«, erklärte sie Charles Washburn.

Nach dem Mahl führten Ella und Franco die Gäste in den angrenzenden Raum; außer Inocencia und Rafaela folgten alle. (Um das Essen unbeengt genießen zu können, hatten Francos Schwestern ihre Schuhe abgestreift; nun, als unter allgemeinem Trubel die Tafel aufgehoben wurde, konnten sie sie nicht wiederfinden. Schließlich mußte Vincente Barrios, Inocencias Ehemann, unter den Tisch kriechen und die Schuhe suchen, Rafaelas Ehemann, Saturnino Bedoya, stand dabei und schimpfte zwischen zusammengebissenen Zähnen über seine Frau.)

Uno, dos, tres, uno, dos, tres, eröffnete Franco den Tanz; obwohl er an Gewicht zugelegt hatte, tanzte er schnell und leichtfüßig. Er wirbelte Ella so wild herum, daß sie sich gut an ihm festhalten mußte, um im Takt zu bleiben. Das Orchester hatte die »Loreley-Rhein-Klänge« von Johann Strauß spielen gelernt – wann hatte sie zuletzt einen Walzer getanzt? Vor vielen Jahren mit Dimitri, an dessen Gesicht sie sich kaum noch erinnern konnte. Ella lächelte und flog noch rascher durch den Saal, die Halskette aus Aquamarinen fing funkelnd das festliche Kerzenlicht ein.

Edward Thornton wandte während des Essens keinen Moment den Blick von Ella. Später, als er in das eingeschossige Haus zurückkehrte, das er sich mit Frederick Masterman teilte, konnte er es kaum abwarten, einen Brief an Lord Russell, den britischen Außenminister, zu schreiben. »Als paraguayische Pompadour muß ich wohl die Engländerin bezeichnen, die sich selbst Mrs. Lynch nennt und die beträchtlichen Einfluß auf den Präsidenten besitzt.« Sein Hausbursche stand halb schlafend hinter ihm und wedelte nachlässig mit einem Palmenblatt, um die Fliegen zu vertreiben. »Ihre Befehle, die sie sehr gebieterisch erteilt, werden ebenso selbstverständlich und ebenso unterwürfig befolgt wie diejenigen Seiner Exzellenz.«

Zur selben Zeit schrieb im angrenzenden Zimmer Frederick Masterman, der Ella an diesem Abend gleichfalls mit Blicken verfolgt hatte, in sein Tagebuch: »Sie ist eine große und bemerkenswert hübsche Frau, und ich glaube gern, daß die schlichten Einheimischen bei ihrer Ankunft in Asunción ihre Reize von mehr als irdischem Glanz und ihr Kleid so prächtig fanden, daß ihnen die Worte fehlten, ihre Bewunderung für das eine wie das andere auszudrükken. Sie hat eine vorzügliche Erziehung genossen, spricht mühelos Englisch, Französisch und Spanisch, gibt prächtige Empfänge und kann, ohne daß man ihr etwas anmerkt, erstaunliche Mengen Champagner trinken.«

An einem Samstagabend Ende April machten sich Dr. Henry Kennedy, sein junger Diener Antanasio und ein Führer auf – Dr. Kennedy hatte die Erlaubnis erhalten, Asunción vor seiner Rückkehr nach Nordamerika fünf Tage lang zu verlassen, um das Land kennenzulernen. Die ganze Nacht hindurch ritten die Männer in einträchtigem Schweigen durch Felder mit grünen, rosageäderten Maniokblättern; am Morgen machten sie in dem Städtchen Ituguà Rast – Dr. Kennedy trank zu seinem Orangensaft mehrere Gläser *caña* –, dann wechselten sie die Pferde und setzten ihren Weg fort. Ihr nächster Halt war schwieriger zu erreichen. Die Straße war weggespült, und es blieb ihnen nichts anderes übrig, als sich in einem Bachbett durch den dichten Wald zu schlagen. Die Strömung war reißend, der Bach schmal, und sie mußten hintereinander reiten; manchmal stieg den Männern das Wasser bis zu den Knien, und über ihren Köpfen hingen die Zweige der Bäume – gewaltiger *cedros* und *lapachos*, die Stämme von Kletterpflanzen überwuchert – so tief herab, daß sie die Köpfe an die Hälse ihrer Pferde schmiegen mußten. Dr. Kennedy nickte beständig ein und schwankte bedenklich im Sattel, sein Diener mußte auf der Hut sein, um rasch sein Pferd an des Doktors Seite zu bringen und schiebend oder ziehend dafür zu sorgen, daß er wieder aufrecht saß; jedesmal, wenn Antanasio das tat, murmelte Dr. Kennedy etwas und grabschte nach seinem Arm.

Am dritten Tag überquerten sie die Cordillera Azcurra und erreichten einen großen See, den Ipacaraì. An diesem See, erzählte der Führer Dr. Kennedy, hätten die Jesuiten das erste Kreuz in Paraguay errichtet. Der Legende zufolge gab es am See einst ein Dorf voll fauler, diebischer Indianer, die lieber Heiden bleiben wollten und sich der Taufe verweigerten, so daß die Jesuiten schließlich abziehen mußten. Doch in der Nacht, da die Jesuiten das Dorf verließen, lief der Brunnen, die einzige Wasserquelle der Indianer, über. Das Wasser war nicht aufzuhalten; es floß schneller und schneller, in alle Richtungen, überflutete die Straßen, die Felder, das Dorf und die Häuser und ertränkte all die faulen, diebischen Indianer, die in ihren Hängematten schliefen – alle, bis auf einen. Dieser eine Indianer, der verschont blieb, hatte einst den halb verhungerten Jesuiten einen Laib *chipa* gegeben, und sein Papagei weckte ihn mit dem Schrei: *Terri-ho! Terri-ho!* (Fort! Fort!), so daß er gewarnt war und rechtzeitig höheres Gelände erreichen konnte.

»Und steigt das Wasser des Ipacaraì immer noch«, fragte Dr. Kennedy lachend.

Der Führer bekreuzigte sich. »Nein, *Señor*, die Jesuiten sind zurückgekommen und haben das Gelände mit Weihwasser besprengt, da hat es aufgehört.«

In der Nacht kampierten die drei Männer am Ufer des Sees. Nach dem Abendessen sang der Führer zur Gitarre:

Ay Cielo! ay Cielo! esto cruel amor,
Es mia, es mia, Cielo estoy feliz!

Dr. Kennedy stampfte mit den Füßen im Takt, summte die Melodie mit und trank *caña* aus der Flasche. Nicht weit von ihm lag Antanasio auf dem Rücken, sah zu den Sternen hinauf und rauchte eine Zigarre.

»Antanasio, mein lieber Junge! Komm, setz dich hier neben mich!« Dr. Kennedy klopfte mit der flachen Hand auf den Boden.

Antanasio blies eine Zigarrenwolke in die Luft und gab keine Antwort.

»Hörst du mich, Antanasio? Bist du auf einmal taub

geworden?« Dr. Kennedy nahm noch einen Schluck aus seiner *caña*-Flasche. »Willst du das mal probieren?« Dr. Kennedy schwenkte die Flasche in Antanasios Richtung, wobei er ein wenig verschüttete.

»Antanasio, mein *querido*.« Dr. Kennedy kicherte und rutschte näher an Antanasio heran. »Ich befehle dir, dich neben mich zu setzen.«

Antanasio rückte von ihm ab.

Als es Schlafenszeit wurde, mußte Antanasio Dr. Kennedy in seine Hängematte helfen; da sagte Dr. Kennedy, er müsse erst noch pinkeln. Dr. Kennedy stand so unsicher auf seinen Beinen, daß Antanasio ihn halten mußte, während er seine Hose öffnete und seinen Penis herausholte.

»Warte! Warte, Antanasio!« rief Dr. Kennedy. »Nicht so eilig, ich will in den See pinkeln. In diesen verdammten heiligen See!« Schon tröpfelte aus Dr. Kennedys Penis Urin auf seine Hand, und als er sich zum Ipacaraì wandte, traf ein Urinstrahl unvermittelt Antanasios Bein. »Paß auf, mein Junge!« Dr. Kennedys Warnung kam zu spät, Antanasio hatte ihn schon losgelassen. Dr. Kennedy fiel rückwärts hin und schlug mit dem Kopf hart auf einen Stein.

Dr. Kennedy rührte sich nicht und gab keinen Laut von sich; Blut sickerte unter seinem Haupt hervor auf den Boden. Antanasio und der Führer standen einige Sekunden über ihn gebeugt und betrachteten ihn, dann hoben sie ihn ohne ein Wort auf – Antanasio ergriff Dr. Kennedys Arme, der Führer seine Beine. Weder Antanasio noch der Führer sahen auf Dr. Kennedys Penis, aus dem immer noch Urin hervorkam. Den Blick auf etwas Unsichtbares über ihren Köpfen gerichtet, trugen sie Dr. Kennedy so weit wie möglich ins Wasser des Ipacaraì hinaus und ließen ihn dort einfach los.

Als hätte er die Gedanken seiner Mutter gelesen – er würde gewiß nicht ertrinken! –, beschloß Franco, schwimmen zu lernen. Schwimmen, so seine Vorstellung, war Reinigung und Körperertüchtigung zugleich. (In Europa war das Schwimmen groß in Mode – sogar Frauen schwammen, in London allein gab es sechs ständig geöffnete Badeanstalten, und Franco hatte viele Knaben beobachtet, die sich unter der Waterloo Bridge in schwimmenden Flußbädern vergnügten.) Auf Anraten von Mr. Frederick Masterman, dem Generalapotheker der paraguayischen Armee, der Franco versicherte, er hätte den Erfolg dieser Methode in seiner Heimatstadt Croydon beobachten können, setzte Franco einen Frosch in ein großes Wasserbecken, legte sich nackt auf den Boden seines Schlafzimmers und ahmte die schraubenartigen Bewegungen des Tieres gewissenhaft nach. Manuel, Francos Diener, gab den Schwimmlehrer, er spornte Franco an und beobachtete die Bewegungen des Froschs, den er von Zeit zu Zeit mit einem Stöckchen stichelte – die meisten Frösche waren träge (oder im Gegenteil so munter, daß sie aus dem Becken hüpften und Manuel einen neuen besorgen mußte). Einen Monat lang lag Franco jeden Morgen eine Stunde auf dem Bauch und übte Brustschwimmen; er verlor an Gewicht, er kam in Form. Als er sich schließlich bereit fühlte, es in richtigem Wasser, im Río Paraguay, zu versuchen, ließ er Soldaten in Kanus mit Stöcken auf das Wasser schlagen, um sicherzugehen, daß sich keine Krokodile oder gefährlichen Fische in seiner Nähe befanden; am Ufer drängten sich Schaulustige, und auf der Böschung stand spielbereit Francos Band. Angetan mit seinen wollenen Bade-*calzoncillos*, holte Franco tief Luft und stürzte sich, ohne zu zögern, ins Wasser. Er bewegte die Arme und Beine, wie er es sich selbst beigebracht hatte, aber ohne Erfolg. Franco ging unter wie ein Stein.

23. September 1863

Was für ein Glück, daß ich mir die alberne Schwimmvorstellung nicht angeschaut habe – wo hat man solchen Unsinn schon gehört, wie konnte Franco bloß darauf verfallen? Und nun erzählt er mir, er sei beinahe ertrunken! Wenn er mich doch bloß gefragt hätte! Und natürlich wird man nun mir die Schuld geben, weil ich angeblich seltsame und gefährliche europäische Sitten einführe! Kann denn hier in Paraguay niemand schwimmen? Ich werde dafür sorgen, daß die Kinder es lernen; Schwimmen ist so eine gesunde körperliche Betätigung! Apropos körperliche Betätigung, ich sollte wieder einmal fechten. Seit mit der letzten Post die neue Klaviersonate gekommen ist, habe ich unablässig geübt. Es ist schon seltsam, wie sehr einen die Musik fesseln kann. Wenn ich Klavier spiele, vergesse ich alles um mich her – die Kinder, das Haus, die Diener, Franco. Ganz besonders Franco.

Zu den Widrigkeiten, mit denen Alonzo Taylor, der Steinmetz, kämpfte, gehörte die Schwermut seiner Frau. Sie war zusammen mit ihren beiden Töchtern vor sechs Monaten in Paraguay angekommen, aber während sich die Mädchen gut eingelebt hatten – beide lernten Spanisch und Guaraní –, war Emily dies nicht gelungen, und das neue Haus mit dem Herd und dem Kamin bedeuteten ihr nichts. Emily lag den ganzen Tag im Bett, in einem dunklen und stickigen Schlafzimmer, bei fest zugezogenen Vorhängen; sie kleidete sich weder an, noch verließ sie jemals das Zimmer. Sie vernachlässigte sich, wusch und kämmte sich nicht – ihr feines kastanienbraunes Haar, das Alonzo einst so anziehend gefunden hatte, war stumpf und spröde geworden –, und allmählich roch Emily wie ein fauler Fisch.

Wenn Alonzo abends nach der Arbeit zu ihr ging, wandte Emily das Gesicht zur Wand und schluchzte. Des Nachts, wenn seine Töchter still in ihren Betten lagen, ging Alonzo daher meist zu Dolores. Alonzo mochte Dolores von Nacht zu Nacht lieber, und wäre da nicht seine große Liebe zu seinen Töchtern gewesen, er hätte Emily um die Scheidung gebeten und sie nach Hause geschickt.

Ein anderes Problem, das Alonzo Taylor zu schaffen machte und das ihn daran hinderte, Francos großen und mit Zierat überladenen, nach dem Vorbild von Buckingham direkt am Ufer des Río Paraguay errichteten Palast fertigzustellen, war der Mangel an Arbeitskräften. Kaum war Franco Präsident geworden, da begann er, eine Armee aufzustellen; sämtliche wehrfähigen Männer zwischen achtzehn und fünfzig Jahren wurden eingezogen. Die Folge war, daß Alonzo Taylors Arbeiter hauptsächlich zwölf- bis vierzehnjährige Knaben waren.

Franco war stolz auf seine fünf Söhne; er verbrachte soviel Zeit wie möglich mit ihnen. Auch sah er gerne zu, wenn Maria Oliva, die neue Amme, Leopoldo stillte. Es gefiel ihm, wie gierig das Baby an ihrer großen Brust saugte; einmal beobachete er, wie ein wenig von Maria Olivas etwas hellgrau aussehender Milch aus Leopoldos Mund tropfte und dem Baby über das Kinn lief. Franco mußte schlucken, er konnte nichts dagegen tun, es erregte ihn. Zu gern hätte er sich jetzt vorgebeugt und an Maria Olivas Brust gesaugt.

Maria Oliva spürte Francos begehrliche Blicke nicht, und abgesehen von gelegentlichen heftigen Kopfschmerzen und abfälligen Bemerkungen von seiten Rosarias war sie mit ihrem Leben zufrieden. Sie liebte die Kinder, und die Kinder liebten sie. Von geduldigerem Wesen als Rosaria, erzählte sie ihnen Geschichten. Die meisten dieser Geschichten beruhten auf Legenden der Guaraní: Enrique und Federico hörten am liebsten die von den Brüdern Sonne und Mond, in der der Mond mit *genipa* beschmiert wird, weil er unzüchtigen Umgang mit seinem Bruder hat.

»Was ist *genipa?*« fragte Federico Maria Oliva.

»Eine Baumart«, antwortete Maria Oliva.

»Was ist denn unzüchtig«, wollte Enrique wissen.

»Wenn man nicht brav ist«, antwortete sie.

Pancho gefiel am besten die Geschichte von dem Himmelsjaguar, der die Erde verdunkeln kann, indem er ein Stück aus Mond oder Sonne beißt.

»Wie du bestimmt schon gehört hast, beabsichtige ich, Isabella de Braganza zu heiraten«, teilte Franco eines Abends Ella mit. »Ich habe an Dom Pedro geschrieben und um ihre Hand angehalten.«

Sie spielten gerade Schach, Ella sah nicht auf; sie schien über ihren Zug nachzudenken. Ganz gleich, was Franco vorschlug, Ella mußte ruhig bleiben, sie durfte sich weder verletzt noch verärgert zeigen. Außerdem waren die Gerüchte bereits zu ihr vorgedrungen. »Was wird aus unseren Söhnen?«

»Zwischen uns ändert sich nichts. Die Heirat hat einzig den Zweck, unsere Länder zu vereinen.« Franco setzte hinzu: »Meine Gefühle für dich haben sich nicht verändert. Zwischen uns bleibt es so wie bisher.«

»Gott sei Dank.« Ella schwieg und zog einen Bauern. »Ich habe aus zuverlässiger Quelle erfahren, daß Isabella recht nett, aber nicht besonders hübsch sein soll. Ich habe gehört, sie hätte etwas an der Lippe – eine Hasenscharte –, und das ist erblich, soviel ich weiß.« Sie blickte auf und lächelte Franco an. Ein strahlendes Lächeln.

»Ich kenne dich«, meinte Franco finster, »das hast du dir ausgedacht, um mich zu bestrafen. Wer ist diese zuverlässige Quelle?« Er war Ella zwar nicht treu – Ella war oft schwanger; außerdem erwartete sie gar keine Treue von ihm –, verließ sich jedoch mehr und mehr auf ihren Rat und ihre Unterstützung.

Ella schüttelte den Kopf. »Ich habe mein Wort gegeben, es nicht zu verraten.«

»Wem hast du dein Wort gegeben?« Franco erhob sich und stieß gegen das Schachbrett. Die meisten Figuren fielen zu Boden.

»Ach, schau nur, was du angerichtet hast!« rief Ella. Franco packte sie fest am Arm.

»Wer?« wiederholte er. »Sag mir, wer behauptet hat, Isabella hätte eine Hasenscharte.«

»Deine Mutter, Doña Juana, hat es deiner Schwester Rafaela erzählt, und die wiederum meiner Kammerfrau Señora Juliana«, antwortete Ella gleichmütig. Sachte befreite sie ihren Arm und hakte Franco unter. »Komm, *chéri*. Laß uns nach oben gehen.«

»Was würden Sie tun, wenn Ihr Ehemann Sie wegen einer anderen Frau verließe«, fragte Ella ihre Lieblingskammerfrau, Señora Juliana – Señora Juliana, die so lieb und hübsch war, daß man sich kaum vorstellen konnte, ihr Ehemann, oder irgendein Mann, könnte sie verlassen. Die beiden Frauen spazierten Arm in Arm durch den Garten.

Señora Juliana blieb unvermittelt stehen. »Oh, Señora, das kann doch nicht wahr sein?« Sie konnte nicht verbergen, wie betrübt sie plötzlich war. »Francisco hat mir an unserem Hochzeitstag geschworen, er werde mir für immer treu sein ...« Señora Juliana war den Tränen nahe. Sie hatte Ellas Arm losgelassen und die Hände vors Gesicht geschlagen. »Ich kann es nicht glauben. Wir sind doch erst seit ein paar Jahren verheiratet.«

»Nein, nein – ich habe nicht von Ihrem Mann gesprochen.« Ella nahm sie am Arm.

»Was mache ich bloß, wenn das wahr ist? Oh, Francisco, Francisco, das überlebe ich nicht«, klagte Señora Juliana. »Nach allem, was du mir versprochen hast!«

»Bitte, Señora Juliana, das ist ein Mißverständnis.«

Mit tränennassem Gesicht sah Señora Juliana zu Ella auf. »Sie haben das nicht ernst gemeint? Es war nur ein Scherz?«

»Ja, meine Liebe.« Ella wußte nicht, wie es ihr erklären. »Es war nur ein Scherz.«

»Gott sei Dank! Da bin ich aber erleichtert! Obwohl man nie wirklich wissen kann, nicht einmal bei einem so ehrenhaften und guten Mann wie Francisco ...« Señora Juliana hatte ihre Augen getrocknet und versuchte wieder zu lächeln.

»Ich habe im allgemeinen gefragt«, fügte Ella noch hinzu.

»Nun, wenn das so ist, dann antworte ich ...« Señora Juliana senkte den Kopf und betrachtete eine Blume, um die Antwort hinauszuzögern, »ich würde mir einen Liebhaber nehmen. Ja, einen Liebhaber. Ihre Rosen duften so süß, sie verbreiten ihren Wohlgeruch ganz allein zu ihrem Vergnügen, Señora«, fügte sie hinzu.

Die beiden Frauen lachten.

Ella übte fleißig die Beinarbeit: sie lief vorwärts und rückwärts, machte den Arm gerade und setzte das Bein so weit vor, bis sie das Gefühl hatte, beinahe umzufallen. Jedesmal reckte sie sich noch ein bißchen weiter, streckte ihren

Arm und ihr Bein mehr, als würde sie frei in der Luft schweben.

»Der Flèche«, erklärte ihr Oberst von Wisner, »ist die totale Hingabe an den Angriff. In diesem Augenblick sind Sie ungeschützt und können auch keinen Rückzieher mehr machen. Alles kommt auf Ihre Gewandtheit an.«

Sie übte, den Säbel so zu halten, wie es ihr der Oberst gezeigt hatte: den Griff mit drei Fingern umschlossen, Daumen und Zeigefinger locker gegen das Polster im Innern der Glocke gekrümmt, ließ sie den Säbel nach links und rechts rollen und schnellen, im Uhrzeigersinn und gegen den Uhrzeigersinn, in weiten Oval- und Rundbögen.

»Als Linkshänderin müssen sie beim Fechten gegen einen Rechtshänder darauf achten, den Ellbogen ihres Waffenarms zu schützen. Als linkshändige Fechterin haben Sie oft mit schweren Schlägen gegen Wange und Schulter Erfolg«, warnte und beriet der Oberst Ella. »Vor allem aber – das sollten Sie nicht vergessen«, schärfte er ihr ein, »als linkshändige Fechterin haben Sie den Überraschungsvorteil, Ihrem rechtshändigen Gegner einen ungewohnten Anblick zu bieten.«

Im Exil auf seiner *estancia* San Pedro verbrachte Francos Bruder Benigno, dessen Atem schwer und rasselnd ging, den größten Teil des Tages an seinem Kartentisch über Patiencen. Wenn die Karten nicht aufgingen, fluchte er und mischte so lange, bis sie ihm den Willen taten.

»Federico, mein Liebling.« Ella saß an ihrer Frisierkommode und steckte ihr Haar auf. »Kannst du mir mal eine dieser Nadeln reichen?«

Federico stand neben seiner Mutter vor dem Spiegel und

betrachtete ihrer beider Bild. Er sah sich zu, wie er eine Haarnadel in die Hand nahm und sie seiner Mutter reichte; er sah, wie seine Mutter ihn anlächelte, und er lächelte über den Spiegel zurück.

»Braver Junge«, sagte sie.

Von ihren fünf Söhnen sah ihr der dritte, Federico, am ähnlichsten. Er hatte blondes Haar, graue Augen und seine Nase war gerade und schmal wie ihre; außerdem war er klein für sein Alter und nicht so kräftig gebaut wie seine Brüder, und er neigte zum Kränkeln. Wenn Pancho, Enrique und Carlos Honorio – Leopoldo war dafür noch zu klein – ihn neckten, ergriff Ella gewöhnlich Partei für Federico.

Federico beobachtete über den Spiegel, wie seine Mutter ihre Ohrringe anlegte, dann, wie sie nach der Halskette aus Aquamarinen griff. Er streckte eine Hand vor und berührte einen der blauen Steine.

»Hübsch, nicht wahr? Dein Vater hat mir diese Halskette geschenkt.«

Federico nickte.

»Hier, leg sie mal an.« Federico sah im Spiegel, wie seine Mutter ihm das Aquamarin-Halsband umlegte und ihm dann mit der Bürste über sein blondes Haar strich. »Schön siehst du aus«, sagte sie und rückte den Kragen seiner Bluse zurecht, damit das Halsband flach anlag, »bildschön.« Sie lachte ihn über den Spiegel an und Federico lachte fröhlich zurück.

Dom Pedro, Kaiser von Brasilien, war anspruchsvoll. Man erzählte sich, er verlange von jedermann den Handkuß, worauf ein Diener ihm sogleich die Hand mit einem sauberen Taschentuch abwischen müßte. Dom Pedro hielt es allerdings offenbar nicht für nötig, auf den Brief zu antworten, den ihm Franco geschickt hatte – den Brief, in dem Franco um die Hand von Isabella de Braganza, Dom Pedros Tochter, anhielt.

8
Cerro León

Eine von Francos frühesten Erinnerungen – er muß damals fünf oder sechs Jahre alt gewesen sein – war, wie er auf der *quinta* seines Vaters einen Hund streicheln wollte – einen braun-weißen Mischling, einen Hirtenhund – und wie der Hund ihn ohne jede Vorwarnung biß. Jahre später, als Franco eines Tages nach Hause ritt, sah er einen ganz ähnlichen braun-weißen Hund am Straßenrand entlangtrotten, und er holte den Hund ein und traktierte ihn mit der Peitsche. Er jagte den Hund zu Pferde, und jedesmal wenn er gleichauf war, hieb er erneut auf das Tier ein, bis es schließlich blutend und winselnd am Straßenrand liegenblieb. Dann stieg Franco ab und trat zu dem Hund – es war eine Hündin – und schlug kaltblütig weiter mit der Peitsche zu. Er wußte ganz genau, daß dies nicht der Hund war, der ihn damals gebissen hatte, doch das war ihm egal. Für ihn war damit der Gerechtigkeit Genüge getan.

»Die zwischen Feindseligkeit und Verachtung schwankenden Gefühle, die das Volk Paraguay und insbesondere der López-Dynastie gegenüber empfindet«, schrieb Charles Washburn, der konservative amerikanische Gesandte, der Franco von Anfang an abgelehnt hatte, an den US-Außenminister William Seward, »haben sich in letzter Zeit aufgrund von Gerüchten erheblich verstärkt, daß die gegenwärtige Regierungsform einem Kaiserreich weichen soll. Dennoch deutet alles darauf hin, daß diese Veränderung sich vollziehen wird. Der Präsident baut einen neuen

Palast von gewaltigen Dimensionen, der wohl als kaiserliche Residenz dienen soll, und die in Buenos Ayres gedruckten Zeitungen berichten detailliert, was Kosten und Ausführung betrifft, über den Kauf einer Krone in Paris. Allerdings wird behauptet, es sei die gleiche Krone, wie sie für Seine Äthiopische Majestät Faustin I. angefertigt worden sei, und so wäre es auch möglich, daß der Bericht die ganze Geschichte nur ins Lächerliche ziehen soll...«

Der britische Gesandte Edward Thornton äußerte sich in seinem »vertraulichen Bericht« an Lord Russell kritischer: »Die überwiegende Mehrheit des Volkes ist ignorant genug, zu glauben, sie sei mit einem Präsidenten gesegnet, der allergrößte Bewunderung verdiene. Die Herrschaft der Jesuiten, des Diktators Francia und der beiden López, Vater und Sohn, hat dafür gesorgt, daß die Menschen hier größte Ehrfurcht vor Autoritäten haben. Möglicherweise gibt es drei- oder viertausend, die es besser wissen und die das Leben unter einer solchen Regierung als belastend empfinden... Die Strategie Seiner Exzellenz beruht anscheinend auf Herabsetzung und Erniedrigung; sobald ein Mensch ein wenig mehr Begabung, Liberalität oder charakterliche Unabhängigkeit zeigt, findet sich irgendeine fadenscheinige Begründung, um ihn ins Gefängnis zu werfen...«

Aiii! Aiii de mi! Die Kopfschmerzen waren so schlimm, daß Maria Oliva befürchtete, zu erblinden, ohnmächtig zu werden oder, schlimmer noch, Leopoldo fallen zu lassen, während sie ihn stillte. Zudem taten ihr sämtliche Gelenke weh. Sie wagte nicht, Rosaria davon zu erzählen, weil sie Angst hatte, diese würde es an Ella weitergeben und Ella würde sie entlassen – wo sollte sie dann hingehen? Zurück nach Villa Franca? Nein, niemals. Sie hätte gern den amerikanischen

Arzt, Dr. Kennedy, um Rat gefragt, doch es war Monate her, seit sie ihn zuletzt gesehen hatte. Als Enrique vom Baum gefallen war und sich den Kopf aufgeschlagen hatte, war ein anderer ausländischer Arzt ins Haus gekommen. Maria Oliva würde nie das viele Blut vergessen und wie sie und einer der Gärtner den schreienden Jungen mit vereinten Kräften hatten festhalten müssen, während der Arzt die Wunde nähte. Der schon etwas ältere Arzt hatte freundlich ausgesehen; er sprach gut Spanisch und war mit einer paraguayischen Dame verheiratet. Als er gemerkt hatte, wie bleich Maria Oliva war, hatte er gesagt, sie solle sich setzen. Sollte sie ihn jemals wiedersehen, das hatte sich Maria Oliva fest vorgenommen, würde sie all ihren Mut zusammennehmen und ihm von ihren Kopfschmerzen berichten. Bis dahin würde sie sie ertragen müssen.

11. März 1864

Die Buben wachsen so schnell! Gott sei Dank sind sie alle gesund und kräftig (Federico wirkt zwar zart, ist es aber nicht; vielmehr ist er der schnellste und beweglichste von allen). Heute nachmittag sind wir ausgeritten, und wir waren wirklich ein Grüppchen, das sich sehen lassen konnte! Federico und Enrique ritten ihre Ponys, und Pancho, der behauptet, dafür schon zu groß zu sein, bestand darauf, ein Pferd zu nehmen. Er kommt sehr nach seinem Vater. Wir sind also alle nach Campo Grande geritten, vorbei an Maniok- und Maisfeldern, die von Zitronenbäumen gesäumt waren – der Duft der Zitronen um diese Jahreszeit ist unbeschreiblich köstlich. Wieder einmal hat mich die schlichte Schönheit dieser Landschaft verzaubert. Auf der Ranch von Don Mauricio, einem ganz entzückenden alten Herrn, kehrten wir kurz ein und nahmen eine Erfrischung zu uns. (Als wir wieder aufbrachen, schenkte er Pancho und mir Zigarren – und Pancho bestand darauf, seine zu rauchen!) Auf dem Heimweg scheute plötzlich Enriques Pony – ein Kaninchen war vor ihm auf den Weg gelaufen –, und der arme Enrique fiel herunter. Zum Glück hat er sich nicht verletzt, außer wahrscheinlich in seinem Stolz (allerdings neigt Enrique mehr als meine anderen Kinder zu Unfällen), und wir setzten unseren Weg ohne weitere Zwischenfälle fort. Doch dann – und das war wirklich seltsam – sah ich, kurz bevor wir unser Haus erreichten, eine Gestalt die Straßen entlanghinken, und als wir näher kamen, erkannte ich Doña Inés. Ich traute kaum meinen Augen! Wir blieben stehen, und ich fragte sie, wo sie hinwolle, und sie antwortete, sie sei auf dem Weg zum Markt, Granatäpfel kaufen. Ich fürchte, sie wird langsam verrückt: nicht nur, daß gerade keine Saison für Granatäpfel ist, es gibt auch gar keinen Markt, den man von Obispo Cue aus zu Fuß erreichen könnte. Also stieg ich vom Pferd und sagte, sie solle aufsteigen, und ich würde Mathilde nach Hause führen. Zunächst weigerte sich Doña Inés – sie erklärte, sie sei noch nie in ihrem Leben geritten und habe Angst vor Pferden –, aber irgendwie gelang es den Kindern und mir, sie zu überreden, und schließlich hievten wir sie zu viert auf Mathildes Rücken (Mathilde, das muß ich sagen, verhielt sich großartig, sie warf nur ein wenig den Kopf, um ihre Ungeduld zu zeigen). Die arme Doña Inés klammerte sich an die Zügel und zusätzlich an Mathildes Mähne und kicherte auf dem ganzen Heimweg unsicher vor sich hin, aber im Grunde schien sie ihren Ritt doch zu genießen. Wie auch immer, ich muß mir überlegen, was ich mit ihr mache – ich kann sie ja nicht mutterseelenallein nach Spanien oder Frankreich zurückschicken.

Die Bauern von Cerro León waren überrascht, als plötzlich ein steter Strom von Kriegsmaterial und Waffen sich in ihr schönes, friedliches Tal ergoß und Militärausbilder und Beamte dort Quartier bezogen. Die Lebensweise der nüchternen und sparsamen Bauern in dieser Gegend hatte sich über die vergangenen zweihundert Jahre kaum verändert: Sie bestellten den Boden, bauten Mais und Maniok an, kümmerten sich um ihre Herden, pflückten die im Überfluß vorhandenen Orangen und tranken zur Erfrischung jeden Tag viele Gurden *mate*. Doch bis Ende Juni hatte Franco ein riesiges militärisches Ausbildungslager für dreißigtausend Soldaten errichtet, eine Eisenbahn gebaut, die Cerro León mit der etwa 80 Kilometer entfernten Hauptstadt verband, und eine Telegraphenleitung verlegt – die erste in ganz Südamerika, geplant von Baron von Fischer-Truenfeld. Selbst der inzwischen vertraute Anblick des Präsidenten, der tagelang seine Truppen inspizierte, sich mit seinen Offizieren Vincente Barrios, Antonio Estigarribia und Wenceslao Robles beriet und auf seinem riesigen Maultier herumritt, beruhigte die Bauern von Cerro León nicht zur Gänze.

Francos Maultier mit dem raumgreifenden Gang maß über sechzehn Handbreit und war sehr viel größer als die einheimischen paraguayischen Pferde. Starrsinnig und maulhart, war das Maultier schwer zu handhaben und nicht gerade gutmütig. Beim Anblick eines anderen Pferdes rollte das Maultier die Augen, legte die Ohren an seinen riesigen Kopf und versuchte auszuschlagen; noch ehe der Stallbursche begriffen hatte, was los war, hatte es ihn auch schon getreten und gebissen. Franco jedoch sah in dem Maultier eine Herausforderung, und es gefiel ihm, höher im Sattel zu sitzen als alle anderen.

»O je, was für ein häßliches Tier«, hatte Ella gemeint,

als sie das Maultier zum ersten Mal sah. »Wie nennst du es denn?«

Seltsamerweise hatte Franco dem Maultier den Namen Linda gegeben.

Taita guazú wurde Franco von sämtlichen Bauern in Cerro León genannt, auch von Julio Ignacio. Im Gegenzug nannte er Julio Ignacio *mi hijo* – mein Sohn –, wenn der ihm erzählte, daß es in diesem Jahr für seine Maniokernte an Wasser fehlte, daß der Mais erst hüfthoch stand und daß sein jüngster Sohn, der elf Jahre alt war, einen so schlimmen Husten hatte, daß er blutigen Auswurf von sich gab. Als Julio Ignacio mit der Aufzählung seiner Nöte am Ende war, erklärte ihm Franco, für all seine Probleme werde sich eine Lösung finden, wenn Franco erst mit dem Nachbarn, der República Argentina, fertig sei, deren revolutionäre Parteien sich in einem permanenten Bürgerkriegszustand befänden und die sich mit dem anderen Nachbarn, jenen *macacos* – den brasilianischen Affen –, verschworen hätten, die gesamte Río-de-la-Plata-Region zu erobern, weshalb es Paraguays Pflicht sei, ihnen Einhalt zu gebieten. Später trat Julio Ignacios Frau aus dem Haus, und Franco machte ihr Komplimente für ihr besticktes Kleid und ihren Haarschmuck. Er bedankte sich auch bei ihr, als sie ihm schüchtern lächelnd einen Laib frisch gebackene *chipa* und einen Blumenstrauß überreichte. Bevor er ging, vergaß Franco nicht, sich von dem großen Maultier herabzubeugen und Julio Ignacios Kindern – einschließlich des elfjährigen Jungen, der Blut hustete – die Köpfe zu tätscheln, um anschließend mit der Peitsche zu schnalzen, dem Maultier seine schweren Silbersporen in die Flanken zu stoßen und in einem schnellen, geschmeidigen *paso fino* davonzureiten. Als er außer Sichtweite von Julio Ignacio und seiner Familie war, warf Franco den Blumenstrauß fort und nahm einen großen Bissen von dem frisch gebackenen *chipa* – den Rest würde er an Linda, das Maultier, verfüttern.

Franco vertraute Dr. William Stewart. Der Schotte war Oberstabsarzt bei der paraguayischen Armee und hatte Francos Vater als Leibarzt gedient; nun war er sein Leibarzt geworden. Dr. Stewart war mit Venancia Baez verheiratet, einer lebhaften, schlanken und reichen paraguayischen Dame. Venancia Baez reiste gern und hatte viele Freunde in Buenos Ayres.

Mehrmals versuchte Venancia Ella zu verführen: »Kommen Sie doch mit. Nächste Woche ist *carneval.*« Oder sie lockte Ella mit ihren Erzählungen von den monatlich stattfindenden Bällen im Club del Progreso. »Diesen Monat wird der Ball erstklassig und sehr gut besucht sein.«

Ebenfalls mehrmals bat Franco Dr. Stewart und seine Frau, bei ihren häufigen Besuchen in Buenos Ayres ein Auge darauf zu haben, wie es mit dem Verkauf der großen Mengen *yerba*, die nach Argentinien exportiert wurden, voranging, und das Geld (in einer Gesamtsumme von 212 000 Goldpesos) für Franco bei der Royal Bank of Scotland zu deponieren, deren Direktor Dr. Stewarts Bruder war. Dr. Stewart und seine Frau kamen der Bitte nur allzu gern nach, und um die Angelegenheit offiziell zu machen, unterschrieb Dr. Stewart ein Dokument, das die Transaktionen bestätigte.

»Sie hätten dabeisein sollen«, erzählte Venancia Baez Ella und vollführte zur Verdeutlichung eine elegante, schnelle Drehung. »Wir haben die halbe Nacht durchgetanzt.«

Pancho, der Älteste, war ein starker, kräftiger Junge; er rauchte Zigarren und konnte lesen und schreiben. Er quälte seine jüngeren Brüder, insbesondere Federico, der es ihm heimzahlte, indem er ihn einen *matón*, einen Schläger nannte. Doch Pancho nahm solche Beschimpfungen gar nicht wahr, genausowenig wie die meisten anderen Dinge oder Personen – er zeigte bereits früh einen Mangel an emotionaler Bindung, außer der an seinen Vater. Seine Zuwendung bewies er, indem er den Vater bis ins Detail zu kopieren versuchte; Francos wiegenden Gang; Francos Art, zu sprechen und dabei mit beiden Händen zu gestikulieren; Francos Art, seine Zigarre zu paffen und den Kopf zurückzulegen, um eine dicke Rauchwolke auszustoßen.

Panchos Lieblingsspiel war eines, das er sich selbst ausgedacht hatte. Bei diesem Spiel übernahm er die Rolle Paraguays, und er gewann immer. Sein erst sechs Jahre alter Bruder Enrique war Brasilien, Federico entweder Argentinien oder Banda Oriental, und der dreijährige Carlos Honorio spielte das Land, das Federico gerade nicht war; Leopoldo, der noch in seiner Wiege schlief und zu klein war zum Spielen, wurde die Rolle des fernen Spanien, Frankreich oder England übertragen.

Pancho schloß die Augen und zählte laut bis zehn, währenddessen rannten die drei Kleineren, ohne ein Wort zu wechseln oder sich anzusehen, mit klopfenden Herzen davon, so schnell sie nur konnten. Enrique lief zu den Stallungen, wo es viele Verstecke gab, sowohl in den Verschlägen als auch oben auf dem Heuboden; Federico, der schnellste, rannte in die engegengesetzte Richtung, hinaus aufs freie Feld, denn dort konnte Federico, selbst wenn Pancho ihn entdeckte, seinem Bruder ausweichen und ihn ausmanövrieren, so daß Pancho ihn nicht erwischte; der kleine Carlos Honorio lief in heller Panik in hektischem Zickzack auf den Blumen- und Obstgarten zu.

Diez!

Wenn Pancho Argentinien oder Banda Oriental dann erwischt hatte – es war immer der arme Carlos Honorio, der nicht so schnell laufen konnte wie Federico und sich nicht so geschickt versteckte wie Enrique, stets ragte ein Arm oder ein Bein aus seinem Versteck und verriet ihn –, ließ er sich jedesmal eine neue Foltermaßnahme einfallen. Er band Carlos Honorio an einen Baum und zielte mit Orangen auf ihn; er zog ihm die Kleider aus, verband ihm die Augen und wirbelte ihn so oft um sich selbst, daß Carlos Honorio schwindlig wurde und er hinfiel; einmal vergrub Pancho Carlos Honorio bis zum Hals im Blumengarten und ließ ihn dort, so daß sein Kopf zwischen Gladiolen, Zinnien und Astern in der Mittagssonne schmorte.

Dios!

Doña Inés war es, die ihn fand. Sie ließ die Schere und die rote Gladiole fallen, die sie gerade geschnitten hatte, kniete sich hin und begann mit bloßen Händen zu graben.

Ella sprach mittlerweile fließend Spanisch und hatte keine Zeit mehr für Unterrichtsstunden; um die Wahrheit zu sagen, die meisten Tage vergingen, ohne daß sie einen Gedanken an Doña Inés verschwendet hätte. Wenn sie ihr, was selten genug vorkam, einmal zufällig über den Weg lief, wie zum Beispiel bei jener Gelegenheit, als Ella sie auf Mathilde hatte reiten lassen, oder draußen im Garten oder oben auf dem Flur, kam ihr Doña Inés noch dünner vor, und sie hinkte auch stärker.

»Doña Inés, würden Sie nicht lieber nach Spanien zurückkehren?« Eines Tages blieb Ella stehen, und ihr fiel ein, daß sie diese Frage hatte stellen wollen.

Doña Inés, die irgend etwas vor sich hin murmelte, sah verwirrt aus; einen Augenblick lang hatte es den Anschein, als habe sie Ella gar nicht verstanden. »Nein, Señora«, antwortete sie schließlich, »ich kann nicht nach Spanien zurück. Haben Sie etwa vergessen, daß mein Vater, Gott hab ihn selig« – Doña Inés bekreuzigte sich –, »dem Partido Progresista angehört hat und sein Leben lassen mußte, als er in der Schlacht von Vicalváro Oberst Garrigo rettete?«

»Ach ja, stimmt«, antwortete Ella. »Das war mir wohl entfallen.«

»Aber vielleicht möchten Sie zurück nach Frankreich«, wollte Ella weiterfragen, doch Doña Inés war schon verschwunden. Ella hörte die hölzerne Sohle ihres Schuhs den Korridor entlangklappern.

19. Juli 1864

Ich verstehe nur zu gut, warum die Paraguayer den Brasilianern gegenüber so feindselig eingestellt sind – wie nennen sie sie? *macacos* – Affen! Ihre Haltung ist ein Ergebnis der endlosen Grenzstreitigkeiten in den Provinzen Rio Grande do Sul und Matto Grosso. Was die anderen betrifft – der Oberst hat sich sehr bemüht, mir die Situation verständlich zu machen –, so ändern sich die Bündnisse fortwährend und sind vollkommen verwirrend: da gibt es die Blancos und die Colorados, die Weißen und die Roten von der Banda Oriental und die Confederados und die Unitarios in Argentinien. Franco hat angeboten, noch einmal zwischen ihnen zu vermitteln, aber die Dummköpfe haben abgelehnt, und jetzt, zu spät, ist Dr. Octavio Lapido hier, um Franco wimmernd anzuflehen, sich mit Berro und den Blancos in Montevideo zu verbünden. Soll er nur betteln, finde ich! Ich stimme mit Franco darin überein, daß Paraguay mit dem Respekt behandelt werden muß, den das Land verdient, und daß die Bedeutung seiner strategischen Lage im Gebiet des Río de la Plata anerkannt werden muß. Doch jetzt genug von der langweiligen Politik – ich muß mich für das Abendessen umziehen. Ich werde eines meiner neuen Kleider tragen – zum Glück sind sie mit Francos letzter Lieferung aus Frankreich eingetroffen. Die Schuhe, die ich ebenfalls bestellt hatte, waren allerdings nirgendwo aufzufinden, was ich höchst ärgerlich finde. Als ich mich beim Zahlmeister des Schiffes genauer erkundigte, schwor der Mann Stein und Bein, es sei ihm nie eine Schuhschachtel unter die Augen gekommen und er habe überall auf dem Schiff gesucht und all die Kisten voller Bajonette, Gewehre, Patronen und so weiter durchforstet, aber während er das sagte, schwitzte er die ganze Zeit so stark, daß es mir schwerfällt, zu glauben, daß er die Wahrheit gesprochen hat. Statt dessen stelle ich mir vor, wie all die Weiber in seiner Familie auf meinen neuen hochhackigen Seidenschuhen herumstöckeln – na, hoffentlich brechen sie sich die dummen Hälse! Eine weitere unerfreuliche Nachricht ist, daß Rosaria mir erzählt hat, mit Maria Oliva, der jungen Amme, sei etwas nicht in Ordnung. Schwer zu glauben – mir ist im Leben noch kein Mädchen begegnet, das gesünder gewirkt hat. Mein Instinkt sagt mir, daß Rosaria auf die junge und sehr hübsche Maria Oliva eifersüchtig ist. Aber was soll ich tun – sie beide entlassen? Der arme Franco hat in letzter Zeit so viele Sorgen und schon genug am Hals, ihm kann ich jetzt nicht noch mit Klagen über den Verlust meiner Seidenschuhe oder Problemen mit den Dienstboten kommen. Heute abend soll er das Essen wirklich genießen; der Koch macht seine Spezialität: *carne con cuero* – Rindfleisch in der eigenen Haut zubereitet –, Francos Leibspeise!

»Laßt diesen *caudillo* Urquiza nur kommen! Ihn und seine Bande mordlustiger Gauchos!« Den Mund voller *carne con cuero*, erörterte Franco den Kampf zwischen den Confederados und den Unitarios in der Republik Argentinien sowie die Tatsache, daß Venancio Flores nach Buenos Ayres geflohen war, von wo aus er mit Hilfe von General Bartolomé Mitre Überfälle auf Montevideo unternahm.

»A propos Buenos Ayres, Franco, *chéri*, Señor Varela hat gerade von einer neuen italienischen Oper erzählt, die ein Riesenerfolg wurde. Wie heißt sie doch gleich, Señor Varela?«

Die Gespräche beim Abendessen kreisten, trotz Ellas Bemühungen, leichtere und amüsantere Themen zur Sprache zu bringen, stets um das eine: die Politik.

»Jeder Narr kann erkennen, daß Mitre seinen Sieg über Urquiza Flores verdankt.« Franco beachtete Ella nicht weiter und schenkte sich Rotwein nach. »Und das ist natürlich der Grund, warum Mitre Flores bei den Attacken auf Montevideo unterstützt.« Franco wandte sich seinem Schwager Saturnino Bedoya zu, den er gerade zum Finanzminister ernannt hatte. »Was meinst du dazu, Saturnino?«

Kalt erwischt, schluckte Saturnino hastig seinen Bissen hinunter und stotterte: »Ich denke, unsere Pflicht ...«

»Ja, ja, ich stimme dir zu. Wir müssen uns um Berro und die Banda Oriental kümmern. Ehe Argentinien nicht guten Willen gezeigt hat, werde ich keinesfalls einen Vertrag mit denen schließen. Und du, Venancio, hast du gelesen, was diese Schwuchtel Andrés Lamas gesagt hat?«

Venancio López war von seinem Bruder zum Kriegs- und Marineminister ernannt worden. Soeben hatte er sein bestes Seidenhemd mit *carne con cuero*-Soße bekleckert. Damit beschäftigt, den Fleck mit Wasser auszureiben, antwortete er Franco nicht sofort.

Franco warf seinem Bruder einen wütenden Blick zu. »Ich werde dir sagen, was Lamas gesagt hat! Er hat gesagt: ›Wir können ebensogut China als Vermittler bestellen wie Paraguay.‹« Kopfschüttelnd lud sich Franco noch Fleisch auf den Teller. »Und wen haben sie statt dessen hinzugezogen? Diesen inkompetenten, unverschämten Affen, Dom Pedro aus Brasilien!«

Immer noch mit seinem Fleck beschäftigt, antwortete Venancio schließlich: »Ich glaube, die Banda Oriental muß einer Vermittlung zustimmen oder mit einem Angriff Brasiliens rechnen.«

»*La forza del destino*«, konnte Héctor Varela, nach wie vor häufiger Gast in Ellas Haus, schließlich dazwischenwerfen.

»Apropos Brasilien, Vincente, hast du Franco von meinem neuen Papagei aus der Provinz Matto Grosso erzählt?« Unvermittelt mischte sich Inocencia ein und stieß ihren Mann in die Seite. »Der *Profesor* sagt, es sei eine sehr seltene Spezies, eine Spezies, die schon fast ausgestorben ist.«

»Halt den Mund, Inocencia.« Vincente Barrios runzelte die Stirn und wandte seiner dicken Frau den Rücken zu.

»Ein neuer Papagei?« Ella lächelte Inocencia strahlend an. »Oh, das erinnert mich an meine Freundin, Princesse ...«

Doch Franco unterbrach sie. »Die Zeitungen in Buenos Ayres drucken nichts als Lügen. Sie sind von den spanischen Verrätern beeinflußt, den Decouds, den Saguiers ... und was versteht ihr eigentlich unter Freiheit? Das, was ihr in Buenos Ayres habt?« Franco hatte sich auf seinem Stuhl gedreht und schrie Héctor Varela an. »Die Freiheit, einander in der Presse zu beleidigen, einander in Bezirksversammlungen bei Abgeordnetenwahlen umzubringen, die

Freiheit, an der Spaltung der Nation festzuhalten, damit jeder tun kann, was ihm beliebt, ohne jeden Respekt vor anderen Menschen?«

»*La forza del destino*?« Wieder versuchte Ella, das Gespräch in eine andere Richtung zu lenken. »In der nächsten Spielzeit müssen wir die Oper unbedingt in Asunción aufführen.«

Unter dem Tisch suchte Rafaela mit bloßen Füßen verzweifelt ihre Schuhe.

Vier- oder fünfmal in der Woche ritt Franco auf seinem großen Maultier Linda von Asunción nach Cerro León und zurück. Abends, wenn er zu Ella kam, war er müde. Sein Körper schmerzte, seine Muskeln taten weh. Er streifte die Stiefel ab, zündete sich eine Zigarre an, stellte sein Brandyglas auf einem Tisch neben sich ab und war endlich einmal vollkommen damit zufrieden, sich auf Ellas Chaiselongue auszustrecken und zuzuhören, wenn sie ihm vorlas:

> »Ich wittere die Huronen«, sagte er zu den Mohikanern, »dort zwischen den Baumwipfeln wird es licht, wir kommen am Ende ihrem Lager zu nahe. Sagamore, nimm du den Hügel hier zur Rechten, und Unkas geht links den Bach entlang, indes ich die Spur verfolge. Wenn es was gibt, so wird dreimal wie 'ne Krähe gekrächzt. Ich sah soeben einen dieser Vögel durch die Luft streichen, gerade über jener abgestorbenen Eiche – auch ein Zeichen, daß wir an ein Lager …«

Als Ella zu Franco hinüberblickte, sah sie, daß sein Kopf nach hinten gesunken war, sein Mund offenstand und er leise schnarchte. Ella klappte das Buch zu und hob die

Zigarre vom Boden auf. Sie brachte es nicht übers Herz, ihn zu wecken.

Frederick Masterman, der Generalapotheker der paraguayischen Armee, war wegen seiner Bescheidenheit und Freundlichkeit beim paraguayischen Volk beliebt. Von Natur aus ein Einzelgänger und aus Gewohnheit exzentrisch, schätzte er die Freiheit, die das fremde Land ihm bot. Jeden Sonntagmorgen ritt er in eine andere Richtung los, bis er unter einem Orangen- oder Mimosenbaum ein behagliches Plätzchen gefunden hatte, wo er dann mit Zeichenblock und Bleistiften den ganzen Tag lang zufrieden saß. Einen Großteil seiner Zeichnungen verschenkte er – wenn er ein kleines Mädchen porträtierte, schenkte er das Bild dessen Mutter, wenn er jemandes Haus oder jemandes Kuh skizzierte, schenkte er die Zeichnung dem Haus- oder Kuhbesitzer –, und den Rest schickte er seiner Mutter nach England. Er war ein Einzelkind und hing sehr an seiner Mutter, die als Witwe ganz allein lebte. Neben den Skizzen schickte er ihr regelmäßig lange Briefe, in denen er ihr Paraguay beschrieb. Wenn er gerade nicht zeichnete oder im Krankenhaus arbeitete, suchte Frederick Masterman gern auf dem Land Heilkräuter. Zwischen den Akazien fand er zahlreiche Adstringenzien, die Rizinuspflanze gedieh hier wild, und es gab viele verschiedene Arten von Karminativa und abführend wirkenden Wolfsmilchgewächsen, die er ausgrub und in seinem eigenen kleinen Garten neben einer Reihe Mohnblumen einpflanzte. Den Mohn züchtete er, um Opium daraus zu gewinnen, das er für einige seiner Patienten brauchte – schmerzgeplagte Soldaten, die Manöverunfälle erlitten hatten. Außerdem brachte Frederick Masterman viele einsame Stunden damit zu, die heimische Fauna zu studieren – vom wilden

Puma, *Felis concolor*, bis hin zum niederen Sandfloh, *Pulex penetrans*. (Die Zeichnung, die er selbst am gelungensten und lebensechtesten fand und die er für sich zu behalten gedachte – seine Mutter, das wußte er, bevorzugte Porträts und Landschaften –, zeigte einen weiblichen Sandfloh. Er hatte das Tier oben auf das Blatt gezeichnet und anschließend direkt darunter den gleichen Sandfloh dreimal so groß, samt der Eier; in einer Ecke am unteren Rand des Blattes hatte er nachträglich ein weiteres Sandflohei hinzugefügt.)

Morgens, wenn Frederick Masterman im Lazarett von Asunción, einem düsteren, feuchten, barackenähnlichen Gebäude, in dem einst der Diktator Francia residiert hatte, Visite machte und die Stationen besuchte, begrüßten die kranken Soldaten in ihren Betten – abgesehen von denen, die zu krank dazu waren – ihn mit Wärme: *Buenos días, muy señor mío!* Sie streckten ihm die Arme entgegen, damit er den Puls fühlen konnte – die Soldaten hielten das für eine Art magische Handlung. Wenn sie genasen, brachten die Soldaten Frederick Masterman aus Dankbarkeit Geschenke – einen Korb voll Orangen, einen Laib *chipa*, ein Glas Honig. Einmal schenkte ihm ein Soldat einen riesigen zahmen Reiher. Der Reiher war fast einen Meter fünfzig groß, sein Schnabel maß dreißig Zentimeter. Frederick Masterman hielt den Reiher auf dem Krankenhausgelände, um ihn zu beobachten. Der Reiher war mit einer Lederleine festgebunden, an deren anderem Ende ein schwerer Ziegelstein befestigt war. Eines Nachmittags flog der Reiher, vom Gebell eines Hundes erschreckt, auf, und der Ziegelstein prallte gegen eine Mauer und löste sich von der Leine; der herabfallende Ziegelstein hätte beinahe einen Soldaten getroffen, der dort seine Siesta hielt. Frederick Masterman, der das Flügelschlagen, den Aufprall des Steines sowie den erschrockenen Schrei des Soldaten gehört hatte, rannte gerade rechtzeitig nach daußen, um den Reiher, die Leine im Schlepptau, über den Río Paraguay davonfliegen zu sehen.

»Wie schade«, seufzte er leise, während er den Reiher im Gran Chaco verschwinden sah. Er hatte den großen Reiher eigentlich zeichnen wollen, und nun war es zu spät.

Wenn Franco und Ella nachmittags zusammen ausritten, nahm Franco nicht mehr sein Maultier Linda. Nur einmal hatte er das getan, und da hatte das Maultier versucht, Mathilde zu bespringen. Franco, der Ella gerade erzählt und gezeigt hatte, wo die neue Pflasterstraße entstehen sollte, war mit lockerem Zügel geritten und hatte eine Minute gebraucht, um wieder fest im Sattel zu sitzen und das sich aufbäumende, erregt iahende Maultier zu bändigen; Mathilde war durchgegangen, als sie die Hufe des Maultiers auf ihrem Hinterteil gespürt hatte, und Ella fiel herunter. Glücklicherweise war Ella unverletzt geblieben. Sie war sofort wieder aufgesprungen, hatte ihr Reitkostüm ausgeklopft, ihr Haar in Ordnung gebracht und ihren Hut aufgelesen. Dann war sie hinter der Stute hergelaufen, die knapp fünfzig Meter weiter stehengeblieben war und aufgeregt wiehernd den Kopf warf.

»Brr, brr, ganz ruhig, mein Liebling«, sagte Ella, während sie auf die Stute zuging. »Es ist alles in Ordnung, mein Schätzchen, er wird dir nicht weh tun.« Auf der flachen Hand streckte sie ihr ein Zuckerstück hin, das sie in der Tasche gehabt hatte. »Keine Sorge, ich beschütze dich schon vor dem häßlichen alten Maultier.« Als sie die Stute erreicht hatte, nahm Ella die Zügel auf, die am Boden schleiften, und gab ihr den Zucker. Sanft streichelte sie Mathildes Kopf und Hals, ehe sie ihren Fuß in den Steigbügel setzte und sich schnell wieder auf ihren Rücken schwang.

»Bleib uns vom Leib«, rief Ella Franco zu, der sie beobachtete. »Dein häßliches, altes Maultier ist verrückt.« Dann ließ Ella Mathilde umdrehen und trieb sie mit schnalzender Zunge in einen schnellen Kanter. »Schneller, mein Liebling«, flüsterte Ella, lehnte sich im Sattel weit nach vorn und vergrub ihr Gesicht in Mathildes Mähne. »Schneller.«

Hinter ihr folgte Franco in gebührendem Abstand, doch er lachte, als er Ella hinterherrief: »Falls du das noch nicht weißt, mein Schatz, dieses häßliche, alte Maultier ist unfruchtbar.«

9
Marquez de Olinda

»Falls wir nicht jetzt losschlagen«, erklärte Franco Ella, »werden wir ein andermal gegen Brasilien kämpfen müssen, und dann ist der Zeitpunkt vielleicht nicht so günstig.«

»Wie recht du hast, *chéri.*«

Ella bemerkte, daß Franco aus dem Mund roch.

»Nur so kann Paraguay die Aufmerksamkeit und den Respekt der Welt gewinnen«, fuhr Franco fort.

»Napoléon persönlich würde nicht anders entscheiden.«

Ein fauler Zahn, mutmaßte Ella, aber man hörte Franco selten klagen.

»Nur eine Demonstration der Stärke wird die anderen Länder dazu bringen, Paraguay mit mehr Achtung zu behandeln. Komm, laß uns nach oben gehen«, sagte Franco.

»Gleich«, sagte Ella.

An einem Novembertag, an dem es so heiß war, daß der Himmel weiß erschien und der Río Paraguay schlammfarben, legte die *Marquez de Olinda*, ein regelmäßig auf der Route zwischen Rio de Janeiro und Matto Grosso verkehrender Dampfer, zum Bunkern von Kohle in Asunción an. An Bord döste der neue Gouverneur der Provinz, Camheiro de Campos, in seiner von keinem Lufthauch bewegten Hängematte auf dem Heck. Einige Stunden später und achtzig Kilometer nördlich von Asunción wurde die *Marquez de Olinda* von der *Tacuari* überholt. Die paraguayische Crew war bewaffnet und zwang, ohne einen einzigen Schuß abzufeuern (und ohne dem Gouverneur Zeit zu lassen, aus seiner Hängematte zu steigen), die *Marquez de Olinda* zur Umkehr nach Asunción. Am folgenden Tag erhielt der brasilianische Gesandte eine Note vom Außenminister Paraguays, die besagte, die diplomatischen Beziehungen zwischen Paraguay und Brasilien seien angespannt und der Río Paraguay daher für sämtliche brasilianischen Schiffe geschlossen. Unterdessen waren Camheiro de Campos, die Crew der *Marquez de Olinda* und die Passagiere in ein Gefängnis im Norden des Landes verbracht worden.

Als nächstes wurde eine Streitmacht unter dem Kommando von General Vincente Barrios, einem Schwager Francos, stromaufwärts gesandt. General Barrios hatte noch nie eine Schlacht geschlagen und verließ während der gesamten Reise nicht einmal seine Kabine. Vor Angst betrank er sich bis zur Besinnungslosigkeit. Als sie die Grenze nach Brasilien überquerten, war er bereits so berauscht, daß er wirre Befehle erteilte und seine Männer führerlos und ohne Plan in den Kampf zogen. Ohne auf nennenswerten Widerstand zu stoßen – die brasilianischen Truppen bestanden zum größten Teil aus *cambâs*, Schwarzen und Sklaven, die keine Lust zu kämpfen hatten und davonliefen –, zogen die paraguayischen Soldaten unter Plünderungen und Vergewaltigungen bis in die Provinzhauptstadt Corumbá.

Baron de Villa Maria, einer der wohlhabendsten *estancieros* der Provinz Matto Grosso, besaß ungeheuer viel Land, achtzigtausend Stück Vieh und ein schönes Haus mit wertvollem europäischem Mobiliar. Es blieb ihm gerade genug Zeit, eine Handvoll Diamanten zusammenzuraffen und sich davonzumachen, ehe die paraguayischen Soldaten sein Anwesen stürmten. Seine beiden Söhne wurden erschossen, als sie zu fliehen versuchten, seine Frau und seine Töchter wurden geschlagen und in den Dschungel getrieben, wo sie ohne Nahrung, Obdach und Kleidung umkamen. Als General Barrios, immer noch betrunken, in Baron de Villa Marias Haus ankam, befahl er, alle Vorhänge von den Fenstern zu reißen und Inocencia, seiner Frau, zu schicken; dann wählte er Möbel, Gemälde, Porzellan und Silber aus – genug, um ein komplettes Haus damit auszustatten. Insbesondere die Marmorplastik in Baron de Villa Marias Eingangshalle hatte es General Barrios angetan. Sie stellte eine lebensgroße, nackte, auf dem Rücken liegende Frau dar (lediglich über ein Bein war Stückchen Stoff drapiert); sie war gerade von einer Schlange gebissen worden, aber ihrer Haltung und ihrem Gesichtsausdruck nach befand sie sich in sexueller Ekstase. Diese Frau hatte einen Orgasmus, und General Barrios war von ihrem Anblick wie gebannt. Als er sich einen Augenblick lang allein in der Halle befand, konnte General Barrios nicht widerstehen, die Statue zu liebkosen – zuerst die Marmorfüße der Frau, dann ließ er seine Hand das Marmorbein hinaufgleiten, die Marmorbrüste streicheln, bis er schließlich seine Hand um den zurückgebogenen Marmorhals legte. Kaum gelang es ihm, sich zurückzuhalten und nicht über die Statue zu werfen. Allein beim Gedanken daran wurde General Barrios ganz heiß, er lief rot an und wäre beinahe gekommen.

Mitten in der Nacht wurde Frederick Masterman durch lautes Klopfen und den Ruf *»Vamonos, Señor!«* aus dem Schlaf gerissen. Er kleidete sich rasch an, packte seine Arzttasche und stieg auf das bereitstehende Pferd. Zum

Glück war die Nacht hell und der Mond fast voll, so war die Straße gut zu erkennen. *Fehlgeburt*, mußte er unterwegs denken. Eher daran gewöhnt, leidenden Männern beizustehen, versuchte er den Gedanken abzuschütteln, Ella, die er zuletzt so strahlend im Ballkleid und mit einem Glas Champagner in der Hand gesehen hatte, könnte im Blut ihrer geplatzten Plazenta liegen. Er schloß die Augen, doch trotzdem mischte sich unter das rhythmische Hufgeklapper seines Pferdes immer das eine Wort: *malparto, malparto, malparto*.

Ella – nicht so strahlend diesmal, denn sie hatte sich hastig angekleidet – nahm ihn in Empfang. »Rasch. Präsident López«, flüsterte sie.

»Ist er etwa krank?« fragte Frederick Mastermann vorsichtig.

Franco lag auf Ellas Bett, den Kopf von mehreren Kissen gestützt und in nasse Handtücher gewickelt. Die untere Hälfte seines Gesichts war beinahe auf den doppelten Umfang angeschwollen, Francos Lippen waren so stark geschwollen, daß sie aufgeplatzt waren und bluteten. Das Zimmer war von einem fauligen Geruch erfüllt, der aus seinem Mund kam. Beim Anblick von Frederick Masterman versuchte sich Franco aufzusetzen; er wollte auch etwas sagen, aber er war nicht zu verstehen. Ella ergriff seine Hand, um ihn zu beruhigen, doch er entzog sie ihr. Frederick Masterman beugte sich über ihn und wollte ihn ebenfalls beschwichtigen, ihm versichern, daß Schmerz und Schwellung rasch nachlassen würden, sobald der Zahn erst einmal gezogen sei, aber er hielt mitten im Satz inne und trat einen Schritt zurück. Er hatte das Gefühl, in die Augen eines wilden Tiers zu blicken. Es bedurfte mehrerer Männer, um Franco niederzuhalten, und kaum hatte Frederick Masterman den Zahn, einen vorderen Backenzahn, gezogen, da platzte der riesige Abszeß auf, der sich um ihn herum gebildet hatte. Stöhnend und fluchend spuckte Franco eine gelbliche, eitrige Flüssigkeit in die Schale, die Ella ihm hinhielt. Es stank derart, daß Ella unwillkürlich zurückzuckte, und ein wenig von dem gelblichen, eitrigen Zeug spritzte auf ihren Seidenschuh. Frederick Masterman kniete sich hin, um den Fleck von Ellas Schuh zu wischen, aber er machte ihn dadurch nur noch schlimmer.

Am Ausgang gelang es Maria Oliva, Frederick Masterman aufzuhalten. Bevor sie auch nur ein Wort sagen konnte, begann Maria Oliva zu weinen. Er legte ihr eine Hand auf den Arm und sprach freundlich auf spanisch zu ihr. Unter Tränen versuchte Maria Oliva ihm ihre Kopfschmerzen zu schildern, wie sehr sie dadurch geschwächt sei, daß sie sich kaum noch auf den Beinen halten könne, daß ihre Gelenke weh täten. Frederick Masterman hörte zu, und als Maria Oliva geendet hatte, sagte er, diese Symptome kenne er, sie solle ihn im Krankenhaus aufsuchen, er werde ihr Medikamente geben. Maria Oliva sank erleichtert auf die Knie, um ihm zu danken, aber er wollte das nicht zulassen. Maria Oliva, das hatte Frederick Masterman richtig erkannt, litt an Syphilis.

Von Villa Franca aus waren Gaspar und Fulgencio flußabwärts nach Humaitá geschickt worden. Die Festung lag etwas nördlich des Zusammenflusses von Río Paraná und Río Paraguay, oberhalb von Corrientes in Argentinien, an einem strategisch sehr bedeutsamen Punkt, an dem schwere, über den Fluß gespannte Eisenketten sämtliche Schiffe an der Weiterfahrt hinderten. Das Klima in Humaitá, mitten in einem malariaverseuchten Sumpf erbaut, war schwül, und Tag für Tag mußten Gaspar und

Fulgencio zusammen mit den übrigen zwanzigtausend Soldaten acht bis zehn Stunden lang durch Schlamm waten, der ihnen oft bis zu den Knien reichte. Das Exerzieren wurde noch dadurch erschwert, daß ihre gewohnten Waffen – Messer und Lanzen – durch schwere französische Bajonettgewehre ersetzt worden waren (ein Bestandteil der großen Lieferungen von Waffen, Schießpulver und Munition, die Franco per Schiff aus Frankreich hatte kommen lassen).

Die Brüder mußten ihren vorgesetzten Offizier mit *padre* anreden. Im Gegenzug nannte der Offizier Gaspar und Fulgencio *mis hijos* – meine Söhne. Erhielt Gaspar Prügel, ob mit Grund oder ohne, tröstete er sich, indem er zu Fulgencio sagte: »Wenn mein Vater mich nicht schlagen würde, wer sollte es sonst tun?« Ein Hauptmann, so wußten die Brüder, trug einen Rohrstock bei sich und konnte einem Soldaten drei Hiebe erteilen, ein Feldwebel konnte befehlen, daß ein Soldat zwölf Schläge erhalten sollte, und ein Offizier konnte so viele anordnen, wie er wollte. Tapfer wie sie als gute paraguayische Soldaten waren, beklagten sich Gaspar und Fulgencio niemals.

Schlimmer als das Wetter und die Strapazen war die Verpflegung. Gaspar und Fulgencio waren es gewohnt, Mais, Maniok, Obst und gelegentlich auch Fisch zu essen – nachdem sie allerdings den *manguruzu* mit dem Affen im Bauch gefangen hatten, konnten beide Brüder keinen Fisch mehr sehen. Da aber die gesamte männliche Bevölkerung Paraguays eingezogen worden war, gab es niemanden mehr, der die Felder bestellen konnte, und Getreide wie Gemüse waren rar geworden. Sie aßen kaum etwas anderes als riesige Portionen halb gegrilltes, blutiges Rindfleisch (in der Provinz Matto Grosso hatte man große Viehherden für die Amee requiriert), und bald litten Gaspar und Fulgencio an akuter Ruhr und waren entsprechend entkräftet. Ganz gleich, wie viele Gurden *mate* sie am Tag zur Beruhigung ihrer Eingeweide tranken, nach jeder Mahlzeit kamen die Magenkrämpfe, und eiligst rannten sie in zusammengekrümmter Haltung in den Wald, um sich zu erleichtern – ihre Ausscheidung war ein Strom übelriechender, gelblicher Flüssigkeit.

Nachts taten die beiden Brüder kaum ein Auge zu; sie schaukelten in ihren Hängematten, schlugen nach Moskitos und dachten an ihre Frauen, die kochten und das Haus in Ordnung hielten, *chipa* zubereiteten und Gaspar und Fulgencio viele Kinder schenkten. Die Frau von Gaspar war älter als die Frau von Fulgencio, ihre Schwester, und sie war nicht so gutmütig und liebenswürdig; manchmal weigerte sie sich, mit Gaspar zu schlafen – etwa wenn sie schwanger war oder ihre Tage hatte –, und obwohl er dann enttäuscht war, respektierte Gaspar ihren Willen und drängte sich ihr niemals auf. Fulgencios Frau, jünger und hübscher, hatte weniger Vorbehalte; oft trug sie eine Blume im Haar, als Zeichen für Fulgencio, und da sie auch weniger heikel war als ihre Schwester, machte es ihr nichts aus, wenn Fulgencio sie draußen in den Feldern oder am Flußufer nahm. Manchmal vertrieben sich Gaspar und Fulgencio die öden Nächte in Humaitá mit einem Spiel – einem einfachen Spiel, das darin bestand, wer von ihnen als erster kam. Gaspar in seiner Hängematte stellte sich meistens vor – das sagte er Fulgencio allerdings nicht –, daß er es mit der Schwester seiner Frau, Fulgencios Ehefrau, trieb. In seiner Phantasie war der Körper von Fulgencios Frau ihm zwar vertraut und dem ihrer Schwester ähnlich, jedoch geschmeidiger und fester und außerdem leichter zu befriedigen. Auch Fulgencio in der Hängematte neben Gaspar dachte an seine Frau und ihre zarte dunkle Haut und die

Blume in ihrem schwarzen Haar, aber dann, ohne daß es ihm recht bewußt war, wurde das Bild in seinem Kopf stets von dem einer sehr viel blasseren Frau mit blondem Haar verdrängt, und Fulgencio stellte sich vor, wie er rittlings auf ihr saß und wie er ihre weichen Hüften zwischen seinen Knien spürte, und diese Vorstellung brachte ihn besser zum Orgasmus als jede andere, und so gewann er jedesmal.

Inocencia war außer sich vor Freude über die Vorhänge aus dem Haus von Baron de Villa Maria. Ganze Tage verbrachte sie in ihrem Schlafzimmer vor dem Spiegel damit, die schweren Seiden- und Brokatstoffe durchzusehen und jede Bahn über ihre breiten Schultern und um ihre dicke Taille zu drapieren, um zu prüfen, welche Farbe ihr am besten stand – Gelb? Rosa? Karmesinrot? Blau? Eifrig studierte sie die kitschigen Bildchen der dümmlich wirkenden Modepüppchen in Ellas abgelegten Modeheften: *Le journal des demoiselles*, *La France élégante*, *La mode illustrée*. Laut las sie immer wieder die Beschreibungen tief ausgeschnittener Schnürleibchen, der Pagodenärmel, von mit Volants, Schleifen und Bändern verzierten Säumen, von spitzenbesetzten Kragen und Ärmelaufschlägen.

Rafaela sah ihrer Schwester neidisch und voller Groll zu. »Kann ich ein bißchen von der rosa Seide haben«, fragte sie schließlich.

Monate später, erschöpft und ausgemergelt, erreichte Baron de Villa Maria Rio de Janeiro zu Fuß. Er war der erste, der Dom Pedro die Botschaft überbrachte, daß Brasilien seine reichste Provinz verloren hatte.

Inzwischen kehrte ein erleichterter und sogar nüchterner General Barrios nach Asunción zurück, er brachte die unter großem Aufwand und Mühen mitgeschleppte Marmorstatue nach Hause mit; mehrere Soldaten trugen sie, und als sie einem von ihnen entglitt, brach der von der Schlange gebissenen Frau ein Fuß ab.

Charles Washburn, der Gesandte der Vereinigten Staaten, hatte sich bereits in einem Brief nach Hause über Francos Vorgehen gegen den brasilianischen Dampfer *Marquez de Olinda* beklagt: »Ich habe ihm gesagt, daß eine derartige Maßnahme in Friedenszeiten beispiellos in der modernen Kriegsgeschichte sei; und daß es, da keine Kriegserklärung vorausgegangen sei und die Brasilianer nicht auf eine derartige Aktion gefaßt sein konnten, auch keinerlei Rechtfertigung für dieses Verhalten geben könne.«

Beim Abendessen beklagte er sich auch gegenüber Mrs. Washburn. »Als ich Präsident López heute den Rat gegeben habe, den neuen Gouverneur der Provinz Matto Grosso, Camheiro de Campos, samt Crew und Passagieren der *Marquez de Olinda* freizulassen, die, soweit mir zu Ohren gekommen ist, unter entsetzlichen Umständen in einem Gefängnis im Landesinnern festgehalten werden, hat er mir nicht einmal zugehört. Wieder und wieder habe ich ihm zu erklären versucht, daß die Kaperung des Schiffes Dom Pedro weit weniger aufbringen würde als die Gefangennahme seiner Untertanen, aber ich hätte genausogut ein Selbstgespräch führen oder dem Wind predigen können, so wenig Beachtung hat mir López geschenkt.«

»In einem Gefängnis im Landesinnern? Wie schrecklich – sie werden zugrunde gehen! Aber mach dir keine Vorwürfe, Schatz, ich bin sicher, du hast das Richtige getan. Du weißt ja, die einzige Person, auf die der Präsident hört, ist diese entsetzliche, ehrgeizige Irin, Madame Lynch«, antwortete Mrs. Washburn.

»Ich habe Präsident López auch daran erinnert, daß die Vereinigten Staaten vielleicht sogar gewillt wären, ihn in einem Krieg gegen Brasilien zu unterstützen, und ihm die Mittel zur Verfügung stellen könnten, die Sache rasch zu Ende zu bringen«, sagte Charles Washburn.

»Ich bin mir sicher, der Präsident wird sich bald deiner Sichtweise der Dinge anschließen. Ist dir gar nicht heiß, Schatz?« Mrs. Washburn fächelte sich mit der Hand Luft zu. »Pscht«, rief sie Bumppo zu, dem Terrier, der zu kläffen angefangen hatte, offenbar bloß, um sich etwas zu erbetteln.

2. JANUAR 1865

Was, so frage ich mich, wird das neue Jahr bringen? Ich weiß, daß die Brasilianer und die Uruguayer einander genauso verabscheuen wie Spanier und Portugiesen und daß beide Länder stets zum Krieg bereit sind. Ein Grund dafür sind, so hat es mir der Oberst erklärt, die brasilianischen Viehbesitzer, die sich in der Banda Oriental niedergelassen haben und ihre Rinder nach Brasilien schmuggeln, wodurch sie die Einfuhrsteuer umgehen, die die Regierung der Banda Oriental eingeführt hat. Als die Regierung der Banda Oriental sie dafür zur Rechenschaft ziehen wollte, haben sich die Brasilianer mit General Flores verbündet, einem Revolutionär und Gauchoführer. Vor kurzem erst, sagte mir der Oberst, wären die Brasilianer zusammen mit den Gauchos ins Land eingefallen und hätten die Stadt Paysandú in der Banda Oriental besetzt. Die Einwohner hätten sich ergeben, aber die Gauchos hätten gleichwohl alle niedergemetzelt. Eine sinnlose Grausamkeit, man kann sich das kaum vorstellen!

Ja, ganz entschieden stimmt etwas nicht mit diesem

Mädchen, der Amme. Als ich heute morgen ins Kinderzimmer kam, wollte sie sich vom Stuhl erheben und ist dabei beinahe umgekippt. Ich habe den Verdacht, daß sie getrunken hatte. Ich werde der Sache nachgehen müssen.

Der Gesandte der Banda Oriental in Asunción schmeichelte Franco. Es sei für Paraguay die Zeit gekommen, eine entscheidende Rolle in der politischen Landschaft des Río de la Plata zu spielen, sagte er ihm, was zur Folge hatte, daß Franco dem brasilianischen Gesandten eine Protestnote schickte, in der er erklärte, er betrachte jede Besetzung des Territoriums der Banda Oriental durch Brasilien als Störung des Gleichgewichts unter den Staaten des Río de la Plata. Die Angelegenheit gebe der República del Paraguay, dem Garanten für Sicherheit, Frieden und Wohlstand in der Region, Anlaß zu großer Sorge, schrieb er, ein feindseliger Akt dieser Art würde ernsthafte Konsequenzen nach sich ziehen.

Francos Protest wurde nicht als Kriegserklärung angesehen. Er ergriff auch keine dementsprechenden Maßnahmen. Franco wartete einfach ab. Montevideo fiel im Februar, und Venancio Flores wurde neuer Präsident der Banda Oriental, und auf einmal sah sich Franco, eben noch Verbündeter der Banda Oriental, mit zwei feindlichen Staaten konfrontiert.

Eines Nachmittags, als Ella allein ausritt, passierte sie eine Gruppe Soldaten, die aus Mangel an Pferden zu zweit ritten. Einer rief ihr etwas Unanständiges zu, und sie mußte an den irischen Stallburschen in Buenos Ayres denken – wie hatte er noch geheißen? – Patrick MacBride. Armer Patrick. Ella erinnerte sich auch daran, wie Mr. James

White, der reiche Grundbesitzer, bei dem *asado* zu ihren Ehren erzählt hatte, Patrick sei wahrscheinlich von Gauchos getötet worden, die versucht hätten, ihm Mathilde zu stehlen. Die Gauchos, sagte Mr. White, seien wilde Kerle, ein Menschenleben gelte ihnen wenig. Zweifellos völlig vergessend, daß sie in anderen Umständen war, hatte er Ella die bevorzugte Methode beschrieben, mit der sich die Gauchos ihrer Opfer entledigten – »Geigenspiel« nannten sie es. »Zuerst wirft der Gaucho das Opfer bäuchlings zu Boden«, sagte er, »dann packt es der Gaucho an den Haaren und stößt ihm das Messer in den Hals, direkt unter dem rechten Ohr und durch die Kehle.« Zur Verdeutlichung säbelte Mr. White mit der Hand, in der er ein fettiges Lammkotelett hielt, durch die Luft. »Damit das Blut rascher austritt, reißt der Gaucho den Kopf des Opfers nach hinten –« Ein Schauder durchfuhr Ella bei diesem Gedanken. Sie zog die Zügel an und stieß Mathilde die Fersen in die Flanken, damit sie in den Kanter wechselte. »Auf, mein Liebling.« Ella mußte Mathilde ein zweites Mal die Fersen geben. Die Stute wurde merklich älter; sie reagierte nicht mehr so prompt wie früher.

Baron von Fischer-Truenfeld inspizierte die Telegraphenlinie von Cerro León nach Asunción. Alles war in Ordnung, und die Sonne schien Baron von Fischer-Truenfeld, der die Straße aus gestampftem Lehm entlangritt, angenehm ins Gesicht. Er näherte sich einem Dorf, die Stimmen spielender Kinder waren zu hören, dann eine Frau, die nach ihnen rief. Vom Pferd aus erhaschte er einen Blick auf die Frau, sie war hübsch und dunkelhaarig, und einen Moment lang war er versucht, abzusteigen und sie anzusprechen – er konnte mit ihr flirten, sie küssen, vielleicht mit ihr schlafen. Statt dessen winkte er ihr nur zu. Die junge Frau winkte lächelnd zurück. Paraguay, so wußte Baron von Fischer-Truenfeld, bereitete sich auf einen Krieg vor, genau wie Preußen, wie er gehört hatte. Mit einemmal wünschte sich Baron von Fischer-Truenfeld sehnlichst, nach Hause zurückzukehren.

Eines Morgens, als Franco in größter Eile Ellas Schlafzimmer verließ – er hatte das Parlament einberufen und war spät dran –, traf er im Flur unvermittelt auf eine ihrer Kammerfrauen. Franco hatte Ellas Kammerfrauen schon bei vielen Gelegenheiten gesehen – Señora Juliana, Doña Dolores und Doña Isidora –, und ihre Männer standen im Dienst seiner Armee, trotzdem konnte er sie nicht auseinanderhalten. Diese hier war hübsch und rundlich; sie hatte sich vornübergebeugt und richtete etwas mit hochgerafftem Rock – vielleicht einen Strumpf –, und als Franco die Tür öffnete und hinausstürmte, hätte er sie beinahe umgerannt. Franco faßte sie am Arm, damit sie nicht hinfiel. Er grub seine Finger in das weiche Fleisch und hielt den Arm der Frau ein wenig länger als nötig.

»*Muchas gracias, Señor.*« Unerschrocken sah ihm die Kammerfrau in die Augen und lächelte.

6. Mai 1865

Laut dem Oberst, der mir neulich nicht zu Ende erzählen konnte, was sich alles in Paysandú zugetragen hat, wurde General Leandro Gómez, der sich doch ergeben und eine weiße Fahne geschwenkt hatte, in Wirklichkeit nur deswegen abgeführt und an die Wand gestellt, weil er und General Suarez, der Befehlshaber der Truppen der Banda Oriental, eine alte persönliche Fehde hatten. Irgendeine Frauengeschichte! Wie typisch und wie gewöhnlich! Trotzdem, es bleibt empörend, solch ein kaltblütiger Mord! *[Ella unterstrich die Worte »kaltblütiger Mord«.]* Und Krieg, da habe ich keine Zweifel mehr, ist nun unvermeidlich.

Die armen Kinder! Sie liegen mit Masern im Bett! Federico hat es am schlimmsten getroffen, er ist von Kopf bis Fuß mit Flecken übersät. Als ich Dr. Stewart befragte, sagte er mir, daß unter den Soldaten in Humaitá mehrere Masernfälle aufgetreten seien – die Infektion sei durch einen argentinischen Soldaten absichtlich eingeschleppt worden! Ich hoffe und bete, daß Franco verschont bleibt. Als ich ihn fragte, ob er als Kind die Masern gehabt hätte, sagte er, er könne sich nicht erinnern. Doña Juana danach zu fragen hat keinen Sinn, sie würde mir doch keine Antwort geben. Außerdem liegt ihr sowieso nur an Benigno.

Aber ich darf nicht die wunderbare Neuigkeit von gestern vergessen! Das Parlament hat Franco einstimmig zum Feldmarschall ernannt (dazu hat man ihm einen äußerst prächtigen, mit eingelassenen Diamanten verzierten Marschallsstab überreicht!). Erst General, nun Feldmarschall – was kommt als nächstes, fragte ich ihn. Kaiser?

Als Frederick Masterman sich aufmachte, um das Opium zu ernten, das er gepflanzt und Maria Oliva zu geben versprochen hatte, mußte er feststellen, daß des Nachbarn Vieh durch den Zaun in seinen Garten eingedrungen war. Die Rinder hatten den Mohn mit Stumpf und Stiel aufgefressen; er sah sie wie schmutzige, aufgeblähte Laken auf dem Feld liegen. Eine Kuh versuchte aufzustehen. Jedesmal wenn sie sich auf zwei Beine hochgestemmt hatte, fiel sie wieder um.

10
Corrientes

Rosaria und Maria Oliva, die beiden Ammen – inzwischen war auch der jüngste Sohn Leopoldo entwöhnt – erkrankten ebenfalls an Masern. Zuerst Rosaria, eine Woche später Maria Oliva, bei der das Fieber so hoch stieg, daß sie sich in eine Wanne mit kaltem Wasser legte, um die Temperatur zu senken. Es war der selbst gerade erst von den Masern genesene Federico – sein Körper war immer noch schorfüberzogen –, der Maria Oliva fand, zusammengerollt wie ein Baby, mit bläulicher Haut. Federico ließ den in Zeitungspapier gewickelten Strauß Blumen, den er für Maria Oliva gepflückt hatte, fallen und rannte los, um Rosaria zu holen. Rosaria tastete nach Maria Olivas Puls, und als sie keinen fand, bekreuzigte sie sich und bedeckte Maria Olivas Körper, weil sie auf die Schnelle nichts Besseres fand, hastig mit dem Zeitungspapier, in das die Blumen gewickelt gewesen waren, die Federico ihr hatte bringen wollen.

> Bürger! Der Verlauf des Krieges gegen die Tripelallianz aus Brasilien, der Argentinischen Konföderation und der Banda Oriental, in dem sich unser Vaterland befindet, erlaubt mir nicht länger das Opfer, mich vom Kriegsschauplatz und meinen im Kampf stehenden Waffengefährten fernzuhalten, denn die öffentliche Ordnung und der einhellige Enthusiasmus der Nation gestatten es mir, mich zu begeben, wohin die soldatische Pflicht mich ruft . . .

In fetten Lettern brachte *El Semanario* Francos Proklamation an das paraguayische Volk auf der ersten Seite. Der Rest des Artikels (abgesehen von ein paar Zeilen in einer Ecke des Zeitungsblattes, die auf Maria Olivas abgezehrtem Hintern zu liegen kam, die lauteten: »Jeder Bürger ist von tiefstem Herzen überzeugt, daß es ein heiliges Anliegen ist, das uns gezwungen hat, unser friedliches und der Arbeit gewidmetes Leben aufzugeben und unser Schicksal vertrauensvoll in die Hände des Gottes der Armeen zu legen!«) war durchnäßt und unlesbar. Das spielte kaum eine Rolle; weder Rosaria noch Maria Oliva – die dazu ohnehin nicht mehr in der Lage gewesen wäre – konnten lesen.

Francos Truppen unter dem Oberbefehl von General Robles besetzten die Stadt Corrientes. Paraguay, bereits im Krieg gegen Brasilien und die Banda Oriental, hatte jetzt auch noch einen Feldzug gegen Argentinien begonnen, nachdem es um Erlaubnis gebeten hatte, durch die Provinz Misiones marschieren zu dürfen – ein Territorium, auf das sowohl Argentinien als auch Paraguay Anspruch erhoben und dessen Hauptstadt Corrientes war – eine Erlaubnis, die Argentinien, das sich mit Brasilien nicht im Krieg befand, verweigert hatte.

»Sie können sicher sein, daß wir der Stimme der paraguayischen Regierung bei den Entwicklungen am Río de la Plata Gehör verschaffen werden«, sagte Franco zu dem US-amerikanischen Gesandten Charles Washburn.

Charles Washburn, der von der Ermordung des Präsidenten Lincoln noch nichts wußte – die Nachricht erreichte Paraguay erst nach sechs Monaten –, hatte Francos Worte sofort an den Außenminister William Seward gemeldet. Doch ein Mitverschwörer von John Wilkes Booth hatte William Seward durch Messerstiche am Hals verletzt, und dieser war zu einer Antwort nicht in der Lage.

Der argentinische Präsident Bartolomé Mitre hingegen antwortete umgehend, indem er Paraguay den Krieg erklärte. Wenige Tage später, am ersten Mai, traf er sich mit Dom Pedro und Venancio Flores, um den Vertrag der Tripelallianz zu unterzeichnen.

»Keines unserer Länder darf einen separaten Friedensschluß anstreben.« Der unparteiische und gerechte Venancio Flores war unerbittlich.

»Wir werden uns mit Paraguay so lange im Kriegszustand befinden, bis Francisco Solano López abgedankt hat.« Dom Pedro verabscheute Franco sowohl aus persönlichen als auch aus politischen Gründen.

»Paraguay wird die gesamten Kriegskosten tragen müssen«, betonte der stets pragmatische Bartolomé Mitre.

Und Venancio Flores führte weiter aus: »Alle Kriegsschiffe und sämtliches Kriegsgerät, das Paraguay besitzt, wird unter den drei Vertragsunterzeichnern zu gleichen Teilen aufgeteilt.«

»Paraguay wird die Wiederbewaffnung eine ganze Generation lang verboten.« Der Zuversichtlichste von ihnen, General Luis Alves de Lima y Silva, Duque de Caxias, der neue brasilianische Oberbefehlshaber der alliierten Truppen, war sicher, daß der Krieg nicht lange dauern würde. Paraguay, so prophezeite er, würde sich bald geschlagen geben.

»Sagen Sie, wie funktioniert das eigentlich, diese elektrische Telegraphie?« Ella war neugierig und flirtete auch ein bißchen. Bei einem ihrer Ausritte hatte sie eines Tages zufällig Baron von Fischer-Truenfeld getroffen.

Baron von Fischer-Truenfeld hatte seine Mütze gelüftet und war zu ihr herübergeritten. Er lebte bereits seit einigen Jahren in Paraguay, und die Sonne hatte sein Gesicht tief gebräunt, so daß die Narbe auf seiner Wange noch deutlicher hervortrat. Baron von Fischer-Truenfelds Knie streifte das von Ella.

»Für eine schöne Frau wie Sie gibt es überhaupt keinen Grund, sich mit einer derart langweiligen Materie zu befassen«, hatte der Baron geantwortet.

»Ich bin sehr praktisch veranlagt. Es interessiert mich, wie Dinge funktionieren.«

Ellas und Baron von Fischer-Truenfelds Pferde trabten Seite an Seite.

»Die Grundlage der Telegraphie sind elektromagnetische Impulse. Der Telegraphist sendet ein Zeichen, indem er auf eine Messingtaste mit Federdruck tippt, die einen Stromkreislauf schließt und unterbricht. Die Impulse werden anschließend in Punkte und Striche übersetzt ... übrigens ist Ihr Hut atemberaubend.«

Ella antwortete nicht.

»Wie Ihnen zweifellos bekannt ist, besteht der Morsecode aus Zeichen unterschiedlicher Länge. Wir Preußen haben das System verbessert – drei Punkte werden nun zu einer Linie. Außerdem haben die am häufigsten vorkommenden Worte die kürzesten Zeichen und werden somit am schnellsten übermittelt.« Baron von Fischer-Truenfeld gab seinem Pferd die Sporen, um mit Ella mitzuhalten. »Blau steht Ihnen wirklich hervorragend«, fügte er hinzu.

Ella schwieg noch immer.

»Bald wird es möglich sein, mit einer einzigen Telegraphenleitung in beide Richtungen zu morsen.« Baron von Fischer-Truenfeld hielt inne; er befürchtete, Ella könnte sich über ihn lustig machen. »Zum Beispiel von Asunción nach Cerro León und wieder zurück nach Asunción. Ein Österreicher namens Julius Wilhelm Gintl fand heraus, wie sich dies mit Hilfe von zwei Stromquellen bewerkstelligen läßt – sind Sie sicher, daß Sie das wirklich interessiert?«

»Absolut sicher.« Jetzt lächelte Ella endlich.

Beruhigt fuhr Baron von Fischer-Truenfeld fort: »Gintls Verfahren nennt sich Kompensationsmethode. Hier in Paraguay ist es mir gelungen, das gleiche Ergebnis mit nur einer Stromquelle zu erreichen. Wenn ich wieder in Preußen bin, werde ich mir das patentieren lassen.« Dann gab er seinem Pferd kräftig die Peitsche und sagte: »Wie wäre es mit einem Galopp, Madame?«

Doña Inés hatte sich indessen noch mehr zurückgezogen, war immer stiller, geradezu heimlichtuerisch geworden; an manchen Tagen verließ sie kaum einmal ihr Zimmer. An anderen schlich sie die Korridore von Obispo Cue auf und ab oder arbeitete schweigend im Garten. Manchmal ging sie hinüber zu den Ställen. (Wäre da nicht das laute Klapp-Klapp der Holzsohle ihres Schuhs gewesen, hätte man sie für ein Gespenst halten können.) Die Stallknechte beachteten Doña Inés nicht weiter oder nickten ihr höchstens fast unmerklich zu, während sie weiter ausmisteten, die Streu glatt rechten, Leder polierten. Sie beachteten sie gar nicht, wenn sie von Box zu Box hinkte und den Ponys der Kinder, Panchos Pferd und Ellas Mathilde Zuckerwürfel gab; selbst als sie langsam mutiger wurde und stehenblieb, um einem Pferd die Nase zu streicheln oder ein Pony seine Schnauze an ihrer Hand reiben zu lassen. Die Ponys und Pferde allerdings schenkten ihr durchaus Beachtung. Sie stellten ihre feinen Ohren auf, sobald sie Doña Inés' Schritte vernahmen, sie konnten sie sogar schon hören, wenn sie durch den Blumengarten und anschließend durch den Orangenhain auf den Stallhof zukam, und dann drängten die Ponys und Pferde zu den Türen ihrer Boxen und steckten ihre Köpfe heraus, wieherten leise und scharrten mit den Hufen in Vorfreude auf Doña Inés und ihre Zuckerstückchen.

16. Juni 1865

Die Kinder und ich haben Franco begleitet, um zuzuschauen, wie er an Bord der *Tacuari* ging. Was für ein wundervoller Abend! Die Sonne ging gerade unter, die Kapelle spielte, und die Flußufer waren voller Menschen – ganz Asunción muß dagewesen sein. Ehe er gen Humaitá zog, hielt Franco eine Rede, in der er die heilige Sache beschwor und den Gott der Armeen, der über unser Schicksal wachen wird! Noch nie im Leben habe ich solche Begeisterungsstürme erlebt. Mir schossen die Tränen in die Augen, und die Kinder konnten vor Aufregung kaum an sich halten. Vier weitere Dampfer voller Soldaten folgten Francos Schiff, und dann kam wie auf ein Stichwort der Mond heraus und schien auf uns herab. Ich nehme es als gutes Omen.

Das einzige, was mich bedrückt, ist, daß Pancho darauf bestanden hat, mit seinem Vater zu ziehen. Keines meiner Argumente – die Gefahr, die Unbequemlichkeit des Lagerlebens, die fehlende Gesellschaft – konnte ihn davon abbringen. Sein Entschluß stand fest. Er ist so ein willensstarkes Kind! Und da Franco kein Machtwort sprach und Pancho das Schweigen seines Vaters als Zustimmung deutete, konnte ich nichts mehr dagegen sagen. Aber Pancho ist doch erst zehn Jahre alt!

Über all diesen Ereignissen habe ich vergessen zu erwähnen, daß Maria Oliva, die junge Amme der Kinder, vor ein paar Wochen an den Masern gestorben ist. Dr. Stewart, der sie untersuchte, fragte mich, ob sie schon lange krank gewesen sei, und ich erklärte ihm, ich wisse es nicht; zwar habe Maria Oliva ständig gejammert, ich sei jedoch ehrlich gesagt davon ausgegangen, sie sei einfach nur faul. Der arme Federico – er war es, der sie nackt in einer Badewanne fand. Er war ziemlich aufgelöst, und jetzt hat er kein anderes Thema mehr als den Tod. Kinder sind so beeindruckbar. Ich habe Baron von Fischer-Truenfeld gebeten, morgen abend mit mir zu essen.

Die gesamte paraguayische Flotte – die *Tacuari*, die *Paraguari*, die *Ygurei*, die *Ypora*, die *Marquez de Olinda* (der brasilianische Dampfer, der in Paraguay generalüberholt worden war), die *Jejui*, die *Salto-Oriental*, die *Pirabebé*, die *Yberá* (die *Yberá* verlor ihre Schraube und mußte bei Tres-Bocas vor Anker gehen) sowie sechs *chatas* genannte Flachboote unter dem Oberbefehl von Kapitän Mesa machten sich auf, um die brasilianische Flotte zu kapern. Die Schiffe liefen spät am Tag aus – man plante bei Nacht zu fahren – und nahmen Kurs auf das etwa fünfzehn Kilometer von Corrientes entfernte Riachuelo, wo der Río Paraná drei Kilometer breit ist und sich in zwei Arme teilt, die eine Insel umschließen; dann wollte man an Riachuelo vorbeifahren und die Schiffe wenden. Allerdings erreichte die paraguayische Flotte Riachuelo erst morgens und bei vollem Tageslicht, und die Brasilianer sahen die Schiffe kommen und hatten alle Zeit der Welt, sich vorzubereiten.

Mr. Gibson, ein englischer Ingenieur an Bord der *Paraguari*, beobachtete, wie die Brasilianer die Heizkessel der *Jejui* und der *Marquez de Olinda* zerschossen – die brasilianischen Schiffe waren Schraubendampfer und somit beweglicher, während es sich bei den paraguayischen Schiffen (mit Ausnahme der *Tacuari* und der *Yberá*, die nicht einsatzfähig war) um Handelsschiffe handelte, deren Heizkessel sich über der Wasserlinie befanden und die folglich anfälliger und feindlichem Feuer stärker ausgesetzt waren. Mr. Gibson sah auch, wie die *Marquez de Olinda* stromabwärts trieb und ein beträchtlicher Teil der Besatzung tödliche Verbrühungen erlitt – er hörte die verzweifelten Schreie der armen Männer. (Wenige Tage später, als die Brasilianer die Überlebenden aufgriffen, riß sich der Kapitän der *Marquez de Olinda*, der im Kampf seinen Arm verloren hatte, den Verband ab und sagte, ehe er sich gefangennehmen ließe, zöge er es vor zu verbluten.) Unterdessen wurde Kapitän Mesa von einer Gewehrkugel in die Brust getroffen, und Kapitän Cabral, sein erster Offizier, übernahm das Kommando. Als nächstes wurde der Heizkessel der *Salto-Oriental* getroffen und die gesamte Besatzung erschossen und getötet; schließlich wurde die *Paraguari* breitseitig getroffen, und das Schiff lief auf Grund. Ein brasilianischer Dampfer schob sich längsseits und befahl Mr. Gibson, dem einzigen an Bord verbliebenen Offizier, die Fahne niederzuholen, andernfalls würde auf ihn geschossen. Mr. Gibson leistete dem Befehl Folge, zog es dann aber vor, anstatt sich gefangennehmen zu lassen, mitsamt dem Rest seiner Besatzung über Bord zu springen und ans Ufer zu schwimmen.

Drei Tage später, nachdem sie fünfundsechzig Kilometer durch den Urwald marschiert waren, barfuß – ihre Stiefel hatte der Strom davongetragen – und ohne Essen oder sauberes Wasser, trafen Mr. Gibson und drei Matrosen, die einzigen Überlebenden von der *Paraguari* (ein Mann war ertrunken, als er den Fluß schwimmend zu durchqueren versuchte, ein zweiter, der dem ersten zu helfen versucht hatte, war von einem Krokodil angefallen und unter

Wasser gezogen worden, ein dritter Mann hatte *mio-mio*, einen Giftpilz, gegessen und war nach furchtbaren Magenkrämpfen gestorben), wieder in Humaitá ein. Als Gibson zu Franco geführt wurde, ließ dieser ihn und die drei Matrosen, statt ihnen zu ihrer Flucht und ihrem Überleben zu gratulieren, für eine Woche ins Gefängnis werfen.

Der gutaussehende, arrogante Oberst Antonio Estigarribia und seine 12 000 Mann überquerten den Río Paraná, um in Uruguayana auf die Ankunft von General Wenceslao Robles und seine 25 000 Mann starke Truppe zu warten. Gemeinsam sollten sie in die brasilianische Provinz Río Grande do Sul einmarschieren und die alliierte Armee an der Grenze zwischen Brasilien und Banda Oriental schlagen, doch General Robles traf nie ein. Vielmehr beschloß General Robles, nachdem die Nachricht über die Niederlage bei Riachuelo zu ihm gedrungen war, nach Corrientes zurückzukehren, ohne irgend jemanden zu informieren; und Oberst Estigarribia machte, während er vergeblich auf Robles wartete, den Fehler, seine Soldaten auf beiden Seiten des Río Paraná zu verteilen. Die alliierten Streitkräfte witterten sofort ihre Chance und massakrierten jene auf der einen Flußseite, während der Rest von Estigarribias Soldaten, die nicht nur in der Minderheit, sondern auch halb verhungert waren, vom anderen Ufer aus hilflos zusehen mußte. Estigarribia, der nicht nur arrogant war, sondern auch belesen, weigerte sich zu kapitulieren und schrieb den Alliierten einen langen, schwülstigen Brief, in dem er sich rechtfertigte:

Wenn Ihre Exzellenzen ein beliebiges Geschichtswerk aufschlagen, werden Sie aus dem großen Buch der Menschheit erfahren, daß die herausragenden Führerpersönlichkeiten, an die sich die Welt heute noch mit Stolz erinnert, weder die Feinde gezählt haben noch die Elemente …

Und an anderer Stelle hieß es:

Rufen Sie sich ins Gedächtnis, daß Leonidas, als er mit nur 300 Spartanern die Thermopylen hielt, nicht auf die Angebote des Königs von Persien einging, und als ein Soldat ihm erklärte, seine Feinde seien so zahlreich, daß ihre Pfeile die Sonne verdunkelten, zur Antwort gab: »Um so besser – dann können wir im Schatten kämpfen.«

Erst ganz zum Schluß streckte Oberst Estigarribia schließlich die Waffen; und in Corrientes wurde General Robles verhaftet und, angeklagt der Befehlsverweigerung und des Verrats, ins Gefängnis geworfen.

Anstandshalber bat Ella auch eine ihrer Kammerfrauen zu dem Essen. Als erstes fragte sie Señora Juliana, aber Señora Juliana hatte Migräne. Als nächstes fragte Ella Doña Isidora, doch Doña Isidora war mit ihrer Mutter verabredet. Am Ende blieb Ella nichts anderes übrig, als die dumme, mollige Doña Dolores einzuladen. In einem roten Kleid, das zuviel Busen sehen ließ, traf Doña Dolores verspätet ein – zu spät, um Ella beim Anziehen zu helfen, ihr Korsett zu schnüren und die Häkchen zu schließen –, und Ella war verärgert. Außerdem sagte Doña Dolores während des Essens kaum ein Wort. Statt dessen entschlüpfte ihr zwischen Bissen französischer Köstlichkeiten, die Ella eigens zusammengestellt hatte – *vol-au-vent, soupe à l'oignon, coq au vin, sorbet, camembert* und zum Dessert *poire belle-Hélène* – und zwischen Schlucken von Ellas guten französischen Weinen – *Château Margaux, Château Yquem, champagne* –, immer wieder ein Kichern. Egal, worüber Baron von Fischer-Truenfeld sprach – die katastrophale Niederlage bei Riachuelo; die Tausenden von Toten bei Uruguayana unter dem Kommando von Oberst Estigarribia –, Doña Dolores kicherte, und dabei hüpften jedesmal ihre Brüste in dem roten Kleid. Ella, die ihr gegenübersaß, sah sie stirnrunzelnd an – der Baron blickte vor sich auf seinen Teller und aß – und schüttelte den Kopf. Ella versuchte sogar, Doña Dolores unter dem Tisch einen Tritt zu versetzen, doch was sie auch unternahm, es zeigte keinerlei Wirkung. Doña Dolores merkte nichts und lachte und kicherte weiter. Als sie mit dem Essen fertig waren, schickte Ella, die es nicht länger ertragen konnte, Doña Dolores nach Hause. Dann, nachdem sie Baron von Fischer-Truenfeld von dem Armagnac angeboten hatte, den sie aus Frankreich mitgebracht hatte, setzte sich Ella zu ihm auf die Couch und ließ zu, daß Baron von Fischer-Truenfeld sie in die Arme schloß und an sich zog.

Mr. Gibson, der englische Ingenieur, lag die ganze Nacht lang wach; er konnte den Gefangenen in der Nachbarzelle schreien hören. Der Gefangene, das ahnte Mr. Gibson, wurde gefoltert. Wenn er die Augen schloß, konnte sich Mr. Gibson nur zu gut vorstellen, welche Qualen der Mann litt.

»Ist es wahr, daß General Robles eingewilligt hat, die paraguayische Armee an den Feind zu verkaufen?« hörte Mr. Gibson den Vernehmungsbeamten fragen.

»Nein!« schrie der Gefangene.

Zweifellos saß der Gefangene auf dem Boden, mit gefesselten Armen und Beinen, einem Gewehrlauf in den Kniekehlen und mehreren weiteren, die auf seine Schultern drückten und sein Gesicht hinunter auf die Knie zwangen.

»Ist es etwa nicht wahr, daß General Robles seine Familie, seinen Hausrat, seinen gesamten Besitz nach Argentinien hat bringen lassen?«

»Nein!«

Als erstes schliefen dem armen Mann die Füße ein, dann Beine und Arme und schließlich der Rumpf, bis das Blut überhaupt nicht mehr zirkulieren konnte und der Druck unerträglich wurde.

»Ist es etwa nicht wahr, daß General Robles all sein Geld bei einer argentinischen Bank deponiert hat?«

Da keine Antwort kam, vermutete Mr. Gibson, daß der Gefangene entweder ohnmächtig geworden oder gestorben war.

Selbst als es plötzlich ruhig war, fand Mr. Gibson keinen Schlaf.

18. SEPTEMBER 1865

Wenn Franco doch bloß auf den Oberst gehört hätte! Er hätte direkt auf Buenos Ayres marschieren und die Lage in Argentinien ausnutzen sollen, das revolutionäre Chaos dort und die Tatsache, daß sie ganz und gar nicht auf einen Krieg vorbereitet waren, und dann hätte Urquiza sich ihm angeschlossen. Statt dessen hat Franco den Idioten Robles losgeschickt, damit er den Paraná überquert, und den arroganten Vollidioten Estigarribia nach Río Grande do Sul, wo der sofort kapitulierte! Wie viele Männer haben wir verloren? Oberst von Wisner spricht von mindestens 20 000, und unsere paraguayischen Soldaten, das sagt er auch, haben gekämpft wie die Löwen! Franco ist außer sich vor Wut. Man hat mir berichtet, daß er keinen sehen und mit niemandem sprechen will – und auf den lieben Dr. Stewart will er auch nicht hören – und daß er seit Tagen nichts gegessen hat (jedesmal wenn sein Diener ihm Essen bringt, wirft Franco das Tablett und mehrere leere Brandyflaschen nach Manuel!). Niemand wagt sich in Francos Nähe, nicht einmal der kleine Pancho. Muß also *ich* nach Humaitá fahren?

Im Bett mit Baron von Fischer-Truenfeld kicherte Doña Dolores auch wieder. Sie waren seit ein paar Wochen ein Liebespaar, erst seitdem Doña Dolores die Nachricht erhalten hatte, daß ihr Ehemann, Leutnant in der Armee von Oberst Estigarribia, mit seinem Kanu gekentert und im Río Paraná ertrunken war. Zeit genug jedoch für Baron von Fischer-Truenfeld, um nicht mehr zu versuchen, Trost zu spenden – als Doña Dolores die Nachricht erhalten hatte, war sie untröstlich gewesen – oder ihr auf die übliche Weise Befriedigung zu verschaffen. Statt dessen legte Baron von Fischer-Truenfeld Doña Dolores übers Knie, hob ihr Kleid und mehrere Schichten von Unterröcken, schnürte ihr Korsett auf, zog ihr Hemd nach oben und versohlte ihr den Hintern. Wenn er damit fertig war, reichte Baron von Fischer-Truenfeld Doña Dolores seine Reitgerte, und sie mußte ihn auspeitschen.

Bekleidet mit einer Miniaturausgabe der Uniform seines Vaters – ein karmesinroter Umhang mit steifem, goldgesäumtem Spitzenkragen – und den gleichen glänzenden Lacklederstiefeln, war der zehnjährige Pancho Franco nach Humaitá gefolgt. Wie ein kleiner Schatten wich Pancho niemals von seines Vaters Seite; er saß beim Abendessen neben ihm, kniete während der Messe an seiner Seite, ritt Seite an Seite mit ihm, wenn Franco die Truppen inspizierte – er kopierte seinen Vater in allem: wie er befahl, brüllte, scherzte (sogar wenn Franco sich eine Zigarre anzündete, tat Pancho das gleiche). Wie sein Vater konnte auch der kleine Junge arrogant und grausam sein, bei anderen Gelegenheiten aber auch freundlich und großzügig. Er war stets unberechenbar. Die paraguayischen Offiziere gingen vorsichtig mit Pancho um; sie verwöhnten ihn; sie fügten sich dem kleinen Jungen; sie brachten ihm Geschenke. Von Oberst Fernandez bekam er ein neues Schachspiel, von Oberst Hermosa ein handgearbeitetes Puzzle, von Oberst Sayas einen Bildband über wilde Tiere. Als sich herumgesprochen hatte, daß Pancho sie sammelte, brachten ihm mehrere Soldaten die abgeschnittenen Ohren von Feinden. Pancho fädelte die Ohren wie eine Perlenkette auf eine Rohlederschnur und bewahrte sie in einer hölzernen Spielkiste unter seinem Bett auf.

Ta dum ta dum ta dum dum dum, wo Franco auch hinging, folgte ihm die Kapelle und spielte die immergleiche Melodie. Jeden Tag, wenn Franco seine Truppen inspizierte, *ta dum ta dum ta dum dum dum*, und wenn Franco ausnahmsweise jeden Soldaten persönlich und mit Namen ansprach, *ta dum ta dum ta dum dum dum*, und wenn er den Soldaten Witze erzählte – schlüpfrige, schmähliche Witze, deren Zielscheibe stets die Brasilianer waren, die er »*macacos*« nannte –, spielte Justo José unaufhörlich, *ta dum ta dum ta dum dum dum*.

Nach seiner Rückkehr aus dem Ausland hatte Justo José geheiratet und vier Töchter gezeugt – eine Tochter, die jüngste, wurde mit Armen geboren, die wie Flügel aussahen, und die Chancen, daß sie einmal heiraten würde, standen schlecht. Trotzdem fühlte sich Justo José glücklich. Immer wenn er an seine Frankreichreise dachte, diese schreckliche Reise an Bord der *Tacuari*, an die blutähnliche Substanz, die er getrunken und die ihm Übelkeit verursacht hatte, an die Frau mit dem kanariengelben Haar, die sich auf dem Bett regungslos auf den Rücken gelegt hatte – wie war doch gleich ihr Name gewesen, *Ihjonn*? –, bekreuzigte sich Justo José und dankte den glücklichen Sternen, unter denen er geboren war. Es war ihm zudem gelungen, genügend Geld zu sparen, um sich eine nagelneue Zedernholzharfe mit sechsunddreißig Saiten zu kaufen, so daß er weiterhin in Francos Privatkapelle spielen konnte.

Justo José spielte während des Abzugs von Francos Truppen aus Corrientes und während der Exekution von General Robles, *ta dum ta dum ta dum dum dum* (wäre Kapitän Mesa – Glück gehabt – nicht an seiner Brustverwundung gestorben, hätte Franco auch ihn hinrichten lassen, *ta dum ta dum ta dum dum dum*). Und der Oberst befand sich zwar in Brasilien in Sicherheit, seitdem er kapituliert hatte, *ta dum ta dum ta dum dum dum*, doch Franco hatte dafür gesorgt, daß seine gesamte Familie bestraft wurde; seine Söhne – der jüngste war zehn, so alt wie Pancho – wurden ins Gefängnis geworfen, gefoltert und erschossen, *ta dum ta dum ta dum dum dum*, seine Frau und seine Töchter wurden all ihrer Besitztümer beraubt – einschließlich der Süßwasserperlen-Ohrringe der kleinen Mädchen – und anschließend verprügelt und in den Dschungel gejagt, wo sie zugrunde gingen, *ta dam*.

Ta dam, Justo José fühlte sich wirklich vom Glück begünstigt.

Am Tag nachdem Franco Frederick Masterman vom Generalapotheker zum stellvertretenden Stabsarzt befördert hatte, mußte Frederick Masterman zum ersten Mal in seiner Laufbahn eine Amputation durchführen. Ja, er mußte das Bein des Soldaten sogar zweimal amputieren, zuerst den Fuß, dann, da der Wundbrand sich ausgebreitet hatte, das ganze Bein. In beiden Fällen gelang es Frederick Masterman, die Amputation schnell durchzuführen – der Soldat war so ausgezehrt, daß nur wenig Fleisch an seinen Knochen zu durchschneiden war.

Das Krankenhaus hatte ursprünglich dreihundert Betten gehabt, doch inzwischen waren tausend Betten daraus geworden, behelfsmäßige Betten aus Rohlederstreifen oder moosgefülltem Sackleinen, die dicht gedrängt in einem einzigen Saal standen. Die kranken und verwundeten Soldaten, die von der Front per Dampfschiff nach Asunción gebracht wurden – eine mindestens zwei- bis dreitägige Reise –, wurden weder medizinisch versorgt, noch bekamen sie zu essen. Die meisten starben bereits auf dem Transport, ihre Leichen wurden über Bord geworfen, ehe sie ihr Ziel erreichten. Wenn die Überlebenden eintrafen, waren sie nackt und ausgehungert, doch sie beschwerten sich selten und schrien kaum einmal. Sie litten schweigend.

Schon jetzt hatte Frederick Masterman 50 000 Tote gezählt; nachdem er dem Soldaten das Bein zum zweiten Mal amputiert hatte, waren es 50 001.

Asunción
20. Oktober 1865

Ma chère Princesse,
danke für Ihren Brief vom 28. Juli, den ich jetzt erst erhalten habe – die Post war in den letzten drei Monaten ungewöhnlich langsam. Ich bin hocherfreut, Nachricht von Ihnen zu haben. Besonders genossen habe ich Ihre höchst lebendige Beschreibung Ihres Freundes Monsieur Sainte-Beuve. Vor meinem geistigen Auge sehe ich Sie beide in

seinem »Nest« voller Bücher, Papiere und Federn diskutieren. Was für ein Glück Sie haben! Ich gestehe, ich habe Monsieur Sainte-Beuve immer besonders geschätzt, und ich erinnere mich sehr gut daran, wie ich mich auf Les Causeries du lundi *gefreut und mit dem größten Vergnügen* Portraits de femme *gelesen habe. Besonders stark habe ich in Erinnerung, wie mich Monsieur Sainte-Beuves Beschreibung der Liebe von Madame de Sévigné zu ihrer Tochter beeindruckt hat und wie ihre Trennung diese Liebe nur noch vergrößert hat. Jetzt natürlich muß ich zwangsläufig an meine kleine Corinna Adelaida denken, die heute schon fast zehn Jahre alt wäre, wenn sie noch lebte. (In Gedanken schreibe ich auch an sie Briefe, allerdings nicht in die Provence, sondern ins Paradies!)*

Jeden Tag danke ich dem Herrn für mein Glück und für meine Familie und meine Freunde. Sie wären zweifellos erstaunt angesichts der vielen Ausländer, die jetzt in Paraguay leben – Ingenieure, Architekten, Ärzte, alle erpicht darauf, in dieser reichen neuen Welt ein Vermögen zu machen. Kürzlich machte ich die Bekanntschaft eines äußerst charmanten preußischen Barons, der mir viel über das neue Telegraphensystem beigebracht hat, das er in Paraguay einrichtet; des weiteren habe ich einen ebenso distinguierten wie angesehenen Journalisten kennengelernt – er und Franco führen sehr lebhafte Gespräche! Seine Liebe zur Musik ist für mich ein Quell der Freude, und ich schätze ganz besonders, was er empfiehlt, so zum Beispiel La forza del destino *von Giuseppe Verdi – kennen Sie die Oper? Sie soll hier in der nächsten Opernsaison aufgeführt werden; kommende Woche wird mich eine paraguayische Dame, die Sie mit Sicherheit ebenso mögen würden wie ich – sie ist sehr lebhaft, spricht ein Dutzend Sprachen fließend und ist mit einem bedeutenden schottischen Arzt verheiratet, der sich in Asunción niedergelassen hat –, zu einem Ball in Buenos Ayres begleiten. Sie sehen also, liebe Freundin, an guter Gesellschaft oder Zerstreuung fehlt es mir nicht! (Außerdem freue ich mich auf die Bücher, die Sie mir freundlicherweise zu schicken versprochen haben. Besonders neugierig bin ich deshalb, weil Madame Cochelet, die Gattin des französischen Gesandten hier, der Meinung ist,* Salammbô *sei weitaus besser als* Madame Bovary, *das sie ziemlich schockierend und ärgerlich fand. Natürlich neige ich dazu, eher Ihrem Urteil zu glauben als dem dieser Dame!)*

Erzählen muß ich Ihnen auch noch, wie groß meine Überraschung und Freude war, als ich letzte Woche nach Humaitá (südlich der Hauptstadt wunderschön an einer Biegung des Río Paraguay gelegen, dort ist Franco momentan mit seinen Truppen stationiert) fuhr und bei meiner Ankunft – ich hatte kaum Zeit, meinen Hut und meinen Umhang abzulegen – von Franco mit der Neuigkeit begrüßt wurde, es sei ihm gelungen, ein neues Klavier für mich zu erwerben! (Der Pleyel, den ich aus Frankreich mitgebracht habe, ist inzwischen mehr als zehn Jahre alt und ständig verstimmt.) Und Sie können sich vorstellen, daß meine Überraschung noch größer war, als ich das Klavier sah – kein gewöhnliches Klavier, sondern ein Bechstein! (Der Bechstein hatte einem Mr. Delphino gehört, der seinen Besitz im Stich lassen mußte, als er Corrientes verließ.) Mehr denn je fühle ich mich jetzt inspiriert, zu üben, zu üben und nochmals zu üben … Zudem habe ich ein wenig übereilt versprochen, einem hübschen und begabten englischen Mädchen, der Tochter des Architekten, der meinen Palast gestaltet hat, ein paar Klavierstunden zu geben.

Ich möchte Sie keinesfalls beunruhigen, indem ich Politik und Krieg erwähne, aber ich frage mich, ob Sie die Kunde erreicht hat, daß Paraguay jetzt in einen Krieg gegen die Nachbarstaaten verwickelt ist, die sich höchst unaufrichtig verhalten und über die Interessen unseres Landes hinweggesetzt haben. Die von Franco ergriffenen Maßnahmen – Ihr Cousin, der Kaiser, hat Franco seinen Segen gegeben, wofür wir ewig dankbar sein werden – sind absolut gerechtfertigt, und ich hoffe von Herzen, daß der von uns angestrebte Zustand des Friedens und der Gerechtigkeit sich ohne allzu große Verzögerungen oder Zwistigkeiten einstellen wird. Ich bin von der Richtigkeit unserer Position überzeugt und vertraue darauf, daß der Gerechtigkeit Genüge getan werden wird. Über diese Angelegenheit könnte ich mich noch länger ausbreiten, aber ich fürchte, daß die geographische Entfernung, die leider zwischen uns liegt, sich auf Ihr Interesse an unseren Belangen auswirkt. Also genug davon.

Ihre ergebene Freundin, mit den besten Wünschen und aufrichtiger Zuneigung,

Ella

P.S. Besonders amüsiert hat mich Ihre Beschreibung der Bademaschine – ich wünschte, ich könnte Sie darin auf dem See bei Saint Gratien herumpaddeln sehen. Vielleicht sollte ich mir auch eine kaufen, für den Río Paraguay. Was die Krokodile wohl davon halten würden?

11
Humaitá

Zum ersten Mal in seinem Leben hörte Frederick Masterman jenen Laubfrosch, den man auch den »Schmied« nennt. Der Schmied trug seinen Namen zu Recht: Er machte ein Geräusch, das wie ein Hammer auf Eisen klang. Der Lärm mehrerer hundert solcher Schmiede hätte ihn beinahe taub gemacht, notierte er in sein Tagebuch. Frederick Masterman war von Asunción nach Humaitá geschickt worden, um das dortige Feldlazarett zu inspizieren, was ihm auch Gelegenheit gab, mehrere Arten Glühwürmchen zu untersuchen: *Lampyris occidentalis*, die so hell leuchteten, daß er bei ihrem Schein des Nachts nach Hause reiten konnte; *Pyrophorus luminosus*, die ein gespenstisch grünes Licht verbreiteten (er studierte die Leuchtorgane unter einem Mikroskop und fand birnenförmige Säckchen, durchzogen von tracheenähnlichen Röhren, die die Lichtmenge zu steuern schienen); der bei weitem schönste Anblick war für ihn jedoch die Larve eines Käfers. Während des Tages war das Insekt bloß ein unscheinbarer, häßlicher, grauer Wurm, doch bei Nacht, schrieb Frederick Masterman, glühte er wie eine Smaragdkette mit einer Rubinschließe!

Humaitá, auf einer Felsspitze in einer Biegung des Río Paraguay gelegen, war kein einladender Ort. Das Land war flach und sumpfig; bei Regen verwandelte sich der Lehmboden erst in Schlamm, anschließend in einen See. Enge Pfade wanden sich durch die *esteros*, die Sümpfe; an höhergelegenen Stellen gab es nur brachliegende Felder oder Wäldchen mit verkrüppelten, ungepflegten Orangenbäumen. Die Hütten waren aus Lehm errichtet und mit Schilf gedeckt; nur Franco besaß ein aus richtigen Ziegeln gebautes Haus. In den anderen Gebäuden des Lagers wohnten Oberst von Wisner; Oberstleutnant Thompson, der englische Ingenieur; Francos Schwager, General Barrios; Padre Fidel Maiz, den Franco schließlich wieder aus dem Gefängnis entlassen hatte; Dr. Stewart, der Generalarzt der Armee und zugleich Francos Leibarzt; und schließlich Ella. (Ella, die nicht wußte, wie lange sie hier würde ausharren müssen, hatte kistenweise Porzellan, Silber und Leinzeug mitgebracht, dazu ihre neues Bechstein-Klavier.)

Humaitá verfügte über mehr als 300 Kanonen. Frederick Masterman unterzog sie fast alle einer gründlichen Inspektion: Auf der Landseite fand er 204 Kanonen vor, davon 87 auf Lafetten, die drei Reihen Erdwälle bestückten; weitere 100 Kanonen verteidigten das Zentrum der Festung (darunter fand eine Whitworth-Vierzigpfünder mit gezogenem Lauf, die in der Schlacht bei Riachuelo von einem brasilianischen Dampfer erbeutet worden war, Frederick Mastermans besondere Aufmerksamkeit); auf der Flußseite gab es 46 Kanonen – eine Achtzigpfünder, vier Achtundsechzigpfünder, acht Zweiunddreißigpfünder und verschiedene andere Kaliber.

Zum Lazarett bemerkte Frederick Masterman, daß es viel zu nahe bei den Batterien gelegen war und in ständiger Gefahr stand, unter Feuer zu geraten. Es hatte hier schon mehrere Opfer gegeben. Einmal hatte eine Kanonenkugel die Mauer durchschlagen und dreizehn Männer in ihren Betten getötet. Die meisten der nichtverwundeten Soldaten litten an Ruhr, Cholera oder den Masern.

6. FEBRUAR 1866

Ich könnte heute oder morgen aus Paraguay abreisen. Ich könnte nach Frankreich zurückkehren, wann immer ich wollte. Der Gedanke reizt mich, das gebe ich zu. (Was würde ich nicht für einen einzigen Tag in Paris geben! Wieder die Rue du Bac entlangzuspazieren, die Kastanienbäume um die Tuilerien in Blüte zu sehen, ein Konzert zu besuchen und Musik zu hören, eine richtige Anprobe bei Monsieur Worth zu haben!) Ein französisches Schiff liegt vor Anker, die *Décidé*, morgen fährt es ab und könnte mich und die Kinder mitnehmen – außer Pancho, der seinen Vater niemals verlassen würde. Ich habe bereits mit dem Kapitän gesprochen. Die ganze letzte Nacht habe ich wachgelegen, doch ich kam zu keinem Entschluß. Am Ende habe ich gewürfelt: Bei einer geraden Zahl bleibe ich, bei einer ungeraden fahre ich – es kam eine ungerade heraus! –, aber im Grunde weiß ich schon, wie die Entscheidung ausfallen wird, ich kann Franco nicht allein lassen. Die Pflicht hält mich bei ihm – mehr als die Pflicht, mein Herz! *[Ella unterstrich das Wort »Herz«.]* Auf jeden Fall hat sich der Kapitän der *Décidé* bereit erklärt, einen Schrankkoffer mit einigen Wertsachen mitzunehmen und für mich bei Monsieur Gelot in Paris in Verwahrung zu geben. Wer weiß? Vielleicht kehre ich eines Tages doch nach Paris zurück, ich muß für die Zukunft Vorkehrungen treffen. Momentan brauche ich gewiß weder Schmuck noch Kleider. Ich trage tagaus, tagein dasselbe: Reithosen und einen grauen Mantel. Ich habe Mathilde nach Humaitá mitgenommen – wie hätte ich sie zurücklassen können? –, aber meistens reite ich ein anderes Pferd, um ihr die Sümpfe mit ihrem trügerischen Untergrund zu ersparen. Ich könnte es nicht verwinden, wenn meinem Liebling etwas passierte!

»Ich schwöre dir, lieber verschlucke ich ihn, als daß sie ihn in die Finger bekommt. Das ist mein Hochzeitsgeschenk von Saturnino.« Rafaela seufzte und drehte an dem Ring, so daß der große rote Stein zur Handfläche zeigte. Sie war in einen der pfirsichfarbenen seidenen Schlafzimmervorhänge gekleidet, die der Frau von Baron de Villa Maria gehört hatten. Ihre Schnürbrust saß so stramm, daß Rafaela vor den Mahlzeiten die Häkchen öffnen lassen mußte.

Die Schwestern hatten sich der in *El Semanario* erschienenen Aufforderung widersetzt, die von allen paraguayischen Frauen, ob reich oder arm, verlangte, ihren Schmuck dem Staat zu übereignen, als Beitrag zur Kriegsfinanzierung und zum Schutz der paraguayischen Bevölkerung vor dem Feind.

Inocencia fummelte an der Goldkette und dem schweren, diamantenbesetzten Kreuz herum, das an ihrem fetten Hals hing, und sagte: »Mein Kommunionsgeschenk von unserem seligen Vater, ich war damals neun Jahre alt. Ich habe es nie abgenommen, nicht einmal, als ich vom Pony fiel und mir das Schlüsselbein brach – weißt du noch, Rafaela?« Inocencia war in die gelben Damastvorhänge aus Baron de Villa Marias Salon gehüllt. »Eher würde ich tausend Tode sterben, als mich davon zu trennen.«

»Und ich mich lieber in Stücke reißen lassen. Reich mir mal das Fleisch rüber, bitte«, antwortete Rafaela.

»Hat sie nicht selbst Schmuck genug?« Bevor sie ihrer Schwester die Platte reichte, nahm sich Inocencia erst noch selbst Fleisch. Dabei fiel der weite Pagodenärmel ihres gelben Damastkleids auf den Servierteller, aber ohne zu merken, daß ihr bekleckerter Ärmel eine Soßenspur über den ganzen Tisch hinweg hinterließ, fuhr Inocencia fort: »Jedesmal, wenn ich sie sehe, trägt sie einen neuen Ring, ein neues Armband, eine neue Halskette – erinnerst du dich noch an die Aquamarine, die Franco ihr geschenkt hat? Steine so groß wie Eier – Papageieneier.«

»Also, ich bin es leid, ständig nur Rind, Rind und noch mal Rind – warum kann der Koch nicht mal ein anderes Fleisch auf den Tisch bringen? Hühnchen zum Beispiel, oder Schwein?« Rafaela nahm Inocencia die Platte ab. »Und warum, sag mir mal einer, gibt es nie genug Gemüse dazu?«

»Wo soll das alles hinführen«, fragte Inocencia. »Am Ende werden wir noch eingezogen.«

Die Schwestern lachten mit vollem Mund.

An einem Sonntagnachmittag nach der Messe, an ihrem einzigen freien Tag, gingen Gaspar und Fulgencio zum Angeln an den Río Paraguay südlich von Humaitá, mehr aus Gewohnheit als aus Vergnügen, als sie einen Mann über den Fluß schwimmen sahen. Der Mann strampelte sich derart ab, daß die beiden Brüder, die auf der Uferböschung standen, schon glaubten, er würde jeden Augenblick von der Strömung unter Wasser gezogen und ertrinken. Gaspar und Fulgencio wußten nicht, was sie tun sollten – war der Mann, der auf sie zuschwamm, Freund oder Feind? Sie hatten ihre Bajonettgewehre in der Kaserne liegengelassen und waren drauf und dran, kehrtzumachen und davonzulaufen.

Schließlich zog sich der Mann ans Ufer. Er lag bäuchlings am Boden und rührte sich nicht; seine nassen Kleider klebten an seinem ausgemergelten Körper. Gaspar und Fulgencio nahmen ihren ganzen Mut zusammen und traten auf ihn zu.

»*Hola!*« rief Gaspar dem Mann zu.

Als er nicht reagierte, stieß ihn Fulgencio mit dem Fuß an.

»*Hola!*« wiederholte er.

»*Cómo se llama usted?*«

Der Mann hob den Kopf; langsam und unter Schmerzen kam er auf die Knie und übergab sich.

Gaspar und Fulgencio schleppten den Mann ins Lazarett, wo sie gerade eintrafen, als Dr. Stewart seine Visite beendet hatte und gehen wollte. Der Generalarzt war spät dran – er wurde an diesem Abend mit seiner Frau bei Ella zum Whist erwartet –, aber der Anblick des Mannes machte ihn stutzig, und er ging zurück, um ihn sich genauer anzusehen. Die Symptome waren zwar noch nicht sonderlich ausgeprägt, aber Dr. Stewart konnte dennoch Pocken diagnostizieren; er erfuhr außerdem, daß der Mann, ein Argentinier, aus der Armee der Alliierten desertiert war. Dr. Stewart informierte General Barrios, doch der General unterließ es, den Mann verhören oder wegbringen zu lassen. Zu diesem Zeitpunkt wäre es wahrscheinlich ohnehin zu spät gewesen.

Als schließlich Franco davon erfuhr, ließ er den Deserteur auspeitschen, bis der, von den Pocken und den Peitschenhieben bereits mehr tot als lebendig, gestand, von Präsident Mitre geschickt worden zu sein, um die Krankheit in der paraguayischen Armee zu verbreiten. Dr. Stewart, ansonsten bekannt für seine umgängliche und heitere Art, war gar nicht mehr so heiter zumute. Obwohl er in Paraguay mehrere Lazarette organisiert hatte, die effizienter und besser ausgestattet waren als diejenigen der brasilianischen und argentinischen Armee, und obgleich er Franco überzeugt hatte, britische Ärzte in Dienst zu nehmen, waren in Humaitá bereits Tausende von Soldaten an Ruhr, Masern und Cholera gestorben, und Tausende mehr, so wußte Dr. Stewart, würden bald an den Pocken sterben.

In der Woche darauf brach die Krankheit bei Gaspar

und Fulgencio aus, die bereits durch Ruhr und Mangelernährung geschwächt waren. Ihre Haut wurde schwarz, der Schlund schwoll ihnen von den Pocken zu und sie litten an Atemnot. Drei Tage rangen sie mit dem Tod, oft verloren die Brüder vor Schmerzen das Bewußtsein, und schließlich starb Gaspar. Fulgencio, der im Lazarett neben ihm lag, merkte nicht sofort, daß sein Bruder gestorben war. Im Delirium rief er weiter nach Gaspar, mehrfach streckte er den Arm aus, um seine Hand zu berühren, und erst ein paar Tage später, als das Fieber sank, wurde Fulgencio plötzlich klar, daß der Mann in dem Bett neben ihm, nach dessen Hand er gegriffen hatte, nicht sein Bruder war. Sein Bruder war nicht mehr.

Die meisten Pferde befanden sich in einem hoffnungslosen Zustand. Es gab keine Weiden – nur Sümpfe –, und Mais und Heu reichten nur für die Pferde der Offiziere. Die übrigen waren bloß noch Haut und Knochen und schleppten sich im Schrittempo voran. Die Soldaten waren zu Fuß schneller, sie gebrauchten die Pferde höchstens noch, um die Sümpfe zu durchqueren. Ella sorgte dafür, daß Mathilde reichlich Mais und Heu bekam, aber Mathilde wurde langsam alt, und dagegen konnte Ella nichts tun – genausowenig wie gegen die Stirnfalten und die leichten Krähenfüße, die sie bemerkte, wenn sie ihr Gesicht im Spiegel des Ankleidezimmers genauer betrachtete. Mathildes Rist war eingesunken, und ihre Hüftknochen standen ein wenig hervor; ihr scheckiges graues Fell verlor seinen Glanz. Nach einem harten Tagesritt war Mathildes Körper von weißen Schaumflecken bedeckt, und auf dem Heimweg strauchelte sie ein wenig. Ella schätzte, daß Mathilde mindestens fünfzehn Jahre alt war.

General Venancio Flores, der die Streitkräfte der Banda Oriental anführte, wäre um ein Haar in Gefangenschaft geraten, als sein Zelt von paraguayischen Soldaten überrannt wurde. Am nächsten Tag beschrieb er die Geschehnisse in einem Brief an seine Frau.

Paso La Patria
3. Mai 1866

Meine Teuerste,
gute Neuigkeiten erfordern ebensolche Gelassenheit wie schlechte. Gestern hat die Vorhut, die unter meinem Kommando stand, eine schwere Niederlage erlitten, die östliche Division wurde beinahe vollständig aufgerieben. Zwischen zwölf und ein Uhr wurde mein Lager von einem starken paraguayischen Verband angegriffen. Es war unmöglich, dem dreifach überlegenen Feind standzuhalten, die östliche Division, die der Flagge ihres Landes alle Ehre machte, mußte sich geschlagen geben.

Es ist mir bewußt, daß sich unser Lager in ungünstiger Position befand. Einige Tage vor diesem Ereignis bin ich persönlich beim Oberkommandierenden vorstellig geworden, um ihn von den Vorteilen einer Verlegung des Lagers zu überzeugen, aber Mitre erwiderte: »Machen Sie sich keine unnötigen Sorgen, General Flores; von den Barbaren geht keinerlei Gefahr aus, die Stunde ihrer Auslöschung hat geschlagen.« Wenn also jemand für die Geschehnisses des 2. Mai verantwortlich ist, dann General Mitre.

Auch was hier ansonsten vorgeht, gefällt mir ganz und gar nicht... Einige Soldaten haben schon seit drei Tagen nichts mehr zu essen bekommen. Ich weiß nicht, wie es mit uns weitergehen soll; und wenn man zu unserer prekären

Lage noch die anhaltende Apathie von General Mitre hinzunimmt, ist nicht auszuschließen, daß wir, die wir andere das Laufen lehren wollten, bald selbst die Beine in die Hand nehmen müssen.

Alles wird dem nächsten Tag überlassen, äußerst wichtige taktische Bewegungen verschoben.

Es gibt weder Pferde noch Maultiere für die Gespanne, auch keine Ochsen mehr, die man essen könnte.

Fast erübrigt es sich zu sagen, daß die Brasilianer in der schändlichsten Weise davongelaufen sind, ein ganzes Bataillon weigerte sich, anzugreifen. Mein Zelt ist den Paraguayern in die Hände gefallen. Schicke mir einen Koffer mit ein wenig Kleidung, einen großen Stoffponcho, einen Strohhut und zwei Paar Stiefel.

Meine geliebte Maria, es sendet Dir sein ganzes Herz Dein Dich liebender alter

Venancio Flores

P.S. Bitte, Maria, schick mir nur Feldkleidung, keine feinen Sachen, keine Ausgehuniform. Seltsam genug, neuerdings macht man mir sogar Vorschriften, wie ich mich kleiden soll.

Gegen Ende des Monats hatte General Flores die Verluste wieder wettgemacht und 45 000 Mann sowie 150 Geschütze zusammengezogen. Die Brasilianer hatten aus der Provinz Matto Grosso zusätzlich 2000 Mann Kavallerie mit frischen und gutgenährten Pferden herangeführt. Die Fußtruppen waren mit neuen Karabinern mit gezogenem Lauf und langen, breiten Bajonetten ausgerüstet. Anstatt den Vorteil ausgeruhter Truppen auszunutzen, zauderten die Armeeführer jedoch; sie zogen es vor, sich einzugraben, anstatt anzugreifen. Erschwerend kam hinzu, daß die Armeeführer Argentiniens und der Banda Oriental nicht miteinander auskamen; General Mitre und General Flores konnten sich nie über irgend etwas einig werden oder eine Sache aus dem gleichen Blickwinkel beurteilen.

»Sie sollten sich etwas mehr um Ihre Person kümmern, mein Lieber«, erklärte General Mitre General Flores gelegentlich.

»Mich um meine Person kümmern? Wie meinen Sie das«, erkundigte sich General Flores.

»Sie sollten sich eine anständige Uniform besorgen, die der Würde ihres Rangs entspricht.«

General Flores wandte sich ab und schüttelte den Kopf. »Habe ich es dir nicht gesagt, Maria«, murmelte er vor sich hin.

Die Paraguayer waren nur 25 000 Mann stark, aber sie hielten eine vorteilhafte Position – die unüberwindlichen Bellaco-Sümpfe. Diese Sümpfe erstreckten sich, soweit das Auge reichte. Das Wasser wurde von Binsen erstickt – geschnitten und getrocknet wurden sie zum Dachdecken verwendet –, die an die drei Meter hoch wurden und so dicht standen, daß sie die Sümpfe unpassierbar machten. An manchen Stellen war das Wasser fast zwei Meter tief, der Grund war schlammig, was das Fortkommen noch erschwerte – selbst wenn die Reiter es durch die Binsen schafften, die Pferde sackten immer tiefer in die Löcher, die sie mit ihren eigenen Beinen gruben, und blieben stekken. Eine Durchquerung der Sümpfe war nur auf einigen wenigen versteckten Pfaden möglich, wo man die Binsen mit den Wurzeln ausgerissen und den Schlamm durch Sand ersetzt hatte.

Aber anstatt einfach zu warten, schlug Franco als erster los und verspielte so seinen Vorteil.

Ein ganzes Bataillon paraguayischer Adliger, sämtlich spanische Abkömmlinge, ritt auf wertvollen importierten Vollblutpferden in die Schlacht, die hoffnungslos im Schlamm steckenblieben und sich in den Binsen verfingen; Pferde und Reiter boten leichte Ziele und wurden fast ausnahmslos niedergeschossen. Ein weiteres Bataillon, bestehend aus unerfahrenen Rekruten, versuchte als geschlossene Gruppe hindurchzuwaten und wurde abgemetzelt wie eine Herde Lämmer; älteren, erfahreneren Battaillonen erging es nicht anders. Trotzdem kämpften die paraguayischen Soldaten tapfer bis in den Tod. Oberstleutnant Ximenez erlitt einen Schuß durch beide Füße und kämpfte auf Knien weiter; ein anderer paraguayischer Offizier, Oberst Roa, von seiner Truppe abgeschnitten und nur mit einem zerbrochenen Säbel bewaffnet, entkam, indem er den Feinden Erde ins Gesicht warf und sie so blendete. Ein tödlich verwundeter Feldwebel weigerte sich, die paraguayische Fahne aufzugeben, die er gegen den Feind getragen hatte; er nutzte seine letzten Atemzüge, um sie mit den Zähnen zu zerreißen. Aber gegen vier Uhr nachmittags, als das Feuer eingestellt wurde, waren die Bellaco-Sümpfe mit toten Paraguayern übersät – sechstausend Mann alles in allem.

»Woher soll ich wissen, daß der Bastard von mir ist«, schrie Franco Ella an.

Ella war wieder schwanger.

»Woher soll ich wissen, daß es kein kleiner Teutone wird? Ein kleiner Fischer-Truenfeld?«

»Ich habe dich nie belogen. Und auch jetzt tue ich es nicht.« Ellas Mund zeigte Entschlossenheit, ihre grauen Augen wurden ganz schwarz, und Franco, der es auf einmal mit der Angst zu tun bekam, hörte auf zu schreien.

Miguel Marcial kam zwei Monate zu früh zur Welt; er wog nicht einmal vier Pfund. Statt ihm die Brust zu geben, legte Rosaria das Baby in eine Wanne mit lauwarmer Hühnerbrühe. Die Hühnerbrühe, erklärte sie, sei wie Fruchtwasser und werde von der Haut des Babys als Nahrung aufgenommen. Franco wies Padre Fidel Maiz an, eine Messe für Miguel Marcial zu lesen; er betete und zündete einige Kerzen an, außerdem schaute er jeden Tag bei dem Baby vorbei. Er nahm seinen Hut ab und kniete neben der Wanne mit der Brühe nieder, beugte sich vor und küßte vorsichtig Miguel Marcials Köpfchen – ein Köpfchen, das bereits von dichtem, schwarzem Haar bedeckt war.

Als Miguel Marcial zwei Wochen später starb, erklärte Franco, von Kummer und Schuldgefühlen überwältigt, Rosaria sei eine Hexe und habe ihn ertränkt. Er drohte ihr an, sie zur Strafe zu Tode peitschen zu lassen.

Das Gesicht weiß vor Zorn, Leid und Übermüdung, schrie Ella Franco ins Gesicht: »Wenn du Rosaria auch nur ein Haar krümmst, werde ich nie mehr das Bett mit dir teilen!« Insgeheim hatte sie bereits beschlossen, nie wieder schwanger zu werden.

Nach den ungeheuren Verlusten bei Bellaco befahl Franco, daß jeder Mann im wehrfähigen Zustand zur Armee einrücken müsse. Er ließ keine Ausnahme gelten (nicht einmal für den Sohn des Bauern Julio Ignacio, der Blut hustetete und erst dreizehn Jahre alt war); außerdem verpflichtete er Frauen zur Feldarbeit und zum Bau von Schützengräben. Er zog die Payaguá-Indianer ein, die Krokodile aßen und weder Spanisch noch Guaraní sprachen, sondern eine vollkommen andere, von gutturalen Lauten durchsetzte Sprache, außerdem sogar die Guaycurú-Indianer, die Kannibalen, die im Chaco lebten.

Einige Offiziere beschwerten sich, darunter José de Carmen Gómez, ehemals Kommandant von Villa Franca. Seine Soldaten würden nicht mit Guaycurú-Indianern Seite an Seite kämpfen, führte er an. Den Guaycurú, erklärte Gómez, sei der Ausgang des Krieges gleichgültig, man dürfe ihnen nicht vertrauen. Bei jeder sich bietenden Gelegenheit würden die Guaycurú die Waffen, die Kleider und die Lebensmittel seiner Soldaten stehlen. Nie wüßte man, was sie als nächstes klauen würden! Ein Vorfall blieb dem Kommandanten besonders im Gedächtnis haften – so deutlich, erklärte er, wie die einst vor seinen Augen durchgeführte Amputation des Armes einer Frau ohne richtige Narkose. Es geschah eines Nachts, als er vor sein Zelt trat, um sich zu erleichtern – was er immer öfter tun mußte –, und dabei über eine Gruppe von Guaycurú stolperte. Was er sah, schien ein Alptraum: die Guaycurú saßen um ein Feuer und aßen, es war kein Zweifel möglich, schwor der Kommandant beim Grab seiner Mutter!, sie aßen Arme und Beine, und ein Guaycurú nagte an einem Kopf – einem Kopf mit langem blondem Haar! Am nächsten Morgen konnte Kommandant Gómez selbst kaum fassen, daß er das alles wirklich gesehen haben sollte. Er zuckte mit den Schultern und nahm geräuschvoll einen Schluck *mate* durch seine *bombilla* – wer weiß, sagte er zu sich selbst, vielleicht war es doch nur ein schlechter *sueño*. Aber das glaubte er eigentlich nicht.

Auch Ella hatte schlechte Träume, und in einem dieser Träume ging es ebenfalls ums Essen. Sie aß einen Teller nach dem anderen leer, ohne daß es ihren Hunger stillte. Das Essen war ihr vertraut und auch wiederum nicht: Ein Teller war gefüllt mit etwas, das nach Kastanien schmeckten – den gerösteten Kastanien, die sie im Winter an den

Quais der Seine gekauft hatte –, aber es sah nicht aus wie Kastanien; auf einem anderen Teller häufte sich etwas, das schmeckte wie Artischocken, aber nicht aussah wie welche. Nach und nach fand Ella immer weniger Geschmack an dem Essen, das sie früher gemocht hatte, es war auch schwerer zu kauen, es schmeckte wie ungekochte Baumrinde oder Blätter. Die Rinde und die Blätter waren roh und hart, weshalb sie endlos kauen mußte, bevor sie etwas davon hinunterschlucken konnte; da wurde ihr im Traum klar, daß sie eine *yatai*-Palme aß – roh schmeckte das Herz der *yatai*-Palme, das wußte Ella, wie Kastanien, gekocht wie Artischocken, aber wenn man das Herz entfernte, auch das war ihr bekannt, ging der Baum ein.

Als Ella am Morgen aufwachte, konnte sie kaum sprechen, ihr Kiefer tat weh, weil sie die ganze Nacht über gekaut hatte.

Charles Washburn, der seine eigenen Ansichten über Gerechtigkeit und die Wichtigkeit seiner Person hatte, stieg an Bord eines Frachters, um Franco in Humaitá einen Besuch abzustatten. Beim Frühstück versuchte er Franco mit Schmeicheleien dazu zu bewegen, den Krieg aufzugeben.

»Welchen Männern unserer Zeit wurde die größte Begeisterung entgegengebracht, der größte Respekt gezollt«, fragte er Franco allzu absichtsvoll. »Nicht den Siegern im Lorbeerkranz, auch nicht jenen, die in welcher Sache auch immer durch überlegene Kräfte den Sieg davongetragen haben, selbst wenn Genie und Begabung im Spiel waren. Napoléon, beispielsweise« – der amerikanische Gesandte wußte, wie sehr Franco ihn bewunderte – »wurde nach seinem Tod in der Verbannung auf St. Helena nicht weniger verehrt, als wenn er bei Waterloo gesiegt und in den Tuilerien entschlafen wäre.«

»Ich habe keinen persönlichen Ehrgeiz. Ich diene meinem Land«, antwortete Franco unbeeindruckt. »Ich lebe und sterbe mit ihm. Ich stehe zu meinen Taten – *mis hechos, mis hechos*«, sagte er.

Begleitet von seinem Bruder Venancio, seinem Schwager General Barrios, seinem Sohn Pancho, einem Gefolge von ungefähr fünfzig Offizieren und einer Leibeskorte von vierundzwanzig Mann ritt Franco zu den Gräben der Alliierten, um sich dort mit General Mitre zu treffen. Franco hatte seine Kleidung für diese Gelegenheit sorgfältig gewählt, er trug seine besten Lacklederstiefel, die sein Bursche Manuel auf Hochglanz poliert hatte, seine schwersten Silbersporen, einen scharlachroten, mit goldfarbenen Spitzen besetzten und mit *vicuña* gesäumten Poncho, dazu einen Dreispitz; anstelle von Linda, seinem Maultier, ritt er ein großes weißes Pferd.

Die Unterredung zwischen General Mitre und Franco dauerte fünf Stunden. Während dieser Zeit aßen sie keinen Bissen und tranken nur Branntwein. Nach mehreren Gläsern war Franco bereit zu einer Einigung: Paraguay sollte sich aus den besetzten Gebieten der Alliierten zurückziehen; jedes Land sollte seine Kriegskosten selbst tragen; die Alliierten sollten die Unabhängigkeit Paraguays anerkennen – auf alle Bedingungen ging er ein, mit Ausnahme der letzten. Als er deren Wortlaut hörte – Franco sollte zurücktreten und ins Exil gehen –, brüllte er auf und warf seine Reitpeitsche zu Boden. Er sprang auf die Füße, schrie nach seinem Pferd und ging, ohne General Mitre noch eines Wortes zu würdigen.

Auf dem Rückweg schlug Franco das Pferd mit allem, was ihm zur Hand kam – scharfkantigem, spitzem Schilf, Dornenzweigen, die er von Bäumen riß –, und trieb das große weiße Pferd an bis zur Raserei, so daß es schneller und schneller galoppierte, er peitschte es durch Schlamm und durch Sumpf, ohne ihm auch nur zu erlauben, einen Augenblick das Tempo zu verringern und Atem zu holen. Als sie schließlich im Lager ankamen, versagten dem großen weißen Pferd die Beine, und es brach tot zusammen. Auch Franco war kaum in der Lage, zu stehen. Sein scharlachroter, mit goldfarbener Spitze besetzter und mit weißer *vicuña* gesäumter Poncho war zerrissen, seinen Dreispitz hatte er verloren, seine glänzenden Lacklederstiefel waren mit Schlamm bespritzt.

Am nächsten Tag lag Franco mit Malaria darnieder, ein heftiger Anfall von Fieber, der über eine Woche dauerte. Im einen Augenblick fror er, es schien ihm eiskalt – man häufte sämtliche Decken, Teppiche, Pelze, die man im Lager auftreiben konnte, über ihn, aber er schauderte und zitterte weiter –, im nächsten Augenblick war ihm heiß, kochend heiß, und innerhalb von Sekunden war er in Schweiß gebadet, der in Bächen an seinem Körper hinabrann und sein Nachthemd, sein Bettzeug, die Matratze durchtränkte. Francos Fieber hatte so unvermittelte und heftige Ausschläge, daß sogar Dr. Stewart darüber verzweifelte. Ella saß die ganze Zeit an Francos Bett. Sie kühlte ihm die Stirn, sie streichelte seine Hand, sie sprach ruhig und zuversichtlich mit dem Delirierenden. Als er sich halbwegs erholt hatte, ließ sie ihr Klavier, den Bechstein, in Francos Schlafzimmer schaffen und spielte für ihn.

12
Curupayty

»Luftveränderung« – das war die Begründung gewesen, die Oberstleutnant George Thompson, Francos Militäringenieur, seinem Bruder gegeben hatte, als er England verließ und nach Paraguay ging. Er behauptete außerdem, vorher keine Ahnung von Militäringenieurwesen oder Artillerie gehabt zu haben; seine gesamten Kenntnisse bezog er aus Macaulays *Field of Fortification* und *The Professional Papers of the Corps of Royal Engineers*. Er habe sich alles selbst beigebracht, sagte er: »Ich peilte mit einem kleinen Prismenkompaß sämtliche Objekte an, die sich mir darboten. Diese Peilungen zeichnete ich ein, indem ich meinen Maßstab an den auf dem Papier befestigten Winkelmesser im entsprechenden Winkel anlegte, von dort den Maßstab vorsichtig parallel bis zu meinem eingezeichneten Standpunkt verschob und dann eine Linie zog. Anschließend schätzte ich die Entfernung ab und trug sie maßstabsgerecht ein. Auf diese Weise vermaß ich einen großen Teil des Bellaco ... Außerdem erstellte ich eine trigonometrische Karte des Río Paraguay von Curupayty bis zur Einmündung in den Paraná.«

Kurz nachdem er die Befestigungsanlagen in Curupayty – der Name leitete sich von der Bezeichnung des Akazienbaums in der Guaraní-Sprache ab – fertiggestellt hatte, lud Oberstleutnant Thompson zusammen mit Hauptmann Ortiz, Oberst Sayas, dem Kommandeur der Flußbatterie, sowie den Artilleriekommandeuren Hauptmann Gill und Oberst Hermosa, Franco zu einem Rundgang ein. Auch Pancho und Ella nahmen daran teil.

»Wir haben einen Schützengraben von fast zweitausend Meter Länge, ein Meter achtzig Tiefe und über drei Meter dreißig Breite ausgehoben«, erklärte Oberstleutnant Thompson. Er ritt voraus und zeigte stolz jede einzelne Geschützstellung; wie immer hatte er eine Zigarrre im Mund – der Rauch, so behauptete er, helfe Stechmücken und Moskitos abwehren, die ein ständiges Ärgernis darstellten. »Diese beiden 20-Zentimeter-Kanonen sind auf die Landfront gerichtet, die beiden anderen dort auf die rechte Flanke und die vier da drüben auf den Fluß.«

Curupayty lag etwas südlich von Humaitá auf der anderen Seite des Flusses, von dort übersah man eine Biegung des Río Paraguay an einer Stelle, wo das Wasser tief war und schnell dahinfloß. Die Paraguayer ließen dort Torpedos auf die brasilianische Flotte los. Es handelte sich um primitive, selbstgebastelte Dinger – Glaskapseln, gefüllt mit Schwefelsäure und Chlorat aus Pottasche und Zucker, das Ganze umwickelt mit Baumwolle. Etliche kamen vorzeitig durch Treibholz oder neugierige Krokodile zur Explosion; ein Torpedo sprengte einen Amerikaner, Mr. Krüger, und einen Paraguayer, Sr. Ramos, in die Luft.

»Hier drüben werden mehrere Zweiunddreißigpfünder stehen, am Graben und bei der Flußbatterie ...« Oberstleutnant Thompson hielt inne, um nach einer Stechmücke zu schlagen, die trotz des Zigarrenqualms auf seinem Nakken gelandet war. Dunkle Mückenschwärme stiegen vom Fluß auf und senkten sich auf das Lager – es waren so viele, daß oft ein einziger Schlag ein halbes Dutzend tötete. Ihr Stich hinterließ einen schwarzen Punkt, der die Haut wochenlang entstellte – Oberstleutnant Thompsons Körper war übersät davon. »Die zwei Zwölfpfünder und die vier Neunpfünder sind bereits im Graben in Stellung.« Er wischte das Blut von der Stelle, wo ihn die Mücke gestochen hatte. »Alles in allem gibt es neunundvierzig Kanonen und zwei Raketenlafetten. Dreizehn Geschütze gehören zur Flußbatterie, der Rest zum Grabensystem.«

Ella konnte nicht recht sagen, warum sie den Oberstleutnant nicht mochte. Er hatte eine zu trockene, formelle Art, und er sah sie niemals direkt an.

Als er geendet hatte, verbeugte er sich höflich vor Franco, senkte den Blick und machte eine angedeutete Verbeugung vor Ella. Oberstleutnant Thompson mochte Ella auch nicht besonders. Ella war zu hübsch, sie fiel zu sehr auf; er war mehr an Frauen wie seine Mutter und seine Schwestern daheim in England gewöhnt, die Tee servierten und nur sprachen, wenn sie gefragt wurden. Und außerdem gehörte eine Frau nicht auf ein Schlachtfeld.

Seit seinem Malariaanfall hatte Franco aufgehört zu trinken. Er hatte abgenommen und sah gesund aus; auch seine Zähne machten ihm ausnahmsweise nicht zu schaffen. Franco stieg ab und ging, Pancho an seiner Seite, auf ein Wort zu den Offizieren. Oberst Sayas, der freundlich sein wollte, legte Pancho die Hand auf die Schulter, doch Pancho schüttelte sie ab.

General Diaz, der gerade eingetroffene Oberbefehlshaber, ritt zu Ella hinüber. General Diaz war mit Doña Isidora verheiratet, einer von Ellas Kammerfrauen. Der kleine, untersetzte Mann war höflich und voller Enthusiasmus, und Ella mochte ihn ziemlich gern – jedenfalls lieber als Oberstleutnant Thompson.

General Diaz zog den Hut und sagte: »Diesmal haben wir sie, mein Wort darauf.«

»Ich hoffe es wirklich«, entgegnete Ella.

General Diaz schlug nach einem Schwarm Stechmükken, die über seinem bloßen Haupt schwebten. »Der Sieg ist uns gewiß, dafür garantiere ich.«

Der Sommer in Asunción war mörderisch heiß, und Charles Washburn war entschlossen, seine schwangere Frau, die unter der Hitze litt, in kühlere Gefilde zu bringen. Zum Glück bot ihm Doña Rafaela, die netter und weniger geizig war als ihre Schwester Inocencia, ihre wenige Meilen außerhalb der Stadt gelegene *quinta* an. Die auf einem Hügel errichtete *quinta* verfügte über eine atemberaubende Aussicht und große, luftige Räume. Außerdem gab es einen ummauerten Garten, in dem Mrs. Washburns Terrier herumlaufen konnte (obgleich Bumppo mit seinen fast zwölf Jahren bereits ein wenig an Gicht litt und nicht mehr so lebhaft war). Mrs. Washburn verbrachte die meisten Nachmittage auf einem Balkon, wo sie las und ruhte, häufig kam dann auch unangekündigt Rafaela zu Besuch, um ihr Englisch ein wenig aufzubessern.

»Amerikanisch«, korrigierte Mrs. Washburn. »Das ist nämlich ein gewaltiger Unterschied.« So blond und zart Mrs. Washburn auch war, sie hatte durchaus Selbstbewußtsein.

»Ist das so verschieden wie Guaraní und Spanisch?« Rafaela hatte etwas von der Naivität eines Kindes, und Mrs. Washburn fand sie nicht unsympathisch. Außerdem brachte Rafaela ihr immer etwas mit. Manchmal waren es Speisen, deren Anblick und Geruch Mrs. Washburn Übelkeit verursachte; einige der Geschenke waren teuer: eine Goldkette mit Perlenanhänger für das Baby.

»Aber das kann ich ja gar nicht annehmen«, begann sie Rafaela zu erklären.

Rafaela runzelte die Stirn, ihre Lippen begannen zu zittern, und sie sah aus, als würde sie gleich in Tränen ausbrechen.

»Ach, meine Liebe«, Mrs. Washburn erhob sich rasch und küßte Rafaela. »Natürlich freue ich mich sehr darüber.« Dann, um ihre Verlegenheit zu kaschieren, rief sie: »Hierher, Bumppo, hierher!«

Ellas Stallbursche Lázaro Alcántara behauptete, er sei achtzehn, doch Ella schätzte ihn auf fünfzehn, höchstens sechzehn. Er war ein stiller Junge mit blondem, lockigem Haar, der leise sprach. Wenn Ella allein ausritt, begleitete Lázaro sie. Wenn Ella Unterstützung beim Aufsitzen brauchte – was eigentlich nicht der Fall war –, half ihr Lázaro aufs Pferd; wenn Ella aus irgendeinem Grund absteigen mußte, hielt er die Stute. Als Ella Lázaro über sich und seine Familie ausfragte, erzählte er ihr, seine Mutter sei deutscher Abstammung – von ihr habe er das helle Haar und die Locken geerbt; sein Vater sei gestorben; er habe einen jüngeren Bruder und eine Schwester, für die er aufkommen müsse. Lázaro verriet Ella sogar seinen Traum, nach Paris zu gehen und zu studieren, wenn der Krieg erst einmal zu Ende sei. Er wolle dort Architektur studieren und dann in Paraguay Gebäude errichten, wie er sie in Büchern über Frankreich gesehen hatte.

»Ich könnte dir Französisch beibringen«, sagte Ella eines Tages zu Lázaro, als sie zusammen am Río Paraguay entlangritten.

»Glauben Sie wirklich, ich könnte das lernen?« Lázaros Augen leuchteten vor Freude.

»Natürlich. Wir können gleich jetzt anfangen. *Bonjour, Monsieur. Comment allez-vous?* Du mußt genau wiederholen, was ich sage.«

»*Bonjour, Monsieur. Comment allez-vous?*«

»*Très bien.* Nur mußt du mich *Madame* nennen.«

Franco stand in Hemdsärmeln vor seinem Quartier in Humaitá und verfolgte die Schlacht durch sein Fernglas. Daß der Tag außergewöhnlich heiß und feucht war, hatte Franco noch kaum bemerkt (auch das Geräusch, das eine verirrte feindliche Granate verursachte, die etwa einen Meter von ihm entfernt einschlug, fiel ihm erst auf, als es schon fast zu spät war. Er beobachtete, wie die argentinischen Soldaten die offene Ebene querten und dann, lange bevor sie Oberstleutnant Thompsons Graben erreichten, aus kürzester Entfernung vom Feuer der 20-Zentimeter-Kanonen niedergemetzelt wurden. Wenn er gerade nicht durch sein Fernglas spähte, las Franco die Meldungen; Baron von Fischer-Truenfeld hatte die Telegraphenmasten und Telegraphenlinien von Curupayty nach Humaitá geplant – da es nicht genügend Telegraphenapparate gab, hatte Baron von Fischer-Truenfeld mit einem Instrument improvisieren müssen, das wie ein Türklopfer aussah. Als der Nachmittag zu Ende ging, hatte Franco bereits mehrere Meldungen erhalten, die ihm bestätigten, was er mit eigenen Augen sehen konnte: fünftausend argentinische Soldaten waren getötet worden, aber nur vierundfünfzig paraguayische Soldaten und zwei Offiziere, unter ihnen Oberst Sayas. Franco, der seinen Posten den ganzen Tag über kaum einmal verlassen hatte, außer um vor der verirrten Granate in Deckung zu gehen, blieb noch ein wenig, wo er war, um zuzusehen, wie der Feind sich zurückzog und seine eigenen Soldaten die Beute einsammelten: Gewehre, Pistolen, Messer, Uhren, Geld, Kleidung, auch Kochgeschirr – der Feind hatte vorgehabt, das Abendessen in Curupayty einzunehmen. Franco beobachtete, wie die auf dem Schlachtfeld verstreut liegenden Verwundeten erschossen wurden – nur einem Leutnant mit zertrümmertem Knie gelang es davonzukriechen, weil der Soldat, der ihn erschießen wollte, Probleme beim Nachladen seiner Muskete hatte – oder, um Munition zu sparen, an Bäumen aufgehängt wurden.

Er sah zu, bis sich die Nacht herabsenkte und die letzten toten Argentinier in die Sümpfe oder in den Fluß geworfen wurden.

Da Franco es nicht mehr gewohnt war, Alkohol zu trinken, stieg ihm der Champagner, mit dem der Sieg gefeiert wurde, sofort zu Kopf. Die ganze Nacht lang sang und tanzte er und riß Zoten. Während der Schlacht war einem der Offiziere ein Packen Briefe des Feindes in die Hände gefallen – nicht abgeschickte Briefe des Generals Flores an seine Frau.

»*Dem alten leidenschaftlichen Venancio von Deiner Dich liebenden Maria!*« General Diaz, der ebenfalls zuviel Champagner getrunken hatte, tat, als lese er Franco laut die Anworten auf diese Briefe vor, und imitierte dabei eine hohe Frauenstimme. »*Meinem alten leidenschaftlichen Venancio!*«, wiederholte General Diaz, gab einen schmatzenden Laut von sich und wackelte mit den Hüften.

Oberstleutnant Thompson, der nüchtern geblieben war und in einer Ecke seine Zigarre rauchte, erzählte Oberst von Wisner, daß die Alliierten eine Reihe sehr hübscher Vierzigpfünder aus Whitworth-Kanonen mit gezogenem Lauf sowie Granaten mit Aufschlagzünder abgefeuert hätten.

»Wunderschön war das«, sagte er, »es muß fast ein Trost sein, von so etwas getötet zu werden.«

»*Ich bitte dich, Venancio, schick mir keine edlen Seidenkleider*«, fuhr General Diaz mit der gekünstelt hohen Stimme fort.

»*Dein ist mein ganzes Herz, meine geliebte Maria!*« Franco zog den untersetzten General Diaz an seine Brust – General Diaz reichte Franco kaum bis unters Kinn – und wirbelte ihn lachend im Raum herum, als sei er eine Frau, wozu die anderen Offiziere beifällig pfiffen und klatschten.

»Manuel!« rief Franco. »Mehr Champagner!«

Frederick Masterman wurde einen Monat nach der Schlacht bei Curupayty festgenommen. Er ritt gerade von einem abendlichen Besuch bei Freunden nach Hause – nur selten gönnte er sich den Luxus, das Krankenhaus zu verlassen – und dachte darüber nach, warum die Sandflöhe ihre Eier unter die Haut eines lebenden Tieres legen müssen. Um seine Sicherheit machte er sich überhaupt keine Gedanken. Er war zu dem Schluß gekommen, daß der Beutel, in dem die Flöhe ihre Eier ablegten, nicht einfach nur ein Eierbeutel war, sondern der entwickelte Unterleib des Flohs, der aus der Haut des Wirtes Nährstoffe absorbierte, als ihn plötzlich ein Offizier in Begleitung mehrerer Soldaten anhielt. Er wurde gefesselt, geknebelt und ins Gefängnis geworfen.

Obgleich man ihn wiederholt verhörte, wurde nicht klar, was man ihm vorwarf – angeblich ging es um unkorrekte Zustellung von Briefen, die von der paraguayischen Post nicht abgestempelt waren, ein bloßer Vorwand für seine Verhaftung. Unter Androhung von Folter und Tod zwang man ihn, ein Schuldeingeständnis zu unterzeichnen. Schuld woran? Frederick Masterman sollte es nie erfahren.

Die Einrichtung seiner engen, feuchten, unterirdisch gelegenen Zelle bestand aus einem Bett (ein mit Rohleder bespanntes hölzernes Gestell), einem kaputten Stuhl, einer Kerze und einer Waschschüssel; sein Diener Tomás durfte einmal am Tag vorbeikommen und ihm Bücher und Wein bringen (später behauptete Frederick Masterman, Monsieur Narcisse Lasserre, ein befreundeter französischer

Schnapsbrenner, der in Asunción lebte, habe ihm das Leben gerettet, indem er ihm drei Flaschen Brandy schickte). Sprechen durfte Tomás mit Frederick Masterman nicht, stets stand zwischen ihnen ein Soldat mit gezogenem Säbel.

Am meisten litt er während seiner Gefangenschaft darunter, daß er nicht schlafen konnte. Vor seiner Zellentür stand ein Wachtposten, der während der ganzen Nacht alle fünfzehn Minuten rief »*Sentinela alerta!*«, um zu zeigen, daß er wach war. Sein Ruf wurde nacheinander von einer Reihe über das Gefängnis verteilter Wachtposten aufgenommen, und wenn der letzte gerufen hatte, war es für den ersten schon wieder Zeit für den nächsten Ruf. Außerdem fürchtete Frederick Masterman um seine Gesundheit. Er teilte seine Zelle mit etlichen Kröten – jedesmal, wenn er sich vom Bett erhob, trat er auf eine. Es gab auch Kakerlaken, und er hatte panische Angst, von einem Tausendfüßler oder einem Skorpion (für Flöhe war es glücklicherweise zu feucht) gestochen zu werden. Die Spinnen waren so zahlreich, daß seine Zelle einer riesigen Spinnwebe glich. Eine, die in einem Loch in der Wand neben seinem Bett Quartier bezogen hatte, beobachtete er besonders genau. Es faszinierte ihn, wie scheinbar mühelos es der Spinne gelang, die giftigen Skorpione zu fangen und zu vertilgen, und wie häufig die Spinne Eier legte. Um die Fruchtbarkeit der Spinne auf die Probe zu stellen, entfernte er den Eierkokon, der beinahe so groß war wie die Spinne selbst. Jedesmal, wenn er das tat – sechsmal im Laufe von drei Wochen –, produzierte die Spinne einen neuen Kokon voller Eier.

Nach *sieben Monaten!* – so hielt er es später in seinem Tagebuch fest – wurde Frederick Masterman endlich aus dem Gefängnis entlassen. Er war zum Skelett abgemagert und leichenblaß. Sein Haupthaar, das ergraut und die ganze Zeit über nicht geschnitten worden war, hing ihm bis auf die Schultern, der Bart war lang und verfilzt. Seine Augen wirkten unnatürlich groß, die nur noch an Dunkelheit gewöhnten Pupillen waren stark geweitet. Allein und kaum in der Lage zu gehen – sein Diener Tomás war von seiner Entlassung nicht unterrichtet worden –, blinzelte er in das ungewohnte Licht der Abenddämmerung und machte sich langsam auf den Weg zum Haus des nächstbesten Engländers, den er kannte: zu Mr. Taylor, dem Steinmetz.

Alonzo Taylor aß gerade mit seinen beiden Töchtern und seiner Frau zu Abend – mit Kriegsbeginn hatte Mrs. Taylor sich entschieden, ihr Schlafzimmer zu verlassen, ihre Haare zu kämmen und wieder mehr Interesse am Leben zu zeigen.

»Noch Tee, mein Schatz?« fragte Mrs. Taylor ihren Mann gerade und hielt die Teekanne hoch, als es an der Tür klopfte.

»Geh mal nachsehen, wer es ist, Elizabeth«, sagte sie zu einer ihrer Töchter.

Als Elizabeth die Tür öffnete und Frederick Masterman erblickte, begann sie zu schreien, und ihr Vater sprang so schnell vom Tisch auf, daß er seine Teetasse umstieß.

Alonzo Taylor, der ihn ebensowenig erkannte, stellte sich schützend vor seine Tochter und blockierte den Eingang. »*Qué quiere usted, Señor*«, fragte er Frederick Masterman.

In Inocencias Vogelhaus saß, den kleinen, frechen grünen Papagei auf dem Kopf wie stets, Dr. Eberhardt und listete die Papageien nach ihrem Geschlecht auf. Inocencia hatte darauf bestanden. Wichtiger fand Dr. Eberhardt – er hatte es Inocencia zu sagen versucht, sie jedoch hatte nicht auf ihn hören wollen und behauptet, die Papageien befänden sich in der Mauser – den allgemeinen Gesundheitszustand der Vögel. Die Papageien rupften sich die Brustfedern aus – auf dem Boden des Vogelhauses häuften sich rote, blaue, grüne und gelbe Federn. Viele der Papageien hatten einen Abszeß am Kiefer und konnten nicht richtig fressen, andere litten an schuppigen Füßen und Durchfall. Ein bemitleidenswertes Exemplar mit weißer Brust, dem die Krallen bluteten, konnte kaum auf der Stange sitzen und fiel immer wieder auf den Boden des Vogelhauses. Als Dr. Eberhardts Blick auf seinen Lieblingspapagei fiel, einen großen Hyazinthara, hätte er am liebsten geweint. Die Brust des großen Hyazinthara war kahl, die Überreste seines gewöhnlich leuchtenden Federkleides hatten eine stumpfe, verwaschenblaue Farbe angenommen.

Tee? Tee, Profesor?, ahmte einer der Papageien seine Herrin nach, doch Inocencia selbst kam nicht wie sonst, um zu fragen: *»Dulce, Profesor?«* Und dabei hätte Dr. Eberhardt gerade dieses Mal sehr gern einen Tee mit viel Zucker serviert bekommen, und vielleicht auch eine kleine Süßigkeit dazu. Er war alt und lebte allein in einem kleinen Haus in Asunción, mit nur einem einzigen Bediensteten. Nicht einmal ein Pferd besaß er mehr, und obgleich er bislang Francos Aufmerksamkeit entgangen war und in Frieden gelassen wurde, führte er jetzt, wo sich Paraguay im Kriegszustand befand, ein hartes Leben. Dr. Eberhardt hatte, wie Inocencias Papageien auch, nicht genug zu essen.

Die dumme, selbstsüchtige Inocencia! Und was hatte sie gesagt? Männliche Papageien seien größer und hätten flache Köpfe, weibliche hingegen runde – *von wegen*! Dr. Eberhardt schüttelte den Kopf, und der kleine, freche grüne Papagei, der darauf saß, mußte sich gut festklammern. Was hatte die Frau weiter gesagt? Männchen säßen meist aufrecht auf ihren Stangen, während die Weibchen aufgrund ihrer anders gebauten Hüftknochen die Füße weiter spreizen würden – *von wegen*! Was wußte Inocencia schon über Hüftknochen? Ihre eigenen verschwanden unter dikken Fettschichten. Außerdem seien die Männchen lauter, hatte sie ihm – dabei selber fast schreiend – eröffnet, die Weibchen hingegen würden öfter zubeißen. Er konnte kaum glauben, wie ignorant diese Frau war! Altweibergeschwätz, hätte Dr. Eberhardt ihr gern gesagt.

Dr. Eberhardt hielt eine kreischende Amazone mit gelbem Nacken in die Höhe, um die roten Federn im Spiegel des Papageis zu zählen. Männchen, das wußte er, hatten normalerweise fünf, weibliche Tiere nur vier. Diesem Männchen – Dr. Eberhardt hatte guten Grund anzunehmen, daß der Papagei männlich war – fehlte allerdings eine der fünf Federn, und möglicherweise hatte er deswegen bisher keine Partnerin gefunden. Schulterzuckend schrieb Dr. Eberhardt in sein Notizbuch *weiblich*. Als nächstes hob er eine Blaustirnamazone hoch und zählte in ihrem Spiegel fünf rote Federn. Für diese Art galt dieselbe Theorie, doch Dr. Eberhardt vermerkte aus Ärger wieder *weiblich*.

Tee? Tee, Profesor? Dieses Mal hätte der Papagei Dr. Eberhardt fast hereingelegt; er schluckte schwer, und Tränen stiegen ihm in die Augen – fast konnte er den süßen Tee schon schmecken. Mehr denn je war Dr. Eberhardt entschlossen, mit Inocencia zu sprechen. Sie brauchte sich doch bloß den Hyazinthara anzusehen, ein Blick genügte, um zu erkennen, daß der arme Vogel bereits die Hälfte seiner schönen blauen Federn verloren hatte, und um darauf zu kommen, daß der arme Vogel am Verhungern war.

Jeden Abend vor dem Essen sah Ella nach ihrem Pferd Mathilde – sie traute dem Stallburschen nicht. Damit das Pferd nicht erschrak, sprach sie leise mit ihm, wenn sie die Stalltür öffnete und hineinschlüpfte. Sobald sie sich vergewissert hatte, daß die Streu am Boden sauber und der Eimer mit frischem Wasser gefüllt war, schlang Ella die Arme um den Hals des Pferdes und lehnte den Kopf an Mathildes breite graue Schulter. Sie streichelte Mathildes Kopf, fuhr mit den Fingern über ihr leicht nach innen gewölbtes Profil und die breiten, geblähten Nüstern und ließ das Pferd schließlich seine kleine, samtige Schnauze in ihrer Hand reiben. »Mein Liebling«, sagte Ella zu dem Pferd, »mein Schatz, meine Hübsche.« Einmal, als sie ein Stück Zucker aus der Tasche holen wollte, fand sie einen alten Brief von Princesse Mathilde. »Von deiner Namensvetterin«, sagte sie zu dem Pferd und lächelte, als sie den Brief laut vorzulesen begann: »*Lassen Sie mich überlegen, was Sie diese Saison alles verpaßt haben ... Augiers* Le Mariage d'Olympe, *die Wiederaufführung von Gautiers* Giselle, *ein Mandolinenkonzert von Velati – so habe ich noch nie jemanden spielen hören, und dabei ist er doch blind!*« Hier war das Papier so verknittert, daß Ella eine Zeile überspringen mußte. »*... so viele Leute haben mich in der Rue de Courcelles besucht: der Herzog von Brabant, der König von Portugal, der Prinz von Oranien und was weiß ich wer noch alles. Natürlich sind auch die Brüder Goncourt mit ihren spitzen Federn immer dabei. Ich mag sie beide sehr gern, obgleich ich zugeben muß, daß ich ihr ewiges Geschreibsel manchmal etwas ermüdend und auch nicht immer ganz korrekt finde. Zu den neuen Gesichtern zählen Hippolyte Taine und Louis Pasteur, ein sehr angenehmer, intelligenter Mensch, ein Wissenschaftler ...*« Draußen senkte sich die Dunkelheit herab, und Ella nahm unbewußt das laute Quaken der Frösche wahr – in manchen Nächten machten die Frösche einen Lärm wie Hämmer, die auf Ambosse einschlagen; inzwischen hatte sich Ella an Geräusche aller Art gewöhnt, sogar an Geschützfeuer. Im Halbdunkel des Stalles faltete sie Princesse Mathildes Brief zusammen und steckte ihn wieder in die Tache. Dann sog sie, an Mathildes warmen, starken Körper geschmiegt, den Duft nach frischem Gras und Pferd ein und füllte ihre Lungen damit. Ehe sie ging, fand sie auch das Zuckerstückchen – Zucker war immer schwerer zu bekommen – und gab es dem Pferd mit einer letzten Liebkosung.

Charles Washburn war es gewesen, der Frederick Mastermans Entlassung aus dem Gefängnis bewirkt hatte. Aus ganz persönlichen Gründen hatte er die paraguayischen Behörden dazu überredet. Frederick Masterman war der einzige europäische Arzt, den es in Asunción noch gab, und darum hatte er keine Wahl (eigentlich mochte Charles Washburn Frederick Masterman nicht besonders, er hielt ihn für schwul – er war unverheiratet und ständig allein unterwegs, um Insekten zu studieren); er sollte seiner Frau bei der Geburt beistehen. Mrs. Washburn hatte nämlich nicht nur Schwierigkeiten gehabt, schwanger zu werden, es gab auch Anzeichen dafür, daß die Geburt selbst problematisch werden würde. Um sicherzugehen, daß Frederick Masterman zur Stelle sein würde, lud Charles Washburn ihn ein, zu ihm und seiner Frau in das amerikanische Gesandtschaftsgebäude zu ziehen, und zur Legitimation ernannte er Frederick Masterman zum offiziellen Gesandtschaftsarzt.

Die amerikanische Gesandtschaft in Asunción befand sich in einem alten, im spanischen Stil erbauten Haus an der Plaza Vieja. Das Gebäude war so groß, daß es eine ganze Seite des Platzes in Anspruch nahm. Es hatte ein Ziegeldach und dicke verputzte, von Säulen gezierte Wände. Räume und Flure waren so hoch und geräumig, daß ein Mensch zu Pferde problemlos hätte hindurchreiten können. In der Mitte des Hauses befand sich ein großer Innenhof mit einem von Blumenbeeten umgebenen Brunnen – hier verbrachte Frederick Masterman meist seine Tage und erholte sich von den im Gefängnis durchlittenen Qualen. Hier saß er und studierte gerade ein Spinnennetz, das sich zwischen Gardenien und Orangenbäumen über eine Distanz von fast sieben Metern spannte, als Mrs. Washburns Dienstmädchen ihn holte. Bei Mrs. Washburn war die Fruchtblase geplatzt.

Die Geburt des Babys dauerte drei Tage. Am dritten Tag war Mrs. Washburns Gebärmutterhals trotz heftiger Wehen immer noch nicht genügend geweitet, und Frederick Masterman wußte genug über Geburten, um zu befürchten, daß er einen Kaiserschnitt würde durchführen müssen, wenn es so weiterging. Er schwitzte heftig in dem vollkommen verrammelten Schlafzimmer; die Fensterläden waren geschlossen, und die Dienstboten zündeten immer wieder Kerzen an und besprenkelten den Boden mit Rosenwasser, von dessen süßlichem Geruch ihm schlecht wurde. Mrs. Washburns Schreie, das ahnte er, waren trotz der dicken verputzten Wände bis auf die Straße zu hören. (Am ersten Tag der Wehen war Mrs. Washburns Hund auf ihre Bitte hin mit im Raum gewesen, doch nachmittags war das unaufhörliche Gebell Frederick Masterman so auf die Nerven gegangen, daß er ihn hinauswerfen ließ – der Hund hatte geschnappt und gebissen, und man hatte ihn mit Gewalt hinausschaffen müssen.) Was sollte er bloß tun? Er war schlecht ausgerüstet, hatte keine Entbindungszange und, abgesehen von Alkohol, auch kein Betäubungsmittel. Außerdem behandelte er gewöhnlich Männer, meist Soldaten, und hatte zwar gelernt, Arme und Beine zu amputieren, Kugeln und Granatsplitter zu entfernen und Wunden zu nähen, eine solche Operation jedoch hatte er sein Lebtag noch nicht durchgeführt. Die schreckliche Alternative, die er kaum ins Auge zu fassen wagte, war eine Kraniotomie – auch das hatte er noch nie gemacht. Es hätte bedeutet, den Schädel des Fötus mit Schere und Häkelnadeln zu zerstören und den Fötus anschließend stückweise herauszuziehen; er zweifelte allerdings stark daran, daß seine Nerven das mitmachen würden. Da war es noch besser, Mrs. Washburn direkt oberhalb der Schamhaargrenze aufzuschneiden, um anschließend die Bauchmuskeln und die Bauchwand zu durchtrennen und den Uterus aufzuschlitzen. Als Frederick Masterman sich auf diese Aufgabe vorbereitete und die Hand, die das Skalpell hielt, so stark zu zittern begann, daß er plötzlich befürchtete, es fallen zu lassen, gab Mrs. Washburn, die vielleicht einen Blick auf das Skalpell erhascht oder auch nur ein metallisches Glänzen gesehen hatte – inzwischen befand sie sich vor Erschöpfung und Schmerz halb im Delirium –, einen ohrenbetäubenden Schrei von sich, preßte gleichzeitig gewaltig, und heraus kam das Baby.

Ella hatte recht, Lázaro Alcántara hatte gelogen. Er war erst fünfzehn. Auch im Hinblick auf seine Familie hatte er die Unwahrheit gesagt – seine Mutter war nicht Deutsche, sondern Guaraní, und wer sein Vater war, wußte er nicht. Ob sein Traum, in Paris Architektur zu studieren und in Paraguay Gebäude zu errichten, wie er sie in Büchern über Frankreich gesehen hatte, erlogen war oder nicht, war unklar. Daß er allerdings Bücher über Frankreich und auch Bücher über Ungarn gesehen hatte, war keine Lüge, sondern die Wahrheit, denn Lázaro Alcántara war der Geliebte von Oberst von Wisner.

Der Sieg von Curupayty versetzte General Diaz in Euphorie und machte ihn unvorsichtig. Der Oberbefehlshaber hielt sich für unverwundbar und ritt zu jeder Tages- und Nachtzeit im Lager umher, oft ohne Begleitung, oft unbewaffnet. In einer klaren, mondhellen Nacht bestand er der Warnung seines Adjutanten zum Trotz darauf, in ein Kanu zu steigen und zum Fischen auf den Fluß hinauszufahren. Das Kanu wurde von einem Torpedo getroffen – wahrscheinlich eine der selbstgebastelten Glaskapseln – und kenterte. General Diaz war schwer verwundet und konnte nicht schwimmen, seine Adjutanten mußten ihn retten und an Land bringen. Dr. Stewart blieb nichts anderes übrig, als ein Bein zu amputieren. Das Bein – General Diaz hatte darauf bestanden, es zu behalten – wurde, nachdem die Wunde verbunden worden war, in einen kleinen Sarg gelegt, den er neben seinem Bett stehen hatte. Ella sah es, als sie General Diaz im Lazarett besuchte; das Bein war mit einem schwarzen Stiefel und einer blutbefleckten weißen Hose mit goldener Biese bekleidet. Jedoch starb General Diaz wenige Tage darauf.

13
Gran Chaco

Am Tag, als Ella und Padre Fidel Maiz zu dem Dorf Caacupé ritten, färbte sich der Himmel erst purpurrot, dann schwarz, und schließlich begann es zu hageln. Der Wind bog eine Reihe Akazien und Mimosenbäume entlang der Straße beinahe bis zum Boden hinunter. Ella und Padre Fidel Maiz stiegen ab und suchten Zuflucht in einer kleinen Hütte; draußen zuckten beinahe ohne Unterlaß Blitze und tauchten die Landschaft in grelles Licht.

»Gott gibt uns ein Zeichen«, rief Padre Fidel Maiz, der Franco als Hausgeistlicher diente, und versuchte den Lärm des Donners und das Prasseln der Hagelkörner auf dem Hüttendach zu übertönen. Er bekreuzigte sich. Er schwitzte. »Wir hätten nicht herkommen sollen«, setzte er hinzu.

Zu Beginn des Jahrhunderts hatte eine Frau aus dem Dorf das Gelübde abgelegt, all ihren Schmuck der heiligen Jungfrau zu weihen, falls ihre kranke Tochter genesen würde; die Tochter wurde wieder gesund, und die Frau hielt ihr Versprechen. Die Geschichte sprach sich herum, und bald machten sich Mütter kranker Kinder aus ganz Paraguay auf die Pilgerreise nach Caacupé.

»Ist es eigentlich wahr, Padre, daß in Gottes Augen Glasperlen und Edelsteine denselben Wert haben«, schrie Ella zurück. Sie kam nicht auf Pilgerreise nach Caacupé, sondern um den Schmuck durch billigen Tand zu ersetzen. Von einer Statue in der Dorfkirche, bekannt als Jungfrau von Caacupé, erzählte man, sie sei über und über mit Schmuck bedeckt. Der Kopf der Statue war mit Kronen und Tiaren besetzt, ihre Arme waren von den Schultern bis zu den Handgelenken mit goldenen und silbernen Armbändern geschmückt, an jedem Finger trug sie mehrere Ringe. Als man die Frauen von Paraguay zwang, ihren Schmuck an Franco abzuliefern, damit der den Krieg fortsetzen konnte, wollte Ella noch mehr leisten.

»Die Frauen haben der Jungfrau von Caacupé ihren Schmuck zum Zeichen ihres Glaubens geopfert«, erwiderte Padre Fidel Maiz.

»Wie auch immer, in den Augen Gottes zählt doch nur der spirituelle Wert, nicht der materielle«, beharrte Ella.

14. JUNI 1867

Welche Freude, wieder zu Hause in Obispo Cue zu sein, welche Freude, ein Bad nehmen zu können, in einem richtigen, mit sauberen Laken bezogenen Bett zu schlafen und die Kinder wiederzusehen! Enrique ist fast fünf Zentimeter gewachsen, seit ich ihn zuletzt gesehen habe. Er wird langsam ein hübscher kleiner Knabe. Er redet nur noch darüber, daß er es kaum erwarten kann, bis das Veloziped kommt, das sein Vater extra für ihn aus Paris bestellt hat. Carlos Honorio verkündet, er wolle später Zirkusdompteur werden, und ist nicht von einem kleinen Chinchilla zu trennen, den er in seiner Tasche herumschleppt. Leopoldo behauptet, er könne schon lesen und schreiben! Nur Federico wirkt ein wenig melancholisch – der Junge ist zu empfindsam, aber was soll ich dagegen tun? Er hat mich gefragt, ob ich glaube, daß Maria Oliva vom Himmel auf uns herabsieht. Sicher, habe ich ihm geantwortet, und im Arm hält sie Corinna Adelaida. Ich habe mit ihm den Sack Schmuck durchgesehen, den ich aus Caacupé mitgebracht habe – besonders ein Ring mit einer schwarzen Perle, der ganz

genau auf meinen Finger paßte, brachte mich in Versuchung, aber ich kenne meine Pflicht!
Post war keine gekommen, was mich sehr enttäuschte, hatte ich doch gehofft, von Princesse Mathilde zu hören. Als ich meinen Majordomus fragte, gab er nur die übliche Antwort: »*No sé nada*« – es ist hoffnungslos, diese Leute bringt man nicht zum Sprechen, wenn sie Angst haben. Ich habe erfahren, daß Mr. Masterman im Gefängnis war; ich hoffe von Herzen, daß er nicht zuviel hat leiden müssen, der arme Mann. Seit er Franco den vereiterten Zahn gezogen hat, empfinde ich nichts als Dankbarkeit für ihn, obgleich ich sehr wohl weiß, daß er im Ruf steht, etwas seltsam zu sein, ein wenig exzentrisch, aber das braucht mich nicht zu kümmern. Offenbar ist er in der amerikanischen Botschaft untergekommen, zusammen mit einem Amerikaner, dem ein übler Ruf vorauseilt. Den Gerüchten zufolge soll dieser Mr. Manlove ein Spion in brasilianischen Diensten sein, und kein Geringerer als Matias Sanabria hat mir erzählt, er warte nur auf den Augenblick, da Mr. Manlove einmal den sicheren Hafen der Botschaft verlasse, um ihn zu verhaften. Unter den jetzigen Umständen, da stimme ich ihm zu, kann man gar nicht vorsichtig genug sein. Mrs. Washburn, so hat man mir ebenfalls erzählt, hat endlich ihr Kind bekommen, ein Mädchen. Sobald ich Zeit habe, werde ich sie besuchen. Ich darf nicht vergessen, Monsieur Lasserre, der so freundlich war, eine Kiste Château Issan zu bringen, meine Aufwartung zu machen und mich bei ihm zu bedanken. Und Gott segne Rosaria! Sie hat mir einen Laib *chipa* gebacken. Die arme Doña Isidora heult ununterbrochen, seit sie vom Tod ihres Mannes erfahren hat. Ich bringe es nicht über das Herz, ihr die Geschichte mit dem Bein des Generals zu erzählen.

Noch etwas, als ich heute morgen aus dem Fenster schaute, sah ich Doña Inés auf Händen und Knien im Garten Unkraut jäten, und das mitten im Winter. Zuerst dachte ich, es sei einer der Gärtner. Ich werde mit ihr reden müssen. Sie könnte mit Mr. Gould auf der H.M.S. *Dotterel* zumindest bis nach Buenos Ayres zurückfahren.

Mr. Gould, der stark übergewichtige Botschaftsrat der britischen Gesandtschaft in Buenos Ayres, benötigte die Hilfe mehrerer Personen, um die H.M.S. *Dotterel* zu verlassen und sich zu Fuß in Francos Hauptquartier in Humaitá zu begeben. (Einer der Helfer war Fulgencio, er schob Mr. Gould den steilen Pfad hinauf, während ein anderer Mann zog.) Mr. Gould hatte den Auftrag, Berichten nachzugehen, denen zufolge einige seiner Landsleute, deren Verträge seit langem abgelaufen waren, gegen ihren Willen am Verlassen Paraguays gehindert wurden.

»Im Gegenteil«, wies Franco Mr. Goulds Anschuldigungen zurück und bot ihm Konfekt an, »ich hatte immer eine besondere Vorliebe für die Engländer in meinen Diensten und habe ihnen stets große Vergünstigungen gewährt – hier, darf ich Ihnen diese Schokoladentrüffel anbieten, sie sind frisch aus Frankreich eingetroffen. Die allerbesten, finde ich.« Franco log, die Schokolade stammte aus Bolivien. »Zweitens«, fuhr er fort, »wie Sie unter den gegebenen Umständen sicherlich verstehen, kann ich im Moment nicht auf die Dienste dieser Gentlemen verzichten oder sonst einem Ausländer erlauben, das Land zu verlassen – köstlich, nicht wahr? Ich muß zugeben, auch ich habe eine große Schwäche für Schokolade. Bitte, greifen Sie zu, ich kann jederzeit nachbestellen«, sagte Franco und hielt Mr. Gould erneut die Schachtel hin. »Um das Thema abzuschließen, ich kann Ihnen versichern, daß keiner Ihrer britischen Untertanen auch nur den geringsten Grund zur Klage hat. Nach meinem bestem Wissen, und darauf haben Sie mein Wort – ich bitte Sie, Mr. Gould, zieren Sie sich nicht, nehmen Sie sich ruhig noch einen Schokoladentrüffel – fühlen sich sämtliche Engländer hier wohl, und keiner hat je den leisesten Wunsch geäußert, Paraguay zu verlassen.«

Mr. Gould war nicht überzeugt. Vier Tage später, nachdem er sich von einem so schweren Brechdurchfall erholt hatte, daß Dr. Stewart, Francos Leibarzt, gerufen werden mußte – hatte man ihn etwa vergiften wollen, fragte sich Mr. Gould –, war er endlich wieder in der Lage, schwindelfrei aufrecht zu sitzen und an Mr. Mathew Buckley, den bevollmächtigten britischen Gesandten in Argentinien, zu schreiben: »Paraguay hat schon seit vielen Jahren beinahe ausschließlich Engländer in Dienst genommen. Die medizinische Versorgung seiner Armee ist vier englischen Stabsärzten und einem englischen Apotheker anvertraut.«

Mr. Gould mußte das Schreiben einen Augenblick unterbrechen, um erneut die Toilette aufzusuchen. Als er zurückkam, beendete er seinen Brief:

Es verdankt sich hauptsächlich den Anstrengungen dieser Handvoll Engländer, daß das auf seine eigenen begrenzten Mittel zurückgeworfene Paraguay unter der Regierung von Präsident López überhaupt bis jetzt in der Lage war, den verzweifelten Kampf durchzustehen, in den es seit mehr als zwei Jahren verstrickt ist. Daher die verständliche Abneigung Seiner Exzellenz, auf Männer zu verzichten, deren Dienste für ihn von unschätzbarem Wert sind und die er unter den gegenwärtigen Umständen kaum wird ersetzen können.

Am Ende mußte sich Mr. Gould damit zufriedengeben, drei Witwen englischer Mechaniker und deren fünf Kinder mit zurück nach Buenos Ayres zu nehmen.

»*Idiota!*« schrie Benigno seinen Bruder Venancio an. »Bist du blind? Hast du nicht gesehen, was ich ausgespielt habe?«

Venancio und Benigno López – nach langer Zeit hatte Benigno endlich die Erlaubnis erhalten, aus dem Exil auf seiner *estancia* nach Asunción zurückzukehren – spielten fast jeden Nachmittag Whist auf der *quinta* ihrer Mutter, Doña Juana, in Campo Grande. Saturnino Bedoya, ihr Schwager, der Finanzminister, war ebenfalls mit von der Partie; der vierte Spieler wechselte täglich. Montags, mittwochs und freitags war es Gumesmindo Benítez, der Herausgeber des *El Semanario*; am Dienstag und Donnerstag Charles Washburn, der amerikanische Gesandte; am Samstag kam Sanabria, der Polizeichef, und manchmal, wenn einer der Spieler verhindert war, durfte auch Rafaela mit ihrem Mann und ihren Brüdern spielen. Benigno, ein leidenschaftlicher und geldgieriger Spieler – kaum jemand wollte überhaupt mit ihm spielen, es war einfach zu gefährlich –, trieb stets den Einsatz in die Höhe. Venancio, der sich um seine Gesundheit sorgte, hustete in sein Taschentuch, wagte aber nicht, etwas dagegen zu sagen. Sein jüngerer Bruder war jähzornig, und Venancio fühlte sich zu schwach, als daß er es riskiert hätte, ihn zu provozieren.

»Ich, ich ...« Schon ganz rot im Gesicht, konnte Venancio den Husten nicht unterdrücken.

»Rafaela!« rief Saturnino. »Bring Venancio ein Glas Wasser, bevor er uns erstickt.«

»Sag mal, Saturnino, was gibt es Neues«, fragte Benigno.

Saturnino schüttelte den Kopf. »Nichts Gutes. Francos Sieg bei Curupayty hatte keine große Wirkung. Er hat Humaitá vor drei Tagen verlassen, die Alliierten haben die Festung eingeschlossen. Franco hat mit seinen Soldaten den Fluß überquert und sich in den Chaco zurückgezogen.«

»In den Chaco?« Rafaela, die mit einem Glas Wasser zurückkehrte, bekreuzigte sich mit der freien Hand. »Großer Gott! Die *tigres* werden ihn auffressen.«

»Sei still, Rafaela«, sagte Saturnino.

»Franco ist zum Rückzug gezwungen worden. Ich schwöre euch, wenn ich könnte, ich würde sofort das Land verlassen«, sagte Benigno, ohne seine Schwester und seinen Schwager zu beachten. »Am besten wäre es, alles stehen- und liegenzulassen und einfach nur sein Leben in Sicherheit zu bringen.«

»Ach, wenn ich doch bloß gesund wäre«, seufzte Venancio – er hatte endlich aufgehört zu husten. Venancio, Kriegs- und Marineminister, war der dümmste, aber der beliebteste der Brüder; er hätte ein ruhiges und bequemes Leben ohne Verpflichtungen auf einer seiner *estancias* vorgezogen.

»Haben denn Sie etwas Neues erfahren, Don Venancio«, fragte Charles Washburn – es war ein Donnerstagnachmittag –, der Saturnino Bedoya gegenübersaß.

»*No sé nada.*« Venancio räusperte sich. Er hoffte, es würde nicht schon wieder losgehen.

»Das sagst du doch immer.« Benigno schnitt seinem Bruder eine Grimasse.

»Ich habe neulich Monsieur Cuberville getroffen, den neuen französischen Gesandten«, fuhr Charles Washburn fort, ohne Benigno anzusehen, den Blick aufmerksam in sein Blatt gesenkt. »Er hat mir erzählt, er hätte mit Ihnen gesprochen, Don Benigno. Sie hätten darüber spekuliert, wer ihren Bruder, den Präsidenten, ersetzen könnte.«

»Morgen muß ich zum Arzt wegen meines Hustens«, sagte Venancio, ohne sich an jemand Bestimmten zu wenden.

»*Bah!*« rief Benigno. »Cuberville trinkt zuviel Wein. Er ist ein Säufer und Lügner! Glauben Sie, ich bin verrückt geworden? Franco würde mich aufknüpfen, wenn ihm solches Gerede zu Ohren käme.«

»Das ist mit Sicherheit bereits der Fall«, sagte Charles Washburn und übertrumpfte die letzte Karte, die Venancio ausgespielt hatte.

»*Imbécil!*« Benigno erhob sich so brüsk, daß der Kartentisch umstürzte.

Ein Auszug aus der Liste der Frauen, die sich meldeten, um für Paraguay zur Waffe zu greifen:

Juana Tomas Frutos
Brigida Chaves
Carmencita Chaves
Doña Carolina Gill
Isabella Carreras
Dolores Bérges
Maria Incarnación Rodriguez
Juliana Manuela Sanchez
Maria Fernandez
Juana Pura Mendoza

Rosaria war müde. Die Kinder erschienen ihr auf einmal zu groß und zu laut. Sie verlor die Geduld und schrie sie an – wie oft hatte sie Carlos Honorio schon gesagt, er solle sein schmutziges kleines Tier in einen Käfig setzen? Zudem sah sie nicht mehr so gut wie früher, es fiel ihr zunehmend schwerer, die Klöppel durchzufädeln, wenn sie an ihren Spitzen saß. Hin und wieder machte sie immer noch *chipa*. Wenn sie den Maniok mit dem geschmolzenen frischen Käse, dem Fett, dem Salz, dem Anis verknetete, tat das ihren steifen Fingern gut, und es machte ihr Spaß, die Laibe phantasievoll zu flechten. Eines Tages buk sie aus einer Laune heraus eine besonders kunstvolle *chipa* und schenkte sie Doña Inés.

Oberst Enrique von Wisner, Francos Militärberater, konnte nur vortragen, was Franco hören wollte, und Franco wollte nicht hören, daß die alliierten Streitkräfte über 48 000 Mann aufboten – 40 000 Brasilianer, 7000 Argentinier und 1000 Männer aus der Banda Oriental –, während die paraguayische Armee nur 20 000 Mann zählte. Franco wollte nicht hören, daß die meisten dieser 20 000 Soldaten alte Männer oder zwölfjährige Knaben waren, daß die meisten entweder krank oder verwundet waren und der Rest von Erschöpfung und schlechter Ernährung ausgelaugt. Franco wollte nicht hören, daß seine Soldaten halb verhungert und halb nackt waren – sie trugen Fetzen aus gegerbtem Leder und zerlumpte, aus den Fasern wilder Ananaspflanzen genähte Hemden am Leib, und als die Kälte kam, machten sie sich Ponchos aus getrockneten Häuten, die so steif waren, daß sie darunter ihre Arme nicht bewegen konnten. Franco wollte nicht hören, daß Papier knapp war und die Tinte aus einer Paste von Schwarzbohnen hergestellt werden mußte. Franco wollte auch nicht hören, daß es in den Lazaretten kaum noch Medikamente gab und daß Cholera und Pocken um sich griffen. Und nicht zuletzt wollte Franco nicht hören, daß die meisten der paar hundert Pferde, die es noch gab, so schwach und ausgemergelt waren, daß sie kaum ihre Reiter zu tragen vermochten; auch das Vieh war in einem schrecklichen Zustand und verhungerte aus Mangel an Grünfutter.

Ella sah ihren Kindern beim Spielen im Garten zu; ganz in der Nähe kniete Doña Inés in einem Zinnienbeet. Doña Inés trug einen Strohhut, und ein Bein – das versehrte Bein – lugte häßlich unter ihrem braunen Rock hervor. Ella konnte den Schuh mit der dicken Holzsohle sehen.

Carlos Honorio rief: »*Tira le! Tira le!*«

»*Matar los macacos!*« rief Enrique zurück.

»*Aiii! Una bala me hirió en el brazo!*« gellte Leopoldo.

Warum, fragte sich Ella, konnten die Kinder nicht ausnahmsweise einmal etwas Friedliches spielen?

»Doña Inés, wie geht es Ihnen heute?« Ella war zu ihr hinübergegangen. »Die Gartenarbeit scheint Ihnen Freude zu machen.«

Doña Inés rupfte ein Löwenzahnblatt aus. »Als Kind habe ich die für die Kaninchen meines Vaters gepflückt. Bevor mein Vater in der Schlacht von Vicalváro fiel, hat er Kaninchen gezüchtet.« Doña Inés sah auf. »Wie geht es Mathilde?«

»Princesse Mathilde?« Ella konnte ihre Überraschung nicht verbergen. »Ich habe schon seit Monaten keinen Brief mehr von ihr bekommen. Warum fragen Sie?«

»Ich meinte Ihr Pferd.«

»Oh.«

Nach kurzem Schweigen sprach Ella ein anderes Thema an. »Doña Inés, sie wissen ja, daß Krieg ist, und ich mache mir Sorgen um Ihre Sicherheit. Ganz in der Nähe wird gekämpft, und Tag für Tag wird die Lage unsicherer ...« Doch das Geschrei eines ihrer Kinder unterbrach sie.

Nachdem Ella Carlos Honorios blutige Nase versorgt und Enrique ausgeschimpft hatte, wollte sie sich wieder Doña Inés zuwenden, aber Doña Inés war gegangen. Später, als Ella in ihr Schlafzimmer trat, fand sie eine Vase mit leuchtenden Zinnien auf ihrem Toilettentisch.

Héctor Varela, der gutaussehende Journalist aus Buenos Ayres, reiste nun nicht mehr nach Paraguay; in Asunción wurden inzwischen keine Bälle oder Theateraufführungen mehr gegeben, über die er hätte berichten können. Statt dessen mußte er über Schlachten und Aufstände schreiben, die sich näher der Heimat abspielten. Einer dieser Aufstände zwang Bartolomé Mitre, nach Argentinien zurückzukehren (dies erwies sich als gute Entscheidung, Mitre überlebte den Krieg und konnte ein Buch über den Weg seines Landes zur Unabhängigkeit verfassen); ein anderer Aufstand in der Banda Oriental zwang auch Venancio Flores, in die Heimat zurückzukehren, aber ihm war weniger Glück beschieden. Ein Blanco stach ihm ein Messer in die Kehle, und er verblutete in den Straßen von Montevideo, während seine Frau Maria, die ihn begleitet hatte, vergeblich versuchte – eine Arterie war verletzt wurden –, die Blutung zu stillen, indem sie mit bloßen Händen gegen den Hals ihres Mannes drückte.

Seine geliebte Maria!

Ein Gedicht, erschienen im *Lambarè*, einer beliebten Guaraní-Zeitung, geschrieben zum Lob Francos und zur Schmähung seiner Feinde – der Duque de Caxias, Bartolomé Mitre, Venancio Flores (der zu diesem Zeitpunkt bereits tot war) –, wurde so populär, daß es vertont wurde. Pancho lernte die Verse auswendig.

Wo ist Caxias
Mit all seinen Schildkröten?
Wo bleibt er denn
Mit seinen Affensoldaten?

Pancho war inzwischen fast dreizehn, und manchmal, obgleich er das nie zugegeben hätte, fehlte ihm seine Mutter. Er vermißte auch seine Brüder und die gemeinsamen Spiele. An anderen Tagen machte es ihm weniger aus. Er las seine Bücher, beschäftigte sich mit seinen Puzzles, fädelte die Halskette mit den Ohren neu auf.

Was hat Bartolo gemacht,
und dieses diebische Schwein,
das sie Flores nennen,
diese Teufelsbande?

Eine der Frauen, die sich für Paraguay zu den Waffen gemeldet hatten, war jung und hübsch. Ihr Name war Juliana Manuela Sanchez. Juliana Manuela Sanchez hob Schützengräben aus, und Pancho sah gerne zu, wie sich ihre kleinen Brüste in ihrer Bluse bewegten, wenn sie mit der Schaufel in die Erde stach. Er stellte sich vor, wie sich diese Brüste anfühlten, und er war bereit, ihr seine Ohrenkette zu überlassen, wenn sie es ihm erlaubte.

Dem alten Affen Peter
Haben sich beide verkauft;
Und unzählige ihrer Landsleute
Haben sie in den Tod geführt.

Eines Tages, als Juliana Manuela Sanchez wieder beim Schanzen war, faßte Pancho sich ein Herz und sprach sie an. Er fragte Juliana Manuela Sanchez, ob sie ihn gerne singen hören würde. Ohne den Blick zu heben, sagte Juliana Manuela Sanchez ja.

Mit diesen Tapirgeschöpfen
Die der stolze Löwe verfolgt.
Es lebe unser Führer,
Wir werden weiterkämpfen!

Ella wartete im Salon der amerikanischen Gesandtschaft, bis Mrs. Washburn sich angekleidet hatte und nach unten gekommen war; nach ihrer schweren Geburt war Mrs. Washburn häufig müde und verbrachte einen großen Teil des Tages im Bett. Ella mußte außerdem James Manlove, dem Amerikaner, zuhören, der ihr gegenübersaß, die langen, in Stiefel steckenden Beine übereinandergeschlagen, und ihr seine Erlebnisse aus einer Schlacht der Südstaaten erzählte.

»Fort Pillow lag über dem Mississippi, auf der Seite von Tennessee, ungefähr vierzig Meilen nördlich von Memphis, Niggersoldaten haben's verteidigt. Die meisten haben wir gefangengenommen, die anderen getötet. Ein paar von den Niggern haben versucht abzuhauen, sind in den Fluß gerannt – das hätten Sie sehen sollen, Ma'am, sah aus, als würde 'ne Herde Schweine ins Wasser getrieben – wir haben sie entweder abgeknallt« – Manlove legte ein imaginäres Gewehr an seine Wange und markierte einen Schuß – »oder sie sind abgesoffen. Als der Mond rauskam, war der Fluß rot von Niggerblut.«

Ganz entgegen ihrer sonstigen Art wurde Ella unruhig. Sie hatte gehört, James Manlove sei ohne Paß oder sonstige Papiere in Paraguay angekommen, aber mit einem Plan, brasilianische und argentinische Schiffe zu kapern. Womöglich war er wahnsinnig. Sie schüttelte den Kopf. »Mr. Manlove, ich fürchte, ich habe kein Wort verstanden.«

Doch James Manlove fuhr fort, als hätte er seinerseits Ella nicht verstanden: »Wir hatten Befehl, auf alles zu schießen, was nur einen blauen Fetzen am Leib hatte, so lange, bis sie ihre Flagge einholten, und Sie können mir glauben, Missus Lynch, so wahr ich hier sitze, das haben wir getan. Ich hab persönlich dafür gesorgt, daß in meinem Befehlsbereich sämtliche Nigger, die in einer Uniform der Union steckten, ihre Kugel bekamen...«

Die Tür ging auf, und Mrs. Washburn trat in den Salon. Sie hielt ihr Baby im Arm und sah zerbrechlich und blaß aus. Ihr Hund folgte ihr steifbeinig auf den Fersen.

»Es tut mir leid, daß Sie warten mußten. Mein Mann ist ausgeritten, und Mr. Masterman wurde heute morgen zu Monsieur Lasserre gerufen, der ganz plötzlich erkrankt ist...« Mrs. Washburn drückte das Baby so fest, daß es zu schreien anfing. »Mr. Masterman sagt, es sei die Cholera. Ich hoffe, das Baby...« Mrs. Washburn biß sich auf die Lippe. »Kann ich Ihnen etwas anbieten?« Sie war den Tränen nahe.

»Nein, danke. Ich bleibe sowieso nur ein paar Minuten. Ich wollte nur vorbeischauen, um Ihr Baby zu sehen. Wie heißt es denn?«

»Hester.«

Mrs. Washburn hielt Ella das Baby hin, und Ella nahm es instinktiv auf den Arm.

»Ach, ist sie schön!« Ella mußte wieder an Corinna Adelaida denken.

Da begann der Hund zu kläffen.

Franco überquerte den Río Paraguay von seinem Hauptquartier in Humaitá aus. Zwei Payaguá-Indianer paddelten ihn in einem Kanu hinüber; einer saß im Bug, der andere im Heck. Die Payaguás trugen Lippenpflöcke, und von ihren Ohrläppchen baumelten Vogelflügel; der Payaguá im Bug trug einen europäischen Hut – einen Hut aus Segeltuch. Der Sonnenhut machte Franco neugierig, er beugte sich vor und zeigte auf ihn – er wollte den Payaguá-Indianer fragen, woher er ihn habe. Der Payaguá verstand nicht, nahm den Hut ab und reichte ihn Franco. Franco wollte schon den Kopf schütteln, aber er besann sich eines Besseren; er lächelte und dankte dem Payaguá. Das großzügige Geschenk abzulehnen wäre eine Beleidigung gewesen.

Der feuchte und heiße Gran Chaco bestand hauptsächlich aus undurchdringlichem Schilfdickicht, dornigen Akazien und Jacarandabäumen; es gab Sümpfe voller toter Baumstämme und herabgestürzter Äste, auf denen in dichten Trauben rosafarbene Trompetenblumen und übelriechende Orchideen wuchsen. Hier waren Tiger, Tapire, Wildschweine und Giftschlangen zu Hause; die nahezu unpassierbaren Lagunen waren voller Krokodile, Zitteraale und Piranhas. Bei Sonnenuntergang stürzten sich Wolken von Moskitos, *vinchucas* und Mücken, erbarmungslos beißend und stechend, auf jedes Stück freiliegende Haut – bei einem Soldaten grub sich ein Sandfloh in den Augapfel, und Dr. Stewart hatte einige Mühe, ihn herauszuschneiden. Die Nacht war von ungewohnten und unheimlichen Geräuschen erfüllt; dem Gequake des Baumfroschs, dem Ruf des Kiebitz, dem Schrei des Truthahngeiers – Laute, bei denen die Soldaten aus dem Schlaf fuhren oder sich ihre Träume in Alpträume verwandelten. Alpträume, in denen die *mboya jagwa*, eine zehn Meter lange Schlange mit dem Kopf eines Hundes, ihre Frauen und Töchter vergewaltigte und der *ow ow*, ein weißer Widder mit Tigerklauen und Tigerzähnen, ihre Kinder zerfleischte.

Beim weiteren Vordringen in den Chaco ritt Franco das große, trittsichere Maultier Linda. Die meisten Soldaten mußten zu Fuß gehen und versanken dabei nicht selten bis zu den Knien im Schlamm. Die Lagunen überquerten sie auf Brücken, die sie aus Buschwerk herstellten. Als eine solche Brücke unter Pancho nachgab, stürzte er mitsamt seinem Pferd ins Wasser. Franco, der die Szene beobachtete, lachte so heftig, daß er beinahe an seiner Zigarre erstickte. Durchnäßt und gedemütigt, mußte Pancho fest an etwas anderes denken, um nicht zu weinen.

Wo ist Caxias
Mit all seinen Schildkröten?
Wo bleibt er denn
Mit seinen Affensoldaten?

Später, zu spät, dachte er daran, wie überraschend weich sich die Brüste von Juliana Manuela Sanchez angefühlt hatten und wie gut sie in seine Hände gepaßt hatten.

Das Abendessen nahm Franco stets mit Oberstleutnant Thompson, Oberst von Wisner und General Francisco Fernandez ein – er und nicht Venancio López war der wahre Oberbefehlshaber der Armee. Sie aßen Schnepfen und Rallen, die Oberstleutnant Thompson in den Sümpfen aufgescheucht und geschossen hatte. Die über offenem Feuer zubereiteten Vögel waren saftig und schmeckten vorzüglich. Franco aß stets mehrere, er zermalmte sogar die Schnäbel und die kleinen Knochen, leckte sich die Finger, wenn er fertig war, und spülte die Mahlzeit mit Brandy hinunter. Während Franco aß, spielte in geziemender Entfernung seine Kapelle. Die meisten Instrumente waren verlorengegangen oder beschädigt, so daß die Musiker, die nicht getötet worden waren, improvisieren mußten. Justo

José war bei Curupayty in die Schulter geschossen worden, und obwohl er immer noch einige Schwierigkeiten hatte, seinen Arm zu heben, war es ihm wie durch ein Wunder gelungen, seine hölzerne Harfe zu retten, deren Darmsaiten zum größten Teil unversehrt waren: *Ta dum ta dum ta dum dum dum, ta dum ta dum ta dum dum dum.*

Schien der Mond, ritt Franco bis ein oder zwei Uhr umher. Wenn er schließlich seine Hängematte aufspannte und sich in seinen Poncho wickelte, schlief er tief und fest. Nie träumte er von der Hundeschlange *mboya jagwa* oder dem Tigerwidder *ow ow.* Franco hatte friedliche Träume – in einem erklärte er Napoléon, der einen Sonnenhut aus Segeltuch trug, wie man *mate* trinkt, in einem anderen war er auf einem Ball in Buenos Ayres, wo er, *uno, dos, tres,* mit Doña Dolores, Ellas Kammerfrau, einen Walzer hinlegte, seine Arme fest um ihre weiche, dralle Hüfte geschlungen. »Ich habe noch nie so gut geschlafen«, erklärte Franco am Morgen stolz Manuel, seinem Diener. Nachdem er einen Becher *mate* getrunken und auf den Knien sein Gebet verrichtet hatte – seit dem Tod des kleinen Miguel Marcial war Franco frommer geworden –, stieg er wieder auf Linda und setzte seinen Weg fort.

Einmal, am Nachmittag, es war so schwül, daß man kaum atmen konnte, flog eine Schar Sittiche direkt über ihre Köpfe hinweg – es waren Tausende, für ein paar Sekunden verdunkelten sie die Sonne –, und Pancho, der neben seinem Vater ritt, hob sein Gewehr, um auf sie zu schießen. Blitzschnell schlug Franco ihm das Gewehr aus der Hand, der Schuß ging zu Boden, ohne Schaden anzurichten.

»Es bringt Unglück, auf Papageien zu schießen«, erklärte Franco, der auch abergläubisch war, seinem Sohn.

Franco stöhnte bei all der Mühsal nicht ein einziges

Mal; auch verlor er nie seine Zuversicht. Gerade und hoch aufgerichtet saß er im Sattel; er redete und scherzte mit seinen Generälen nicht anders als mit seinen Soldaten. Für Franco war dieser Marsch kein Rückzug. Er war ein taktisches Manöver, das Paraguay den Sieg bringen würde.

Vencer o morir!

14
San Fernando

Als vierundfünfzig gepanzerte brasilianische Dampfer den Río Paraguay hinaufkamen und sich Asunción näherten, gerieten die Menschen in Panik und flohen. In den Straßen der Stadt drängten sich Frauen und Kinder, Alte und Krüppel, die Kleiderbündel schleppten und ihr Hab und Gut auf Karren hinter sich herzogen. Alonzo Taylor besaß glücklicherweise eine eigene Kutsche. Nachdem er seinen Hausrat auf dem Dach festgezurrt hatte, verließ er mit seiner Frau und den zwei Töchtern Asunción und fuhr die knapp zwanzig Kilometer bis in die provisorische Hauptstadt Luque, wo sie, da sie kein Quartier finden konnten – Luque war nur ein kleines Dorf mit Häusern aus Lehmziegeln –, in der Kutsche schlafen mußten.

Alonzos Töchter Mary und Elizabeth spielten fast den ganzen Vormittag über in einem schnellfließenden Flüßchen in den Wäldern hinter dem Dorf. Die beiden Mädchen, blond, hübsch und um die zehn Jahre alt, hatten soviel Spaß daran, herumzuplanschen und einander unterzutauchen – obwohl beide nicht schwimmen konnten –, daß sie die Strapazen der Kutschfahrt und ihr Zuhause in Asunción, das sie hatten verlassen müssen, eine Zeitlang vergaßen. Außerdem fühlten sie sich sicher. Ihre Mutter, Mrs. Taylor, saß unweit am Flußufer in der Wiese und sah ihnen zu. Gelegentlich setzte sich auch Alonzo daneben und schaute herüber, und dann neckte er seine hübschen Töchter und sagte, sie sähen wie Fische aus.

»Ich bin ein Piranha«, gab Elizabeth, die kühnere von beiden, zurück und tat, als wollte sie ihren Vater beißen.

Eines Tages begann es zu regnen – es war Regenzeit, oft waren es an einem einzigen Tag 150 oder 170 Millimeter Niederschlag –, und Mary stieg aus dem Wasser und zog sich an, während Elizabeth noch eine Weile bleiben wollte.

»Ich spüre gern den Regen auf dem Kopf«, sagte Elizabeth zu Mary, »und überhaupt bin ich ja sowieso schon naß und möchte mir noch die Haare waschen.«

Als Alonzo sah, daß nur seine Frau und Mary zur Kutsche zurückkamen, brüllte er sofort: »Ihr Dummköpfe! Ihr hättet sie nicht zurücklassen dürfen!«

Mit klopfendem Herzen und laut den Namen seiner Tochter rufend – Elizabeth war sein Liebling –, rannte Alonzo zurück in den Wald. Er fand Elizabeth am Flußufer, sie war bewußtlos. Ihr blondes Haar war voller Seifenschaum, und zwischen ihren Beinen rann Blut hervor. Außer sich suchte Alonzo überall nach Fußspuren oder Anzeichen eines Kampfes, doch er fand nichts. Später, als Elizabeth das Bewußtsein wiedererlangt hatte, war sie verwirrt und hysterisch. Sie erzählte, sie habe im Wasser einen Hund gesehen und eine Schlange auch.

»Denken Sie an meine Worte, wenn die Brasilianer erst einmal Asunción eingenommen haben, sind wir in Sicherheit«, sagte Charles Washburn zu Frederick Masterman. Die beiden Männer waren auf das Dach der amerikanischen Gesandtschaft geklettert, um zu beobachten, wie die brasilianischen Panzerschiffe den Fluß hinaufdampften und sich der Stadt näherten. Von hier oben sah Asunción aus, als sei es seit hundert Jahren verlassen. Die leeren Straßen reflektierten das Sonnenlicht, und außer dem gelegentlichen Bellen eines streunenden Hundes war kein Laut zu hören.

»Franco ist jetzt abgeschnitten. Er hat keine Vorräte mehr; er und seine Soldaten werden verhungern«, sagte Frederick Masterman.

»Er wird keine andere Wahl haben, als zu kapitulieren«, gab Charles Washburn zurück. Charles Washburn mochte Frederick Masterman nicht sonderlich, aber er war ihm dankbar. Außerdem zog er Mastermans Gesellschaft derjenigen von James Manlove vor. James Manlove, der ihm Ärger ohne Ende gemacht hatte, war eines Tages festgenommen und erschossen worden.

»Sehen Sie«, sagte Frederick Masterman. Er zeigte auf die einzige Verteidigungsstellung, die Asunción aufzuweisen hatte, eine kleine Festung auf einem Hügel gegenüber der Stadt. Ein paar kleine Feldhaubitzen und eine aus Kirchenglocken gegossene Hundertfünfzigpfünder standen noch dort – die Kanone hatte man zur Festungsanlage hinaufgeschleppt. Die wenigen paraguayischen Soldaten waren nicht in der Lage, sie zu bedienen, und die kleinen Feldhaubitzen schossen zu kurz. »Die Mündung zeigt schon richtig nach unten, aber die ganze Kanone steht zu hoch«, bemerkte Frederick Masterman.

Die beiden Männer beobachteten, wie die Brasilianer zurückschossen. Es sah aus, als feuerten sie vollkommen willkürlich. Ein Schuß traf den Balkon von Francos Palast, ein anderer landete auf dem leeren Marktplatz und tötete einen streunenden Hund. Nach einer Stunde, in der sporadisch geschossen wurde, trauten die beiden Männer ihren Augen kaum, als die brasilianischen Panzerschiffe wendeten und flußabwärts davonfuhren.

»Feiglinge! Kommt zurück!« brüllte Charles Washburn und schüttelte die Fäuste.

»Die Brasilianer werden zweifellos behaupten, sie hätten glorreich gesiegt, aber was geschieht jetzt mit uns«, fragte Frederick Masterman.

»Gute Frage«, entgegnete Charles Washburn.

8. JANUAR 1868

Ma chère Princesse,
ich kann die Enttäuschung kaum in Worte fassen, die ich empfand, als ich aus Humaitá zurückkehrte und keinen Brief von Ihnen vorfand. Nachricht von Ihnen zu bekommen ist wie ein Sonnenstrahl für mich, denn momentan herrscht hier Regenzeit, und alles in diesem Lande ist naß, naß, naß – selbst die Kleider in meinem Schrank sind feucht und beginnen zu modern. Doch es hat keinen Sinn, darüber zu klagen, denn es gibt Wichtigeres zu bedenken. Franco hat in den letzten Monaten mehrmals sein Hauptquartier verlegen müssen, und ich bin mit ihm gegangen – was mir nicht leichtfiel, da ich die Kinder (alle außer Pancho, der nicht von seines Vaters Seite weichen will) mit dem Kindermädchen in Asunción zurücklassen mußte. Sie wären sicher überrascht, wenn Sie mich bei diesen Gelegenheiten sehen könnten! Vielleicht würden Sie mich gar nicht erkennen! Ich trage tagaus, tagein den gleichen Reitumhang aus grauer Wolle und die gleichen schlammverkrusteten Stiefel, und mein Haar ist zu einem Zopf geflochten und aufgesteckt. Manchmal vergehen Wochen, ehe ich mal wieder ein Kleid anziehe oder ein richtiges Bad nehme! Und was meine Hände betrifft – ich kann Ihnen gar nicht sagen, wie rauh und schwielig sie geworden sind, seit ich soviel reite und mich den ganzen Tag im Freien aufhalte. Ich hoffe, ich beunruhige Sie jetzt nicht, aber das Leben an der Front ist …

Ella hielt inne. Sie las den Brief noch einmal durch und zerriß ihn dann. Es fiel ihr schwer, sich zu konzentrieren, doch trotzdem begann sie von neuem:

Ma chère Princesse,
ach, wie hatte ich gehofft, bei meiner Rückkehr in die Hauptstadt eine Nachricht von Ihnen vorzufinden ... besonders neugierig war ich darauf, wie es mit Ihrem Portrait von Monsieur Mérimée vorangeht. Ich beneide Sie um Ihr Talent und kann mir gut vorstellen, wieviel Ruhe und Befriedigung Ihnen solche künstlerische Betätigung schenkt, finde ich doch selbst auch größten Trost im Klavierspiel – kaum berühren meine Finger die Tasten, vergesse ich die Sorgen und Pflichten des Alltags. Übrigens erfüllt mich der Gedanke, daß Sie, liebe Freundin, zweifellos (trotz der häufigen Abwesenheit von Monsieur le Comte, die sie in Ihrem letzten Brief erwähnten) gut aufgehoben sind im Kreise Ihrer Freunde und Verwandten, einschließlich Ihres Neffen, der, wie ich wohl weiß, für Sie stets fast wie ein Sohn gewesen ist, mit großer Freude. Was meine eigenen Söhne betrifft, so machen auch sie mich glücklich und ...

Wieder zerriß Ella den Brief.

Eines Tages in der Abenddämmerung setzte Franco wieder einmal über den Río Paraguay, und diesmal wäre sein Kanu beinahe gekentert, als es gegen die ausgebleichte Leiche eines den Fluß hinuntertreibenden Krokodils prallte. (Einen Augenblick lang hielt Franco es für einen Frauenleichnam, den hellen Bauch, die weißen Brüste.) Er errichtete sein neues Hauptquartier sechs Kilometer weiter landeinwärts am Ufer des Río Tebicuary in der Ortschaft San Fernando. Hoch oben auf einem Hügel und daher trocken gelegen, war San Fernando überwuchert von einem kräftigen, blühenden Fuchsschwanzgras namens *aguaráruguai*, das im Wind wogte, so daß es von Ferne aussah wie das Meer. Außer ein paar wenigen Palmen gab es keine Bäume. Das Umland von San Fernando war sumpfig, flach und unbewohnbar; eine Hauptstraße, die die meiste Zeit des Jahres unter Wasser stand, führte durch die Sümpfe bis nach Asunción.

Oberstleutnant Thompson überwachte den Bau von Werkstätten und Drehbänken, an denen die Waffen repariert werden sollten; die in seinen Diensten stehenden Ingenieure mußten improvisieren und die zum Ziehen von Gewehrläufen benötigten Maschinen erst selbst entwerfen und dann herstellen. Zu seinen Aufgaben zählte des weiteren der Aufbau einer Fabrik zur Schießpulverproduktion – Pyrit gab es in Paraguay in Hülle und Fülle. Er setzte einige der Frauen, die sich freiwillig zum Waffendienst für Paraguay gemeldet hatten, dazu ein, aus Urin, Dung und verwesten Kadavern Salpeter zu gewinnen. Die Frauen mochten Oberstleutnant Thompson nicht – er war humorlos und streng, und er untersagte ihnen, bei der Arbeit zu singen oder zu lachen. Wann immer er kam, um ihre Fortschritte zu überprüfen, schnitt Carmencita Chaves, eine der in der Salpeterproduktion tätigen Frauen, hinter seinem Rücken Grimassen und streckte ihm die Zunge heraus. Einmal drehte er sich unversehens um und erwischte sie mit herausgestreckter Zunge, und ohne ein Wort zog er sie so brutal an den Haaren, daß er ihr ein ganzes Büschel ausriß. Beim nächsten Mal, so erklärte Oberstleutnant Thompson Carmencita Chaves, werde er ihr die Zunge herausschneiden. Die übrigen Frauen, Isabella Carreras, Dolores Berges, Maria Incarnación Rodriguez, Panchos Liebling Juliana Manuela Sanchez, Maria Fernandez und

Juana Pura Mendoza mußten Zündhütchen aus Kupfer stanzen.

Ehe sie Obispo Cue verließen, erklärte Ella ihren Kindern, jedes von ihnen dürfe nur ein einziges Spielzeug mitnehmen. Enrique, der schon fast zehn war, wollte sein Veloziped von Michaux mitnehmen – obgleich er mit den Füßen noch nicht ganz die Pedale erreichte, saß Enrique gern darauf und tat so, als würde er fahren –, doch da das Veloziped aus Eisen bestand und fast fünfundzwanzig Kilo wog, gestattete Ella es ihm nicht. Statt dessen nahm er drei Sätze britischer Zinnsoldaten mit (die, die er am liebsten mochte: die Lanzenreiter, die Gardekavallerie und die leichten Dragoner); der achtjährige Federico entschied sich für ein Brettspiel namens ›Wanderer in der Wildnis‹, das seine Mutter ihm geschenkt hatte; Carlos Honorio nahm seine Arche mit, ein geschnitztes Schiff mit einem Stall, dessen Dach als Deckel diente und in dem sich ursprünglich 150 Tierpaare sowie Noah und seine Frau, ihre drei Söhne Sem, Ham und Japhet und deren Frauen befunden hatten. Inzwischen fehlten Noahs Frau, Sem, Ham und die Frauen der drei Söhne sowie zahlreiche Tiere (die Schuld daran gab Carlos Honorio Leopoldo). Leopoldo, der Fünfjährige, konnte sich nicht zwischen einem Spielzeugpferd mit echter Mähne und Lederzügeln und einem Brummkreisel entscheiden, so daß Ella ihn am Ende beides mitnehmen ließ.

Ella und ihre Familie verließen Asunción an Bord der *Salto*. Unbeleuchtet und im Schutze der Nacht, brachte sie das Schiff, vorbei an den brasilianischen Panzerschiffen, sicher den Fluß hinunter bis nach Villa Franca. Dort erinnerte nicht mehr viel an das einst hübsche Dorf aus strohgedeckten Häusern, das auf einer großen, zum Fluß hin abfallenden Wiese gestanden hatte. Ella sah nichts außer ausgebrannten, von Granaten zerschossenen Fassaden, verwüsteten Gärten und entwurzelten Bäumen. Der Wiesenhang zum Fluß hin war übersät mit verkohltem Holz, zerbrochenen Karren, Rädern und Knochen, auf einem Pfahl steckte ein Pferdeschädel. Außer den hölzernen Telegraphenmasten stand nichts mehr aufrecht.

Von hier aus ging es auf dem Landweg weiter. Die Kutsche, die Ella und die Kinder holpernd und schlingernd nach San Fernando brachte, war so überladen, daß sie mehrmals im Schlamm steckenblieb und alle aussteigen mußten. Außerdem waren sie gezwungen, häufig anzuhalten und zu warten, bis die andere, langsamere Kutsche mit Doña Inés, der Dienerschaft und dem übrigen Gepäck sie eingeholt hatte. Die holpernde, schlingernde Bewegung ließ Leopoldo einschlafen, und Carlos Honorio wurde übel, so daß die Kutsche noch öfter anhalten mußte, damit er sich in die Büsche neben der Straße erbrechen konnte. Federico hatte ›Wanderer in der Wildnis‹ auf seinen Knien ausgebreitet und versuchte, mit dem ihm gegenübersitzenden Enrique zu spielen. Jedesmal, wenn sie über ein Schlagloch oder eine Wagenspur fuhren, fiel eine der hölzernen Spielfiguren auf den Kutschenboden, und jedesmal, wenn Enrique sie wieder aufhob, warf Federico ihm vor, er würde sie nicht an den richtigen Platz auf dem Spielfeld zurückstellen und schummeln.

»Blödmann! Sie stand genau hier.« Enrique deutete auf Feld 22. »Genau da, wo die Boa den Jaguar verschlingt.«

»Nenn mich nicht Blödmann. Du warst hier drüben, wo der Kaiman den Neger frißt«, beharrte Federico.

»Ruhe, Kinder«, sagte Ella. »Hört auf zu streiten, sonst bekomme ich Kopfschmerzen.«

»Hier!« zischte Federico.

»Nein, hier!« zischte Enrique zurück, während er mit einer raschen Handbewegung das Spielbrett umkippte, so daß die hölzernen Spielfiguren zu Boden fielen.

Leopoldo, der auf Rosarias Schoß geschlafen hatte, wachte auf und begann zu weinen.

Auszüge aus Charles Washburns Tagebuch:

Dienstag, 25. Februar: Alles ruhig während des Tages; ich habe Basilio losgeschickt, damit er Fleisch und Gemüse kauft. Gegen Abend bin ich durch die Straßen geritten, habe aber kaum jemanden getroffen, die Stadt wirkte wie ausgestorben. Hester ist jetzt seit einer Woche krank.

Mittwoch, 26. Februar: Wieder keinerlei Nachrichten, und wir haben keine Ahnung, was seit vorgestern geschehen ist. Das Kind ist immer noch krank.

Donnerstag, 27. Februar: Der Kleinen geht es immer noch sehr schlecht, und ihre Mutter hat die ganze Nacht nicht geschlafen. Es heißt, Madam Lynch und ihre Kinder seien gestern um Mitternacht an Bord der *Salto* gegangen ...

Montag, 2. März: Basilio ist losgegangen, um einen Paß zu besorgen, aber nachdem er zwei Stunden gewartet hatte, ohne einen zu bekommen, kam er zurück. Die Gesichter der Leute lassen darauf schließen, daß es unten ziemlich schlecht steht.

Dienstag, 3. März: Um 7 Uhr morgens bin ich zum Ministerium gegangen, um mich darüber zu beschweren, wie man Basilio behandelt hat ... Keine Neuigkeiten von unten. Nur Schweigen. Die Panzerschiffe befinden sich ein wenig oberhalb von Humaitá, unternehmen aber nichts, um Paraguayer davon abzuhalten, den Fluß zu überqueren. Was sind die Brasilianer bloß für Dummköpfe!

Mittwoch, 4. März: Das Wetter ist immer noch drükkend, und nichts durchbricht die Monotonie. Die Tage werden mir sehr lang, aber Gott sei Dank sind wir jetzt wenigstens alle gesund.

Benigno López, Francos Bruder, hatte eine Vorahnung. In der Nacht vor seiner Verhaftung träumte er, er werde durch einen langen, dunklen Korridor gejagt. Er erhaschte zwar keinen Blick auf seinen Verfolger, doch wer es auch sein mochte, er wollte ihm Leid zufügen, das wußte er sicher, und während er so dahinrannte, wurde der Korridor immer enger, so daß Benigno zunehmend Mühe hatte, sich hindurchzuzwängen, und unmittelbar bevor er erwachte, blieb er in dem Korridor stecken, und sein Verfolger, wer immer es auch sein mochte – Benigno spürte seinen heißen Atem im Nacken –, holte ihn ein.

Der Finanzminister Saturnino Bedoya hatte keine solchen Vorahnungen. Er aß gerade in seiner *quinta* vor den Toren der Stadt mit seiner Frau Rafaela und seiner Schwägerin Inocencia zu Abend und bemühte sich während der Mahlzeit wie gewohnt, die beiden Frauen und ihr wie immer sinnloses Geplapper zu ignorieren, als unangekündigt der Polizeichef ins Eßzimmer trat.

»Haben Sie schon gegessen«, fragte Saturnino als erstes. Er hatte sich erst vor wenigen Tagen mit Matias Sanabria zum Whist getroffen. Erfreut über den unerwarteten Besuch, lud Saturnino Matias Sanabria sofort mit einer Geste ein, neben ihm am Tisch Platz zu nehmen. »Der Braten ist heute abend gar nicht schlecht, nicht so trocken wie...«, begann Saturnino, als er plötzlich im Rücken von Matias Sanabria mehrere Polizisten sah. Mit gezogenen Säbeln.

An Händen und Füßen gefesselt, wurden Benigno López und Saturnino Bedoya auf einem offenen Karren nach San Fernando gebracht. Während der dreitägigen Reise regnete es ununterbrochen, die beiden Männer waren bis auf die Knochen durchnäßt. Benigno fiel sein viel zu langes Haar in die Augen, und er konnte es nicht zurückstreichen, doch schlimmer noch, als der Wagen einmal besonders stark schlingerte, verlor er das Gleichgewicht und fiel auf den Bauch, wo er für den Rest des Tages liegenblieb, unfähig, sich zu bewegen, den Kopf im zwei Fingerbreit hohen Wasser. Saturnino neben ihm hatte sein plötzliches dringendes Bedürfnis – an dem zweifellos das nicht durchgebratene Fleisch schuld war – nicht rechtzeitig anmelden können und hatte sich in seine Hosen entleert, und obgleich der Regen den Kot bereits zum Teil weggewaschen hatte, konnte er es immer noch riechen. Jeden Abend, wenn ihnen zum Essen die Fesseln abgenommen wurden, waren Benignos und Saturninos Arme und Handgelenke so geschwollen und steif, daß sie kaum die Löffel zum Mund führen konnten. Den beiden Männern war es verboten zu sprechen, doch da sie sich gegenseitig für ihre mißliche Lage verantwortlich machten, formten sie mit den Lippen lautlos die Beleidigungen, die sie sich gern an den Kopf geworfen hätten: *Puerco! Perro!* Einmal, als der Karren wieder heftig schlingerte, wurde Saturnino gegen Benigno geworfen, und die Wache sah gerade nicht hin. Da beugte sich Saturnino vor und biß Benigno ein Ohrläppchen ab.

»*Perro!*« brüllte Benigno Saturnino an.

»*Puerco!*« brüllte der Wachmann und drosch auf Benigno ein.

Hinter dem Karren mit Benigno und Saturnino folgten noch zwei weitere; die Pferde, die sie zogen, mußten sich ziemlich plagen. Die Karren waren angefüllt mit Saturninos und Benignos sogenanntem privaten Gold und Silber.

Anstatt nach Luque zu fahren, war Dr. Eberhardt in Asunción geblieben. Er war alt und hatte genügend getrocknetes Rindfleisch, Zucker, *chipa* und *yerba* im Haus, um ein paar Tage zu überstehen. Seine größte Sorge jedoch war nicht seine eigene Nahrung, sondern die für die Papageien. Inzwischen waren bereits mehrere an Unterernährung gestorben: eine hübsche Prachtamazone; zwei geschwätzige Rotkappenpapageien, zwei Goldnackenaras und vier Grünflügelaras – bei zweien von ihnen hatte Dr. Eberhardt das Schlüpfen im Vogelhaus miterlebt – und außerdem mindestens ein Dutzend Kanarienvögel; jeden Tag ging Dr. Eberhardt mit der Befürchtung zu Inocencias Haus hinüber, noch mehr Vögel tot vorzufinden. Das Haus war fest verschlossen – vor ihrer Abreise hatte Inocencia Dr. Eberhardt noch den Schlüssel gegeben – und vollkommen verlassen, doch kaum sperrte Dr. Eberhardt die schwere Eingangstür auf (das Vogelhaus befand sich im Innenhof im hinteren Teil des Hauses) und die Papageien hörten ihn, begannen sie zu schreien und zu kreischen. Trotz all seiner Sorgen mußte Dr. Eberhardt dann lächeln.

Tee? Etwas Tee, Profesor?

An dem Tag, als die brasilianischen Panzerschiffe den Río Paraguay heraufgekommen waren und Asunción beschossen hatten, hatte Dr. Eberhardt in seiner Aufregung vergessen, die Tür des Vogelhauses zu schließen. Als er am nächsten Tag wiedergekommen war, hatten in der Eingangshalle – glücklicherweise waren alle Fenster des Hauses geschlossen und mit Fensterläden versehen – mehrere Papageien auf der Marmorstatue der Frau mit dem Schlangenbiß gesessen. Ein hellroter Ara hockte auf ihrem Knie, eine Gelbnackenamazone auf ihrer Brust, eine Blaustirnamazone auf ihrem zurückgebogenen Kopf. Mehrere blaugelbe Aras hingen in den Seidenvorhängen (Vorhängen, die einst dem Baron de Villa Maria gehört hatten und die Inocencia nicht hatte zu Kleidern verarbeiten lassen) und hatten den Stoff mit ihren scharfen Krallen zerrissen; ein hellroter Ara und ein dunkelroter Ara saßen auf je einer der holzgeschnitzten Ananas, die den Kopfteil von Inocencias breitem Bett zierten, und die Papageien fügten planlos weitere Schnitzereien hinzu. Außerdem hatten sie auf die bestickten, monogrammverzierten Leinenlaken und Kissenhüllen geschissen; einige Kanarienvögel spielten und planschten in dem Wasser, das noch in den Waschschüsseln aus Porzellan und der Waschkommode stand; Dr. Eberhardts Liebling, der Hyazinthara, war in die Speisekammer geraten, und auf seinen blauen Federn – soweit er noch welche hatte – lag weißer Mehlstaub; aus dem Eßzimmer hörte Dr. Eberhardt Gelächter – es klang nach einem ausgelassenen Fest –, doch was er vorfand, war ein einziger Papagei, der freche, kleine grüne, der so gern auf seinem Kopf Platz nahm und der nun kopfüber von einem prunkvollen venezianischen Kronleuchter hing, mit den zarten Glastränen klimperte und schallendes Gelächter von sich gab, wenn wieder ein Tropfen abriß und auf dem Boden zersprang.

Dr. Eberhardt suchte alles Papageienfutter zusammen, das er noch auftreiben konnte – eine Handvoll Palmnüsse, eine Tasse Sonnenblumenkerne, ein paar Erdnüsse und

Pinienkerne, einen Rest Chilis, eine Tasse gekochten Mais, einen Zweig mit getrockneten Beeren – und verteilte sie sorgfältig auf die Metalltellerchen im Vogelhaus; auch die Wasserschalen füllte er auf. Dann trat er wieder in Inocencias großes Haus, ging durch sämtliche Zimmer und öffnete alle Fenster und Fensterläden weit. Erst als er sicher war, daß kein Fenster oder Fensterladen mehr geschlossen war, ging Dr. Eberhardt zurück ins Vogelhaus und setzte sich wie immer an den Tisch. Er stützte den Kopf in die Hände und weinte.

Endlich kam ein Päckchen aus Frankreich. Das Packpapier war zerrissen, die Schnur aufgelöst. Als Ella es öffnete, konnte sie ihre Enttäuschung kaum verbergen. Anstelle von zwei Büchern fand sie nur *Salammbô.*

> *Ils frappaient au hasard autour d'eux, ils brisaient, ils tuaient; quelques-uns lancèrent des flambeaux dans les feuillages; d'autres, s'accoudant sur la balustrade des lions, les massacrèrent à coups de flèches; les plus hardis coururent aux éléphants, ils voulaient leur abattre la trompe et manger de l'ivoire.*

Nach ein paar Seiten klappte Ella das Buch zu. Sie hatte genug vom Krieg.

Als sie Lázaro Alcántara das nächste Mal traf, gab sie ihm das Buch.

Hocherfreut über das Geschenk, fragte er: »Liegt Karthago in Frankreich?«

»Ja«, antwortete Ella.

»*Madame!*« Lázaro kam zurückgelaufen, er schwenkte etwas in der Hand.

»Was hast du da?«

Paris
25. April 1868

Ma chère amie,
Ach, ich wünschte, sie wären neulich abends im Odéon mit dabeigewesen! Le Passant, *François Coppées neuer poetischer Einakter, hätte Ihnen sicher gefallen. Und die Darsteller erst recht! Madame Agar spielte die Sylvie hinreißend (man kritisiert, sie sei zu alt, aber kann man ihr das zum Vorwurf machen? Nach meinem Urteil war sie hervorragend). Allerdings muß ich gestehen, daß insbesondere eine neue, junge Schauspielerin namens Sarah Bernhardt meine Aufmerksamkeit fesselte. Schlank und geschmeidig wie ein junger Mann spielte sie den Liebhaber Zanetto absolut perfekt, man konnte kaum glauben daß …*

Ella begann zu lachen. Sie lachte so sehr, daß sie aufhören mußte zu lesen, weil ihr Tränen über die Wangen liefen.

Lázaro, der neben ihr stand, wurde unruhig. »Schlechte Nachrichten?« fragte er.

»Verräter! Mein eigener Bruder!«

Franco war außer sich vor Wut, wie erstarrt, sprachlos. Er hätte nicht einmal mehr die Uhrzeit oder das Datum nennen können. Die Menschen um sich herum, selbst wenn sie ihn ansprachen, nahm er gar nicht mehr wahr; ob Vögel zwitscherten oder Kirchenglocken läuteten, er hörte es nicht. Wie eine schwarze Wolke aus einem Schornstein, so stieg ihm die Wut zu Kopf, setzte sich in seinem Nacken fest und verhärtete die Muskeln, senkte sich schließlich in seine Brust, brachte seinen Herzschlag zum Rasen und Pochen, zwang seinen Atem aus den zum Platzen gefüllten Lungen, ließ seine Arme und Beine zittern und schmerzen und seine Hand beben, als er sie zur Faust ballte, um Benigno, so heftig er konnte, einen Schlag zu versetzen.

Franco brach Benigno das Nasenbein. Er hörte das Splittern des Knochens und sah, wie das dunkle Blut aus Benignos Nasenlöchern floß; bei diesem Anblick empfand er etwas Erleichterung. Einst, vor langer Zeit, hatte er beim Heimreiten auf einen Hund im Straßengraben eingepeitscht und dabei ähnliches empfunden.

»Sprich, Verräter!« brüllte Franco und schlug nochmals zu.

Er wirbelte herum und wandte sich an seinen Schwager Saturnino; wie Benignos waren auch Saturninos Arme und Beine an die Rückenlehne des Stuhles gefesselt, auf dem er saß. Der Zorn trübte Francos Blick so sehr, daß er die beiden Männer kaum unterscheiden konnte; er sah nur Verräter vor sich, gesichtslose Gestalten.

»Bastard! Du Stück *merde!*« schrie Franco, und seine Spucke traf Saturnino ins Gesicht. Saturnino schloß die Augen und versuchte, nicht zusammenzuzucken.

»Hier! Ich habe Beweise! Ein Geständnis, unterschrieben von Frederick Masterman, dem Engländer!« brüllte Franco weiter und wedelte dabei mit einem Blatt – das Papier war leer, Franco bluffte nur. »Für so blöd haltet ihr mich? Für dermaßen ignorant?« Er geriet immer mehr in Rage. »Glaubt ihr etwa, ich hätte nicht meine Spitzel?« Der nächste Schlag galt Saturnino. Franco schlug so hart zu, daß der immer noch an seinen Stuhl gekettete Saturnino zur Seite kippte und die Männer, die ihn bewachten, ihn wieder aufrichten mußten. Eines von Saturninos Augen schwoll zu.

»Glaubt bloß nicht, ich wüßte nicht alles. Ihr Hunde! Ihr Feiglinge!« Franco verpaßte Saturnino einen weiteren

Faustschlag. Dieses Mal stürzte der Stuhl um, und wieder mußten die Wachleute ihn samt Saturnino aufrichten. »Ich weiß, was ihr vorhattet!« Franco lachte spöttisch. »Überhaupt, der Tag, an dem unsere Soldaten Humaitá geräumt haben. Habt ihr wirklich die Frechheit zu behaupten, die brasilianischen Panzerschiffe seien rein zufällig am selben Tag den Fluß hinaufgekommen?« höhnte Franco. »Oberstleutnant Thompson hat berichtet, er habe gesehen, wie von Bord aus versucht wurde, jemandem an Land Zeichen zu geben. Einer der Männer habe ein Taschentuch geschwenkt und etwas gerufen...« Franco hielt inne, um Luft zu holen.

»Nun rede schon, Saturnino! Mach den Mund auf, ehe ich dich umbringe!«

»Bitte!« flehte Saturnino. Er öffnete die Augen und versuchte sich zu konzentrieren.

»Und was dich angeht, du Abschaum, du Wurm, du Nichts« – Franco baute sich wieder vor Benigno auf –, »immer der Liebling, den man mit Nachsicht behandelt. Na, diesmal nicht, kleiner Bruder!« Franco versetzte Benigno einen Schlag in den Magen und sein Stuhl kippte um.

»Charles Washburn, der Amerikaner...«, wollte Benigno sagen, als er etwas Atem geschöpft hatte und man den Stuhl wieder aufgerichtet hatte. Er war mit dem Kopf aufgeschlagen, und Blut tropfte ihm in die Augen. Jetzt bekam er es mit der Angst zu tun.

»Ich weiß alles über diesen lästigen Idioten Charles Washburn«, tobte Franco. »Ich habe seinen Diener bezahlt!« Wieder lachte er voller Hohn. »Basilio hat mir erzählt, daß du Washburn deinen Geheimplan offenbart hast, mich zu stürzen, um selbst Präsident zu werden, und als Gegenleistung das Land an die Alliierten auszuliefern! An Caxias, den feigen Bastard!«

Franco tigerte vor Benigno und Saturnino auf und ab. Er spürte, wie seine Wut nachließ, die schwarze Rauchwolke sich langsam in Luft auflöste. Ein Teil seiner selbst wollte die Raserei, den unbändigen Zorn noch nicht aufgeben; wieder schlug er Benigno, diesmal aber nicht mehr ganz so brutal.

»Diesem Volltrottel Charles Washburn habe ich von Anfang an nicht getraut; ebensowenig wie den anderen Ausländern, die meine Befehle mißachteten, in der amerikanischen Gesandtschaft hausten und sich auf ihre Immunität als Diplomaten beriefen. Dieser englische Perversling Frederick Masterman! Feiglinge! Ich lasse sie alle verhaften. Ihr werdet noch an meine Worte denken!«

Saturnino wollte etwas sagen, doch sein Mund war inzwischen voller Blut.

»Wie bitte? Sprich! Was willst du mir sagen? Ach, vielleicht willst du mir von deiner Frau erzählen, meiner lieben Schwester! Auch sie ist eine Verräterin! Keine Sorge, auch Rafaela und Inocencia bekommen bald, was ihnen gebührt!« Beim Gedanken an seine dicken Schwestern verlor Franco abermals die Selbstkontrolle. »Diese fetten Kühe!« brüllte er Saturnino an. »Ich werde diese fetten intriganten Kühe verhaften lassen!«

Saturnino versuchte ein Wort zu formen, brachte aber nur einen unverständlichen Laut heraus.

Franco hörte auf, unruhig hin- und herzulaufen, und stand einen Augenblick lang still. Er sah seine beiden Gefangenen an. Benignos Nase war geschwollen, er versuchte sich zu übergeben, doch seine Schmerzen waren zu stark; Saturninos Auge war in der Augenhöhle verschwunden, er spuckte Blut. Beide Männer gaben schreckliche Geräusche von sich, und Franco wollte sie nur noch loswerden, ihren Anblick nicht länger ertragen müssen. Anstelle von Wut empfand er jetzt Verdruß, Ärger und Ungeduld. Ein paar Empfindungen machten sich bemerkbar. Zum Beispiel begann ihm ein Zahn Probleme zu machen, da war ein Spannungsgefühl im Gaumen, auch ein leichter klopfender Schmerz. Als Ella den Raum betrat, blickte er auf. Zum ersten Mal bemerkte er die beiden tief eingegrabenen Falten zu beiden Seiten ihres Mundes.

»Und was ist mit deiner Mutter? Mit Doña Juana?« Ella gab sich Mühe, ihre Stimme ausdruckslos klingen zu lassen.

»Nein, meine Mutter nicht. Verhaftet Inocencia und Rafaela.« Plötzlich überkam Franco Müdigkeit. Er hatte nur noch einen Wunsch, nämlich sich allein hinzulegen und zu schlafen – eine Woche, vielleicht einen Monat lang. »Und diesen faulen Tunichtgut von einem Steinmetz, der nie mit dem Bau meines Palastes fertig geworden ist, den laßt auch verhaften. Diesen Alonzo Taylor«, fügte er ohne jeden Grund hinzu.

15
Pikysyry

10. September 1868

Meine liebe Mutter,
mehrere Wochen sind seit meinem letzten Brief an Dich vergangen, und auch wenn ich Deinen liebevoll gemeinten Tadel annehme, weiß ich doch, daß mein Versäumnis unter anderen Umständen ohne Bedeutung gewesen wäre. Mein Schweigen erklärt sich zum Teil aus meiner Nachlässigkeit, aber auch aus dem Leid, das ich in der Zwischenzeit erdulden mußte.

Ich bin kaum in der Lage, auszudrücken, wie traurig und bekümmert mich Dein Brief macht, liebe Mama; ich hatte eine freimütigere und ehrlichere Antwort erwartet. Liebe Mama! Vielleicht weißt Du nichts von der Bitterkeit, die ich seit einiger Zeit empfinde, ohne daß ich es wagte, darüber zu sprechen oder zu klagen. Alle meine Anstrengungen waren vergebens, meine Hoffnungen sind zerstoben. Ihr habt Euch alle von Anfang an gegen mich gestellt, ohne einmal daran zu denken, was ich wohl empfinden mag. Ich bin in dieser Angelegenheit das bedauernswerte Opfer! Der Herr allein in seiner Güte läßt Licht in die Finsternis scheinen und stürzt meine Feinde in Verwirrung, so daß ich überleben kann. Und ich wünschte bei Gott – bei Gott, liebe Mama! –, auch denen helfen zu können zu überleben, die sich gegen mich gestellt haben.

Venancio und Benigno sind bei guter Gesundheit.

Ich möchte Dir einen Rat geben, liebe Mama. Ich empfehle Dir, Dich nicht allzusehr um die Tagesereignisse zu kümmern. Auch wenn es Deinem mütterlichen Herzen schwerfällt, es wäre nicht klug, Deine Sorge offen zu zeigen.

Ich lese Deinen Brief mehr als einen, den eine Mutter an ihren Sohn schreibt, nicht so sehr als den einer Bittstellerin an einen Richter. Letzteres würde nur Schaden anrichten.

Bitte sei versichert, Mama, daß Dein Segen mit großer Liebe erbeten wird,

Dein gehorsamster Sohn,

F. S. López

Charles Washburn war klar: sobald er die amerikanische Gesandtschaft verließ, um in die Vereinigten Staaten zurückzukehren, würde Frederick Masterman augenblicklich seine Immunität verlieren und verhaftet werden – das Haus war bereits von einem halben Dutzend bewaffneter Wachen umstellt. Insbesondere Mrs. Washburn hätte Frederick Masterman zum Abschied gerne noch einmal die Hand geschüttelt, um ihm Glück zu wünschen und ihm zu danken, immerhin hatte er ihr das Leben gerettet, und das ihres Babys. Aber das Baby Hester plärrte – erstaunlich, welchen Lärm so ein kleines Wesen machen konnte! –, und noch dazu mußte sie den lahmen, gichtkranken Bumppo auf dem Arm tragen (das Baby auf dem anderen!), so daß Mrs. Washburn in dem ganzen Durcheinander der Abreise so übel und schwindlig wurde, daß sie es nicht schaffte, sich zu verabschieden. Mr. Washburn, der es eilig hatte, seine Frau, das Baby, die englische Dienerschaft und seinen Sekretär zum Hafen zu bringen, wo sie an Bord der U.S.S. *Wasp* gehen sollten, und der ihnen ersparen wollte – man mußte ja mit allem rechnen – mitanzusehen, wie die Wachen Frederick Masterman gleich an Ort und Stelle erschossen, vergaß in der Eile, ihm zu sagen, was er sich doch eigentlich fest vorgenommen hatte:

daß Frederick Masterman ihm ohne Hemmungen jedes Verbrechen anhängen sollte, falls ihm dies Folter oder Gefängnis ersparte. So blieb Charles Washburn gerade noch Zeit, zum Abschied kurz zu winken, bevor er sich mit seiner Frau und den anderen auf den Weg machte.

Frederick Masterman hatte den Gruß erwidert, indem er den Hut zog und ihm hinterherrief: »Auf Wiedersehen, Mr. Washburn, vergessen Sie mich nicht!«

Frederick Masterman hatte sich ein wenig Opium und Chinin in den Saum seines Mantels eingenäht. Diese Vorkehrung erwies sich als nutzlos. Kaum war er verhaftet, nahm man ihm die Kleider ab, das Opium und das Chinin wurden entdeckt, man legte ihm eiserne Fußfesseln an und warf ihn in eine feuchte, fensterlose Zelle. Später wurde Frederick Masterman, immer noch mit den Fußfesseln, auf ein Maultier gepackt und nach San Fernando geschafft. Beim Abstieg von einem steilen Hang fiel das Maultier in Trott, Frederick Masterman verlor das Gleichgewicht und stürzte. Da er sich nicht befreien konnte – die Fußfesseln waren an den Sattelgurten befestigt – wurde er ein Stück weit auf dem Rücken mitgeschleift, wobei das Maultier im Bemühen, ihn loszuwerden, mehrfach nach ihm trat.

In San Fernando angekommen, erlitt Frederick Masterman unter der Folter noch weit Schlimmeres als die Prellungen, die ihm das Maultier zugefügt hatte. Man band ihm die Arme fest auf den Rücken und ließ ihn über einem Gewehr knien; man drückte ihm den Kopf nach unten, bis seine Stirn das Gewehr berührte, legte ihm ein zweites Gewehr quer über den Nacken und befestigte es mit Stricken am ersten.

»Stimmt es, daß Charles Washburn der Kopf einer Verschwörung mit dem Ziel war, Präsident López zu beseitigen?«

»Nein!« schrie Frederick Masterman.

»Steckte Charles Washburn etwa nicht unter einer Dekke mit dem Oberbefehlshaber der Alliierten, dem Duque de Caxias?«

»Nein!«

Man legte Frederick Masterman noch zwei Gewehre auf den Nacken. Als man die Stricke fester zog, warf er den Kopf vor, um den Druck auf seine Kehle zu verringern, und schnitt sich dabei so tief in die Lippe, daß er beinahe an seinem eigenen Blut erstickte. Schließlich fiel er vor Schmerz in Ohnmacht.

»Stimmt es, daß Charles Washburn der Kopf einer Verschwörung mit dem Ziel war, Präsident López zu beseitigen?«

»Ja!«

Als er wieder bei Bewußtsein war, gestand Frederick Masterman, um einer neuerlichen Folterung zu entgehen.

»Steckte Charles Washburn etwa nicht unter einer Dekke mit dem Oberbefehlshaber der Alliierten, dem Duque de Caxias?«

»Doch!«

Nachdem er das falsche Geständnis, zwei eng beschriebene Bogen Papier, unterzeichnet hatte, gab man Frederick Masterman zu essen – er hatte seit zwei Tagen keinerlei Nahrung bekommen – und erlaubte ihm zu schlafen, im Freien, am Boden festgekettet.

Am nächsten Morgen wachte Frederick Masterman völlig durchnäßt auf. In seiner Erschöpfung hatte er nicht bemerkt, daß es die ganze Nacht lang geregnet hatte. Er erkannte Alonzo Taylor, den englischen Steinmetz, der schlafend neben ihm lag; auf der anderen Seite von Frederick Masterman lag ein junger paraguayischer Offizier, der mit leeren Augen in den Sonnenaufgang starrte. Er mußte irgendwann in der Nacht ganz alleine gestorben sein. Zu den weiteren Gefangenen in San Fernando zählten Venancio López, Hauptmann Simon Fidanza, Dr. Antonio de las Carreras, Major Aveiro, Leutnant Levalle, José Berges und Gumesmindo Benítez. Halb nackt, zusammengeschlagen und ausgehungert, sahen sie so verändert aus, daß Frederick Masterman sie kaum erkannte: Dr. Carreras waren die Finger zerquetscht worden, er konnte mit seinen Händen nichts mehr anfangen, José Berges hatte man beide Ohren abgeschnitten, Gumesmindo Benítez war das Rückgrat gebrochen, und er kroch auf allen vieren herum. Sehr wohl erkannte er Benigno López, der von Soldaten mit Gewehren und Seilen, den Folterinstrumenten, fortgeschleppt wurde. Nach ein paar Stunden kam Don Benigno zurück; er konnte weder gehen noch ohne fremde Hilfe stehen. Saturnino Bedoya, hörte Frederick Masterman, war am Tag zuvor mit einem Kopfschuß getötet worden.

Auch Inocencia und Rafaela waren verhaftet worden. Die beiden Schwestern hatte man in einen mit Brettern vernagelten Ochsenkarren gesperrt. Jeden Morgen wurden sie öffentlich ausgepeitscht, man zog ihnen die Kleider über die Köpfe, so daß jeder ihre zerfetzte Unterwäsche sehen konnte.

»*Misericordia!*« schrie Rafaela und sank auf den Knien in sich zusammen.

»*Bastardo!*« So sehr ihr fleischiger Rücken auch blutete und trotz aller Demütigung, Inocencia gab ihrem Bruder nicht nach. Zwei Tage zuvor hatte ihr Mann, Vincente Barrios, versucht, sich das Leben zu nehmen, indem er sich die Kehle aufschlitzte – zu seinem Unglück war die Wunde nicht tief genug gewesen –, und Inocencia war gezwungen worden, mitanzusehen, wie man ihn mit Bajonetten zu Tode stach.

»*Bastardo! Bastardo!*« schrie Inocencia ohne Unterlaß.

Mathilde, Ellas Pferd, stand schwankend in seiner Box. Es konnte sich kaum auf den Beinen halten, sein Bauch war fürchterlich aufgebläht. Als Ella die Tür der Box öffnete, hob das Pferd weder den Kopf, noch spitzte es die Ohren oder gab sonst irgendein Zeichen der Zuneigung zu erkennen.

»Mathilde, mein Liebling!« Sanft streichelte Ella seinen geschwollenen Bauch.

»Oh, Mathilde, meine Mathilde«, flüsterte Ella. Sie holte dem Pferd einen Eimer frisches Wasser und eine Handvoll frischen Hafer, doch Mathilde rührte sich nicht. Mathildes Atem ging schwer, ihr graues Fell war schweißnaß. Nicht länger fähig, ihr eigenes Gewicht zu tragen, sank Mathilde in die Knie und fiel zur Seite.

»Mathilde!« schrie Ella auf.

Der Stallbursche, der vor Angst kaum sprechen konnte, murmelte die Namen giftiger Pflanzen vor sich hin: »*Romarillo, chucho, mio-mio.*«

Ella wickelte sich in ihren Umhang und legte sich neben ihr Pferd. Leise begann sie zu beten, etwas, das sie schon sehr lange nicht mehr getan hatte: »Lieber Gott, bitte, bitte, ich flehe dich an, laß Mathilde wieder gesund werden. Bitte, Gott, laß sie nicht sterben. Ich tue alles, was du verlangst – alles, ich gelobe es ...« Ella überlegte. »Ich bitte Franco, Inocencia und Rafaela, diese zwei Vetteln, freizulassen.«

So sehr sie sich auch bemühte, wach zu bleiben und sich um ihr Pferd zu kümmern, Ella schlief ein. Am nächsten Morgen weckte sie ein lautes, fröhliches Schnauben. Mathilde erhob sich erst auf die Knie, dann auf die Beine, der dicke Bauch war verschwunden. Durstig und hungrig ging Mathilde erst zum Wasserkübel und trank, dann zum Hafer und fraß.

»Gott sei gedankt«, sagte Ella laut vor sich hin.

Noch steif von der auf dem blanken Boden verbrachten Nacht, setzte sich Ella langsam auf, und erst da merkte sie, daß außer ihr noch jemand im Stall war. Die Person schlief noch, und im ersten Moment – es war noch dämmrig – dachte Ella, es sei der Stallbursche, bis sie einen Schuh mit einer dicken Holzsohle aus dem Stroh hervorlugen sah. Doña Inés hielt ihren Rosenkranz fest umklammert und schnarchte leise.

»Gott sei gedankt«, wiederholte Ella und schmiegte ihren Kopf an Mathildes Hals.

Franco verbrachte seine Nächte nicht gern allein. Meist teilte Juana Tomás Frutos, Brigida Chaves, Carmencita Chaves – die beiden Frauen waren nicht miteinander verwandt – oder eine der anderen Frauen, die für Paraguay zu den Waffen gegriffen hatten und nun Salpeter aus Urin herstellten (der Geruch ihrer Hände störte Franco inzwischen nicht mehr) oder Zündhütchen aus Kupfer stanzten, das Bett mit ihm. Ella hingegen selten. Wenn sie doch einmal bei Franco blieb, war er entweder zu müde oder zu betrunken, um mit ihr zu schlafen, und Ella war froh darüber.

Im Dezember kam die *Wasp* zurück – das Schiff, das Charles Washburn mitsamt Familie und Sekretär fortgeschafft hatte – und brachte den neuen amerikanischen Gesandten, General Martin MacMahon, sowie Admiral Davis, der die Freilassung von Frederick Masterman aushandeln sollte.

»Sehen Sie selbst«, sagte Franco und hielt Admiral Davis das von Frederick Masterman unterzeichnete Geständnis hin, »der Mann ist zweifelsfrei der Verschwörung schuldig.«

Franco wirkte sehr überzeugend, und Admiral Davis war geneigt, ihm zu glauben. »Ich versichere Ihnen, Exzellenz«, erklärte Admiral Davis, »daß ich Mr. Masterman als Kriminellen übernehmen und gefangenhalten werde, bis er in Washington dem Gericht überantwortet wird.«

An Bord der *Wasp* stieg die Temperatur nicht selten auf 38 Grad. Am Abend, er wartete noch auf Erlaubnis, an Land gehen zu dürfen, umschwärmten Tausende Moskitos General MacMahon, und er schlug unablässig nach ihnen. Er hatte eine Ausgabe des *Don Quijote de la Mancha* dabei, um sein Spanisch zu verbessern, aber es war zu heiß, um sich zu konzentrieren, zu heiß, die Bedeutung von *avellanado* und *antojadizo* und *pensamientos* herauszufinden (aus unerfindlichem Grund hatte MacMahon geglaubt, die spanische Sprache bestehe aus lauter kurzen, einsilbigen Wörtern). Um der Langeweile Herr zu werden, spielte General MacMahon Karten, veranstaltete Schießübungen mit den anderen Offizieren an Bord und hielt die Ereignisse des Tages in seinem Tagebuch fest – Ereignisse, die, so drängte es sich General MacMahon auf, eine unheimliche Ähnlichkeit zu den Schilderungen von Cervantes gewannen:

> Die Offiziere vergnügten sich damit, gelegentlich nach Vögeln oder anderen Tieren am Ufer zu schießen. Während dieser bedenklichen Schießübung ereignete sich eine merkwürdige Verwandlung, als nämlich ein tapferer Hauptmann, der nach einem weißen Kranich am Ufer geschossen zu haben glaubte, zu seinem Erstaunen be-

obachtete, wie der fremde Vogel plötzlich Gestalt und Größe eines Eingeborenen annahm, welcher wohl nahe am Wasser im Gebüsch gekauert hatte und nun in größter Hast ins Landesinnere davonlief.

Pancho saß zu Ellas Füßen und aß ein Stück Maniokkuchen. Dreizehn war Pancho nun, stets hungrig und groß für sein Alter. Auf seiner Oberlippe zeigte sich bereits ein Flaum.

»Ist Paris so schön wie Asunción«, fragte er seine Mutter.

»Ja, Paris ist genauso schön.« Ella lächelte.

»Und durch die Stadt fließt ein Fluß, wie der Río Paraguay«, fuhr Pancho mit vollem Mund fort.

»Das stimmt, die Seine. Warum fragst du?« wollte Ella wissen.

Pancho zuckte mit den Schultern. »Bloß aus Neugier, ich habe in einem Buch davon gelesen. Und Irland? Ist Irland schön?«

»Ja, Irland ist sehr schön. Sprich nicht mit vollem Mund«, fügte Ella hinzu.

»Wirst du mich eines Tages dorthin mitnehmen?«

»Natürlich werde ich das.« Ella beugte sich hinab und tätschelte Panchos Hand. »Versprochen.«

Statt Belagerung oder offener Feldschlacht führte die paraguayische Armee einen taktischen Stellungskrieg, doch angesichts der deutlich überlegenen Streitkräfte der Alliierten unter der Führung des Duque de Caxias, die über 30 000 Mann verfügten, mußte Franco immer weiter nach Norden zurückweichen – dabei kämpfte er mit erstaunlicher Zähigkeit um jeden Meter Boden. Diesmal ging es flußaufwärts zu einer Bergstadt namens Pikysyry. Seine Armee war in fünf Divisionen untergliedert. Oberstleutnant Thompson – er war erst kürzlich befördert worden, und Franco hatte ihm bei dieser Gelegenheit einen schönen Prunksäbel mit goldenem Griff überreicht – kommandierte die Angostura-Batterien und ließ seine Männer wieder einmal einen langen Graben am Flußufer ausheben. Das war keine leichte Aufgabe: Das Erdreich war feucht, die Seilwinden glitschig wie Seife. Major Hermosa kommandierte den rechten Flügel, Oberst Gonzales das Zentrum und Oberst Rivarola befehligte die beiden anderen Batterien. Die Armee zählte 5000 Soldaten, zumeist Kinder. Die Bewaffnung bestand aus 100 Kanonen, darunter die große Hundertfünfzigpfünder, die man von Asunción hierhergeschafft hatte, sowie das Whitworth-Geschütz, das Oberstleutnant Thompson so bewundert hatte. Der größte Teil der Munition war verlorengegangen, für die meisten Geschütze gab es nur noch zwanzig oder dreißig Granaten. Auch den Soldaten blieben nicht mehr als fünfzig bis sechzig Schuß.

Fulgencio hatte nicht einmal mehr vierzig Schuß, und sein Gewehr hatte oft Ladehemmung oder es gab Rohrkrepierer. Er kauerte mit zwölf Mann in einer kleinen Verschanzung und schlürfte kalten *mate* – zuvor hatten sie ringsherum einen Graben ausgehoben und Ketten an Pfosten aufgespannt, die die feindlichen Reiter daran hindern sollten, über den Graben zu setzen. Seit dem Tod seines Bruders Gaspar kümmerte es Fulgencio nicht mehr sonderlich, ob er selber am Leben blieb oder nicht; Schmerz und sonstige Widrigkeiten – Regen, Schlamm, Durst, Hunger – drangen kaum noch in sein Bewußtsein. Ebensowenig nahm er die Unmengen von Kriebelmücken wahr, die ausschwärmten, sobald die Sonne untergegangen war, und jedes freiliegende Stückchen seiner Haut attackierten, eine Haut, die so zäh wie Leder geworden war. Fleisch hatte er sowieso kaum mehr auf den Knochen. Er sprach auch so gut wie nie – alle, die er gekannt hatte, waren tot, und was hätte er auch sagen sollen? Hin und wieder dachte er zwar noch an seine Frau, aber es war drei Jahre her, seit er sie zuletzt gesehen hatte, und er konnte sich kaum noch ihr Gesicht vorstellen (er erinnerte sich, daß sie manchmal ihr Haar in dicken Zöpfen hochgesteckt trug und mit einer Blume schmückte) und erst recht nicht, wie sich ihr Körper unter seinem anfühlte oder wie es war, sie zu lieben. Das spielte aber auch keine Rolle, er dachte überhaupt nicht mehr an Sex, obwohl es mal eine Zeit gegeben hatte – es schien ihm eine Ewigkeit her –, da er und Gaspar immer vor dem Einschlafen onaniert hatten. Inzwischen war daran nicht mehr zu denken – es wäre viel zu anstrengend gewesen. Es kostete ihn schon alle Mühe, aufrecht zu sitzen, zu stehen, seine kleine Ration Rindfleisch und *chipa* zu verzehren, *mate* zu trinken, zu pinkeln und zu kacken, sein Gewehr zu heben, zu zielen und zu feuern. In der Woche zuvor – oder war es schon vor einem Monat gewesen, das Zeitgefühl hatte er auch verloren – war ihm bei der Durchquerung eines Sumpfes ein Schuh ins Wasser gefallen. Es war kein richtiger Schuh gewesen, nur ein paar Lederstreifen, die er sich um die Füße gewickelt hatte, und jetzt wartete er darauf, daß ein Mann starb, dessen Schuh er übernehmen konnte, aber auch das beschäftigte ihn nicht sonderlich. Statt dessen bohrte er mit den Zehen im Schlamm und versuchte, ein wenig zu schlafen.

In der Nacht überrannten die Brasilianer das Grabensystem von Pikysyry und kamen erst kurz vor der Position von Oberstleutnant Thompson in Angostura zum Stehen. Sie töteten siebenhundert paraguayische Soldaten und machten etwa halb so viele Gefangene. Fulgencio überlebte den Angriff, so, wie er im Schlamm ausgestreckt dalag, mußten ihn die feindlichen Soldaten für tot gehalten haben. Die meisten seiner Kameraden in der Stellung waren umgekommen – einer lag halb auf ihm, den Arm freundschaftlich auf Fulgencios Schulter –, die übrigen waren geflohen. Die Ironie des Schicksals wollte es, daß im Durcheinander des Angriffs irgend jemand, ein Paraguayer vermutlich – den Brasilianern fehlte es weder an Kleidung noch an Waffen – Fulgencios Schuh gestohlen hatte, den einen, der ihm noch geblieben war.

»Ein Mimosenbaum, eine Akazie, ein rotblättriger Hibiskus, und das dort drüben ist eine Fuchsie.« Ella zeigte General MacMahon, der sich eines von Francos Pferden geliehen hatte und an ihrer Seite ritt, die Pflanzen – umzingelt von Feinden, konnten sie nicht weit reiten. »Vor unserem Haus in Cork stand die größte Fuchsienhecke, die ich je gesehen habe.« Ella hielt inne und straffte ein wenig die Zügel. »Selbst hier in Paraguay habe ich dergleichen nie gesehen.«

»Ich erinnere mich gut an diese Fuchsienhecken – Purpurglocken nannte ich sie. Sie wuchsen entlang der Straßen«, antwortete General MacMahon. Ein zäher, genügsamer Mann, hatte General MacMahon im amerikanischen Bürgerkrieg auf der Seite der Nordstaaten gekämpft. Franco hatte sofort Zuneigung zu ihm gefaßt – so unvermittelt, wie er gegen Charles Washburn Abneigung gespürt hatte –, und Ella war es genauso gegangen. Außerdem war General MacMahon ein guter Reiter, und er war Ire.

»Unser Haus lag in einer Bucht, zu meinen frühesten Erinnerungen gehört das Wechselspiel von Ebbe und Flut«, fuhr Ella fort. »Als Kind hat es mich immer fasziniert, daß das Watt, das ich am Morgen sah – ich konnte in meinen Stiefeln in zwanzig Minuten von einem Ufer zum anderen laufen –, sich am Nachmittag in glitzerndes, dunkelblaues Wasser verwandelt hatte. Mit Segelbooten darauf! Ich weiß, ich weiß, General«, sagte Ella lächelnd, »Ebbe und Flut werden von der Anziehungskraft des Mondes auf das Meer verursacht, aber für mich war es einfach ein Wunder.«

»Als Junge in Irland – ich war damals in Federicos Alter – hatte ich ein Pony«, erzählte General MacMahon Ella. »Das Pony hieß Bibo – fragen Sie mich nicht, warum –, und Bibo war mehr wie ein Hund, es folgte mir überallhin, hätte ich es zugelassen, es wäre mir zur Essenszeit sogar ins Haus nachgelaufen. Das Pony war mein ein und alles. Eines Tages bat mich meine Mutter, etwas Kresse für sie zu pflücken, an einem Fluß, der vielleicht zwei oder drei Kilometer von unserem Landhaus entfernt lag, also ritt ich mit Bibo dorthin, und als wir ankamen, war der Fluß ausgetrocknet. Das Flußbett hatte sich in Morast verwandelt, und weil ich nicht wußte, wie gefährlich das war, ritt ich mit Bibo hinein ...« General MacMahon schwieg einen Augenblick und schüttelte den Kopf. »Der Morast erwies sich als Treibsand, und Bibo blieb darin stecken. Er konnte die Beine überhaupt nicht mehr bewegen. Außerdem sank er rasch weiter ein. Ich stellte mich auf seinen Rücken – damals ritt ich ohne Sattel – und sprang, so weit ich konnte, auf das trockene Land, in der Hoffnung, er würde sich rühren können, sobald er von meinem Gewicht befreit sei, doch es gelang ihm nicht. Der arme Bibo steckte bis über die Knie im Treibsand fest, er wieherte und warf den Kopf, er gebärdete sich immer verzweifelter, wodurch er natürlich noch schneller versank. Es war ein herzzerreißender Anblick, aber von dort, wo ich stand, konnte ich seine Zügel nicht erreichen, an denen ich ihn vielleicht hätte herausziehen können, also rannte ich nach Hause, um Hilfe zu holen. Ich rannte, so schnell mich meine Beine trugen, und als ich zu Hause ankam, rief ich meinen Vater und meine Brüder und führte sie zu der morastigen Stelle – mein Vater hatte ein Seil mitgenommen, und meine Brüder trugen eine Leiter –, und obwohl es nur dreißig Minuten dauerte, bis wir die Stelle erreichten, war Bibo bei unserer Ankunft verschwunden. Es war keine Spur mehr von ihm zu sehen. Nichts. Das Pony war vom Treibsand verschluckt worden.«

»Oh«, sagte Ella. »Wie furchtbar.«

General MacMahon antwortete nicht gleich. Schließlich sagte er: »Ich schwöre, das war das Schlimmste, was ich in meinem ganzen Leben gesehen habe, oder vielleicht sollte ich sagen, das Schlimmste, was ich nicht gesehen habe.«

Die Alliierten setzten ihren Angriff fünf Tage lang fort. Major Hermosa wurde zu Tode gequetscht, als sein tödlich verwundetes Pferd auf ihn stürzte; Oberst Gonzales kam ums Leben, als direkt neben ihm ein Munitionswagen explodierte; Oberst Moniel wurde gefangengenommen, und Oberst Rivarola verblutete auf dem Schlachtfeld. Francos Armee befand sich in kompletter Auflösung, die Zahl der Toten und Verwundeten war riesig, nur eine Handvoll ergebene und tapfere paraguayische Soldaten leisteten noch Widerstand. Am 23. Dezember schickten die alliierten Generäle einen Boten, der erkunden sollte, ob Franco zur Kapitulation bereit war. Doch an diesem Morgen hatte Dr. Stewart, Francos Leibarzt, den vereiterten Zahn gezogen, und zur Sicherheit gleich noch den daneben, und Franco hatte fürchterliche Kopfschmerzen – hinzu kam noch ein schrecklicher Kater von der Flasche Schnaps, die er zur Betäubung der Schmerzen getrunken hatte –

und war nicht in der Stimmung für Verhandlungen. Franco warf dem Boten Schimpfworte an den Kopf und bedrohte ihn mit seinem Säbel, woraufhin der Bote es mit der Angst zu tun bekam und zurückritt, ohne eine offizielle Antwort abzuwarten.

Am Weihnachtsabend fegte eine Kanonenkugel durch Francos Gemächer, die ihn selbst und Brigida Chaves nur knapp verfehlte. Franco lag gerade auf Brigida Chaves, als die Wucht der Detonation beide aus dem Bett schleuderte – erstaunlicherweise behielt Franco seine Erektion und blieb in ihr. Als sich der Qualm verzogen hatte, die Trümmer herabgerieselt waren und Brigida Chaves gegangen war, schickte Franco nach General MacMahon, obgleich es mitten in der Nacht war. Er fand, es sei an der Zeit, sein Testament aufzusetzen:

General MacMahon,
Gesandter der Vereinigten Staaten von Amerika
Pikysyry
24. Dezember 1868

SIR – Als Repräsentant einer befreundeten Nation erlaube ich mir, Ihnen zur Vorsorge gegen alle Eventualiäten beigefügtes Dokument anzuvertrauen, kraft dessen ich Doña Ella Lynch meine gesamte persönliche Habe übertrage.

In Sorge um seine Kinder schrieb Franco General MacMahon noch einen zweiten Brief:

SIR – da Sie mir in Ihrer außerordentlichen Güte angeboten haben, sich um meine Kinder zu kümmern, empfehle ich sie Ihrem Schutz, sollte mir etwas zustoßen.

Ich bevollmächtige Sie zu sämtlichen Maßnahmen, die Ihrer Einschätzung nach für das Wohlergehen dieser armen kleinen Geschöpfe vonnöten sind, insbesondere was Leopoldo betrifft, um den ich mir seines zarten Alters wegen Sorgen mache.

Seien Sie meiner ewigen Dankbarkeit versichert, denn das Schicksal der Kinder beunruhigt mich in dieser furchtbaren Stunde, in der ich mich ganz dem Glück meines Landes verschrieben habe, mehr als alles andere. Der Schutz eines Gentleman, dessen Qualitäten ich in einer zwar nicht längeren, aber doch für mich beglückenden Bekanntschaft schätzengelernt habe, wird ihnen Sicherheit geben.

Wenn ich es wage, General, Sie in Anspruch zu nehmen, dann gründet sich dies allein auf die großherzigen Empfindungen, die ich mich glücklich schätzen darf, bei Eurer Exzellenz gefunden zu haben, und bekunde Ihnen hiermit meine freundschaftliche Verbundenheit.

Francisco S. López

Drei Tage später brachen die paraguayischen Linien zusammen. Im Chaos der Schlacht konnte Franco Ella nicht finden. Ohne auf die explodierenden Granaten und Raketen zu achten, die um ihn herum niederregneten, trieb er sein Pferd an, hastete zwischen den brennenden Gebäuden umher und brüllte ihren Namen. Er wurde heiser vom Pulverdampf und vom Schreien. Sein Sohn Pancho, dem die Tränen über die Wangen liefen, versuchte verzweifelt, mit seinem Vater Schritt zu halten, bis Franco die Suche schließlich aufgeben und fliehen mußte. Ein paar Minuten später galoppierte Franco durch den Wald, als er aus dem Augenwinkel Brigida Chaves vom Pferd fallen sah – vielleicht konnte sie nicht reiten, vielleicht hatte sie eine Kugel getroffen –, aber es war zu spät, Franco hielt ihretwegen nicht an. Er konnte die Infanterie der Alliierten direkt hinter sich hören; glücklicherweise feuerten sie zu hoch. General Francisco Fernandez und seine Lanzenreiter deckten Franco und hielten dem zahlenmäßig weit überlegenen Feind tapfer stand, bis Franco außer Gefahr war und General Fernandez eine Kugel mitten ins Herz bekam.

Am Weihnachtstag machten sich zwei große, von Pferden gezogene Kutschen und mehrere Ochsenkarren, begleitet von einer kleinen Abteilung Kavallerie, auf den Weg. In dem Konvoi befanden sich General MacMahon und die López-Kinder – getreulich befolgte General MacMahon Francos Anweisungen und kümmerte sich besonders um Leopoldo, den jüngsten –, außerdem Rosaria, Doña Inés und einige Diener. Sie unternahmen die langsame und beschwerliche Reise zu der neuen provisorischen Hauptstadt Piribebuy. Die Karren enthielten das gesamte Mobiliar von Franco und Ella, ihr Silber und Porzellan, ihre Kleider und Papiere; ein Karren transportierte Ellas Bechstein-Klavier. Die Straße war bloß ein holpriger Pfad, gesäumt von Verwundeten – es waren mehr als sechstausend. Einige konnten gehen, aber die meisten wurden in langsamen Karren fortgeschafft, an denen die Kutschen vorbeizogen.

»Nicht hinschauen«, ermahnte Rosaria die Kinder.

Sie taten es trotzdem. »Hast du den gesehen«, flüsterte Federico Enrique zu und deutete mit einer Kopfbewegung auf einen Mann auf einem der Karren. »Sieht aus, als hätte er keine Beine mehr.«

»Wo? Zeig!« Carlos Honorio reckte neugierig den Hals.

»Ich habe nichts gesehen.« Leopoldo, der sich ausgeschlossen fühlte, begann zu weinen; außerdem fiel ihm ein, daß er seinen Brummkreisel in Pikysyry vergessen hatte. »Ich will zu Mama«, winselte er.

»Hör auf zu weinen, Leopoldo. Deine Mama ist bald bei uns«, log Rosaria.

Mehr als einmal waren sie beinahe zur Umkehr gezwungen. Die Überquerung der vom Regen angeschwollenen Flüsse war ein schwieriges Unterfangen. Die Pferde und Ochsen ließ man hinüberschwimmen, während die Kutschen und Karren ins Wasser geschoben wurden, bis ihre Achsen auf untergeschobenen Kanus auflagen; watend und schwimmend schoben die Soldaten die Kanus mit den Kutschen zum gegenüberliegenden Ufer. In der Mitte des Flusses, wo die Strömung am stärksten war, hatten sie große Mühe, die Kutschen aufrecht zu halten und am Kentern zu hindern. Bei einer dieser Überquerungen stand Doña Inés vor lauter Angst, in ein Kanu zu steigen, so lange zögernd am Ufer herum, bis ein Soldat sie wortlos hochhob und ungeachtet ihres Protestes zu Enrique und Federico setzte.

Die beiden überhitzten und übermüdeten Knaben stritten sich auch im Kanu.

»Einbeinig war er, wenn ich es dir doch sage«, meinte Enrique.

»Er hatte gar keine Beine mehr«, beharrte Federico. »Du hast ihn gar nicht gesehen.«

»Doch habe ich ihn gesehen. Er hatte noch ein Bein.«

»Du hast wohl keine Augen im Kopf.«

»Der Blinde hier bist du!« Enrique erhob sich halb im Kanu und versetzte Federico einen Schlag vor die Brust, wodurch das Kanu zu schwanken begann.

»*Aiii!*« schrie Doña Inés, als das Kanu kenterte.

Enrique und Federico konnten sich an das umgestürzte Kanu klammern und wurden ans Ufer getrieben, Doña

Inés hingegen verschwand in den Fluten. Derselbe Soldat, der sie emporgehoben hatte, sprang ihr hinterher – Doña Inés konnte nicht schwimmen, und der Schuh mit der schweren Holzsohle zog sie nach unten – und schaffte es, sie herauszufischen.

Als nächstes begann unter dem Klang der Glocken eines nahe gelegenen Dorfes der Anstieg in die *cordilleras*. Der tief in den Fels eingeschnittene Paß war steil wie eine Treppe und glitschig vom Wasser der Bergbäche. Alle, auch der kleine Leopoldo – ihn nahm General MacMahon auf die Schultern –, mußten aussteigen und laufen; die Soldaten mußten absteigen und ihre Pferde führen. Kaum hatte sich der Zug in Bewegung gesetzt, da brach an dem Karren mit Ellas Bechstein eine Achse. Da man keine Möglichkeit hatte, sie zu reparieren, mußten Karren und Klavier aufgegeben werden (später wurde das Dorf, in dem die Glokken geläutet hatten, in »Piano« umbenannt). Nicht ganz auf halbem Weg über den Bergpaß nahm der Soldat, der Doña Inés ins Kanu gesetzt und sie anschließend vor dem Ertrinken gerettet hatte – er hieß Cantalicio (Doña Inés verstand »Jesú Cristo«) –, sie erneut auf die Arme und trug sie den steilen Weg hinauf. Diesmal schloß Doña Inés die Augen und protestierte nicht.

Ungefähr zur gleichen Zeit, als Oberstleutnant Thompson in Angostura kapitulieren mußte, erhielt Mrs. Masterman im englischen Croydon einen beunruhigenden Brief von ihrem Sohn:

12. September 1868

Meine liebe Mutter:
In meinem Brief vom achten dieses Monats, den ich Dir durch Mr. Washburn geschickt habe, erwähnte ich die schreckliche Verschwörung gegen die Regierung von Paraguay und seinen Präsidenten, der durch seine Führungskunst und Tapferkeit in diesem Krieg der brasilianischen Streitmacht getrotzt und sich in Amerika ungeheuren Respekt verschafft hat. Die Vorschwörung kam auf Anstiftung und unter der Leitung von Mr. Washburn zustande, der mit dem Feind gemeinsame Sache machte. Da ich in seinem Haus lebte, erhielt ich zwangsläufig Kenntnis davon; ich bedaure, daß ich ihn nicht bei der Regierung angezeigt habe, allerdings habe ich mittlerweile alles getan, um dieses Vesäumnis wettzumachen. Ich habe reumütig alles gestanden, was ich von seinen fürchterlichen Machenschaften wußte, und ich hoffe, der Präsident wird mich begnadigen. Ich hoffe, daß man mein Leben verschonen wird und es mir vergönnt ist, Dich wiederzusehen.

Dein Dich liebender Sohn,
Frederick Masterman

16
Piribebuy

Die Orangenbäume, die die Straßen von Piribebuy säumten, standen in Blüte, und in den Kronen zwitscherten und trällerten die Vögel. Die schmucken strohgedeckten Häuschen im Ort hatten alle schöne Blumengärten, und die Glocken in dem malerischen Turm der alten Kirche am Marktplatz läuteten pünktlich zur vollen Stunde. Wenn sie aus ihrem Schlafzimmerfenster auf diese friedliche Kulisse hinaussah und zuhörte, wie Carlos Honorio im Nebenzimmer die Tiere beim Namen nannte, die er in seine Arche setzte, konnte sich Ella nur schwer vorstellen, daß immer noch Krieg war und sie vor wenigen Tagen beinahe ums Leben gekommen war.

Oberst von Wisner, Ella und ihr junger Stallbursche Lázaro Alcántara hatten Pikysyry wenige Minuten vor Franco und Pancho verlassen. Sie hatten sich ganz knapp verpaßt – einmal hatte Ella sogar geglaubt, eine Stimme »Mama« rufen zu hören, jedoch wegen des Pulverdampfs nichts sehen können. Beim Ritt durch den Wald hatten sie mehrmals Schüsse gehört, und als Ella sich umwandte, hatte sie Lázaro, der wenige Schritte hinter ihr war, von seinem Pferd fallen sehen. Reiterlos war das Pferd an Ella vorbeigaloppiert.

»Lassen Sie ihn«, hatte Oberst von Wisner gerufen, doch Ella hatte ihr Pferd herumgerissen und war zu der Stelle zurückgeritten, wo Lázaro am Boden lag.

Eine Kugel hatte eine Arterie zerfetzt, und ein Strom von Blut quoll wie eine Fontäne aus seinem Arm. Er mühte sich, den Blutfluß mit einer Hand einzudämmen, doch es strömte zwischen seinen Fingern hindurch wie Wasser. Ella stieg ab, kniete sich neben Lázaro und riß den Ärmel von ihrer Bluse. Sie versuchte eine Aderpresse anzulegen, aber die Wunde befand sich in Schulterhöhe, und sie fand keine geeignete Stelle dafür. Hinter ihr fielen weitere Schüsse, und sie hörte Oberst von Wisner, der zurückgeritten war, rufen: »Wir müssen sofort weiter, sonst werden wir auch noch erschossen.«

Ella blickte auf und sah zwei brasilianische Infanteristen mit Bajonettgewehren durch den Wald auf sie zustürmen. Oberst von Wisner schoß vom Pferd aus auf einen von ihnen; in seiner Eile hielt Oberst von Wisner die Waffe dabei zu nah am Kopf des Pferdes, es bäumte sich auf und ging durch. Allein zurückgeblieben, hob Ella Lázaros Säbel auf, der neben ihm am Boden lag, und stellte sich dem anderen Soldaten entgegen. Der Mann war schwarz, ein Sklave wahrscheinlich, und in seiner Überraschung, eine Frau vor sich zu sehen, schoß er nicht sofort. Ella sah ihn die Stirn runzeln und den Mund öffnen, um etwas zu sagen, doch es war zu spät. Ehe der Mann seinen Mund schließen oder eine Bewegung zu seiner Verteidigung machen konnte, nahm Ella ihre nächste Chance wahr, die einer linkshändigen Fechterin, und machte einen Ausfall. Sie traf seinen Hals.

Als sie sich wieder Lázaro zuwandte, war aus seinem Gesicht alle Farbe gewichen, und sein Körper war ganz starr geworden. Er versuchte zu sprechen.

»*Comment allez-vous, Madame?*«

»Ich habe einen Menschen getötet.« Ella nahm ihre Feder zur Hand und schrieb in ihr Tagebuch. »Ich habe einen schwarzen Mann getötet.« Sie unterstrich die Worte. »Einen Brasilianer. Einen Mann, der mit Sicherheit Frau und

Kinder hatte ...« Dann hielt sie inne und blickte erneut aus dem Fenster auf das Dorf Piribebuy. Dieses Mal sah sie weder die Blumen, die so üppig in den winzigen Gärten blühten, noch hörte sie die Vögel in den Kronen der Orangenbäume zwitschern und trällern; statt dessen sah sie das Gesicht des schwarzen Mannes vor sich, den überraschten Ausdruck in seinen Augen, die den ihren vielleicht eine Sekunde lang begegnet waren, ehe sein Blut, rot wie das von Lázaro, aus seinem Hals auf Kleidung und Gesicht gesprudelt war.

Ella klappte das Tagebuch zu.

Die brasilianischen Streitkräfte nahmen Asunción ein. Plündernd und marodierend zogen sie durch die Stadt. Jedes einzelne Haus wurde durchwühlt; Möbel, Bücher und Papiere wurden gestohlen, verbrannt, zerrissen. In der Calle Libertad lag ein totes, verwesendes Maultier mitten auf der Straße. Die amerikanische Gesandtschaft an der Plaza Vieja war zum Gran Hotel de Cristo geworden, ein irreleitender Name, denn es handelte sich um ein Bordell. Francos nie fertiggestellter Palast lag in Trümmern, Türen und Fenster waren herausgerissen, die Statuen zerschlagen. Aus dem der Mailänder Scala nachempfundenen Opernhaus waren die Bestuhlung, die Samtvorhänge, das Klavier, selbst die Bühnenausstattung – alles, was man tragen konnte – verschwunden. In Inocencias Haus war das Vogelhaus zerstört, verbogene Drahtgitterstücke, an denen ein paar verblichene Papageienfedern klebten, lagen herum; die seidenen Vorhänge, die einst dem Baron de Villa Maria gehört hatten, hingen in Fetzen; nur Inocencias riesiges Bett mit den in Mahagoni geschnitzten Ananas stand noch im Schlafzimmer; dort hatten brasilianische Soldaten zwei oder drei junge Guaraní-Mädchen gleichzeitig festgebunden. (Einer der brasilianischen Soldaten, der in diesem Bett schlief, klagte über einen wiederkehrenden Traum, in dem ein alter Mann mit Flügeln anstatt von Armen und einem scharfen Schnabel anstatt einer Nase bedrohlich über seinem Kopf kreiste.) In der Eingangshalle war Feuer gelegt worden, die Marmorstatue der Schlangengebissenen war rauchgeschwärzt, ihr Kopf an der Nase gesprungen, die Marmorbrüste abgeschlagen. Auf der Plaza de la Catedral im Stadtzentrum schlichen halbverhungerte Hunde herum und stritten sich um Freßbares. Obispo Cue, Ellas vor der Stadt gelegenes Haus, war verwüstet und ausgeplündert; ein Spiegel mit vergoldetem Rahmen lag zerbrochen in der Eingangshalle; die handbemalte französische Tapete im Eßzimmer hing in Fetzen; in Ellas Schlafzimmer lag die Chaiselongue mit dem weißrosa Toile-Bezug ohne Beine auf der Seite; in einer Ecke war ein Haufen menschlicher Exkremente eingetrocknet. In den Kinderzimmern herrschte Chaos, kaputtes Spielzeug überall, selbst Enriques Veloziped war vollkommen auseinandergenommen und demoliert worden – übrig war nur noch ein einziges Eisenpedal. Der Blumen- und der Gemüsegarten waren niedergetrampelt und verwüstet – die Zinnien geköpft, die Orangenbäume entwurzelt oder abgeholzt.

Doña Dolores Carisimo de Jovellanos, Ellas Dienstmädchen, hatte Baron von Fischer-Truenfeld seit mehreren Monaten nicht gesehen – Baron von Fischer-Truenfeld baute entweder wieder an seinen Telegraphenleitungen oder er war nach Preußen zurückgekehrt –, und sie war schwanger. Da sie ohnehin rundlich war, bemerkte niemand, wie ihre Taille dicker und ihr Busen praller wurde; niemand bekam mit, daß sie sich mehrmals am Tag auf ihr

Bett, dann noch höher auf den Tisch stellte und hinuntersprang, daß sie kochendheiße Bäder nahm, daß sie Salzwasser trank – das Salzwasser verstärkte ihre Übelkeit nur noch. Doña Dolores ging außerdem in die Catedral de la Encarnación, kniete sich auf die harten roten Fliesen und betete. Alles vergebens: Am Ende wollte sie die schöne und freundliche Señora Juliana Echegaray de Martinez um Rat fragen, doch Señora Juliana war nicht zu Hause. Ihr Ehemann Oberst Martinez hatte zusammen mit seinen fünfhundert Männern, die vor Erschöpfung und Nahrungsmangel bis auf die Knochen abgemagert waren, bei Humaitá kapituliert, und zur Strafe war Señora Juliana festgenommen worden. Daraufhin vertraute sich Doña Dolores, die nicht wußte, an wen sonst sie sich hätte wenden sollen, Doña Isidora Diaz an, der dritten Kammerfrau. Seit dem Tod ihres Mannes machte Doña Isidora Diaz immer häufiger einen geistesabwesenden und verwirrten Eindruck.

»Ich war die Frau von General Diaz«, erklärte sie Doña Dolores.

»Ich sagte, ich suche eine Hebamme.« Doña Dolores war den Tränen nahe.

»Ich war ihm eine gute Ehefrau«, sagte Doña Isidora.

Es dauerte eine Weile, ehe Doña Isidora begriff, was Doña Dolores auf dem Herzen hatte, und ihr eine Hebamme in La Trinidad nannte.

Doña Dolores stieg frühmorgens in Asunción in einen Zug. Passagierabteile gab es nicht, die Waggons waren offen und hochbeladen mit Mais- und Alfalfasäcken. Zwei Männer mußten Doña Dolores hinaufhelfen – der eine zog von oben, der andere schob von hinten und steckte ihr dabei den Finger in den Arsch. Der Zug schwankte und holperte, und Doña Dolores nahm die vorbeiziehende

Landschaft mit den Grasbüscheln und dürren, bereits aussamenden Baumwollpflanzen kaum wahr. Sie bemerkte es auch nicht, als der Zug durch Feigen-, Akazien- und Mimosenhaine fuhr. Eigentlich spürte sie nur, daß ihr die Sonne auf den Kopf brannte und sie zum Schwitzen brachte.

Als Doña Dolores in La Trinidad aus dem Zug stieg, war ihr Rock hinten feucht. Zunächst glaubte sie, sie habe auf etwas Nassem gesessen – dem Getreidesack; sie dachte auch an den Mann, der ihr den Finger in den Arsch geschoben hatte, doch als sie schließlich bei der Hebamme ankam, wußte sie, daß sie feucht war, weil sie blutete, und daß sie gerade eine Fehlgeburt hatte. Die Hebamme gab ihr ein Glas heißen, bitteren Tee zu trinken, der ihr Mund und Zunge verbrannte und die Blutung noch verstärkte, dann schob sie etwas Spitzes in Doña Dolores' Unterleib und schabte in ihrem Inneren. Doña Dolores schrie. Anschließend bettete die Hebamme Doña Dolores, in eine Decke gewickelt, in eine Hängematte, nahm ihre Kleider und wusch sie für sie aus. Als Doña Dolores in der Lage war zu gehen, wollte sie die Hebamme bezahlen, doch die Hebamme wollte das Geld nicht annehmen.

»Gottes Wille«, wiederholte die Hebamme, »Gottes Wille.«

Im Zug zurück nach Asunción begann Doña Dolores erneut zu bluten. Diesmal war das Blut zwischen ihren Beinen dunkel und klumpig. Der Zug war fast leer, der einzige weitere Passagier war ein alter Mann, der *mate* trank; vollauf damit beschäftigt, an seinem Strohhalm zu saugen, blickte er nicht ein einziges Mal zu Doña Dolores hinüber. In dem Waggon gab es keine Getreidesäcke, auf denen man hätte sitzen können, und als die Krämpfe schlimmer wurden, legte sich Doña Dolores auf den hölzernen Waggonboden und weinte. Zu spät merkte sie, daß sie das Baby gern behalten hätte.

Von San Fernando aus, wo er Frederick Masterman sah, dessen Gesicht, so berichtete er, blutverschmiert war, zwang man Alonzo Taylor zu einem Marsch durch Sümpfe und dichte Wälder. In den Sümpfen wucherten messerscharfes, rauhes Riedgras und Schilfrohr, die Alonzo die bloßen Füße zerschnitten; die Wälder waren voller unüberwindbarer dorniger Kriechpflanzen und herabgefallener Palmwedel mit langen, scharfen Spitzen.

Er zählte mehr als zweihundert weitere Gefangene. Unter den Ausländern waren Señor Cauturo, ein Argentinier; Señor Fülger, ein deutscher Uhrmacher, und Señor Harmann, ebenfalls Deutscher; Leutnant Romero, ein Argentinier; Hauptmann Fidanza, ein Italiener; Señor Leite-Pereira, der portugiesische Konsul. Außerdem waren vier paraguayische Frauen dabei: Señora Juliana Echegaray de Martinez, Doña Dolores Recaldè und die Señoritas Egusquiza, zwei ältliche Jungfern.

In zwei Ochsenkarren, die hinter den Gefangenen herfuhren, saßen, so hieß es, Francos Schwestern Inocencia und Rafaela.

Während des Marsches ging Alonzo Taylor oft neben Señora Juliana Martinez her. Ihr Körper war von Wunden und Schnitten überzogen, ihr Gesicht voller blauer Flecken, und hinten am Hals hatte sie eine wunde Stelle von der Größe einer Orange, aus der Eiter und Blut sikkerten. Trotz seines eigenen geschwächten Zustands versuchte Alonzo, Señora Juliana zu helfen; er gab ihr alles, was er an Eßbarem hatte, und manchmal unterhielten sie sich.

»Mrs. Lynch war mir jahrelang eine gute Freundin. Sie

war immer liebenswürdig und herzlich«, sagte Señora Juliana.

»Sie mochte meine jüngste Tochter Elizabeth sehr gern. Sie nahm sie unter ihre Fittiche«, antwortete Alonzo.

»Sie machte mir viele Geschenke – Kleider, französische Seide« – Señora Juliana nestelte an dem zerfetzten und verdreckten blauen Schal, den sie um die Schultern trug –, »Brokat, Möbel für mein Haus, ein Diamantarmband zum Geburtstag. Sie war mir gegenüber immer großzügig. Wenn ich sie doch bloß sehen, einen Augenblick mit ihr sprechen könnte.«

Alonzo nickte. »Sie hat Elizabeth Klavierstunden gegeben und zu mir gesagt, Elizabeth sei ziemlich begabt.«

»Sagen Sie mir die Wahrheit, Mr. Taylor. Diese häßlichen Prellungen in meinem Gesicht«, Señora Juliana wandte das Gesicht Alonzo zu, »glauben Sie, die bleiben für immer?«

»Nein, die gehen wieder weg, das verspreche ich Ihnen.«

Señora Juliana, das wußte Alonzo Taylor, war schön gewesen, und sie war erst vierundzwanzig Jahre alt.

Eines Morgens in der Frühe ritt ein Armeeoffizier auf einem großen Braunen heran, der scheute und sich aufbäumte und nicht stillstehen wollte. Indem er mit einer Hand an den Zügeln zerrte und das Pferd unter Kontrolle zu halten versuchte, las der Offizier von einem Blatt, das er in der anderen Hand hielt, die Namen der folgenden Gefangenen laut vor: Señor Cauturo und Leutnant Romero, die Argentinier; Señores Fülger und Harmann, die Deutschen; Hauptmann Fidanza; Señor Leite-Pereira; Señora Juliana, die so schwach und ausgezehrt war, daß sie sich kaum auf den Beinen halten konnte; Doña Dolores Recaldè und Señorita Luisa Egusquiza, die die Sechzig überschritten hatte und deren Schwester unterwegs gestorben war.

Alle gaben Antwort, sobald ihre Namen aufgerufen wurden, und traten nach vorn, bis sie in einer Reihe standen. Dann wurden sie von den Wachleuten abgeführt, gefolgt von drei Priestern, die Stühle trugen, um den Gefangenen die Beichte abzunehmen. Etwa eine Stunde später hörte Alonzo Taylor eine Gewehrsalve und die Schreie einer Frau. Die Frau schrie noch lange, nachdem die Schüsse abgefeuert worden waren, und Alonzo Taylor schloß die Augen und betete, es möge nicht Señora Juliana Martinez gewesen sein. Als die Wachleute zurückkamen, trug einer von ihnen Hauptmann Fidanzas Hut und ein anderer Señor Leite-Pereiras grünen Umhang mit den Messingknöpfen; einer der Priester hatte sich Señora Julianas blauen Seidenschal um den Hals geschlungen.

Im Hôtel de la Paix in Buenos Ayres, in dem er untergekommen war, aß Oberstleutnant Thompson mit seinem Bruder zu Abend. Elf Jahre war es her, daß sich die Brüder zuletzt gesehen hatten, und im ersten Moment hatten sie einander gar nicht erkannt. Oberstleutnant Thompsons Haar war weiß geworden, und er hatte fast zehn Kilo verloren, während sein Bruder ebensoviel zugelegt und eine Glatze bekommen hatte. Während des fünfgängigen Menüs, bestehend aus einer Erbsencremesuppe, pochiertem Seebarsch, Vanilleeis, einer Auswahl regionaler Käsespezialitäten und einem Pudding zum Dessert, informierten sie sich gegenseitig über die neuesten Familienereignisse – hauptsächlich Geburten und Todesfälle; eine Schwester war bei einem Bootsunfall an der Küste von Bournemouth ertrunken, eine Nichte hatte geheiratet und war noch im gleichen Jahr Witwe geworden, eine andere Verwandte hatte eineiige Zwillinge zur Welt gebracht, zwei Jungen, die nicht einmal die Eltern auseinanderhalten konnten, der Hund der Familie, ein Langhaarsetter namens Samson, an den sich Oberstleutnant Thompson mit großer Zuneigung erinnerte, hatte das stattliche Alter von sechzehn Jahren erreicht, dann aber eingeschläfert werden müssen.

Gegen Ende der Mahlzeit kam der Besitzer des Hotels, Monsieur Maréchal, an ihren Tisch, um sich zu erkundigen, ob sie zufrieden gewesen seien.

»Ausgezeichnet, ich danke Ihnen«, versicherte Oberstleutnant Thompson Monsieur Maréchal. »Ich habe seit Jahren nicht mehr so gut gegessen. Genaugenommen seit elf Jahren.«

Monsieur Maréchal verbeugte sich und lächelte die beiden Männer an. Einen Augenblick lang sah es aus, als wollte er noch etwas fragen – ob es vielleicht Neues von Madame Lynch gebe? Statt dessen sagte er nur: *»Bon appétit, messieurs.«*

Nachdem Monsieur Maréchal sie verlassen hatte, bot Oberstleutnant Thompson seinem Bruder eine Zigarre an, die er aus Paraguay mitgebracht hatte – eine *pety-hobi* von grobem Aussehen, jedoch mild im Geschmack. Zu den Zigarren tranken die beiden Brüder süßen bolivianischen Kaffee und genehmigten sich auch ein Glas Brandy. Erst dann begann Oberstleutnant Thompson seinem Bruder zu berichten, wie er nach der Niederlage bei Angostura das Glück gehabt hatte, an Bord der H.M.S. *Cracker* zu gelangen – erwähnte jedoch auch, wie leid es ihm tat, daß er in der Eile einen wertvollen Prunksäbel mit massivem Goldgriff hatte zurücklassen müssen, den Franco ihm geschenkt hatte – und Paraguay zu verlassen.

Die beiden Ochsenkarren, das hatte Alonzo Taylor inzwischen bemerkt, waren leer. Inocencia und Rafaela waren freigelassen worden und befanden sich auf dem Weg nach Piribebuy.

In der Kutsche jammerte Rafaela: »Ich habe einen Knopf von meinem Kleid verloren. Kannst du es dir bitte mal ansehen, Inocencia.« Rafaela hatte alle Knöpfe ihres Kleides eingebüßt, das Kleid klaffte weit auseinander und wurde nur noch von einem Stück Schnur um ihre Taille zusammengehalten.

»Mein Haar, Rafaela. Sitzt es auch richtig«, fragte Inocencia zurück und prüfte mit der Hand ihre Frisur.

»Sobald ich zu Hause bin, nähe ich neue Knöpfe an mein Kleid«, sagte Rafaela.

»Wenn ich doch bloß meinen Kamm finden könnte«, fuhr Inocencia fort. »Den Schildpattkamm, den Vincente mir geschenkt hat.«

»Seidenknöpfe, Perlmuttknöpfe, Messingknöpfe«, sagte Rafaela mit einem Singsang in der Stimme. »Von nun an gibt es bei mir nur noch Knöpfe aus Gold.«

»Du hast nicht zufällig meinen Kamm gesehen, Rafaela?« Inocencia runzelte die Stirn. »Wenn ich dich nicht so gut kennen würde und du nicht meine Schwester wärst, würde ich annehmen, du hättest meinen Kamm gestohlen.«

»Hör auf mit deinem blöden Kamm, Inocencia. Ich suche meinen goldenen Knopf.«

»Dann such doch auch gleich meinen Kamm«, entgegnete Inocencia. Völlig unvermittelt versetzte sie Rafaela einen kräftigen Schlag in die Magengrube.

»*Aiii*«, schrie Rafaela und zerrte Inocencia an den Haaren.

Die Entfernung zwischen Francos Lager bei Cerro León und Piribebuy betrug keine zehn Kilometer Luftlinie, doch Franco mußte die *cordilleras* überqueren, das machte den Weg bedeutend länger. Alle zwei oder drei Tage ritt Franco auf Linda, seinem großen, trittsicheren Maultier, den schmalen, in die Felsen gehauenen Serpentinenpfad, der steil war wie eine Treppe, zunächst hinauf und dann wieder hinunter, um Ella zu besuchen.

Franco war blaß und hatte zugenommen; er aß enorm viel, jedoch nicht, weil er hungrig, sondern weil er frustriert war. Beim Abendessen trank er außerdem zuviel.

»Mach noch eine Flasche Champagner auf«, befahl er seinem Diener.

Manuel blickte zu Ella hinüber.

»Hörst du nicht gut?« Franco geriet schnell in Wut. »Du nichtsnutzige, hinterlistige Schwuchtel!«

Franco hörte auf niemanden; gelegentlich sprach er mit dem amerikanischen Gesandten, General MacMahon.

»Reich mir das Fleisch!« brüllte er.

Ella tat wie geheißen. »Aber, *chéri*, du wirst dir den Magen verderben. Das ist schon deine dritte Portion!«

Franco funkelte Ella wütend an. »Kümmere dich um deine eigenen Angelegenheiten. Ich sagte ja bereits, wenn du mich nicht mehr unterstützen willst, wenn du mich verlassen willst, dann ist jetzt der richtige Zeitpunkt.«

»Ich spreche vom Fleisch. Von dem verdammten Fleisch! Nicht vom Krieg.« Ella war den Tränen nahe.

Franco zuckte die Schultern und aß weiter.

Später im Bett hielt Franco im Schlaf Ellas Hand und schnarchte; er träumte schwer. Er rief Namen: »Hauptmann Fidanza!« »Saturnino!« »Leutnant Romero!« »Señor Harmann!« »Doña Luisa Egusquiza!« »Señor Leite-Pereira!«

Sein Rufen weckte Ella.

»Señora Juliana Martinez!«

Ella erinnerte sich daran, wie Señora Juliana ihr beim Ankleiden und Frisieren geholfen, wie sie die Kette aus Aquamarinen in ihrem Nacken geschlossen hatte. Sie hörte immer noch, wie Señora Juliana, wenn sie morgens eintraf, gerufen hatte: *Señora, hören Sie, wie schön heute morgen die Vögel singen? Der Gesang gilt nur Ihnen!* Ellas Augen füllten sich mit Tränen – Señora Juliana war nicht nur reizend gewesen, sie hatte auch eine wunderschöne Stimme gehabt.

Pancho begleitete Franco stets über die *cordilleras*. Kaum erreichten sie das Haus seiner Mutter, stürmte er auch schon in Enriques Zimmer. Am Boden hockend, spielte Pancho mit Enriques Zinnsoldaten. Er und Enrique führten ausgedehnte Schlachten zwischen den verschiedenen Regimentern, den Lanzenreitern, der Gardekavallerie und den leichten Dragonern. Gewann Enriques Regiment, bekam Pancho einen Wutanfall und trat die übrigen Soldaten mit dem Fuß beiseite; einmal versetzte er auch Enrique einen Fußtritt.

»*Tonto! Imbécil!*«

Anstatt zu jammern, lachte Enrique nur, was Pancho noch mehr in Wut versetzte.

In einer Ecke des Zimmers, das er mit Enrique teilte, saß Federico und las – oder tat vielmehr, als lese er. Zwischen den Sachen seiner Mutter hatte er *Der letzte Mohikaner* gefunden. Es handelte sich um eine Übersetzung ins Französische, und Federico verstand nur hie und da ein paar Worte; meist blieben seine Augen an den farbenprächtigen Illustrationen hängen. Auf einem Bild hatte ein Indianer mit rot-weiß-gelb bemaltem Gesicht einen britischen Soldaten beim Schopf gepackt und hielt in der anderen Hand einen Tomahawk; auf einem anderen Bild wurden Hände und Füße einer hübschen blonden Frau und eines blonden Kindes mit Stricken an einen Pfahl gefesselt, während im Hintergrund eine Gruppe von Indianern zu sehen war, die ein Feuer unter einem riesigen Kessel entfachten. Federico war fasziniert, erschauerte aber gleichzeitig. Die Indianer in dem Buch wirkten auf ihn weit grausamer als die Gauchos, sehr viel wilder als die brasilianischen *macacos*.

Wenn es für Pancho Zeit wurde zu gehen, schüttelte er seinen Brüdern förmlich die Hände und beugte sich in französischer Manier über die Hand seiner Mutter, um sie zu küssen – dabei berührten Panchos Lippen kaum Ellas Haut –, stieg dann auf sein Pferd und ritt, den Rükken kerzengerade, mit seinem Vater zusammen wieder den steilen Pfad hinauf und hinunter nach Cerro León.

Als Franco eines Tages durch das Lager ritt, erkannte er unter den Gefangenen Alonzo Taylor.

»Was um alles in der Welt machen Sie denn hier?«

»Sir, ich bitte Sie, das ist mit Sicherheit ein Irrtum. Ich habe keinerlei Verbrechen begangen, und meine Familie...«, setzte Alonzo zu einer Antwort an.

Doch Franco wollte das alles nicht hören. »Sie sind frei«, rief er ihm zu, gab seinem Maultier die Peitsche und kanterte davon.

Alonzo Taylor war dem Hungertod nahe und wog nur noch knapp fünfzig Kilo. Er war zu schwach, um weit zu kommen. Fast sofort wurde er von brasilianischen Soldaten aufgegriffen, die ihn jedoch wieder freiließen, so daß er sich langsam und unter Schmerzen zu Pferde nach Asunción durchschlagen konnte. Da er kaum noch Fleisch auf den Knochen hatte, konnte Alonzo sich nur mit Mühe im

Sattel halten, und als er schließlich das von ihm selbst erbaute Haus mit dem Feuerplatz und dem Kamin erreichte, war er zu krank, um zu sprechen oder zu erklären, daß er seine Frau und seine beiden Töchter suchte. Das letzte, woran er sich erinnerte, war, wie er auf Händen und Knien über den Boden zum Schlafzimmer gekrochen war und nach Dolores gerufen hatte, dem lebhaften Mädchen, in dessen Adern halb spanisches, halb Guaraníblut floß und das ihm früher Lieder in beiden Sprachen vorgesungen hatte. Alonzo hatte keine Erinnerung daran, wer sich danach um ihn gekümmert hatte oder wie er an Bord der H.M.S. *Cracker* gelangt war, und es dauerte einige Tage, bis er wieder richtig sprechen konnte und ehe er begriff, daß seine Frau und die beiden Töchter in Piribebuy in Sicherheit waren.

Eines Morgens, als Ella in Piribebuy die von Bäumen gesäumte Straße entlangging, begegnete sie Inocencia und Rafaela. Die beiden Schwestern trugen ihre Gesangbücher bei sich, sie waren auf dem Weg zur Messe. Seit Ella sie zuletzt gesehen hatte, waren sie sichtlich gealtert und dünner geworden; Rafaela hinkte, und Inocencia war ein Großteil ihres dunklen Haares ausgefallen.

»*Buenos días, Señoras.*« Plötzlich taten sie Ella leid.

Sofort wechselten die beiden Schwestern die Straßenseite.

Inocencia spuckte in Ellas Richtung. »*Puta!*«

»*Ladrona! Du hast meine Goldknöpfe gestohlen!*« rief Rafaela ihr zu.

Hundertmal hatte Ella ihre Koffer gepackt, hundertmal wieder ausgepackt. Sie hatte mit dem Gedanken gespielt zu verschwinden, an Bord eines französischen Schiffes zu gehen und ihre Kinder, Rosaria, ihr Pferd Mathilde, ein paar ihrer wertvollsten Besitztümer mitzunehmen: ihre Lieblingskleider, ihre Toilettengarnitur mit den silbernen Kämmen und Bürsten, ihre Halskette aus Aquamarinen. Jetzt war sie entschlossen zu bleiben.

»Ich bin abberufen worden«, erklärte General MacMahon Ella.

»Es ist zu kompliziert zu erklären«, sagte er, als sie nach den Gründen fragte. »Jedenfalls war es eine der ersten Amtshandlungen von Ulysses Grant nach seinem Amtsantritt als Präsident der Vereinigten Staaten, Elihu Benjamin Washburn zum Außenminister zu ernennen.«

»Charles Washburns Bruder?« fragte Ella.

»Genau. Elihu Washburn war so unbeliebt und seine Ernennung so umstritten, daß er nach nur elf Tagen im Amt zurücktreten mußte.«

»Das überrascht mich nicht«, sagte Ella.

»Allerdings hat er während dieser elf Tage eine Anordnung erlassen, die mich von meinem Posten in Paraguay abberuft«, fuhr General MacMahon fort. »Anscheinend empfand er meine Berichte, die Präsident López unterstützten, als Kritik an seinem Bruder, der sich vor einem Untersuchungsausschuß des Kongresses für seine Amtsführung verantworten muß.«

»Seine fürchterliche Amtsführung«, ergänzte Ella.

Anschließend ritt General MacMahon über die *cordilleras*, um in Cerro León Franco zu informieren.

»Ich verliere nicht nur die Anerkennung der Vereinigten Staaten, sondern auch einen guten Freund«, sagte Franco, als er General MacMahon an seine Brust drückte.

»Vergessen Sie uns nicht«, fügte er hinzu.

Als General MacMahon Paraguay verließ, nahm er nebst seinen eigenen Schrankkoffern und Reisetaschen viele Schachteln und Päckchen mit. Als die brasilianischen Beamten in Asunción ihn fragten, was sich darin befinde, antwortete er: »Zigarren und *mate*«.

Im August griffen die Alliierten Piribebuy an. Die Stadt wurde vier Stunden lang aus Kanonen beschossen; von den Häusern, den schmucken Gärten und den Orangenbäumen blieb nichts als Schutt, Staub und Asche. Die Kavalleristen jagten die Frauen und Kinder, die zu fliehen versuchten, ritten sie nieder, spießten sie mit ihren Lanzen auf, zerstückelten sie mit ihren Säbeln. Als das Krankenhaus angezündet wurde, verbrannten alle Kranken, die sich darin befanden. Glücklicherweise war Ella rechtzeitig gewarnt worden. Wenige Stunden zuvor waren sie und die Kinder in einer Kutsche geflohen, an die Mathilde mit einem Strick angebunden war.

Mrs. Taylor und ihre beiden Töchter Mary und Elizabeth suchten Zuflucht in der malerischen alten Kirche mit dem Glockenturm. Als die brasilianischen Soldaten die Tür aufbrachen, warf sich Mrs. Taylor vor ihre Töchter, um sie zu schützen, doch Elizabeth, die seit dem Vorfall am Fluß in Luque nicht mehr sie selbst war, wand sich unter ihrer Mutter hervor und rannte auf den nächstbesten Soldaten zu. Knurrend wie ein Hund, stürzte sie sich auf ihn, biß ihm ins Gesicht und in den Hals. Der Soldat, ein untersetzter Mann mit dichtem schwarzem Bart, war so überrascht, daß er sich zunächst nicht von der Stelle rührte; als er begriffen hatte, daß Elizabeth verrückt sein mußte, versuchte er sie wegzustoßen, doch in ihrem Wahn war Elizabeth beinahe so stark wie er und nahm ihn in einen Klammergriff.

»Wuff!« bellte Elizabeth mit Schaum vor dem Mund.

»Ahh!« schrie der Soldat, der unwillkürlich Angst vor ihr bekam.

Die beiden rollten in der Kirche herum wie ineinander verbissene Hunde, bis der Soldat schließlich, um sich von ihr zu befreien, seine Pistole zog und Elizabeth in den Kopf schoß. Als Elizabeth zurücksank, öffnete sich ihr Mund, und ein großes Knäuel schwarzen Soldatenhaares fiel heraus. Mrs. Taylor und Mary wurden ebenso wie die anderen Frauen, die sich in die Kirche geflüchtet hatten, vergewaltigt und anschließend erschossen, sofern man ihnen nicht, um Munition zu sparen, die Kehlen durchschnitt. Mary, die noch Jungfrau gewesen war, wurde so oft vergewaltigt, daß sie das Bewußtsein verlor und zu ihrem Glück auch nicht wiedererlangte; der letzte Mann, der sie nahm, stieß ihr ein Messer ins Herz, nachdem er seine Hosen hochgezogen hatte. Als sie fertig waren, raubten die brasilianischen Soldaten alles in der Kirche befindliche Silber – den Abendmahlskelch, die Kerzenständer, die Spendenteller. Sie verschwanden, als die Glocke im Kirchturm gerade drei schlug.

Anstatt in die Kirche zu gehen, ritt Alfredo d'Escragnolle Taunay, Hauptmann der brasilianischen Kavallerie, hinüber zu Ellas Haus. Unter den zurückgebliebenen Besitztümern entdeckte Hauptmann d'Escragnolle Taunay Francos Weinkeller, öffnete eine Flasche Champagner und trank sie auf einen Zug aus. Er fand außerdem eine schön gebundene, Ella gewidmete Ausgabe von *Don Quijote de la Mancha. Mit den besten Wünschen von Ihrem guten Freund und Landsmann Martin MacMahon.* Als Kapitän d'Escragnolle Taunay später auf die Toilette mußte, riß er einige Seiten heraus und benutzte sie, um sich zu säubern.

17
Río Aquidabán

Justo Josés Frau hatte ihre Töchter nach den Frauen der Familie López benannt: die älteste Juana, die zweite Rafaela, die dritte Inocencia; als die vierte Tochter zur Welt kam, die mit den Flügelärmchen, nannte sie Justo Josés Frau – trotz der Proteste ihres Mannes – aus einer Laune heraus Ella.

Juana war vierzehn und schwanger. Der hübsche junge Soldat, der sie zu heiraten versprochen hatte, war bei Angostura in Gefangenschaft geraten und anschließend gezwungen worden, in den Dienst der brasilianischen Armee zu treten.

Oberstleutnant Thompson war empört, als er, noch in Buenos Ayres, von dieser Praxis erfuhr; er schrieb eine Protestnote an den brasilianischen Kriegsminister:

Ich habe die Ehre, mich an Euer Exzellenz zu wenden, um Ihnen mitzuteilen, was ich von verschiedenen paraguayischen Staatsbürgern, die kürzlich aus Asunción gekommen sind, erfahren habe, daß nämlich viele der Männer, die in Angostura, wo ich das Kommando führte, kapituliert haben, gegen ihren Willen gezwungen wurden, in die Armee der Alliierten einzutreten.

Da dies im Widerspruch zu den schriftlichen Kapitulationsvereinbarungen und der mündlichen Versicherung des Duque de Caxias steht, wende ich mich persönlich an Eure Exzellenz mit der Bitte, dies zu untersuchen und in Ordnung zu bringen.

Der Brief von Oberstleutnant Thompson blieb ohne jede Wirkung. Die Praxis, Gefangene zu Kämpfern in den eigenen Reihen zu machen, setzte sich fort, und der Vater von Juanas ungeborenem Kind fiel in der Schlacht von der Hand eines Landsmanns.

Rafaela, das zweite Mädchen, starb an Diphterie, ihre Kehle verengte sich so sehr, daß sie schießlich weder essen noch atmen konnte – Justo José, der während des Krieges nur zweimal in sein Heimatdorf San Estanislao zurückgekehrt war, wußte noch nichts von ihrem Tod. Inocencia, das hübscheste der vier Mädchen und Justo Josés Lieblingstochter, war zwölf Jahre alt und arbeitete als Dienstmädchen in Asunción. Seit über einem Jahr hatte man nichts mehr von ihr gehört; Inocencia konnte nicht schreiben, und selbst wenn sie es gekonnt hätte, seit der Besetzung der Stadt durch die Alliierten wäre kein Brief nach Hause mehr durchgekommen. Die englische Familie, für die sie arbeitete, war erst nach Luque gegangen und dann nach Piribebuy weitergezogen. Nach einem Gerücht, das Justo Josés Frau zu Ohren gekommen war, hatte es in der Familienkutsche nicht genug Platz für Inocencia gegeben, laut einem anderen Gerücht hatte es Inocencia vorgezogen, allein in Asunción zu bleiben. Jeden Tag ging Justo Josés Frau in die Kirche und betete darum, daß ihre Tochter in Sicherheit sei; einmal in der Woche zündete sie eine Kerze für sie an. Sie hatte durchaus noch Hoffnung. Ein Nachbarjunge aus dem Dorf, ungefähr im gleichen Alter wie Inocencia – sie hatten als Kinder zusammen gespielt – erzählte ihr, er hätte Inocencia in der Woche zuvor gesehen, als er nach Asunción gegangen war, um den Brasilianern ein paar Hühner zu verkaufen. Es gehe Inocencia gut, meinte er. Mehr sagte er nicht, und auch nicht, wo er Inocencia gesehen hatte – auf der Plaza Vieja, sie hatte in der

Eingangstür des Gran Hotel de Cristo gestanden und eine Zigarre geraucht. Ebensowenig erzählte er ihrer Mutter, daß Inocencia ihn mit stumpfem Blick angestarrt und nicht erkannt hatte, als er in das Gran Hotel de Cristo gegangen war und versucht hatte, sie anzusprechen. Und als der Nachbarsjunge ihr gesagt hatte, wer er war, hatte Inocencia nur gelacht und ihm den Rauch ihrer Zigarre ins Gesicht geblasen.

Ella, die Jüngste, war musikalisch wie ihr Vater Justo José; sie hatte ein gutes Gehör und konnte gut imitieren. Wenn sie im Wald spazierenging, machte sie mühelos die Vögel nach, ihren Gesang, ihren Ruf. Sie konnte pfeifen wie eine Ente auf ihrem Zug nach Süden, sie konnte kreischen wie ein großer Schwarm Papageien, sie konnte mit gespitztem Mund die Warnlaute des Kiebitzes beim Nahen eines Karakara oder Chimango, eines Falken oder Geiers, nachahmen. Sie konnte so still unter dem Dach ihres Lieblingsfeigenbaums sitzen, dem mit den dunklen, saftigen Früchten, daß ein *já-khá*, ein wilder Truthahn, von seinem Sitz hoch oben in einem Mimosenbaum heruntergeflattert kam, wenn sie ihm zurief: *chakhan-chaja, chakan-chaja*! Einmal, nicht lange, nachdem der Nachbarsjunge Inocencia in Asunción gesehen hatte, stand Ella unter ebendiesem ausladenden Baum und reckte sich, um mit dem Mund eine reife Feige zu erreichen – ihre Arme waren beinahe nutzlos, an jedem Stumpf ragten zwei kleine Finger heraus – als ein Papagei, der auf dem Baum gesessen hatte, ihr die reife Feige aus den Zähnen schnappte.

Ella erschrak nicht im mindesten, sie lachte. Einen so großen Papagei hatte Ella noch nie gesehen – die Spannweite seiner Flügel betrug mehr als einen Meter –, und auch nicht einen so schönen: seine Federn waren von dunklem Blauviolett. Auch der Papagei sah sie an, von oben, mit seinen gelb geränderten, unerschrockenen und neugierigen Augen. Nach einer Weile kletterte der Papagei den Zweig des Feigenbaums hinauf, pflückte eine andere Feige und kam mit ihr im Schnabel wieder herunter. Ella öffnete den Mund, und der Papagei ließ die Feige hineinfallen. Schon war der blaue Papagei wieder oben, um eine weitere Feige zu holen, und noch eine, und noch eine, bis Ella genug Feigen gegessen hatte. Dann winkte Ella dem Papagei mit ihren flügelartigen Ärmchen, und als sei dies ein vertrautes Zeichen zwischen ihnen beiden, kletterte der Papagei – seinen Schnabel zum Balancieren benutzend – von dem Feigenbaum herab auf Ellas Schulter.

»*Kráa, kráa*«, sagte Ella.

»*Kráa, kráa*«, antwortete ihr der große blaue Papagei.

Ella ging mit dem großen blauen Papagei auf der Schulter zu ihrem Haus in San Estanislao zurück, wo ihre Mutter und ihre Schwester – Juana, die unter der Hitze litt, fächelte sich ungeduldig mit einem Palmblatt Luft zu – in der Küche warteten. Sie warteten auf einen Kürbis, ein Zuckerrohr, eine Pastinake, eine Melone, ein paar Orangen – was immer Ella auch im Wald finden und ihnen mit ihren Flügelärmchen bringen würde –, und da brachte sie ihnen einen großen blauen Papagei.

Juana ließ den Palmwedel fallen und stürzte sich auf den Papagei. Der Papagei war schneller und biß sie.

»*Aiii!*« Juana hielt ihre blutende Hand hoch.

Justo Josés Frau war gewiefter. Sie stand hinter Ella, so daß Ella sie nicht sehen konnte, nahm einen Leinensack und stülpte ihn rasch und zielsicher über den Papagei. Bevor Ella sich umwenden konnte, um einzugreifen, hatte sie den Sack auf den Küchentisch gelegt und ihren hölzernen Hammer genommen. Zu spät schrie Ella auf, als ihre Mutter mehrfach auf den Papagei im Sack einschlug.

Als Justo Josés Frau sicher war, daß sich in dem Sack nichts mehr bewegte und auch sonst keinerlei Lebenszeichen mehr zu erkennen war, öffnete sie ihn. Der blaue Kopf des Papageis war zerquetscht; sein gelbgerändertes Auge zu Mus zerschlagen. Justo Josés Frau begann zufrieden, den Papagei zu rupfen, während Juana einen Topf Wasser aufsetzte. Bald bedeckten blaue und violette Federn den Küchenfußboden in Justo Josés Haus. Später kehrte seine Frau sie ins Feuer, in das Feuer, auf dem sie das Essen kochte.

Nach dem Fall von Piribebuy lebte Franco wie ein gehetzter Flüchtling. Er floh durch die Sümpfe des Alta Paraná, zuerst nach Caraguatay, dann nach San Estanislao, nach Curuguaty und schließlich nach Cerro Corá an den Ufern des Aquidabán, den brasilianischen Verfolgern stets nur um wenige Kilometer voraus. In immer verzweifelteren Kämpfen versuchte Franco zu verhindern, daß ihn der Feind umzingelte. Tausend Mann waren ihm geblieben – Knaben und alte Männer –, eine Handvoll Geschütze, ein paar kaputte Gewehre, die von Lederfetzen und Stricken zusammengehalten wurden, Kartätschen, die aus Schrauben und zerkleinerten Eisenstäben hergestellt und auf Entfernungen über hundert Meter wirkungslos waren. Hinzu kam, daß er durch das Trinken immer unberechenbarer, immer labiler und unvernünftiger wurde. Den einen Tag ließ er selbstzufrieden und stolz Orden aus irgendwelchen Metallresten hämmern und verteilte sie mit großem Pomp an seine Soldaten. Einem zwölfjährigen Jungen mit gebrochenem Bein, der kaum gehen konnte, verlieh er einen Orden dafür, daß er nicht wegrannte, einem alten, einäugigen Mann gab er einen Orden, weil er sich als guter Späher ausgezeichnet haben sollte. Währenddessen mußte Justo

José, der kaum noch die Kraft hatte, seine Harfe zu halten, und so hungrig war, daß er eines Nachts davon träumte, sein Instrument aufzuessen – er kaute das Zedernholz und schlang das Dutzend Saiten hinunter, das von den einst sechsunddreißig übriggeblieben war –, unablässig spielen, *ta dum ta dum ta dum dum dum.* Am nächsten Tag mußte er dann wieder aufspielen, wenn Franco in anderer Stimmung war und ein halbes Dutzend Soldaten auspeitschen ließ, *ta dum ta dum ta dum dum dum*, darunter den zwölfjährigen Jungen mit dem gebrochenen Bein, der den Orden bekommen hatte, *ta dum ta dum ta dum*, und auch den alten einäugigen Mann, *ta dum ta dum.* Der Einäugige überlebte die Auspeitschung nicht, *ta dum.*

Ungefähr zur gleichen Zeit wurde in New York City Fregattenkapitän Kirkland, der Kommandant der U.S.S. *Wasp*, vor dem Untersuchungsausschuß, der sich mit der Amtstätigkeit von Mr. Washburn als amerikanischem Gesandten in Paraguay beschäftigte, vereidigt und vernommen.

FRAGE: In einem Brief mit dem Vermerk »privat« schreiben Sie: »Mr. Washburn sagte mir, ihm sei nie etwas über einen Umsturz oder eine Verschwörung gegen die Regierung zu Ohren gekommen; aber einmal, als ihr Mann nicht zugegen war, bemerkte Mrs. Washburn, es gebe einen Plan, López abzusetzen und statt dessen seine beiden Brüder an die Macht zu bringen, Venancio und Benigno.« Bitte schildern Sie die Umstände, unter denen Sie diese Information erhalten haben.

KAPITÄN KIRKLAND: Das war auf der Fahrt flußabwärts, drei Tage nachdem wir die Batterien verlassen hatten. Mrs. Washburn äußerte mit Nachdruck, daß es keine

Verschwörung gebe, daß jedoch ein Plan existiere. Wir saßen zu Tisch. Mr. Washburn hatte seine Mahlzeit bereits beendet und war aufgestanden, um etwas zu erledigen, kurze Zeit später kam er wieder. Ich fand diese Bemerkung damals sehr eigenartig. Vor allem erinnere ich mich daran, daß sie zwischen »Verschwörung« und »Plan« unterschied.

FRAGE: War sonst noch jemand anwesend?

KAPITÄN KIRKLAND: Ja, Sir; ein Mr. Davie war anwesend.

FRAGE: Mrs. Washburn hat also zu jenem Zeitpunkt und in Verbindung mit den Bemerkungen, über die Sie berichtet haben, gesagt, eine Verschwörung gäbe es nicht?

KAPITÄN KIRKLAND: Wir sprachen über López und über das Land und die Bevölkerung, und sie sagte, es gebe keine Verschwörung, sondern einen Plan, López abzusetzen.

Anschließend wurde Mrs. Washburn vorschriftsmäßig vereidigt und vor dem Untersuchungsausschuß vernommen, und man las ihr die Aussage von Fregattenkapitän Kirkland vor.

FRAGE: Bitte schildern Sie uns Ihre Erinnerungen an dieses Gespräch.

MRS. WASHBURN: Ich kann mich nicht erinnern, mit ihm über irgend etwas gesprochen zu haben, was über das allgemeine Gerede über eine mögliche Verschwörung hinausging. Ich kann gar nicht gesagt haben, es hätte einen Plan oder eine Verschwörung gegeben, weil ich das nicht geglaubt habe; vielleicht habe ich gesagt, wir hätten zeitweise so etwas vermutet, wegen der Verhaftungen, etc. Ich war nicht der Ansicht, daß eine Verschwörung im Gange sei, und kann folglich auch nichts dergleichen geäußert haben. Ich habe allerdings keine genaue Erinnerung daran, was auf der Reise vorfiel, weil ich sehr angespannt und häufig unpäßlich war.

Ella konnte sich nicht mehr erinnern, wo sie Mathilde zuletzt geritten hatte. In Caraguatay? San Estanislao? Curuguaty? Ebensowenig konnte sie sich daran erinnern, wann sie Mathilde zuletzt geritten hatte. Vor einer Woche? Einem Monat? Einem Jahr? Vor einer halben Ewigkeit? Mathilde war fast nur noch Haut und Knochen. Ihr schönes, glänzendes graues Fell war voller wunder, zum Teil kahler Stellen, so sehr hatte sie sich gescheuert. Müde ließ sie den Kopf hängen; ein Auge war halb geschlossen und verkrustet. Ella wusch es jeden Morgen mit warmem Wasser aus, aber am Nachmittag war es bereits wieder verklebt. Das schlimmste war, daß Mathilde ständig stolperte – schon vor Monaten hatte sie zwei Hufeisen verloren. Der Junge, der sich um Mathilde kümmerte, fand, man solle ihr den Gnadenschuß geben; er dachte dabei auch an das Pferdefleisch. Hätte er es gewagt, hätte er Mathilde überhaupt kein Futter mehr gegeben.

»Oh, mein Liebling«, sprach Ella zu ihrem Pferd, »bald hat dieses Elend ein Ende. Du wirst soviel Heu und Hafer bekommen, wie du fressen kannst. Mehr als du fressen kannst. Du wirst wieder dick und rund werden.« Beim Klang von Ellas Stimme spitzte Mathilde die Ohren. »Du wirst bis zu den Knien Streu in deinem Stall haben. Frische Streu, jeden Tag.« Ella seufzte. »Warte ab, mein Liebling, wir werden lange Ausritte unternehmen, wie früher. Wir werden stundenlang über grüne Felder galoppieren, vorbei an Akazien und süßduftenden Orangenbäumen.« Ella tätschelte dem Pferd den Hals. »Warte nur ab, mein Liebling, mein Schatz.«

Venancio López, Francos Bruder, rang mit dem Tod. Man hatte ihn geschlagen und gefoltert, auf einen Karren geworfen und verschleppte ihn jetzt zusammen mit einem anderen Gefangenen, mit Kommandant José de Carmen Gómez, dem nicht länger schmucken Kommandanten von Villa Franca. Kommandant Gómez befand sich im Endstadium unbehandelter Syphilis, er hatte den Verstand verloren und war fast erblindet. Er wußte nicht, wer Venancio war, und auch als Venancio einmal die Kraft aufbrachte, ihm seinen Namen zu nennen, fuhr Kommandant Gómez einfach fort, ihn mit anderen Namen – Kosenamen – anzusprechen. Zwei- oder dreimal am Tag öffnete Kommandant Gómez seine Hose, um mit der Unbeirrbarkeit des Wahnsinnigen in den Karren zu masturbieren; er rieb sich an Venancios Bein, an Venancios Hüfte und rief: »*Querida, amor mío, amada, vita mía*«, wenn sich sein Samen auf Venancio ergoß. Zu schwach und zu sehr von Schmerzen gepeinigt, als daß er sich hätte beklagen oder etwas unternehmen können, schloß Venancio nur die Augen. An einem besonders heißen Tag schließlich – es drang kaum Luft in den Holzkarren – starb Venancio auf dem Weg nach Curuguaty. Nun ganz allein, schrie Kommandant Gómez und schlug sich die Brust, er knirschte mit den Zähnen und raufte sich die Haare. Die ganze Nacht über heulte er: »*Querida, amor mío, amada, vita mía!*«

»Wie eine rollige Katze«, sagte ein Feldwebel, der sich noch kaum von einer Auspeitschung erholt hatte, die Franco angeordnet hatte, und den Lärm unerträglich fand. Am Morgen griff er als erstes nach seinem alten Gewehr, und nach mehreren vergeblichen Versuchen – das Schloß klemmte, das Gewehr versagte – schoß er Kommandant Gómez mitten ins Herz.

Franco konnte selbst dann nicht schlafen, wenn er sich fast bis zur Bewußtlosigkeit betrunken hatte. In der Nacht lief er in seinem Zelt auf und ab, stolperte in die Dunkelheit hinaus, schreckte die angepflockten Pferde auf und weckte die erschöpften Wachen, bevor er in Ellas Zelt trat.

»*Chéri?*« Ella hatte einen leichten Schlaf.

Er kroch in ihr Bett, und Ella versuchte, ihn in Stimmung zu bringen. Das war früher immer ganz einfach gewesen, doch jetzt lutschte sie an seinem schlaffen Penis herum, bis sie zu ersticken glaubte und Franco ihren Kopf wegstieß.

»Genug«, sagte er. Zum ersten Mal im Leben zeigte sich Franco impotent.

Für den achtjährigen Carlos Honorio stand es fest, er wollte Zoologe werden, sich vielleicht auf Entomologie oder Ornithologie spezialisieren, wenn er nicht doch Zirkusdompteur wurde. Jedenfalls waren ihm Tiere lieber als Menschen. Seit Beginn des Krieges hatte er mehrere Tiere besessen: einen Chinchilla, einen zahmen Ozelot – Ella neckte ihn und sagte, er hätte Glück, daß es so heiß sei, sonst würde sie sich aus dessen geflecktem Fell einen Muff machen – und ein Spinnenäffchen, das ihm ein Soldat geschenkt hatte und das auf Carlos Honorios Schulter saß, bis es schließlich weglief.

Bei jeder Gelegenheit – wenn Rosaria zu beschäftigt war oder nicht achtgab – stahl sich Carlos Honorio aus dem Zelt, das er mit seinen Brüdern teilte, und lief zum Río Aquidabán hinunter, wo er im Schatten eines gefiederten Bambus, und umschwärmt von hellgelben und blaßgrünen Schmetterlingen, am Ufer saß und die Zeit vergaß. Er beobachtete zwei Wasserschweine bei der Paarung, ohne recht zu verstehen, was sie da taten. Sie kämpften wohl, vermutete Carlos Honorio. Ein anderes Mal sah er einen *capybara*, ein großes Nagetier, über hundert Pfund schwer, ins Wasser gleiten und rasch über den Fluß schwimmen; er beobachtete einen Tapir – Carlos Honorio hielt ihn für ein Wildschwein – und mehrere Ameisenbären. Er sah Fasane, Schnepfen und Wildtauben. Eine schwarz-weiße Moschusente – die größte Ente der Welt, hatte er gelesen – schwamm lautlos vorbei und verschwand im Sumpf. Außerdem sah er Störche, Silberreiher, Ibisse und einen Kappenreiher. Der Reiher mit seinem bläulichen Gesicht, das wie eine Maske aussah, saß kaum zehn Meter von Carlos Honorio entfernt in einem Baum. Zwei lange Federn, die aus der schwarzen Kappe auf seinem Kopf sprossen, bildeten einen eleganten Bogen über seinem Rücken. Carlos Honorio beobachtete ihn mit angehaltenem Atem. Alles hätte er gegeben, sogar seine hölzene Arche, um *einen* bestimmten Vogel zu sehen: einen *ipègtàtà*. Rosaria hatte Carlos Honorio erzählt, der *ipègtàtà* fresse ausschließlich Glühwürmchen, weshalb man ihn auch kaum übersehen könne, denn der *ipègtàtà* erhelle im Flug den Himmel wie ein Meteor. Aber solange er auch am Ufer des Aquidabán saß – auch nach Einbruch der Dunkelheit –, einen *ipègtàtà* bekam Carlos Honorio nicht zu Gesicht.

Die Geschichten von Oberstleutnant Thompson weckten in seinem Bruder unwillkürlich Bewunderung für Franco, für seine Energie und seinen unbezähmbaren Willen. Im stillen bewunderte er auch Ella Lynch. Als er mehr über sie wissen wollte, wurde sie ihm als groß und schön beschrieben, mit graublauen Augen. Vergeblich fragte er nach einem Foto. Doch noch während er in Buenos Ayres bei seinem Bruder war, hatte er Gelegenheit, mit dem Journalisten Héctor Varela zu speisen, den er weiter über sie ausfragen konnte.

»Sie war großgewachsen, von biegsamer, zarter Gestalt, mit schönen, verführerischen Kurven. Ihre Haut schimmerte wie Alabaster.« Die Zeit hatte Héctor Varelas Erinnerung an Ella nicht verblassen lassen. »Ihre Augen waren von einem Blau, das dem Himmel entlehnt schien, und hatten einen so unbeschreiblich süßen Ausdruck, daß Amor daneben verblaßt wäre.«

»Ihr Südamerikaner müßt immer übertreiben.« Doch Oberstleutnant Thompsons Bruder blieb neugierig.

»No, Señor. Ich spreche die Wahrheit.«

»Mrs. Lynch ist eine clevere und ehrgeizige Frau.« Oberstleutnant Thompson war weniger leidenschaftlich, was Ella betraf. »Sie neigt zur Korpulenz«, fügte er hinzu. Nach dem Essen bot er seinem Bruder und Héctor Varela eine Auswahl Zigarren an – das war für ihn ein interessanteres Thema. »Diese Sorte nennt man *pety-hobi*, sie wird in Paraguay sehr geschätzt. Die hier heißen *pety-para*, was soviel wie ›gefleckter Tabak‹ bedeutet, man nennt sie so, weil die Blüte eine gelbliche Entfärbung aufweist. Dieser Tabak wächst nur an bestimmten Orten in Paraguay – das stimmt doch, Señor Varela? Die *canela*- oder zimtfarbene Sorte soll noch seltener sein, habe ich gehört.« Oberstleutnant Thompson zündete sich eine Zigarre an und warnte Héctor Varela und seinen Bruder: »Sie ist zwar mild im Geschmack, steigt aber leicht zu Kopf.«

Oberstleutnant Thompsons Bruder nickte lächelnd, er dachte immer noch an Ella. Dann sagte er: »Was die angeblichen Grausamkeiten von López betrifft – daß er Ausländern im Dienst seines Staates Geständnisse durch Folter abgepreßt hat; daß er seine Brüder mit dem Bajonett niedermetzeln ließ, seine Schwestern ...« Er paffte an seiner Zigarre und sagte etwas, das Oberstleutnant Thompson nicht richtig verstand.

»Wie bitte?«

»Ich sagte, daß die Wahrheit über López und seine Geliebte hier gänzlich unbekannt zu sein scheint.«

Wieder schwieg er einen Moment, um an seiner Zigarre zu ziehen. »Eigentlich weiß man außerhalb des Landes gar nichts über Paraguay – du hast übrigens recht, George, diese Zigarre steigt einem zu Kopf«, unterbrach er sich selbst.

Ella kauerte mit ihren Kindern im Zelt; seine Bahnen flatterten so heftig, daß es jeden Moment zusammenzufallen schien oder weggeweht zu werden drohte. Gemeinsam zählten sie die Sekunden zwischen Blitz und Donner: *uno, duo, tres*. Meist konnte Ella nicht einmal den Mund öffnen, um *uno* zu sagen, da krachte es bereits. Obwohl sie vesuchte, sich der Kinder wegen unerschrocken zu geben, zitterte sie vor Angst – hatte Franco ihr nicht einst erzählt, in Paraguay schlage zehnmal so oft der Blitz ein wie in allen anderen Ländern? Das Gewitter wurde vom *pampero* begleitet, einem heftigen, heißen Wind, der wie ein Tornado durch das Land fegte, Bäume umknickte und entwurzelte, Dächer abdeckte, Rinder, Hunde und Katzen durch die Luft in die Bäume schleuderte, wo sie, sofern sie überlebten, verstört sitzen blieben. Zwischen den Blitzen war der Himmel pechschwarz, und es goß in Strömen.

Rosaria war nach draußen gerannt, um die Wäsche von der Leine zu nehmen. Sie kam kaum gegen den Wind an, Trümmer aller Art, Zweige, Blätter, Erdklumpen und Schlamm flogen ihr um die Ohren. Ihr Rock bauschte sich wie ein Segel und trieb sie zurück, ihr Zopf löste sich, und das offene Haar peitschte ihr Gesicht. Blind griff sie nach der Wäscheleine und mühte sich, die klatschnasse Wäsche abzunehmen – Enriques Hemd, Federicos Hose und noch ein Hemd, das Carlos Honorio gehörte. Wie gewohnt nahm sie die hölzernen Wäscheklammern zwischen die Zähne, bevor sie sie dann in den Wäschekorb legte.

Als der Sturm vorüber war und Cantalicio, der Soldat, der Doña Inés hochgehoben und in das Kanu gesetzt und später den steilen Pfad über die *cordilleras* getragen hatte, von einem Besuch bei Verwandten zurückkam, die außerhalb des Dorfes Cerra Corá wohnten, fand er Rosaria neben der Wäscheleine auf dem Boden liegen. Beinahe wäre er über sie gestolpert. Rosaria war vom Blitz getroffen worden; außerdem steckte etwas in ihrem Mund. Cantalicio dachte zunächst, es sei eine Zigarre, erst als er es herauszog, erkannte er, was es war. Die Wäscheklammer war vollkommen verkohlt, aber sie hatte Rosaria das Leben gerettet; als sie das Bewußtsein wiedererlangte, war sie wohlauf.

Von Francos 1000 Mann waren nach San Estanislao noch 800, nach Curuguaty nur noch 500 übrig – viele desertierten, als sie in die Nähe ihrer Heimatdörfer kamen –, und als sie Cerro Corá an den Ufern des Río Aquidabán erreichten, blieben Franco nur noch 200 Mann. Allen war klar, daß nun das Ende bevorstand. Die Armee konnte nicht mehr länger rastlos umherziehen wie eine Zigeunertruppe und ständig irgendwo anders neu ihre Zelte aufschlagen. Die Kinder waren müde und krank, zu essen gab es fast nichts mehr; auch die Pferde waren vor Erschöpfung und Hunger schon halb tot.

Doña Inés hatte sich aus eigenem Antrieb aufgemacht, um am Ufer des Río Aquidabán nach Futtergras zu suchen. Sie hatte den Rock geschürzt, um das Gras darin zu sammeln, so daß ein wenig von ihrem weißen Unterrock zu sehen war. Sie hätte gar keine Angst, sagte Doña Inés. Sie liebe Gartenarbeit, das erinnere sie daran, wie sie als Kind in Toledo Löwenzahnblätter für die Kaninchen ihres Vaters gesammelt habe. Das Haar trug sie in einem einzigen, langen Zopf, und beinahe sah sie hübsch aus. Mehrfach blieb sie wie ein kleines Mädchen stehen, um eine scharlachfarbene Granatapfelblüte oder eine purpurfarbene Orchidee zu pflücken und in ihren Zopf zu stecken. Dabei rauchte sie eine von Rosarias Zigarren.

Langsam bekam Mathilde wieder Fleisch auf die Knochen, die kahlen Stellen in ihrem Fell wurden kleiner, ihr Auge klarer. Ella sah die Veränderung und lobte Doña Inés.

»Reiten Sie doch einmal mit ihr aus«, schlug sie ihr vor. »Sie sind leicht, und ich habe dazu keine Zeit. Das Pferd mag sie«, fügte sie hinzu.

Schließlich nahm Doña Inés ihren ganzen Mut zusammen und bat Cantalicio, ihr in den Sattel zu helfen. Ein paar Minuten harrte sie auf Mathildes Rücken aus, die Hände in die Mähne verkrallt.

»Bravo!« rief Ella. »Sehr gut, Doña Inés!«

Das nächste Mal, als Doña Inés es schon ein wenig länger auf Mathilde aushielt, kamen Ella und die Kinder heraus, um ihr zuzusehen. Stolz lenkte Doña Inés das Pferd unter dem Applaus und den Anfeuerungsrufen von Enrique, Federico, Carlos Honorio und dem kleinen Leopoldo über den Lagerplatz.

»Hurra! Hurra, Doña Inés!«

Als sie beim dritten Mal das Pferd ein Stück in den Wald hineinritt, lag ein unsicheres Lächeln auf ihren Lippen. Zurück kam sie im Trott, ungelenk auf dem Pferderücken auf- und abhüpfend; ihr kürzeres Bein baumelte in unnatürlichem Winkel herab. Mathilde, an derart ungeübte Reiter nicht gewöhnt, warf ungeduldig den Kopf.

»Kein Problem, Sie machen das prima. Ihr Vater – haben Sie mir nicht erzählt, er sei Kavallerieoffizier gewesen, Mitglied des Partido Progresista, und er sei gefallen, als er Oberst Garrigo in der Schlacht von Vicalváro das Leben rettete ...« Ella hätte beinahe laut aufgelacht – wie hatte sie sich das alles bloß merken können? »Ich bin mir sicher, Ihr Vater wäre stolz auf sie, Doña Inés!« fuhr Ella laut fort, um sie weiter zu ermutigen.

Beim vierten Mal ritt Doña Inés Mathilde bis zum Dorf Cerra Corá und noch etliche Meilen darüber hinaus, und sie kam nicht zurück.

Als Ella merkte, daß das Pferd fehlte, glaubte sie zunächst, der Junge, der es versorgte, stecke dahinter. Sie schlug ihn so fest mit ihrer Reitpeitsche, daß er laut schrie, doch er leugnete hartnäckig. Später wollte Ella Cantalicio befragen und ließ ihn suchen. Aber der Soldat war nirgends aufzutreiben, auch er war verschwunden – desertiert. Den Rest konnte sich Ella zusammenreimen.

»Wer hätte das gedacht«, sagte Ella zu Franco und kämpfte mit den Tränen.

Am ersten Mai weckte Franco Ella und seine fünf Kinder noch vor Morgengrauen und schob sie, halb angezogen, hastig in eine Kutsche. Pancho, der Älteste, wollte nicht einsteigen.

»Ich gehe mit dir«, sagte Pancho zu Franco.

Franco schüttelte den Kopf. »Paß auf deine Mutter auf. Das ist ein Befehl.«

Franco küßte Ella auf den Mund; er schien etwas sagen zu wollen, schwieg dann aber und umarmte seine Söhne. Pancho verweigerte sich auch diesmal, er hob statt dessen die Hand und salutierte seinem Vater.

Franco hatte die Brasilianer kommen hören. Er hörte

die galoppierenden Hufe der wohlgenährten Pferde; er hörte das zuversichtliche Lachen der mit unbändigem Selbstvertrauen ausgestatteten, gut ausgerüsteten Soldaten. Der angeschwollene Río Aquidabán war nicht mehr zu durchwaten, Franco floh mit wenigen Getreuen am Flußufer entlang. Im dunstigen Licht des Morgengrauens mußte sich Franco ducken, um nicht gegen die Äste der scharlachroten Granatapfelbäume, der weißen Jasminbüsche und der blühenden Orangenbäume zu stoßen. Mit jedem Schritt versanken die Hufe seines großen Maultiers etwas tiefer im Schlamm. Hinter sich, immer näher, konnte er die Brasilianer rufen hören.

Linda, das große Maultier, strauchelte und versank bis zum Bauch, und sosehr Franco auch mit der Peitsche auf das Tier einschlug, er mußte doch absteigen. Bis zur Hüfte im Schlamm, saß er im Morast fest, und als er versuchte, festen Boden zu erreichen, stellte sich ihm ein brasilianischer Soldat entgegen. Er forderte Franco auf, sich zu ergeben. Franco weigerte sich, zog seinen Revolver und schoß auf ihn. Ein anderer brasilianischer Soldat schleuderte seine Lanze nach Franco, sie durchbohrte seinen Bauch. Franco ließ den Revolver fallen, stürzte auf die Knie und riß sich die Lanze mit den Händen heraus. Er versuchte, wieder aufzustehen. Seine Beine wollten ihn nicht tragen, und er konnte nicht richtig sehen, alles verschwamm vor seinen Augen; statt eines Soldaten sah er mehrere, er schien plötzlich umzingelt zu sein. Er sah die Lanzen aufblitzen, die nach ihm geschleudert wurden; er hörte einen Schuß krachen. Er schmeckte Blut in seinem Mund. Langsam, ganz langsam fiel Franco rückwärts in den Schlamm; hoch oben am strahlendblauen Himmel sah er scharlachrote Granatäpfel herumwirbeln und aus seinem Blickfeld verschwinden.

18
Paris

Aus Paraguay brachte Ella mit:

380 Unzen Gold
12 000 wertlose Dollar (Geldscheine der Republik Paraguay)
einen von Dr. William Stewart, Francos Leibarzt, unterzeichneten Schuldschein
58 ausgewählte Schmuckstücke, darunter mehr als zwei Dutzend Ringe und eine Halskette aus besonders großen Aquamarinen
20 wertvolle Knöpfe, darunter 7 goldene für eine Weste und 8 goldene Manschettenknöpfe
14 Armreifen, darunter 2 aus Menschenhaar gefertigte (aus dem von Corinna Adelaida und aus dem von Miguel Marcial)
1 diamantenbesetztes Diadem aus Gold
mehrere Paar Ohrringe
ein Dutzend goldene Uhrenschatullen und -ketten
Mehrere goldene Uhren
8 silberne *bombillas* und Gurden für *mate*
6 Haarkämme (2 goldene und 4 silberne)
1 goldenes Kurzifix und 3 Rosenkränze (darunter einen besonders schönen aus Gold und Korallen)
1 goldenen Zigarrenhalter, der Franco gehört hatte
3 goldene Schnupftabakdosen, die ebenfalls Franco gehört hatten
Francos diamantbesetzten Marschallstab und seine

Peitsche, in die mit Diamanten seine Initialen F.S.L. eingelassen waren.

Ella kehrte im Mai nach Frankreich zurück. Fast sofort reiste sie wieder ab, noch bevor Frankreich Preußen den Krieg erklärt hatte, vor dem Fall des Zweiten Kaiserreichs und bevor die Kommunarden Paris in Brand setzten und im Bois de Boulogne große Bäume zum Barrikadenbau gefällt wurden und all die Tiere im Zoo – einschließlich des kleinen Elefanten Pollux, dessen Rüssel zum Kilopreis von vierzig Franc verkauft wurde – geschlachtet und gegessen wurden; sie ging nach England.

Ella tauschte die 380 Unzen Gold in Pfund Sterling ein. Das Geld benutzte sie, um Enrique, Federico, Carlos Honorio und Leopoldo den Unterricht am Saint Joseph College, einer privaten Knabenschule in Croydon vor den Toren Londons, zu finanzieren, um die Miete für ein Haus am Thurloe Square zu bezahlen und um einen Rechtsanwalt zu engagieren, mit dessen Hilfe sie die 212 000 Goldpeso zurückzubekommen hoffte, die Dr. William Stewart ihr schuldete. Ella fühlte sich doppelt betrogen – Dr. Stewart war nicht nur Francos Leibarzt gewesen, sondern auch mit ihr befreundet. Er und seine Frau Venancia Baez hatten oft mit Ella gegessen und Whist gespielt. Nachdem sie Paraguay verlassen hatten, waren Dr. Stewart und seine Frau in Schottland ansässig geworden.

Vor Gericht behauptete Dr. Stewart, bei den Einnahmen aus dem Verkauf der großen Menge *yerba*, die er vor dem Krieg auf Francos Anweisung hin nach Argentinien exportiert hatte, habe es sich um ein Geschenk an ihn gehandelt. Ella hielt dagegen, die Einnahmen aus dem Teeverkauf seien für sie und ihre Kinder bestimmt gewesen. Sie besaß einen von Dr. Stewart unterschriebenen Brief, der dies belegte. Unter Eid schwor der Arzt, er sei unter Androhung von Folter gezwungen worden, seine Unterschrift unter den Brief zu setzen. Der als »Yerba-Fall« bekannte Prozeß zog sich über ein gutes Jahr hin und verschlang den Großteil von Ellas Geld. Außerdem mußte sie mehrere kostspielige, anstrengende Reisen von London nach Edinburgh auf sich nehmen, um vor Gericht auszusagen. Auf einer dieser Reisen begegnete sie in einer Hotelhalle Dr. Stewarts Frau. Venancia Baez wollte gerade zur Tür hinausgehen, als Ella eintrat, und Venancia sah sie nicht. Ella packte sie am Arm – Venancia hatte sehr an Gewicht zugelegt, und der Arm fühlte sich weich und schlaff an – und hielt sie auf. »Venancia Baez, ich möchte Sie nur wissen lassen«, sagte Ella mit gespielt gelassener und freundlicher Stimme, »daß ich es sein werde, die die halbe Nacht durchtanzt – und zwar auf Ihrer beider Gräber!« Das Gericht entschied zwar schließlich zu Ellas Gunsten, doch die Siegesfreude war nur von kurzer Dauer: Dr. Stewart erklärte seinen Bankrott, und Ella erhielt nie einen Penny von ihm.

Ella blieb kaum genug Geld zum Leben, aber zu stolz, dies zuzugeben, bemühte sie sich, den Schein zu wahren. Sie hatte einen Teil ihrer Armreifen und Ringe verkauft und kleidete sich immer noch gut, hatte Hausangestellte, ein Pferd samt Kutsche, ging regelmäßig ins Theater und empfing in ihrem eleganten Haus. Leute, die sie sahen, sprachen darüber, wie attraktiv sie sei, obgleich ihr blondes Haar langsam grau wurde und die Falten in ihrem Gesicht jetzt stärker ausgeprägt waren. In ihren eleganten Pariser Kleidern wirkte sie vornehm und eher französisch als englisch – oder gar irisch. Am meisten verwunderte die Leute, daß Ella nicht den Eindruck von jemandem machte, der Schlimmes erlebt und den Tod aus nächster Nähe gesehen hat.

Niemand sagte ein Wort, während die Kutsche über die Straße südlich von Cerro Corá holperte. Ella hielt Carlos Honorios Hand, der an ihrer Seite saß, und versuchte nicht zu Pancho hinüberzusehen, dem Tränen über die Wangen liefen. Ihr gegenüber saß Rosaria mit dem Jüngsten, Leopoldo, auf dem Schoß. Auf ihrer anderen Seite saß Enrique, dessen Hände je einen Bleisoldaten umklammerten. Und schließlich Federico, der sich an die Kutschenwand schmiegte; auch er weinte.

Kaum eine Stunde nach ihrer Abfahrt wurde die Kutsche von einem brasilianischen Kavallerietrupp überholt und angehalten.

Ella blickte aus dem Fenster.

»Die Geliebte von López!« rief der befehlshabende Offizier.

Ella zeigte keine Reaktion.

»Und seine Bastardbrut!« rief er erneut.

In der Kutsche erhob sich Pancho und ging zum Fenster. Pancho hatte eine Pistole. Er beugte sich hinaus und feuerte. In die Brust getroffen, glitt der Offizier von seinem Pferd. Einen Augenblick lang herrschte Stille, dann ritt ein Soldat heran und stieß mit seiner langen Lanze zweimal in die Kutsche hinein nach Pancho.

Ihren Sohn in den Armen, sank Ella in ihren Sitz zurück; ihr Kleid war plötzlich warm und feucht von Blut.

Nach der Niederlage der Commune und der Ausrufung der Dritten Republik kehrte Ella nach Frankreich zurück. Im Zug nach Paris saß sie halb dösend in ihrem Abteil, als ein junger Mann mit sehr blondem, lockigem Haar im Gang vorbeiging. Als der junge Mann stehenblieb und den Kopf wandte, um in Ellas Abteil zu schauen – sein Körper hatte wohl einen Schatten geworfen, der sie aufblicken ließ –, trafen sich einen kurzen Augenblick lang ihre Augen. Ella glaubte ihn lächeln zu sehen. *Lázaro Alcántara!* Oder träumte sie etwa? Ein Teil von ihr wußte, daß Lázaro tot war, doch ein anderer Teil wollte glauben, daß er lebte – hatte er nicht gesagt, es sei sein Traum, nach dem Krieg nach Paris zu gehen? Ella stand auf und öffnete die Abteiltür. »Lázaro! Lázaro Alcántara!« rief sie aus. Der Gang war leer. Entschlossen, ihn zu finden, rannte Ella durch den ganzen Waggon, dann in den nächsten – ein Schild verbot dies ausdrücklich, und Ella mußte sich am Geländer festhalten und die Augen schließen, um nicht den Boden unter sich vorbeifliegen zu sehen, als sie hinüberging –, aber immer noch nichts. Im Gang des dritten Waggons mußte Ella sich an einem Mann vorbeidrücken, der einen kleinen Hund in den Armen hielt. Der Mann sagte etwas zu ihr, was sie nicht verstand, und kniff sie in den Hintern – oder hatte der kleine Hund sie gezwickt? Sie ging von Waggon zu Waggon, bis sie nicht mehr weiter konnte, blickte in alle Abteile, konnte aber weder Lázaro entdecken noch den jungen Mann mit dem blondgelockten Haar, der ihm so ähnlich sah. Als sie zurückging, fuhr der Zug durch einen Tunnel, und der Gang lag im Dunklen. Ella dachte an den Mann mit dem kleinen Hund und wartete. Als sie ihr Abteil schließlich erreichte, war ihr Gepäck verschwunden.

Verschwunden war ein Großteil von Ellas Schmuck, darunter die Halskette aus Aquamarinen, die Franco ihr geschenkt hatte, die beiden Armreifen aus dem Haar von Corinna Adelaida und Miguel Marcial; das goldene, diamantbesetzte Diadem; zwölf goldene Uhrenschatullen, Ketten und Uhren. Glücklicherweise befanden sich die Silbergurden für den *mate*, das Kruzifix und die Rosenkränze, Francos goldene Zigarrenhalter und Schnupftabakdosen sowie sein diamantbesetzter Marschallsstab und seine

Peitsche mit den diamantenen Initialen F.S.L. in Schrankkoffern im Gepäckwagen.

Unterwegs in Paris entdeckte Ella, daß mitten auf der Place Vendôme, dort, wo einst die Säule gestanden hatte, ein riesiges Loch klaffte und daß von ihrem ehemaligen Haus an der Rue du Bac ebenso wie vom Palace des Tuileries nur noch ausgebrannte Ruinen übrig waren; die meisten Gebäude am Boulevard Raspail waren zerstört, und auch der Obsthändler, ein stämmiger, gutmütiger Mann, dessen Namen Ella vergessen hatte, war verschwunden. Also keine *fraises des bois* mehr. Beim Gedanken an den Obsthändler fiel Ella auch Marie ein. Wenn sie die Augen schloß, sah sie Marie ganz deutlich vor sich, wie sie, ihren Einkaufskorb in der Hand, energisch die Straße entlangschritt und dabei die Hüften schwang. Sie konnte sogar hören, wie Marie mit allen Ladenbesitzern stritt und flirtete. Wenn sie zurückkam, erzählte Marie dann immer den Klatsch aus der Nachbarschaft – zumindest einen Teil davon – und brachte Ella zum Lachen. Genau in diesem Moment kam eine in Lumpen gekleidete Frau auf Ella zu; eine Bettlerin. Als Ella in die Tasche griff, um der Frau ein paar Centimes zu geben, sah sie, daß der Frau das halbe Gesicht fehlte.

»*Vieille conne!*«, schrie die Frau Ella an und grabschte nach den Münzen.

Ella ging auch durch die Rue de Courcelles. Princesse Mathildes Haus war verschlossen und wirkte unbewohnt. Ella mußte die Concierge des Gebäudes nebenan bestechen, um von ihr zu erfahren, daß Princesse Mathilde nach Brüssel geflohen und bisher nicht zurückgekehrt war.

Als nächstes versuchte Ella zu Monsieur Gelot Kontakt aufzunehmen, wegen des Schrankkoffers voller Wertsachen, den sie aus Paraguay geschickt hatte:

Paris
12. September 1871

Sehr geehrter Monsieur Gelot,
ich schreibe Ihnen wegen des Schrankkoffers, den ich Ihnen aus Paraguay geschickt habe. Ich wohne inzwischen in der Stadt und möchte meine Habe gern zurückerhalten. Bitte seien Sie so freundlich, mich unter der unten angegebenen Adresse zu kontaktieren, damit ich möglichst schnell an meine Sachen komme, was mir sehr am Herzen liegt. Inzwischen verbleibe ich mit den besten Grüßen und Empfehlungen, etc., etc.

Der Brief kam mit dem Vermerk »Empfänger unbekannt« an sie zurück. Als Ella selbst hinging, öffnete ihr eine Frau und erklärte, sie kenne keinen Monsieur Gelot. Die Frau sah abgehärmt und mürrisch aus, und als Ella beharrlich blieb, erklärte die Frau Ella, wenn sie nicht sofort ginge, würde sie ihren Mann holen, der im Nebenzimmer sitze und Polizist sei. Ella glaubte der Frau nicht – sie hörte im Nebenzimmer ein Kind weinen –, doch plötzlich war sie sehr müde und hatte keine Energie und keine Lust mehr, die Sache weiter zu verfolgen.

Leopoldo fühlte sich krank. Er konnte sich nicht auf das Mathematikbuch konzentrieren, das vor ihm lag; die Ziffern auf der Seite sprangen auf und ab, und ihm wurde übel davon – besonders die Zahlen Drei und Fünf, aber auch die Acht. Mal schwitzte er, dann zitterte er plötzlich wieder vor Kälte. Im Unterricht saß er mit gesenktem Kopf da, um keine Aufmerksamkeit auf sich zu ziehen. Der Lehrer, Mr. Phillips, würde ihn sonst mit dem Stock züchtigen. Auch Leopoldos Hände zitterten, und er ließ den Stift fallen.

»López!« sagte Mr. Phillips.

»Sir?«

»Schau mich an, wenn ich mit dir spreche!« sagte Mr. Phillips lauter.

Das Klassenzimmer begann sich zu drehen, als Mr. Phillips auf Leopoldo zukam. Mr. Phillips trug irgendeinen Duft – Lavendel oder Rosenwasser, Leopoldo konnte das nicht erkennen, nur, daß er zu süß war. Bei dem Geruch mußte er würgen. Leopoldo verlor das Bewußtsein.

Leopoldo wurde auf die Krankenstation geschafft; weil er nach vorne gekippt und mit dem Kopf auf sein Holzpult aufgeschlagen war, als er ohnmächtig wurde, führte die Krankenschwester des Saint Joseph College sein Fieber auf eine Gehirnerschütterung zurück. Da sie mit Krankheiten, die in England nicht vorkamen, nicht vertraut war, hätte sie Malaria ohnehin nicht erkannt. Die Krankenschwester hatte zwar Mitleid, aber auch ein paar Vorurteile. Leopoldos Haut war dunkler als die seiner Mitschüler; in seinem Delirium sprach er verschiedene Sprachen – Spanisch erkannte sie zwar, verstand es aber nicht, und die andere Sprache klang noch fremder und kehliger. Als also Leopoldo in der Nacht ausrief, als würde er singen, klang das für die Krankenschwester, als würde der Teufel persönlich sprechen.

Leopoldo starb allein mitten in der Nacht, während die Krankenschwester schlief. Ella erfuhr am nächsten Tag durch ein Telegramm vom Tod ihres Jüngsten. Leopoldos Brüder, Enrique, Federico und Carlos Honorio – die Jungen waren in unterschiedlichen Klassen – wurden ebenfalls zu spät informiert. (Hätte man den Brüdern früher Bescheid gesagt, sie hätten Leopoldo vielleicht retten können, da sie wußten, daß er bereits in Paraguay mehrere Malariaattacken gehabt hatte.)

Während der sieben Jahre, die Frederick Masterman in Paraguay verbrachte, machte Mrs. Masterman sich große Sorgen um ihren Sohn. Seine Briefe – manchen waren auch Zeichnungen beigelegt – kamen unregelmäßig, und seit Kriegsbeginn hatte Mrs. Masterman drei Jahre lang nichts von ihrem Sohn gehört, als sie schließlich den ominös klingenden Brief erhielt, der sie furchtbar aufregte. Die zwei letzten Sätze – *»Ich hoffe, der Präsident wird mich begnadigen. Ich hoffe, daß man mein Leben verschonen wird und es mir vergönnt ist, Dich wiederzusehen.«* – las sie wieder und wieder, im vergeblichen Versuch, ihren Sinn zu enträtseln. Um so größer war ihre Freude und Erleichterung, als Frederick Masterman – wenngleich krank und halb verhungert – nach Croydon zurückkehrte (Mrs. Masterman wohnte zufällig in dem Vorort von London, in dem auch das Saint Joseph College lag) und sie sich voll und ganz der Fürsorge für ihren Sohn widmen konnte. Frederick Masterman konnte sich, sobald er sich soweit erholt hatte, seinen Reiseerinnerungen zuwenden, denen er den Titel *Seven Eventful Years in Paraguay* gab.

Da er Arzt war (ehe er Stellvertretender Stabsarzt und Generalapotheker bei der paraguayischen Armee wurde, hatte er als Arzt im 82. Regiment Ihrer Majestät gedient), fühlte sich Frederick Masterman verpflichtet, die Krankheiten festzuhalten und zu beschreiben, mit denen er in Paraguay zu tun gehabt hatte: Lungenbeschwerden, Schwindsucht, Lungenentzündung, Influenza, Gelbfieber, Typhus, Unterleibstyphus, Cholera und Masern – die beiden letzteren Krankheiten waren während des Krieges durch die Alliierten eingeschleppt worden und hatten sechzigtausend Menschen das Leben gekostet – und schließlich zahlreiche Fälle von Wechselfieber, Kropf und Elephantiasis. Trotz dieser langen Liste schloß Frederick Masterman seine Beobachtungen mit einer optimistischen Bemerkung ab:

> Ich muß hinzufügen, daß Paraguay eines der gesündesten Länder der Welt ist, wenn man ein paar vernünftige Gesundheitsregeln befolgt: soll heißen, wenn man maßvoll lebt, auf der Haut Baumwolle trägt, häufig badet, während der heißesten Stunden des Tages die Sonne meidet und sich nicht in die Sümpfe begibt. Abgesehen von den oben erwähnten Epidemien gab es kaum eine Krankheit, die nicht auf Trägheit, Gier oder Unmoral zurückzuführen gewesen wäre ... Ich bin entschieden der Ansicht, daß man in Paraguay bessere Chancen hat als in England, ein gesundes Leben zu führen und an jenem Gebrechen zu sterben, das nicht so häufig ist, wie es sein könnte: dem hohen Alter.

In seinem Abriß der in Paraguay vorkommenden Krankheiten versäumte Frederick Masterman allerdings, die Malaria zu erwähnen.

In der Kutsche, erinnerte sich Ella, hatten sie tatsächlich kaum ein Wort gesprochen.

»Du wirst sehen, er kommt bald nach«, hatte sie gesagt, um Pancho zu trösten, ihren starrköpfigen, trauernden Erstgeborenen.

Als Carlos Honorio gesagt hatte, er müsse mal austreten, hatte Ella erwidert: »Hältst du es noch ein paar Minuten aus?«

Zu seiner Beschämung hielt Carlos Honorio es nicht aus.

Wenige Minuten, bevor der brasilianische Kavallerietrupp ihre Kutsche einholte, hatte Rosaria, um Carlos Honorio von seinen nassen Hosen abzulenken, leise zu singen begonnen:

Tovena Tupa~tachepytyvo~
ha'emi hag~ua che py'arasy,
ymaiteguivema an~andu
heta ara nachemongevei

Jean-Pierre, der Obsthändler, hatte einen Traum, der so lebhaft und so lebensecht war, daß er ihn beim Erwachen seiner Frau zu erzählen begann.

»Im Traum lief ich den Boulevard Raspail entlang, wo ich früher meinen Stand hatte.«

»Monique, meine Cousine, wohnt ganz in der Nähe am Boulevard Saint-Michel«, sagte seine Frau.

»Und in jedem Haus, an dem ich vorbeilief, brach genau in diesem Augenblick Feuer aus.«

»Ich habe Monique seit Monaten nicht gesehen, hoffentlich geht es ihr gut. Vielleicht sollte ich sie demnächst mal besuchen.«

»Dann bemerkte ich, daß vor mir eine Frau lief...« Jean-Pierre, der es sich anders überlegt hatte, erzählte seiner Frau den Traum nicht zu Ende.

»Was für eine Frau?« Plötzlich war seine Frau ganz Ohr.

»Keine Ahnung. Eine Frau eben.«

In seinem Traum trug die Frau ein rotkariertes Kopftuch, doch Jean-Pierre konnte sehen, daß das Haar darunter blond war, von einem schönen Goldblond. Sie hatte einen Blechkanister dabei, der, das wußte er im Traum sofort, Petroleum enthielt, und sie zündete die Häuser an. Es gelang Jean-Pierre, die Frau einzuholen, und dann erkannte er sie, obgleich ihm klar war, daß er sie seit Jahren nicht gesehen hatte. »Marie«, rief er im Traum, »warum brennst du Paris nieder?« Und Marie antwortete: »Wir müssen von vorn anfangen, wenn wir leben wollen.« Im Traum erschien ihm diese Antwort absolut sinnvoll, und Jean-Pierre nahm Marie bei der Hand. Dann hatte er Marie wohl geküßt und angefangen, ihr Kleid aufzuknöpfen, und er hatte wohl auch mit ihr geschlafen, denn als er aufwachte, hatte er eine Erektion.

Von ihrem Fenster aus verfolgte Ella den Bau der Sacré-Cœur. Ihre am Boulevard Pereire gelegene Wohnung bestand aus zwei Zimmern und lag über einer *boulangerie* – beim frühmorgendlichen Duft nach frisch gebackenem Brot wurde Ella fast übel vor Hunger. Ella hatte die Überreste ihres Besitzes verpfänden müssen: die Haarkämme, das Kruzifix und die Rosenkränze, Francos goldenen Zigarrenhalter, die Silbergurden und -trinkhalme (eine Garnitur behielt sie allerdings für sich; *mate* zuzubereiten und zu trinken war eine der wenigen Freuden, die ihr noch geblieben waren) und Francos Reitgerte mit den diamantenen Initialen F.S.L. Die Peitsche wurde so hoch geschätzt, daß sie mehrere hundert Franc dafür bekam, mehr Geld als für das Kruzifix und die Rosenkränze. Enrique, Federico und Carlos Honorio schenkte sie je eine goldene Schnupftabakdose, damit sie etwas hatten, was sie an ihren Vater erinnerte; den Marschallsstab behielt sie selbst, obgleich sie Franco auch ohne diesen in Erinnerung behalten hätte.

Als Pancho in der Kutsche auf ihrem Schoß verblutete, hatte man sie gezwungen, bis zum Ufer des Aquidabán zurückzufahren, wo Franco auf dem Rücken im Schlamm lag. Fliegen umschwirrten die Wunden in Francos Bauch, ein ganzer Schwarm flog zu seinem offenstehenden Mund ein und aus. An einer Akazie ganz in der Nähe festgebunden, stampfte Linda mit den Hufen und schnaubte ungeduldig; Francos Sattel hatte bereits jemand vom Rücken des Maultiers abgenommen. Es war ungeheuer heiß, vom Flußufer stieg Dampf auf, und Ella schwitzte.

Unter den Blicken der umstehenden brasilianischen Soldaten (die zu diesem Zeitpunkt bereits aufgehört hatten zu feixen) brachte Ella Francos Leichnam mit Rosarias Hilfe auf höher gelegenen, trockeneren Grund – plötzlich kam ihr sein Körper klein und leicht vor – und legte Pancho neben seinen Vater. Dann begann Ella ihre Leichen mit bloßen Händen mit Erde zu bedecken. Sie war damit etwa zur Hälfte fertig, als Carlos Honorio nach ihr rief, und als sie seinem deutenden Finger folgte und hinaufblickte – inzwischen hörte sie auch ihr schrilles Kreischen –, sah Ella einen Schwarm Papageien über sie hinwegziehen. Es waren so viele Papageien – Hunderte, vielleicht sogar Tausende –, daß sie ein paar Sekunden lang gnädig die Sonne verdeckten.

Am 5. Januar 1875 konnte Princesse Mathilde bei der Eröffnungsgala der neuen Opéra Garnier von ihrer Loge aus *tout Paris* beobachten, außerdem den König von Hannover, König Alfonso XII. von Spanien, Ali Pasha, den Prinz und die Prinzessin von Hohenlohe, den Comte de Paris (den Orléanisten, der Ansprüche auf den Thron erhob), den Duc de Nemours und den Oberbürgermeister von London; des weiteren einen Peruaner, der, so hieß es, auf dem Schwarzmarkt 700 Franc für eine Loge bezahlt hatte, weil er unbedingt dabeisein wollte. Der Peruaner – Prinzessin Mathilde suchte mit Hilfe ihres Opernglases die Logen nach einem dunkleren Gesicht ab – rief in ihr Erinnerungen an Ella wach. Mehrere Jahre waren verstrichen, seit sie zuletzt von ihrer Freundin gehört hatte – der Grund dafür, vermutete sie, war ihre eigene Flucht aus Paris –, und sie hoffte, daß es Ella und *ihrem* Kaiser oder was immer er inzwischen geworden war, gutging. Der Name des Landes war ihr entfallen: es war nicht Peru, auch nicht Brasilien, jedenfalls aber ein Land, in dem es sich ihrer Kenntnis nach angenehm leben ließ. Ihre Augen wanderten zurück zur Bühne, zu Madame Kraus, die in Halévys *La Juive* die Rachel spielte – und zwar großartig spielte! Unwillkürlich schweiften Princesse Mathildes Gedanken wieder zu Ella. Sie hatte eine Vorahnung, das vage, unangenehme Gefühl, daß etwas nicht in Ordnung war – hatte sie in *Le monde illustré* nicht etwas von einer Schlacht gelesen? Von einem Krieg? In diesem Moment fiel ihr auch die blonde Frau wieder ein, die sie in der Menschenmenge vor dem Opernhaus gesehen hatte; die blonde Frau war in dem Gedränge aufgefallen – nicht nur, weil sie besser gekleidet war als die meisten der Leute, die einander beiseite stießen und drängelten, um einen Blick auf eine berühmte Persönlichkeit zu erhaschen, sondern auch, weil sie etwas Stilles ausstrahlte (anders hätte Princesse Mathilde es nicht beschreiben können) und damit Princesse Mathildes Aufmerksamkeit auf sich gezogen hatte. Sie war nicht gleich darauf gekommen, an wen die Frau sie erinnerte; jetzt fiel es ihr ein. Natürlich. Ella.

Princesse Mathilde konnte sich nicht auf den nächsten Akt und auf Mademoiselle Sangallis Tanzrolle der Naila in Delibes' Ballett *La Source* konzentrieren. Kaum war der Vorhang gefallen – das Klatschen war noch nicht verhallt –, ergriff Princesse Mathilde mit der einen Hand den Arm ihres Begleiters Monsieur Popelin, hielt sich mit der anderen an der Balustrade aus *rosso antico* und algerischem Onyx und rannte fast die weißen Marmortreppen hinunter und aus dem Opernhaus heraus. Die Menschenmenge auf der Straße war zusammengeschrumpft, viele waren bereits nach Hause gegangen, außerdem war es kalt und hatte zu schneien begonnen. Princesse Mathilde stand ziemlich lange da, so lange, daß Schneeflocken auf ihrem Samtumhang und auf den Straußenfedern in ihrem Haar liegen blieben, und suchte unter den Gesichtern nach Ella, bis Monsieur Popelin ungeduldig wurde, sich über die Kälte beschwerte und sie fast mit Gewalt in die Kutsche schob, um nach Hause zu fahren.

Als Enrique zwanzig wurde und Carlos Honorio siebzehn war, reisten die beiden Brüder nach Buenos Ayres, um in Paraguay Anspruch auf Ländereien zu erheben, die Ella ihnen überschrieben hatte. Wie ihre Mutter vor fast einem Vierteljahrhundert nahmen Enrique und Carlos Honorio im Hôtel de la Paix an der Calle Cangallo Quartier. Der Eigentümer war immer noch Monsieur Maréchal, und Madame Maréchal erkundigte sich sofort nach Ella.

»Spielt sie immer noch Klavier«, wollte Madame Maréchal wissen. »Ich erinnere mich, als wäre es gestern, wie wunderschön sie spielte. Wir wagten kaum zu atmen. Eine Sonate von Liszt, glaube ich.«

»Momentan hat sie leider wenig Gelegenheit dazu«, antwortete Enrique.

»Wie schade«, seufzte Madame Maréchal. »Ich sagte zu Monsieur, meinem Mann, daß sie meiner Meinung nach leicht Konzertpianistin hätte werden können.« Madame Maréchal summte eine kleine Melodie vor sich hin.

»Eine sehr elegante Frau, das ist mir sofort aufgefallen«, fügte Monsieur Maréchal hinzu.

Bereits über achtzig und sehr gebrechlich, lebte Oberst Enrique von Wisner de Morgenstern ganz allein in einem kleinen Haus an der Calle Cuyo in der Nähe des italienischen Gemüsemarktes. Zu Ehren seiner Gäste, seines Namensvetters Enrique und Carlos Honorios, hatte er seine Uniform angelegt, die ihm inzwischen zu weit war – Oberst von Wisner färbte seine Haare immer noch hellbraun, und im Nachmittagslicht wirkte das Haar rosa. Zur Feier des Tages bot er den beiden Brüdern Sliwowitz an, ungarischen Schnaps, obwohl sie lieber nur einen Tee getrunken hätten.

»Madame Lynch war nicht nur schön«, begann Oberst von Wisner, »sie verfügte auch über eine Körperbeherrschung, wie ich sie bei einer Frau niemals sonst erlebt habe – und zwar ohne auch nur im geringsten männlich zu wirken, wißt ihr.« Oberst von Wisner hielt inne und trank einen Schluck Schnaps. »Ihr hättet sehen sollen, wie schnell sie Fechten lernte! Wirklich erstaunlich! Sie war viel flinker und stärker als die meisten Männer. Und sie war entschlossen. Das war die Hauptsache.« Oberst von Wisner nahm einen weiteren Schluck. »Sie übte jeden Tag, lief vor und zurück, streckte Arme und Beine, so daß ...« Oberst von Wisner streckte seine dürren Arme aus und verschüttete dabei etwas Schnaps, schien dies aber nicht zu bemerken. »Das hier nennt man *Flèche*, eine sehr schwierige Position, weil der Fechter dabei ohne Deckung ist und keinen Rückzieher machen kann. In diesem Moment ist er ganz und gar Angriff.«

»Was ich Sie fragen wollte, hat meine Mutter tatsächlich mit dem Säbel einen ...«, unterbrach Enrique, doch Oberst von Wisner hörte nicht zu.

»Madame Lynch wählte den Säbel, eine der schwierigsten Waffen und zudem sehr viel schwerer als der Degen. Mit dem Säbel, habe ich ihr beigebracht, darf man niemals mit dem Arm zum Schlag ausholen, man muß den Arm strecken, so ...« Wieder machte Oberst von Wisner es vor. »Übrigens, das hatte ich fast vergessen, bis ihr mich jetzt erinnert habt, sie war Linkshänderin.« Oberst von Wisner schenkte sich Schnaps nach und schüttelte wie in Verwunderung lächelnd den Kopf. »Der linkshändige Fechter muß stets darauf achten, den Ellbogen seiner Waffenhand vor dem rechtshändigen Fechter zu schützen. Allerdings hat der linkshändige Fechter gute Möglichkeiten, die Schulter oder die Wange des Gegners zu treffen. Vor allem aber – auch das habe ich Madame Lynch gesagt – hat der Linkshänder beim Fechten anfangs den Vorteil, daß sein rechtshändiger Gegner durch seinen Anblick verblüfft ist.« Oberst von Wisner schwieg und führte das Glas an die Lippen.

»Wissen Sie, ob sie je gekämpft hat«, wagte Carlos Honorio einen weiteren Versuch. »Mußte sie jemals einen Menschen töten?«

»Wie alt bist du, mein Junge? Siebzehn? Achtzehn?« Oberst von Wisner sah Carlos Honorio an. »Komm mal kurz her und gib mir deine Hand.«

Carlos Honorio ging mit ausgestreckter Hand zu Oberst von Wisners Stuhl hinüber, und Oberst von Wisner machte, als sei er beim Fechten, einen Ausfall nach vorn und griff in den Schritt von Carlos Honorios Hose.

»Touché!« rief er aus und sank hustend in seinem Stuhl zurück.

»Wir müssen jetzt gehen«, sagte Enrique.

Als Oberst von Wisner sich erholt hatte und der Hustenanfall vorbei war, runzelte er plötzlich die Stirn. Er sah

Enrique und Carlos Honorio an, als sehe er sie zum erstenmal. »Wer seid ihr eigentlich? Was macht ihr in meinem Haus«, rief er.

Enrique und Carlos Honorio begannen: »Die Söhne von Madame ...«

»Ich weiß, wer ihr seid, Diebe seid ihr, Mörder! Ich werde die Polizei rufen.« Dieses Mal gelang es Oberst von Wisner, sich taumelnd von seinem Stuhl zu erheben. Er griff nach seiner Gerte und schwang sie wie einen Säbel in Enriques und Carlos Honorios Richtung. »Diebe, Mörder!« schrie er sie erneut an.

Enrique und Carlos Honorio mußten teure und langwierige Prozesse anstrengen, um ihre Ansprüche geltend zu machen, und der Großteil ihres verbliebenen Geldes floß in die Taschen der Anwälte. Vor ihrer Rückkehr nach Hause bestiegen sie ein Schiff, um flußaufwärts nach Asunción zu fahren; auf der Reise begegnete ihnen nichts als Verwüstung und Elend. Die Felder entlang des Río Paraguay lagen immer noch brach, die Orangenbäume waren gefällt oder entwurzelt worden, die Häuser geplündert und zum Teil niedergebrannt, die Mauern von Einschlägen übersät; alle Tiere, die sie sahen – ein paar Kühe und Pferde, herrenlose Hunde –, wirkten entweder krank oder halb verhungert. Von der ursprünglich fast eine Million zählenden Einwohnerschaft waren kaum mehr zweihunderttausend Menschen übrig, und es gab keine Männer mehr, nur noch Frauen und Kinder.

Enrique und Carlos Honorio hatten gehofft, ihre ehemalige Amme Rosaria zu finden, doch als sie Asunción erreichten, durften sie nicht an Land gehen. Man befahl ihnen, mit der nächsten Flut nach Buenos Ayres zurückzukehren.

Ella sah inzwischen nur noch Gespenster. Sie hatte an Gewicht verloren und war dünn geworden – sie aß kaum etwas, ihr Magen tat ihr weh, und die meiste Zeit des Tages litt sie unter Schmerzen. Sie sah schon selbst wie ein Gespenst aus – nur noch ein Schatten ihrer selbst. Vom Fenster ihrer Wohnung am Boulevard Pereire aus beobachtete sie, wie die Menschen zum Markt oder zur Arbeit und die Kinder in die Schule gingen. Besonders ein Mädchen fesselte ihre Aufmerksamkeit. Das Mädchen hatte lange Beine und langes schwarzes Haar, und ihre dichten Augenbrauen waren in der Mitte fast zusammengewachsen. Ella sah das Mädchen morgens zur Schule eilen – das Mädchen war immer spät dran – und nachmittags nach Hause gehen –, dann hatte das Mädchen keine Eile mehr und kaufte sich in der *boulangerie*, über der Ella wohnte, oft ein Stück Kuchen, sie aß wohl gern Süßes. Ella fand, das Mädchen könnte Corinna Adelaida sein. Jeden Tag war sie versucht, die Treppe hinunter und auf die Straße zu laufen und sie zu rufen – sie über ihre wahre Identität aufzuklären und ihr zu sagen, daß sie, Ella, ihre Mutter sei. Eines Tages – vielleicht morgen oder übermorgen –, wenn sie sich stärker fühlte und keine Schmerzen mehr hatte, würde sie es tun.

»Corinna Adelaida, Corinna Adelaida.« Ella saß am Fenster und sagte sich den Namen laut vor.

Es gab auch andere Leute auf der Straße, die Ella wiedererkannte.

Der *cambâs*, der schwarze brasilianische Soldat, den sie mit dem Säbel getötet hatte, war zurückgekehrt. Einmal in der Woche hörte Ella ihn draußen vor ihrem Fenster rufen. Er schob einen Karren vor sich her und schliff Messer und Scheren. Von Zeit zu Zeit erhaschte sie einen Blick auf Señora Juliana Martinez. Señora Juliana Martinez hatte sich kein bißchen verändert; sie sah genauso hübsch und elegant aus wie damals, als sie Ellas Kammerfrau gewesen war. Ella beobachtete, wie sie mit einem Korb am Arm graziös aus einer Kutsche stieg und in einem Haus auf der gegenüberliegenden Straßenseite verschwand. Etwa eine Stunde später sah Ella sie aus dem Haus kommen, immer noch den Korb in der Hand – allerdings war aus der Art, wie sie ihn trug, zu schließen, daß er jetzt leer war. Offenbar hatte sie eine Kranke oder eine alte Verwandte besucht, das bewies ihren guten Charakter, und wieder wäre Ella am liebsten hinausgelaufen auf die Straße und hätte Señora Juliana Martinez die Hände geküßt.

Mehrmals kam es auch vor, daß Ella, wenn sie gerade nicht am Fenster saß, sondern sich ihren *mate* zubereitete – vorausgesetzt, sie hatte das Glück, daß Federico daran gedacht hatte, welchen mitzubringen –, der wie ein sanftes Betäubungsmittel wirkte und ihre Magenschmerzen beruhigte, daß sie also, während sie die Blätter zerkleinerte und mit Wasser übergoß oder wenn sie gerade begonnen hatte, den Tee durch die silberne *bombilla* zu schlürfen, plötzlich eine bekannte Weise hörte: *ta dum ta dum ta dum dum dum*. Dann setzte sie schnell den *mate* ab, ging zum Fenster und sah hinaus, doch sie kam jedesmal zu spät, sie war zu langsam, der Harfenspieler war schon fort.

Ta dum ta dum ta dum dum dum, summte Ella vor sich hin.

Immer, jeden Tag, hielt sie von ihrem Fenster in Paris auch Ausschau nach Franco, doch ihn sah Ella nie wieder.

Anmerkungen der Autorin

Natürlich gab es eine Ella Lynch, eine schöne, törichte Frau, es gab auch einen Francisco Solano López, der grausam und ehrgeizig war, dazu weitere Familienmitglieder, Generäle, gute und schlechte Diplomaten samt ihren Ehefrauen (allerdings habe ich mir hier einige Freiheiten erlaubt, beispielsweise habe ich keine Vorstellung, wie Mrs. Charles Washburn tatsächlich aussah, ich habe sie als blond und zerbrechlich geschildert, sie kann ebenso brünett und drall gewesen sein), aber natürlich hat es nie eine Doña Inés gegeben, ebensowenig wie einen Fulgencio oder seinen Bruder Gaspar. Ich habe allerdings versucht, mich an die historischen Fakten zu halten, soweit mir dies wichtig und notwendig erschien. Die geschilderten Ereignisse, besonders der Kriegsverlauf, sind kompliziert und zum großen Teil nicht genau überliefert. Oft geraten Notwendigkeit der Erklärung und szenische Illustration in Widerstreit. Was, so mag sich der Leser fragen, gehört hier zur Historie, was bloß zu einer Geschichte? Meine Faustregel lautet: Das Unwahrscheinlichste kommt der Wahrheit am nächsten. Ich zitiere einen Freund, der seine Leser mit den Worten warnt: »Substantive sind stärker als Adjektive, insbesondere in einem ›historischen Roman‹.«

Ich habe vor allem aus folgenden Werken geschöpft: *Letters from the Battle-fields of Paraguay* von Captain Richard F. Burton, Mitglied der Royal Geographical Society, dessen scharfe Beobachtungen über Flora, Fauna und die menschliche Natur sehr lehrreich waren; *Seven Eventful Years in Paraguay: A Narrative of Personal Experience amongst the Paraguayans*, von George Frederick Masterman, dessen Anekdoten und eindrückliche Schilderungen seine traurige Erzählung sehr lebendig machen; *The War in Paraguay* des Ingenieurs George Thompson, dem ich viel verdanke, darunter die Wertschätzung des Whitworth-

Geschützes und der Paraguay-Zigarre; und schließlich *The History of Paraguay* von Charles A. Washburn, ein Werk, das mir viele wertvolle Informationen lieferte, nicht zuletzt die zitierten Zeitungsausschnitte.

Zu großem Dank verpflichtet bin ich Terry Karten, Georges Borchardt, Frances Kiernan und Michelle Huneven, ganz besonders aber Edward Tuck.

Weiterhin danke ich Trent Duffy, Andrew Proctor, Wayne Furman für die Möglichkeit, den Lewis Allen Memorial Room in der New York Public Library zu nutzen, sowie Lolin Perera für ihre Übersetzungen.